Cumbres borrascosas

I0109529

Clásica
Narrativa

EMILY BRONTË

CUMBRES BORRASCOSAS

Traducción de Juan G. de Luaces

AUSTRAL

 DESTINO

Obra editada en colaboración con Editorial Planeta - España

Título original: *Wuthering Heighs*

© Juan G. de Luaces, por la traducción
© 1942, 2015, Editorial Planeta, S.A. – Barcelona, España

Derechos reservados

© 2015, Editorial Planeta Mexicana, S.A. de C.V.
Bajo el sello editorial AUSTRAL M.R.
Avenida Presidente Masarik núm. 111, Piso 2
Polanco V Sección, Miguel Hidalgo
C.P. 11560, Ciudad de México
www.planetadelibros.com.mx

Diseño de la colección: Compañía
Diseño de la portada: Austral / Área Editorial Grupo Planeta
Ilustración de la portada: Shutterstock

Primera edición impresa en España en Austral: enero de 2015
ISBN: 978-84-233-4917-3

Primera edición en México en Austral: noviembre de 2015
Tercera reimpresión en México en Austral: julio de 2024
ISBN: 978-607-07-3178-5

No se permite la reproducción total o parcial de este libro ni su incorporación a un sistema informático, ni su transmisión en cualquier forma o por cualquier medio, sea éste electrónico, mecánico, por fotocopia, por grabación u otros métodos, sin el permiso previo y por escrito de los titulares del *copyright*.

La infracción de los derechos mencionados puede ser constitutiva de delito contra la propiedad intelectual (Arts. 229 y siguientes de la Ley Federal de Derechos de Autor y Arts. 424 y siguientes del Código Penal).

Si necesita fotocopiar o escanear algún fragmento de esta obra diríjase al CeMPro (Centro Mexicano de Protección y Fomento de los Derechos de Autor, http://www.cempro.org.mx).

Impreso en los talleres de Corporación de Servicios Gráficos Rojo S.A. de C.V.
Progreso #10, Colonia Ixtapaluca Centro, Ixtapaluca, Estado de México, C.P. 56530.
Impreso y hecho en México - *Printed and made in Mexico*

Biografía

Emily Brontë (Thornton, Yorkshire, 1818 – Haworth, Yorkshire, 1848) fue la segunda de las tres hermanas Brontë, hijas de un pastor protestante, que vivieron aisladas en la casa sacerdotal de Haworth. En 1846 publicó un libro de versos bajo el pseudónimo de Ellis Bell y al año siguiente apareció su única novela, *Cumbres borrascosas*.

Capítulo I

1801. Regreso en este momento de visitar al dueño de mi casa.

Sospecho que ese solitario vecino me dará más de un motivo de preocupación. La comarca a la que he venido a residir es un verdadero paraíso. Ni un misántropo hubiera logrado hallarlo igual en toda Inglaterra. El señor Heathcliff y yo parecemos la pareja adecuada para compartir este entorno. Mi casero me pareció un individuo extraordinario. No dio muestra alguna de notar la espontánea simpatía que experimenté hacia él al verle. Todo lo contrario. Sus negros ojos se escondieron bajo sus párpados, y sus dedos se hundieron más profundamente en los bolsillos de su chaleco, al anunciarle yo mi nombre.

—¿El señor Heathcliff? —le pregunté.

Se limitó a inclinar la cabeza afirmativamente.

—Soy Lockwood, su nuevo inquilino. Me he apresurado a tener el gusto de visitarle para decirle que confío en que mi insistencia en alquilar la Granja de los Tordos no le habrá molestado.

—La Granja de los Tordos es mía —contestó, separándose un poco de mí—, y ya comprenderá que a nadie le hubiera permitido que me molestase acerca de mi propiedad si yo creyese que me incomodaba. Pase usted.

Pronunció aquel «pase usted» entre dientes, y más bien como si quisiera darme a entender que me fuese al diablo. Ni siquiera tocó la puerta para corroborar sus palabras. Esa circunstancia me inclinó a aceptar la invitación, porque me parecía interesante aquel hombre, más reservado, al parecer, que yo mismo.

Al ver que mi caballo empujaba la barrera de la valla, sacó la mano del chaleco, quitó la cadena de la puerta y me precedió de mala gana. Cuando llegamos al patio, gritó:

—¡Joseph! Llévate el caballo del señor Lockwood. Y tráenos algo de beber.

La doble orden dada a un mismo criado me hizo pensar que toda la servidumbre se reducía a él, lo que explicaba que entre las losas del suelo creciera la hierba y que los setos mostrasen señales de no ser recortados más que por el ganado que mordisqueaba sus hojas.

Joseph era un hombre maduro, o, mejor dicho, un viejo. Pero, a pesar de su avanzada edad, se conservaba sano y fuerte. «¡Válganos el Señor!», murmuró con tono de contrariedad, mientras se hacía cargo del caballo, a la vez que me miraba con tal acritud que me fue precisa una gran dosis de benevolencia para suponer que impetraba el auxilio divino a fin de poder digerir bien la comida y no con motivo de mi inesperada llegada.

La casa en la que habitaba el señor Heathcliff se llamaba Cumbres Borrascosas en el dialecto de la región. Y por cierto que tal nombre expresaba muy bien los rigores atmosféricos a los que la propiedad se veía sometida cuando la tempestad soplaba sobre ella. Sin duda, allí se disfrutaba de buena ventilación. El aire debía de soplar con mucha violencia, a juzgar por lo inclinados que estaban algunos pinos situados junto a la casa, y algunos arbustos cuyas hojas, como si implorasen al sol, se dirigían todas en un mismo sentido. Pero el edificio era de sólida construcción, con muros gruesos, según podía apreciarse por lo profundo de las ventanas, cuyas esquinas estaban protegidas con recios postes de piedra.

Me detuve un momento en la puerta para contemplar

las esculturas que adornaban la fachada. En la entrada principal leí una inscripción que decía: «HARETON EARNSHAW. 1500». Aves de presa de formas extravagantes y figuras representando muchachitos en posturas lascivas rodeaban la inscripción. Me habría gustado hacer algunos comentarios respecto a aquello y hasta pedir una breve historia del lugar a su áspero propietario, pero él permanecía ante la puerta de un modo que me indicaba su deseo de que yo entrase de una vez o me fuese, y no quise aumentar su impaciencia parándome a examinar los detalles del acceso al edificio.

Un pasillo nos condujo directamente a un salón, que en la región llaman «la casa» por antonomasia, y que no está precedido de vestíbulo ni antecámara. Generalmente, esta pieza comprende, a la vez, comedor y cocina, pero en Cumbres Borrascosas la cocina no estaba allí. Al menos, no percibí indicio alguno de que en el inmenso hogar se cocinase nada, pese a que en las profundidades de «la casa» me parecía sentir ruido de utensilios culinarios. En las paredes no había cacerolas ni cacharros de cocina. En cambio, se veía en un rincón de la estancia un aparador de roble cubierto de platos apilados hasta el techo, y entre ellos jarros y tazones de plata. Había sobre él tortas de avena, piernas de buey y carnero curadas, y jamones. Sobre la chimenea había colgadas varias escopetas viejas con los cañones enmohecidos y un par de pistolas de arzón. En la repisa de la chimenea había tres tarros pintados de vivos colores. El pavimento era de piedras lisas y blancas. Las sillas, antiguas, de respaldo alto, estaban pintadas de verde. Bajo el aparador vi una perra rodeada de sus cachorros, y distinguí otros perros por los rincones.

Todo ello hubiera parecido natural en la casa de uno de los campesinos del país; musculosos, de obtusa apariencia y vestidos con calzón corto y polainas. Salas así, y en ellas labriegos de tal contextura sentados a la mesa ante una jarra de espumosa cerveza, podéis ver en la comarca cuantas queráis. Pero el señor Heathcliff contrastaba con el ambiente de un modo chocante. Era moreno, y por el color de su tez parecía un gitano, si bien en sus ropas y en sus modales mostraba ser un caballero. Aunque ataviado con algún descuido, y pese a su ruda apariencia, su figura era erguida y arrogante.

Yo pensaba que muchos le calificarían de soberbio y hasta de grosero, pero sentía en el fondo que no debía de ser así. Me parecía, instintivamente, que su reserva debía de proceder de que era enemigo de dejar traslucir sus emociones. Debía de odiar y amar disimulándolo, y seguramente hubiera considerado como un impertinente a quien, a su vez, le amase o le odiase.

Probablemente yo me precipitaba demasiado al suponer en mi huésped algunos rasgos de mi propia manera de ser. Quizá el señor Heathcliff rehusaba la mano del amigo que le deparaba la ocasión por motivos muy diferentes a los míos. Quizá mi carácter fuera único. Mi madre solía decirme que yo nunca sabría crearme un hogar agradable, y el verano anterior había obrado de un modo que acreditaba que la autora de mis días tenía razón.

Con ocasión de estar pasando un mes junto al mar, conocí a una mujer fascinante por su belleza. Me pareció una hechicera. No le dije jamás de palabra que la quería; pero, si es verdad que los ojos hablan, por la expresión de los míos hubiera podido deducirse que yo estaba loco por ella. Cuando al fin lo notó, me dirigió la mirada más dulce que hubiera podido esperarse. ¿Qué hice yo entonces? Con vergüenza declaro que retrocedí, que me reconcentré en mí mismo como un caracol en su concha, que a cada mirada de la joven más me alejaba yo, hasta que ella, sin duda, confusa respecto a mis sentimientos, persuadió a su madre de que se debían marchar.

Esos cambios bruscos me han granjeado fama de cruel. Sólo yo sé lo erróneo que es semejante juicio.

Mi casero y yo nos sentamos frente a frente junto a la chimenea. Ambos en silencio. La perra había abandonado a sus crías, y se arrastraba entre mis piernas frunciendo el hocico y enseñando sus blancos dientes. Traté de acariciarla, y emitió un largo gruñido gutural.

—Es mejor que deje usted a la perra —gruñó el señor Heathcliff, haciendo dúo con el animal, a la vez que reprimía sus demostraciones feroces con un puntapié—. No está acostumbrada a las caricias, ni la tenemos para eso.

Se puso en pie, se acercó a una puerta lateral y gritó:
—¡Joseph!

Se oyó a Joseph murmurar algo en las profundidades de la bodega, pero sin dar señal alguna de acudir. En vista de ello, su amo se fue a buscarle, dejándome solo con la perra y con otros dos perros mastines, que vigilaban atentamente cada uno de mis movimientos. Yo no sentía deseo alguno de trabar conocimiento con sus colmillos, así que permanecí quieto, pero creyendo que las injurias mudas no los ofenderían, comencé a hacerles guiños y muecas. La ocurrencia fue infortunada. Alguno de mis gestos debió de molestar sin duda a la señora perra, y bruscamente se lanzó sobre mis pantorrillas. La rechacé y me apresuré a interponer la mesa entre ella y mi persona. Mi acción revolucionó todo el ejército perruno. Media docena de diablos de cuatro patas, de todos los tamaños y edades, salieron de todos los rincones y se precipitaron en el centro de la habitación. Mis talones y los faldones de mi casaca constituyeron desde luego el principal objetivo de sus arremetidas. Empuñé el atizador de la lumbre para hacer frente a los más voluminosos de mis asaltantes, pero aun así tuve que pedir socorro a gritos.

El señor Heathcliff y su criado subieron con exasperante lentitud la escalera de la bodega. A pesar de que la sala era un infierno de gritos y ladridos, me pareció que los dos hombres no aceleraban su paso en lo más mínimo. Por fortuna, una rozagante fregona acudió con más diligencia. Llegó con las faldas recogidas, las mejillas enrojecidas por la proximidad de la lumbre y con los brazos desnudos. Enarboló una sartén y sus golpes, en combinación con su lengua, disiparon la tempestad como por arte de magia. Y cuando Heathcliff entró, en medio del salón sólo estaba ya, agitada como el mar después de una tormenta, la habitante de la cocina.

—¿Qué diablos pasa? —preguntó él con un acento tal que me pareció intolerable para proferirlo después de tan inhospitalaria acogida.

—Pues pasa que son exactamente eso, auténticos diablos —repuse—. ¡Creo que los cerdos endemoniados de los que hablan los Evangelios no debían de albergar más espíritus malignos que estos animales! ¡Señor! ¡Dejar entre ellos a un extraño es como dejarle en compañía de una manada de tigres!

—No suelen meterse con quienes se están quietos —advirtió Heathcliff—. Los perros hacen bien en vigilar. ¿Quiere usted un vaso de vino?

—No, gracias.

—¿Le han mordido?

—Si me hubiesen mordido habría visto usted en el perro mordedor las señales de la réplica que yo le habría hecho.

Heathcliff hizo una mueca.

—Bueno, bueno... —dijo—. Está usted algo excitado, señor Lockwood. Beba un poco de vino. Se reciben tan pocos invitados en esta casa que, se lo confieso, ni mis perros ni yo sabemos casi cómo recibirlos. ¡A su salud!

Correspondí al brindis, y me tranquilicé considerando que resultaría estúpido enfurecerse por la agresión de unos perros cerriles. Por lo demás, se me antojaba que aquel sujeto comenzaba a burlarse de mí, y no me pareció bien concederle un motivo más de mofa. Él, por su parte —pensando probablemente que constituiría una locura ofender a un buen inquilino—, suavizó un tanto el laconismo de su conversación, y comenzó a tratar de las ventajas y desventajas de mi nuevo domicilio, tema que sin duda supuso que sería interesante para mí. Me pareció entendido en las cosas de las que hablaba, y me sentí animado a anunciarle una segunda visita para el día siguiente. Era evidente, no obstante, que él no tenía en ello ningún interés. Sin embargo, pienso volver. Resulta asombroso lo muy sociable que soy comparado con mi casero.

Capítulo II

La tarde de ayer fue fría y brumosa. Al principio dudé entre pasarla en casa, junto al fuego, o dirigirme, a través de barrizales y páramos, a Cumbres Borrascosas.

Pero después de comer (debo advertir que yo como de una a dos, ya que el ama de llaves, a la que acepté al alquilar la casa como si se tratara de una de sus dependencias, no comprende o no quiere comprender que deseo comer a las cinco), al subir a mi cuarto, hallé en él a una criada arrodillada ante la chimenea y luchando para apagar las llamas con nubes de ceniza con las que levantaba una polvareda infernal. Semejante espectáculo me desanimó. Cogí el sombrero y, tras una caminata de cuatro millas, llegué a casa de Heathcliff en el preciso instante en que comenzaban a caer los primeros copos de un chubasco de aguanieve.

El suelo de aquellas solitarias alturas estaba cubierto de una capa de escarcha ennegrecida, y el viento hacía que todo mi cuerpo se estremeciera de frío. Al ver que mis esfuerzos para levantar la cadena que cerraba la puerta de la verja no daban resultado, salté por encima, avancé por el camino bordeado de groselleros y golpeé con los nudillos la puerta de la casa, hasta que me dolieron los dedos. Se oía ladrar a los perros.

«Vuestra necia hospitalidad merecería ser castigada con el aislamiento perpetuo de vuestros semejantes, ¡miserables! —murmuré mentalmente—. Lo menos que se puede hacer es tener abiertas las puertas durante el día. Pero no me importa. ¡Entraré!»

Con esta decisión, sacudí el aldabón violentamente. La cara avinagrada de Joseph apareció en una ventana del granero.

—¿Qué desea usted? —me interpeló—. El amo está en el corral. Dé la vuelta por el establo si quiere hablar con él.

—¿No hay nadie que abra la puerta? —respondí.

—Nadie más que la señorita, y ella no le abriría aunque estuviese usted llamando insistentemente hasta la noche. Sería inútil.

—¿Por qué no? ¿No puede usted decirle que soy yo?

—¿Yo? ¡No! ¿Qué tengo yo que ver con eso? —replicó mientras se retiraba.

Comenzaba a caer una espesa nevada. Yo empuñaba ya el aldabón para volver a llamar cuando apareció un joven sin chaqueta que llevaba al hombro una horca de labranza y me dijo que le siguiera. Atravesamos un lavadero y un patio enlosado en el que había un pozo con bomba y un palomar, y llegamos a la habitación donde estuve el día anterior. Un inmenso fuego de carbón y leña caldeaba la estancia, y, al lado de la mesa, en la que estaba servida una abundante merienda, tuve la satisfacción de ver a «la señorita», persona de cuya existencia no había tenido antes noticia alguna. La saludé y permanecí en pie, esperando que me invitara a sentarme. Ella me miró y no se movió de su silla ni pronunció una sola palabra.

—¡Qué tiempo tan malo! —comenté—. Lamento, señora Heathcliff, que en la puerta haya sufrido las consecuencias de la negligencia de sus criados. Me ha costado un trabajo tremendo que me oyeran.

Ella no despegó los labios. La miré atentamente y me correspondió con otra mirada tan fría que resultaba molesta y desagradable.

—Siéntese —gruñó el joven—. Heathcliff vendrá enseguida.

Obedecí, tosí y llamé a *Juno*, la perversa perra, que esta vez se dignó mover la cola en señal de que me reconocía.

—¡Hermoso animal! —empecé—. ¿Piensa usted desprenderse de los cachorros, señora?

—No son míos —dijo la amable anfitriona con un tono aún más repelente que el que hubiera empleado el propio Heathcliff.

—Entonces, ¿sus favoritos serán aquéllos? —continué, volviendo la mirada hacia lo que me pareció un cojín con gatos.

—Serían unos favoritos bastante extravagantes —contestó la joven desdeñosamente.

Por desgracia, los supuestos gatitos eran, en realidad, un montón de conejos muertos. Volví a toser, me aproximé al fuego y repetí mis comentarios sobre lo desagradable de la tarde.

—No debía usted haber salido —dijo ella, mientras se incorporaba y trataba de alcanzar dos de los tarros pintados que decoraban la chimenea.

Ahora, a la claridad de las llamas, yo podía distinguir por completo su figura. Era muy esbelta, y por su aspecto apenas había salido de la adolescencia. Estaba admirablemente formada y poseía la más linda carita que yo había contemplado jamás. Tenía las facciones menudas, la tez muy blanca, rizos dorados que caían sobre su delicado cuello, y unos ojos que habrían sido irresistibles si hubiesen ofrecido una expresión agradable. Por fortuna para mi sensible corazón, aquella mirada no manifestaba en aquel momento más que desdén y algo parecido a la desesperación, que resultaba increíble en unos ojos tan bellos.

Como los tarros estaban fuera de su alcance, fui a ayudarla, pero se volvió hacia mí con la expresión airada de un avaro a quien alguien pretendiera ayudarle a contar su oro.

—No necesito su ayuda —dijo—. Puedo cogerlos yo sola.

—Perdone —me apresuré a contestar.

—¿Está usted invitado a tomar el té? —me preguntó. Se puso un delantal sobre el vestido y se sentó. Sostenía en la mano una cucharada de hojas de té que había sacado de un bote.

—Tomaré una taza con mucho gusto —respondí.

—¿Está usted invitado? —repitió.

—No —dije, sonriendo—; pero nadie más indicado que usted para invitarme.

Echó el té, con cuchara y todo, en el bote, volvió a sentarse, frunció el ceño e hizo un puchero con los labios como un niño a punto de llorar.

El joven, entre tanto, se había puesto un andrajoso abrigo, y en aquel momento me miró como si hubiese entre nosotros un resentimiento mortal. Yo dudaba de si aquel personaje era un criado o no. Hablaba y vestía toscamente, sin ninguno de los detalles que Heathcliff presentaba de pertenecer a una clase superior. Tenía el pelo castaño y lo llevaba muy desgreñado; su bigote crecía descuidadamente y sus manos eran tan burdas como las de un labrador. Pero, con todo, ni sus ademanes ni el modo que tenía de tratar a la señora eran los de un criado. A falta de otras pruebas, preferí no hacer conjeturas sobre él. Cinco minutos después, la llegada de Heathcliff alivió un tanto la molesta situación en la que me encontraba.

—Como ve, he cumplido mi promesa —dije con acento falsamente jovial— y temo que el mal tiempo me haga permanecer aquí media hora, si quiere usted darme refugio durante ese rato...

—¿Media hora? —repuso, mientras se sacudía los

blancos copos que le cubrían la ropa—. ¡Me asombra que haya elegido usted el momento de una nevada para pasear! ¿No sabe que corre el peligro de perderse en los pantanos? Hasta quienes están familiarizados con ellos se extravían a veces. Y le aseguro que no hay probabilidad alguna de que el tiempo mejore.

—Quizá uno de sus criados pudiera servirme de guía. Se quedaría en la Granja hasta mañana. ¿Puede proporcionarme uno?

—No, no me es posible.

—Bueno... Pues entonces tendré que confiar en mis propios medios...

—¡Hum!

—¿Qué? ¿Haces el té o no? —preguntó el joven del abrigo andrajoso, dejando de mirarme a mí para dirigirse a la mujer.

—¿Le damos a ese señor? —preguntó ella a Heathcliff.

—Vamos, termina, ¿no? —repuso él con tal brusquedad que me sobresalté. Había hablado de una forma que delataba una naturaleza auténticamente perversa. Desde aquel momento dejé de considerar a aquel hombre como un individuo extraordinario.

Cuando el té estuvo preparado, Heathcliff dijo:

—Acerque su silla, señor.

Todos nos sentamos a la mesa, incluso el joven tosco. Un silencio absoluto reinó mientras comíamos.

Pensé que, puesto que yo era el responsable de aquel nublado, debía ser también quien lo disipase. Aquella taciturnidad que mostraban no debía de ser su modo habitual de comportarse. Así pues, inicié la conversación:

—Es curioso pensar sobre las ideas tan equivocadas que solemos formarnos a veces de los demás. Hay gente que no podría ni imaginar que una persona que lleva una vida tan apartada del mundo como la suya, señor Heathcliff, pueda ser feliz. Y, sin embargo, usted es dichoso, rodeado de su familia, con su amable esposa, que, como un ángel tutelar, reina en su casa y en su corazón...

—¿Mi amable esposa? —interrumpió con diabólica sonrisa—. ¿Y dónde está mi amable esposa, si se puede saber?

—Me refiero a la señora Heathcliff.

—¡Ah, ya! Quiere usted decir que su espíritu, después de desaparecido su cuerpo, se ha convertido en mi ángel de la guarda y custodia Cumbres Borrascosas. ¿No es eso?

Comprendí que había dicho una tontería, y traté de rectificarla. Debía haberme dado cuenta de los años que le llevaba a la mujer, antes de suponer como cosa segura que fuera su esposa. Él tenía alrededor de cuarenta años, y en esa edad en que el vigor mental se mantiene incólume, no se supone nunca que las muchachas se casen con nosotros por amor. Semejante ilusión está reservada a la ancianidad. En cuanto a ella, no aparentaba más de diecisiete años.

Entonces, como un relámpago, surgió en mí esta idea: «El tosco personaje que se sienta a mi lado, bebiéndose el té en un tazón y comiéndose el pan con sus sucias manos, es tal vez su marido. Éstas son las consecuencias de vivir lejos del mundo: ella ha debido de casarse con este patán creyendo que no hay otros que valgan más que él. Es lamentable. Y yo debo procurar que, por culpa mía, no vaya a arrepentirse de su elección».

Semejante reflexión podrá parecer vanidosa, pero era sincera. Mi vecino de mesa presentaba un aspecto casi repulsivo, mientras que me constaba por experiencia que yo era pasablemente agradable.

—La señora es mi nuera —dijo Heathcliff, confirmando mis suposiciones. Y, al decirlo, la miró con expresión de odio.

—Entonces, el feliz dueño de la hermosa hada es usted —comenté, volviéndome hacia mi vecino.

Con esto, acabé de estropear las cosas. El joven apretó los puños con evidente intención de atacarme. Pero se contuvo, y se limitó a proferir una brutal maldición que, aunque iba dirigida a mí, fingí no haber oído.

—Está usted muy desacertado —dijo Heathcliff—. Ninguno de los dos tenemos la suerte de ser dueños de la buena hada a quien usted se refiere. Su esposo ha muerto. Y, puesto que he dicho que era mi nuera, debe de ser que estaba casada con mi hijo.

—Entonces, este joven es...

—Mi hijo, desde luego, no.

Y Heathcliff sonrió, como si fuera una extravagancia atribuirle la paternidad de aquel oso.

—Mi nombre es Hareton Earnshaw —gruñó el otro— y le aconsejo que lo pronuncie con el máximo respeto.

—Creo haberlo respetado —respondí, mientras me reía para mis adentros de la dignidad con que se había presentado aquel individuo.

Él me miró durante tanto tiempo y tan fijamente que me hizo experimentar el deseo de abofetearle o de echarme a reír en su propia cara. Comenzaba a sentirme a disgusto en aquel agradable círculo familiar. Aquel ingrato ambiente neutralizaba el confortable calor que físicamente me rodeaba, y decidí que no volvería una tercera vez.

Cuando acabamos de tomarnos el té, y en vista de que nadie pronunciaba una palabra, me acerqué a la ventana para ver el tiempo que hacía. El espectáculo era muy desagradable; la noche caía prematuramente y torbellinos de viento y niebla barrían las colinas.

—Creo que, sin alguien que me guíe, no voy a poder volver a casa —exclamé, sin poder contenerme—. Los caminos deben de estar borrados por la nieve y, aunque no lo estuvieran, es imposible ver a un pie de distancia.

—Hareton —dijo Heathcliff—, lleva las ovejas a la entrada del granero y pon un madero delante. Si pasan la noche en el corral, amanecerán cubiertas de nieve.

—¿Cómo me las voy a arreglar? —continué, sintiendo que mi irritación aumentaba.

Nadie contestó a esta pregunta. Miré a mi alrededor y no vi más que a Joseph, que traía comida para los perros, y a la señora Heathcliff que, inclinada sobre el fuego, se entretenía en quemar un paquete de fósforos que habían caído de la repisa de la chimenea al volver a poner el bote de té en su sitio. Joseph, después de vaciar el recipiente en el que traía la comida de los animales, rezongó:

—No puedo creerme que se quede usted ahí como un pasmarote cuando los demás se han ido... Con usted no hace falta gastar saliva. Nunca se corregirá de sus malas costumbres, y acabará yéndose al infierno, como se fue su madre.

Creí que aquel sermón iba dirigido a mí, y me adelanté hacia el viejo bribón con el firme propósito de darle unas cuantas patadas y obligarle a que se callara. Pero la señora Heathcliff se me anticipó.

—¡Viejo hipócrita! ¿No temes que el diablo te lleve cuando pronuncias su nombre? Te advierto que se lo pediré al demonio como favor especial si no dejas de provocarme. ¡Y basta! Mira —agregó, sacando un libro de un estante—: cada vez progreso más en la magia negra. Muy pronto seré maestra en la ciencia oculta. Y, para que te enteres, la vaca roja no murió por casualidad, y tu reumatismo no es una prueba de la bondad de la providencia...

—¡Cállese, malvada! —gritó el viejo—. ¡Dios nos libre de todo mal!

—¡Estás condenado, réprobo! Sal de aquí si no quieres que te haga daño de verdad. Voy a modelar muñecos de barro o de cera que os reproduzcan a todos, y al primero que rebase los límites que yo fije..., ya verás lo que le haré... Se acordará de mí... Vete... ¡Que no te quito ojo!

Y la pequeña bruja lo miró con tal expresión de malignidad que Joseph salió precipitadamente, rezando y temblando, mientras murmuraba:

—¡Malvada, malvada!

Supuse que la joven había querido gastar al viejo una broma lúgubre y, en cuanto nos quedamos solos, quise interesarla por mi problema.

—Señora Heathcliff —dije con seriedad—: perdone que la moleste. Una mujer con una cara como la de usted tiene necesariamente que ser buena. Indíqueme alguna señal que me sirva para reconocer el camino de vuelta a mi casa. Tengo la misma idea de por dónde se va a ella que la que usted pueda tener de por dónde se va a Londres.

—Vaya usted por el mismo camino que vino —me contestó, sentándose en una silla, y poniendo ante sí el libro y una vela—. El consejo es muy sencillo, pero no puedo darle ningún otro.

—En ese caso, si mañana le dicen que me han hallado muerto en una ciénaga o en una zanja llena de nieve, ¿no le remorderá la conciencia?

—¿Por qué había de remorderme? No puedo acompañarle. Ellos no me dejarían ni siquiera ir hasta la verja.

—¡Oh! Yo no le pediría por nada del mundo que saliese en una noche como ésta. No le pido que me enseñe el camino, sino que me lo indique de palabra o que convenza al señor Heathcliff de que me proporcione un guía.

—¿Qué guía? En la casa no hay nadie más que él mismo, Hareton, Zillah, Joseph y yo. ¿A quién elige usted?

—¿No hay mozos en la finca?

—No hay nadie más.

—Entonces me veré obligado a quedarme.

—Eso es cosa de usted y de su anfitrión. Yo no tengo nada que ver con eso.

—Confío en que esto le sirva de lección para que deje

de dar paseos a la ligera —gritó la voz de Heathcliff desde la cocina—. Yo no tengo habitaciones para acomodar a los forasteros. Si se queda, tendrá que dormir con Hareton o con Joseph en la misma cama.

—Puedo dormir en este cuarto en una silla —repuse.

—¡Oh, no! Un forastero, rico o pobre, es siempre un forastero. No permitiré que nadie haga guardia en la plaza cuando yo no estoy de servicio —dijo el miserable.

Mi paciencia había llegado al límite. Me precipité hacia el patio, maldiciendo, y al salir tropecé con Earnshaw. La oscuridad era tan profunda que yo no atinaba con la salida y, mientras la buscaba, asistí a una muestra del modo que tenían de tratarse entre sí los miembros de la familia. Parecía que el joven al principio se sentía inclinado a ayudarme, porque les dijo:

—Le acompañaré hasta el parque.

—Le acompañarás al infierno —exclamó su pariente, señor o lo que fuera—. ¿Quién va a cuidar entonces de los caballos?

—La vida de un hombre vale más que el cuidado de los caballos... —dijo la señora Heathcliff con más amabilidad de la que yo esperaba—. Es preciso que vaya alguien...

—Pero no porque tú lo ordenes —se apresuró a responder Hareton—. Más vale que te calles.

—Bueno, pues entonces, ¡que el espíritu de ese hombre te persiga hasta tu muerte, y el señor Heathcliff no encuentre otro inquilino para su granja hasta que ésta se caiga a pedazos! —dijo ella con acritud.

—¡Nos está maldiciendo! —murmuró Joseph, hacia quien yo me dirigía en aquel momento.

El viejo estaba sentado y ordeñando las vacas a la luz de una linterna. Se la quité y, diciéndole que se la devolvería al día siguiente, me precipité hacia una de las puertas.

—¡Señor, señor, me ha robado la linterna! —gritó el

viejo corriendo detrás de mí—. ¡*Gruñón, Lobo*! ¡Duro con él!

En el instante en que abría la puertecilla, dos peludos monstruos me saltaron al cuello, tirándome al suelo. La luz se apagó. Heathcliff y Hareton prorrumpieron en carcajadas. Mi humillación y mi ira llegaron al paroxismo. Afortunadamente, los animales se contentaban con arañar el suelo, abrir las fauces y mover las colas. Pero no me permitían levantarme, y permanecí en el suelo hasta que a sus villanos dueños se les antojó. Cuando me puse de pie, conminé a aquellos miserables a que me dejasen salir, haciéndolos responsables de lo que sucediera si no me atendían, y amenazándolos con represalias tan fuertes y violentas que recordaban a las del rey Lear.

Mi excitación me produjo una fuerte hemorragia nasal. Heathcliff seguía riendo y yo gritando. No acierto a imaginarme en qué habría terminado todo aquello de no haber intervenido una persona más serena que yo y más bondadosa que Heathcliff. Zillah, la robusta criada, apareció para ver lo que sucedía. Y, suponiendo que alguien me había agredido, sin atreverse a increpar a su amo, dirigió los tiros de su artillería verbal contra el más joven.

—No comprendo, señor Earnshaw —exclamó—, ¿qué resentimiento tiene usted contra esta persona? ¿Va usted a asesinar a la gente en la propia puerta de su casa? ¡Nunca podré estar a gusto aquí! ¡Pobre muchacho! Está a punto de ahogarse. ¡Chist, chist! No puede usted irse en ese estado. Venga, que voy a curarle. Estese quieto.

Y, hablando así, me vertió sobre la nuca un recipiente lleno de agua helada, y luego me hizo pasar a la cocina. El señor Heathcliff, de nuevo instalado en su habitual estado de mal humor después de su explosión de regocijos, nos seguía.

El desmayo que yo sentía como secuela de todo lo sucedido me obligó a aceptar alojamiento entre aquellas paredes. Heathcliff mandó a Zillah que me diese un vaso de brandy, y entró en una habitación interior. Ella vino con el brandy, que me reanimó bastante, y luego me acompañó hasta una estancia.

Capítulo III

Mientras subía la escalera delante de mí, la mujer me aconsejó que tapase la luz de la vela y procurase no hacer ruido, porque su amo tenía ideas extrañas acerca del aposento donde ella iba a instalarme, y no le agradaba que nadie durmiese allí. Le pregunté los motivos, pero me contestó que sólo llevaba en la casa dos años y que había visto tantas cosas raras que no sentía deseo alguno de ser curiosa.

Por mi parte, la estupefacción no me dejaba lugar a la curiosidad. Cerré, pues, la puerta y busqué la cama. Los muebles se reducían a una percha, una silla y una enorme caja de roble, con aberturas laterales parecidas a las ventanillas de un carruaje. Me aproximé al extraño mueble, y me cercioré de que se trataba de una especie de cama antigua, sin duda destinada a suplir la falta de una habitación separada para cada miembro de la familia. Formaba de por sí una pequeña habitación, y el alféizar de la ventana, contra cuya pared estaba arrimada la cama, servía de mesa.

Descorrí una de las tablas laterales y me introduje entre ellas con mi luz; las cerré de nuevo y tuve la impresión de que me hallaba a cubierto de la vigilancia de Heathcliff o de cualquier otro de los habitantes de la casa.

Puse la vela en el alféizar de la ventana. En un ángulo había varios libros polvorientos, y la pared estaba cubierta de escritos que habían sido trazados raspando la pintura. Aquellos escritos se reducían a un nombre: «Catherine Earnshaw», repetido una y otra vez en letras de todos los tamaños. Pero el apellido variaba a veces, y en vez de «Catherine Earnshaw» se leía en algunos sitios «Catherine Heathcliff» o «Catherine Linton».

Me sentía fatigado. Apoyé la cabeza contra la ventana y empecé a murmurar: «Catherine Earnshaw, Heathcliff, Linton...». Los ojos se me cerraron, y antes de que transcurrieran cinco minutos creí ver alzarse en la oscuridad una multitud de letras blancas, como lívidos espectros. El aire parecía lleno de «Catherines». Me incorporé, esperando alejar así aquel nombre que acudía a mi cerebro como un intruso, y entonces vi que el pabilo de la vela había caído sobre uno de los viejos libros, cuya cubierta empezaba a chamuscarse, saturando el ambiente de un fuerte olor a piel de ternera quemada. Enderecé la vela y me senté. Tenía frío y me sentía mareado. Cogí el tomo chamuscado por la vela y lo hojeé. Era una vieja biblia, que olía a moho, y sobre una de cuyas hojas, que estaba suelta, leí «Este libro es de Catherine Earnshaw» y una fecha de veinticinco años atrás. Cerré aquel volumen, y cogí otro y luego varios más. La biblioteca de Catherine era escogida, y lo estropeados que estaban los tomos demostraba que habían sido muy usados, aunque no siempre para los fines propios de un libro. Los márgenes blancos de cada hoja estaban cubiertos de comentarios escritos a mano, algunos de los cuales constituían sentencias aisladas. Otros eran, al parecer, retazos de un diario garrapateado por una inexperta mano infantil. Encabezando una página en blanco, descubrí una magnífica caricatura de Joseph, dibujada de forma tosca pero con enérgicos trazos. Sentí un vivo interés hacia aquella desconocida Catherine y traté de descifrar los jeroglíficos de su escritura.

«¡Qué horrible domingo!», decía uno de los párrafos. «¡Lo que daría porque papá estuviera aquí...! Hindley es un mal sustituto y se porta con Heathcliff de forma atroz. H. y yo vamos a tener que rebelarnos: esta tarde comenzamos a hacerlo.

»Ha estado lloviendo todo el día. No hemos podido ir a la iglesia y Joseph nos ha reunido en el desván. Mientras Hindley y su mujer permanecían abajo sentados junto a la lumbre —estoy segura de que, aunque hiciesen algo más, no por ello dejarían de leer sus biblias—, a Heathcliff, al desdichado mozo de mulas y a mí nos ordenaron que cogiésemos los devocionarios y subiésemos. Nos hicieron sentar en un saco de trigo, y Joseph inició su sermón, que yo esperaba que fuese breve a causa del frío que hacía allí. Pero mi esperanza resultó fallida. El sermón duró tres horas justas, y, sin embargo, mi hermano, al vernos bajar, aún tuvo la desfachatez de decir: "¿Cómo habéis terminado tan pronto?". Durante las tardes de los domingos nos dejan jugar, pero cualquier pequeñez, una simple risa, basta para que nos manden a un rincón.

»"Os olvidáis de que aquí hay un jefe", suele decir el tirano. "Al que me saque de mis casillas, le hundo. Exijo seriedad y silencio absoluto. ¡Chico! ¿Has sido tú? Querida Frances: tírale del pelo; le he oído chasquear los dedos." Frances le tiró del pelo con todas sus fuerzas. Luego se sentó en las rodillas de su esposo, y los dos empezaron a hacer niñerías, besándose y diciéndose estupideces. Entonces nosotros nos acomodamos, como pudimos, en el hueco que forma el aparador. Colgué nuestros delantales delante de nosotros como si fueran una cortina, pero en ese momento llegó Joseph, arrancó la cortina, me dio una bofetada y rezongó: "Con el amo recién enterrado, domingo como es, y las palabras del Evangelio resonando todavía en vuestros oídos, ¡y ya os ponéis a jugar! ¿No os da vergüenza? Sentaos, niños malos, y leed libros piadosos, que os ayuden a pensar en la salvación de vuestras almas".

»Y, a la vez que nos hablaba, nos tiró sobre las rodillas unos libros viejos y nos obligó a sentarnos de manera que un rayo de la luz del fuego nos alumbrase en nuestra lectura. Yo no pude soportarlo. Cogí el libro y lo arrojé al sitio de los perros, diciendo que odiaba los libros piadosos. Heathcliff hizo lo mismo con el suyo, y entonces se armó la gorda.

»"¡Señor Hindley, venga!", gritó Joseph. "La señorita Catherine ha roto las tapas de *El yelmo de la salvación* y Heathcliff ha golpeado con el pie la primera parte de *Camino a la perdición*. No podemos dejar que continúen así. El difunto señor les hubiera dado lo que se merecen. ¡Pero ya se fue!"

»Hindley, abandonando su paraíso, se precipitó sobre nosotros, nos cogió a uno por el cuello y al otro por el brazo, y nos echó a la cocina. Allí, Joseph nos aseguró que el demonio vendría a buscarnos y nos obligó a sentarnos separados, esperando el advenimiento del prometido personaje. Yo cogí este libro y un tintero que había en un estante, y abrí un poco la puerta para tener luz y poder escribir, pero mi compañero, al cabo de veinte minutos, sintió tanta impaciencia que me propuso apoderarnos del mantón de la criada y, tapándonos con él, ir a dar una vuelta por los pantanos. ¡Qué buena idea! Así, si viene ese malvado viejo, creerá que su amenaza del demonio se ha hecho realidad, y mientras nosotros estaremos fuera, y creo que no lo pasaremos peor que aquí, a pesar del viento y de la lluvia.»

Catherine debió de realizar aquel plan, sin duda. En todo caso, el siguiente comentario variaba de tema y adquiría tono de lamentación.

«¡Nunca hubiera podido imaginar que Hindley me haría llorar tanto! Me duele la cabeza hasta el punto de que no puedo ni ponerla sobre la almohada. ¡Pobre Heathcliff! Hindley le llama vagabundo, y ya no le deja comer con nosotros, ni siquiera sentarse a nuestro lado. Dice que no volveremos a jugar juntos, y le amenaza con echarle de casa si le desobedece. Hasta se ha atrevido a criticar a papá por haber tratado a Heathcliff demasiado bien, y jura que volverá a ponerle en el lugar que le corresponde.»

Yo estaba ya medio dormido, y mis ojos iban del manuscrito de Catherine al texto impreso. Me fijé en un título grabado en rojo con florituras, que decía: «Setenta veces siete y el primero de los setenta y uno. Sermón pronunciado por el reverendo padre Jabes Branderham en la iglesia de Gimmerden Sough». Y me dormí meditando maquinalmente en lo que diría el reverendo padre sobre aquel asunto.

Pero la mala calidad del té y lo destemplado que me encontraba me hicieron pasar una noche horrible. Soñé que era ya por la mañana y que regresaba a mi casa llevando a Joseph como guía. El camino estaba cubierto de nieve y, cada vez que yo daba un tropezón, mi acompañante me amonestaba por no haber cogido un báculo de peregrino, afirmando que sin ese objeto nunca conseguiría llegar a mi casa, mientras a la vez me enseñaba un grueso garrote que él consideraba, al parecer, como un báculo. Al principio, me parecía absurdo suponer que yo necesitara semejante cosa para entrar en casa. Y de repente una idea me iluminó el cerebro. No íbamos a casa, sino que nos dirigíamos a escuchar el sermón del padre Branderham sobre los «setenta veces siete», en el cual no sé si Joseph, el predicador o yo debíamos ser públicamente acusados y excomulgados.

Llegamos a la iglesia, ante la que yo, en realidad, he pasado dos o tres veces. Está situada en una hondonada entre dos colinas, junto a un pantano, cuyo barro, según las creencias populares, tiene la propiedad de momificar los cadáveres. El tejado de la iglesia se ha conservado intacto hasta ahora, pero hay pocos clérigos que quieran encargarse de aquel lugar, ya que el sueldo es sólo de veinte libras anuales y la rectoral consiste únicamente en dos habitaciones, sin asomo alguno de que los fieles contribuyan a las necesidades de su pastor ni con el suplemento de un penique. Sin embargo, en mi sueño, un numeroso auditorio escuchaba a Jabes, que predicaba un sermón dividido en cuatrocientas noventa partes, dedicada cada una de ellas a un pecado distinto. Lo que no puedo decir es de dónde había sacado tantos pecados el reverendo. Eran, por supuesto, pecados curiosísimos: infracciones extravagantes que yo jamás hubiera podido imaginar.

¡Qué odiosa pesadilla! Yo me caía de sueño, bostezaba, daba cabezadas y volvía a despejarme. Me pellizcaba, me frotaba los párpados, me levantaba y me volvía a sentar, y a veces tocaba a Joseph para preguntarle cuándo iba a acabar aquel sermón. Pero tuve que escucharlo hasta el final. Cuando llegó al «primero de los setenta y uno», acudió a mi cerebro una súbita idea: levantarme y acusar a Jabes Branderham de ser el autor del pecado imperdonable. «Padre —exclamé—: sentado entre estas cuatro paredes he aguantado y perdonado las cuatrocientas noventa divisiones de su sermón. Setenta veces siete cogí el sombrero para marcharme, y setenta veces siete me ha obligado usted a volverme a sentar. Una vez más es excesivo. Hermanos de martirio: ¡duro con él! ¡Arrastradle y despedazadle en partículas tan pequeñas que no vuelvan a encontrarse nunca jamás!»

«Tú eres el Hombre —gritó Jabes, después de un silencio solemne—: setenta veces siete te he visto hacer gestos y bostezar. Setenta veces siete consulté a mi conciencia, y encontré que todo ello merecía perdón. Pero el primer pecado de los setenta y uno ha sido cometido ahora, y esto es imperdonable. Hermanos: ejecutad con él lo que está escrito. ¡Honrad a todos los santos!»

Tras esta conclusión, los concurrentes enarbolaron

sus báculos de peregrino y se arrojaron sobre mí. Al verme desarmado, entablé una lucha con Joseph, que fue el primero en acometerme, para quitarle su garrote. Se cruzaron muchos palos, y algunos golpes destinados a mí cayeron sobre otras cabezas. Todos se apaleaban unos a otros y la iglesia retumbaba al son de los golpes. Branderham, por su parte, descargaba violentos manotazos en las tablas del púlpito, y con tal vehemencia que acabaron por despertarme. Comprobé que lo que me había sugerido todo ese tumulto era la rama de un abeto que batía contra los cristales de la ventana cada vez que la agitaba el viento. Volví a dormirme y soñé cosas más desagradables aún.

Ahora recordaba que descansaba en una caja de madera, y que el viento y la rama de un árbol golpeaban la ventana. El ruido me molestaba tanto que, en sueños, me levanté y traté de abrir el postigo. No lo conseguí, porque el cierre de la ventana estaba soldado; entonces rompí el cristal de un puñetazo y saqué la mano para apartar la molesta rama. Sin embargo, en lugar de la rama, sentí el contacto de una manita helada. Un intenso terror se apoderó de mí y quise retirar el brazo, pero la pequeña mano me sujetaba y una voz repetía:

—¡Déjame entrar, déjame entrar!

—¿Quién eres? —pregunté, intentando soltarme.

—Catherine Linton —contestó la voz temblorosa—. Me había perdido en los pantanos y vuelvo ahora a casa.

No sé por qué me acordaba del apellido Linton, ya que había leído veinte veces más el apellido Earnshaw. Miré y divisé el rostro de una niña a través de la ventana. El horror me hizo actuar con crueldad y, al no lograr desasirme de la niña, apreté sus puños contra el cristal roto hasta que la sangre brotó y empapó las sábanas. Pero ella seguía gimiendo: «¡Déjame entrar!», y me oprimía la mano, acentuando aún más mi terror.

—¿Cómo voy a dejarte entrar —dije, por fin— si no me sueltas la mano?

El fantasma aflojó su presión. Yo retiré precipitadamente la mano a través del hueco del vidrio roto, amontoné contra él una pila de libros y me tapé los oídos para no oír la dolorosa súplica. Estuve así alrededor de un cuarto de hora, pero en cuanto volvía a escuchar, se oía el mismo ruego lastimero.

—¡Vete! —grité—. ¡No te abriré aunque me lo estés pidiendo veinte años seguidos!

—Veinte años han pasado —musitó la voz—. Veinte años han pasado desde que me perdí.

Empezó a empujar levemente desde fuera. El montón de libros oscilaba. Intenté moverme, pero mis músculos estaban como paralizados, y, en el colmo del horror, empecé a gritar. Mis gritos eran verdaderos, no estaban en el sueño. En medio de la confusión, oí que unos pasos se acercaban a la puerta de la habitación. Alguien la abrió y por las aberturas de la cama percibí luz. Me incorporé, sudoroso, todavía estremecido de miedo. El que había entrado murmuró algunas palabras como si hablase solo, y luego dijo, en el tono de quien no espera recibir respuesta alguna:

—¿Hay alguien ahí?

Reconocí la voz de Heathcliff y comprendí que era necesario revelarle mi presencia ya que, si no, me buscaría y acabaría encontrándome. Descorrí las tablas de la cama. Tardaré en olvidar el efecto que mi acción produjo en él.

Heathcliff estaba quieto, en la puerta. Llevaba la ropa de dormir, sostenía una vela en la mano y su cara estaba blanca como la pared. El ruido de las tablas al descorrerse le causó el efecto de una corriente eléctrica. La vela se deslizó de entre sus dedos, y su excitación era tal que le costó mucho trabajo recogerla.

—Soy su huésped, señor —dije, para evitar que continuase demostrando su miedo—. He gritado sin darme cuenta mientras soñaba. Lamento haberle molestado.

—¡Dios le confunda, señor Lockwood! ¡Váyase al...! —comenzó mi casero—. ¿Quién le ha traído a esta habitación? —continuó, clavándose las uñas en las palmas de las manos y rechinando los dientes para evitar que le castañetearan—. ¿Quién le trajo? Dígamelo para echarle de casa inmediatamente.

—Su criada Zillah —repuse, saltando de la cama y recogiendo mi ropa—. Haga con ella lo que le parezca, porque se lo merece. Probablemente quiso probar a mi costa si este sitio está embrujado. Y le aseguro que, en efecto, está poblado por completo de espectros y fantasmas. Hace usted bien en tenerlo cerrado. Nadie le dará a usted las gracias por dormir aquí.

—¿Qué está usted haciendo? —replicó Heathcliff—. Acuéstese y duerma; pero, por el amor de Dios, no repita el escándalo de antes. No tiene justificación posible, a no ser que le estuvieran cortando la cabeza.

—Si aquella endemoniada bruja llega a entrar, seguro que me hubiese estrangulado —le respondí—. No tengo ganas de soportar más persecuciones de sus hospitalarios antepasados. El reverendo Jabes Branderham, ¿no sería tal vez pariente suyo por parte de madre? Y en cuanto a Catherine Earnshaw, o Linton, o como se llamara, ¡buena pieza debía de estar hecha! Según me dijo, ha andado errando durante veinte años, lo que sin duda es un castigo justo para sus pecados...

En aquel momento recordé que el apellido de Heathcliff estaba unido en el libro al de Catherine, cosa que había olvidado hasta entonces. Me avergoncé de mi descortesía, pero, como si no me diese cuenta de haberla cometido, me apresuré a añadir:

—El caso es que a primera hora de la noche estuve...

—iba a decir «hojeando esos librotes», pero me corregí, y continué—: repitiendo el nombre que hay escrito en esa ventana, como ejercicio para atraer el sueño...

—¿Cómo se atreve a hablarme de este modo estando en mi casa? —rugía entretanto Heathcliff—. Debe de haberse vuelto loco para hablarme así.

De pronto se golpeó la frente con violencia. Yo no sabía si ofenderme o seguir explicándome, pero me pareció que estaba tan conmovido que sentí compasión de él y seguí contándole mi sueño. Le aseguré que nunca había oído pronunciar hasta ese instante el nombre de Catherine Linton, pero que, a fuerza de verlo escrito allí, se plasmó en una forma concreta cuando me dormí.

Mientras hablaba, Heathcliff, poco a poco, había ido retirándose de mi lado, hasta que acabó escondiéndose detrás de la cama. A juzgar por lo sofocado de su respiración, luchaba consigo mismo para reprimir sus emociones. Fingí no darme cuenta, continué vistiéndome y comenté:

—Todavía no son ni las tres. Yo creía que serían las seis por lo menos. El tiempo aquí se hace interminable. Sólo debían de ser las ocho cuando nos acostamos.

—En invierno nos retiramos siempre a las nueve y nos levantamos a las cuatro —replicó mi casero, reprimiendo un gemido y limpiándose una lágrima, según me pareció por un ademán de su brazo—. Acuéstese —añadió—; si baja tan temprano no hará más que estorbar. Además, sus gritos han enviado mi sueño al diablo.

—El mío también —repuse—. Bajaré al patio y daré un paseo hasta que amanezca. Después me iré. No volveré a visitarle, puede estar tranquilo. La experiencia de hoy me ha quitado las ganas de buscar amigos, ni en el campo ni en la ciudad. Un hombre sensato debe tener bastante compañía consigo mismo.

—¡Magnífica compañía! —murmuró Heathcliff—. Coja

la vela y váyase adonde quiera. Me reuniré con usted enseguida. No salga al patio, porque los perros están sueltos. Ni al salón, porque *Juno* está allí de vigilancia. Limítese a andar por los pasillos y las escaleras. Pero váyase. Iré con usted dentro de dos minutos.

Obedecí y me alejé de la habitación todo lo que pude, pero como no sabía adónde iban a parar los estrechos pasillos, me detuve, y entonces asistí a unas demostraciones supersticiosas que me extrañaron, viniendo de un hombre con tanto sentido común como era mi casero.

Se había subido a la cama, y de un tirón había abierto la ventana, mientras estallaba en sollozos.

—¡Ven, Catherine —decía—, ven! Te lo suplico una vez más. ¡Oh, amada de mi corazón, ven, ven!

Pero el fantasma, haciendo alarde de uno de los caprichos comunes a todos los espectros, no se dignó aparecer. En cambio, el viento y la nieve entraron por la ventana y me apagaron la luz.

Había tanto dolor y tanta angustia en la crisis sufrida por aquel hombre que me alejé de allí, reprochándome el haberle escuchado. También me arrepentí de haberle relatado mi pesadilla, que le había afectado muchísimo por razones que no alcanzaba a comprender. Fui al piso de abajo y llegué a la cocina, donde encendí la vela con los restos de la lumbre. No había nadie en la cocina, excepto un gato que salió de entre las cenizas y me saludó con un lastimero maullido.

Dos bancos semicirculares estaban arrimados al hogar. Me tendí en uno de ellos y el gato se instaló en el otro. Ya empezábamos ambos a quedarnos dormidos cuando un intruso invadió nuestro retiro. Era Joseph, que bajaba por una escalera de madera colgada del techo, que debía de conducir a su buhardilla. Dirigió una tétrica mirada a la llama que yo había encendido, echó al gato del banco, se apoderó de él y se dedicó a cargar de tabaco una pipa que medía tres pulgadas de longitud. Debía de considerar mi presencia en su santuario como una desvergüenza que no merecía siquiera ni comentarios.

Sin decir ni una palabra, se llevó la pipa a la boca, se cruzó de brazos y empezó a fumar. Yo no interrumpí su placer, y él, después de aspirar la última bocanada, se levantó, exhalando un hondo suspiro, y se fue tan gravemente como había entrado.

Sonaron cerca de mí otras pisadas más elásticas y, apenas yo abría la boca para saludar, la cerré de nuevo, al oír que Hareton Earnshaw se dedicaba a recitar en voz baja una salmodia compuesta de tantas maldiciones como objetos iba tocando, mientras revolvía en un rincón en busca de una pala o de un azadón con que quitar la nieve. Me miró, dilató las aletas de la nariz y pensó en saludarme a mí, igual que al gato que me hacía compañía. Deduje por sus preparativos que se disponía a salir, así que abandoné mi duro lecho y me apresuré a seguirle. Él lo observó y con el mango de la azada me señaló una puerta.

Aquella puerta comunicaba con el salón. Las mujeres ya estaban en él. Zillah atizaba el fuego con un fuelle colosal, y la señora Heathcliff, arrodillada ante la lumbre, leía un libro al resplandor de las llamas. Mantenía suspendida la mano entre el fuego y sus ojos y permanecía embebida en la lectura, que sólo interrumpía de vez en cuando para reprender a la cocinera si algunas chispas saltaban sobre ella, o para apartar a alguno de los perros que a veces la rozaban con el hocico. Me sorprendió ver también allí a Heathcliff, en pie junto al fuego, de espaldas a mí y, al parecer, acabando de soltarle a la pobre Zillah una buena bronca. Ella, de vez en cuando, suspendía su tarea, se recogía una punta del delantal y dejaba escapar un suspiro.

—En cuanto a ti, miserable... —y Heathcliff profirió una palabra que no puede transcribirse, dirigiéndose a su nuera—, ya veo que continúas con tus odiosas tretas de siempre. Los demás trabajan para ganarse el pan que comen, y únicamente tú vives de mi caridad. ¡Deja ese mamotreto y haz algo útil! ¡Deberías pagarme por la desgracia de estar viéndote siempre!... ¿Me oyes, maldita bestia?

—Dejaré mi mamotreto porque me lo podría usted quitar si me niego —respondió la joven cerrando el libro y tirándolo sobre una silla—. Pero aunque se le encienda a usted la boca injuriándome no haré nada que no sea lo que se me antoje hacer.

Heathcliff alzó la mano, pero su interlocutora, que parecía estar acostumbrada a aquellas escenas, se puso de un salto fuera de su alcance. Como no quería presenciar una pelea al estilo de los perros y los gatos, me aproximé a la lumbre fingiendo no haber reparado en la disputa, y ellos tuvieron el decoro de disimular. Heathcliff, para no caer en la tentación de golpear a su nuera, se metió las manos en los bolsillos. La mujer se retiró a un rincón y mientras estuvo allí permaneció callada como una estatua. Pero yo ya no estuve allí mucho tiempo. Decliné la invitación que me hicieron de que los acompañase a desayunar, y en cuanto empezó a amanecer, salí al aire libre, que estaba frío y claro como el hielo.

Mi casero me llamó mientras yo cruzaba el jardín, y se ofreció a acompañarme a través de los pantanos. Hizo bien, ya que la colina se había convertido en un ondulante mar de nieve que ocultaba todas las desigualdades del terreno. La impresión que yo guardaba de la topografía del suelo no se correspondía con lo que ahora veíamos, porque los hoyos estaban llenos de nieve y los montones de piedras —reliquias del trabajo de las canteras— que bordeaban el camino habían desaparecido bajo la nieve. Yo había observado el día anterior que a lo largo del camino había una hilera de piedras verticales y blanqueadas con cal, que servían de referencia en la oscuridad y también cuando las nevadas podían hacer confundir la tierra segura del camino con las movedizas charcas de sus márgenes. Pero ahora la huella de aquellas piedras había desaparecido y mi acompañante tuvo que advertirme varias veces para impedir que yo me saliera del sendero.

Hablamos muy poco. A la entrada del parque de la Granja, Heathcliff se detuvo, me dijo que suponía que ya no me extraviaría y nos despedimos con una simple inclinación de cabeza. El portero no estaba, y recorrer las dos millas que me quedaban hasta la Granja me costó dos horas, puesto que me equivoqué muchas veces de camino y me perdí en la arboleda; en alguna ocasión, me hundí en la nieve hasta la nuca. El reloj daba las doce cuando llegué a mi casa. Había caminado a razón de una milla por hora desde que salí de Cumbres Borrascosas.

Mi ama de llaves y el resto de personas del servicio acudieron a recibirme con cierto alboroto y me aseguraron que me daban por muerto, y que pensaban ir a buscar mi cadáver entre la nieve. Les aconsejé que se calmaran, puesto que finalmente había regresado. Subí la escalera con dificultad y entré en mi habitación. Estaba entumecido hasta los huesos. Me cambié de ropa y caminé por la estancia treinta o cuarenta minutos para entrar en calor. Luego me instalé en el despacho, tal vez demasiado lejos del alegre fuego y el humeante café que el ama de llaves había preparado para reconfortarme.

Capítulo IV

Verdaderamente, los seres humanos somos mudables como veletas. Yo, que había decidido mantenerme al margen de toda sociedad humana y que agradecía a mi buena estrella el haber ido a parar a un sitio donde mis propósitos podían realizarse plenamente; yo, desdichado de mí, me vi obligado a arriar la bandera. Después de aburrirme mortalmente durante toda la tarde, y con el pretexto del interés por conocer detalles relativos a mi alojamiento, pedí a la señora Dean, cuando me trajo la cena, que se sentase un momento, con el propósito de tirarle de la lengua y mantener una conversación que, o me levantase un poco el ánimo, o me hundiese definitivamente.

—Usted vive aquí hace mucho tiempo —empecé—. Me dijo que dieciséis años, ¿no?

—Dieciocho, señor. Entré al servicio de la señora cuando se casó. Cuando la señora murió, el señor me conservó como ama de llaves.

—Ya...

Hubo una pausa. Pensé que no era amiga de chismorrear, o que acaso lo sería sólo para sus asuntos. Y éstos no me interesaban.

Sin embargo, después de meditar unos segundos, puso las manos sobre las rodillas y una expresión reflexiva se dibujó en su rostro. Así, exclamó:

—Los tiempos han cambiado mucho desde entonces.

—Sí —comenté—. Habrá asistido usted a muchos cambios...

—Y a muchos disgustos también.

«Intentaré conversar con ella sobre la familia de mi casero —pensé—. ¡Debe de ser un tema entretenido! Me gustaría saber la historia de aquella bonita viuda, averiguar si es de aquí o no; que no lo sea me parece lo más probable, ya que aquel indígena tosco y áspero no la reconoce como de su casta...»

Y con esta intención pregunté a la señora Dean si conocía los motivos por los cuales Heathcliff alquilaba la Granja de los Tordos y él se quedaba una residencia de inferior calidad.

—¿No es lo bastante rico para mantener una finca como ésta? —interrogué.

—¡Lo bastante rico! Ni él mismo sabe cuánto capital posee, y, además, lo aumenta de año en año. Es lo bastante rico para vivir en una casa aún mejor que ésta, pero es... muy tacaño... En cuanto ha oído hablar de un buen inquilino para la Granja, no ha querido desaprovechar la ocasión de hacerse con unos cientos de libras más. No comprendo que alguien sea tan codicioso cuando está solo en el mundo.

—¿No tuvo un hijo?

—Sí, pero murió.

—Y la señora Heathcliff, aquella mujer tan guapa, ¿es su viuda?

—Sí.

—¿De dónde es?

—¡Pero, señor, si es la hija de mi difunto amo...! De soltera se llamaba Catherine Linton. Yo la crié. Me hubiera gustado que el señor Heathcliff viniera a vivir aquí, para estar juntas otra vez.

—¿Catherine Linton? —exclamé, asombrado. Luego, al reflexionar, comprendí que no podía ser la Catherine

Linton de la habitación en la que dormí—. ¿Así que el antiguo habitante de esta casa se llamaba Linton?

—Sí, señor.

—¿Y quién es aquel Hareton Earnshaw que vive con Heathcliff? ¿Son parientes?

—No. Es el sobrino de la difunta señora Linton.

—¿Primo de la joven, entonces?

—Sí. El marido de ella era también primo suyo. Uno por parte de madre, otro por parte de padre. Heathcliff se casó con la hermana del señor Linton.

—En la puerta principal de Cumbres Borrascosas he visto una inscripción que dice: «Earnshaw. 1500». Así que supongo que se trata de una familia antigua...

—Muy antigua, señor. Hareton es su último descendiente, y Catherine la última de nosotros..., quiero decir, de los Linton... ¿Ha estado usted en Cumbres Borrascosas? Perdone la curiosidad, pero quisiera saber cómo ha encontrado a la señora.

—¿La señora Heathcliff? Me pareció muy bonita, pero creo que no es muy feliz.

—¡Oh, Dios mío, no me extraña! Y ¿qué opina usted del amo?

—Me parece un tipo bastante áspero, señora Dean. ¿Siempre es así?

—Es áspero como el corte de una sierra, y tan duro como el pedernal; cuanto menos le trate, mejor.

—Debe de haber tenido una vida muy accidentada para haberse vuelto de ese modo. ¿Sabe usted algo de su historia?

—La conozco toda, excepto quiénes fueron sus padres y dónde ganó su primer dinero. A Hareton le han dejado sin nada. El pobre chico es el único de la parroquia que ignora la estafa que le han hecho.

—Vaya, señora Dean, pues haría usted una buena obra si me contara algo sobre esos vecinos. Si me acuesto, no podré dormir. Así que siéntese usted y charlaremos una horita...

—¡Oh, sí, señor! Precisamente tengo unas cosas que coser. Me sentaré todo el tiempo que usted quiera. Pero está usted tiritando de frío y es necesario que tome algo para entrar en calor.

Y la buena mujer salió apresuradamente. Me senté junto al fuego. La cabeza me ardía y tenía helado el resto del cuerpo. Estaba excitado y tenso. Me inquietaba pensar en las consecuencias que pudieran tener para mi salud los incidentes de aquella visita a Cumbres Borrascosas.

El ama de llaves volvió enseguida con un tazón humeante y una cesta de labor. Colocó el tazón en la repisa de la chimenea y se sentó, con aire de satisfacción, motivada sin duda por encontrarse ante un señor tan amigo de la familiaridad.

—Antes de venir a vivir aquí —comenzó, sin esperar a que yo volviese a invitarla a contarme la historia— residí casi siempre en Cumbres Borrascosas. Mi madre había criado a Hindley Earnshaw, el padre de Hareton, y yo solía jugar con los niños. Andaba por toda la finca, ayudaba a las faenas y hacía los recados que me ordenaban. Una hermosa mañana de verano (recuerdo que estaba a punto de comenzar la siega), el señor Earnshaw, el amo antiguo, bajó la escalera con su ropa de viaje, dio instrucciones a Joseph sobre las tareas del día, y dirigiéndose a Hindley, a Catherine y a mí, que estábamos desayunando juntos, preguntó a su hijo:

—¿Qué quieres que te traiga de Liverpool, pequeño? Elige lo que quieras, con tal de que no abulte mucho, porque tengo que ir y volver a pie, y son sesenta millas de caminata...

Hindley le pidió un violín y Catherine, que aunque no

tenía todavía seis años sabía montar todos los caballos de la cuadra, le pidió un látigo. A mí, el señor me prometió que me traería peras y manzanas. Era bueno, aunque algo severo. Luego besó a los niños y se fue.

Durante los tres días de su ausencia, la pequeña Catherine no hacía más que preguntar por su padre. La noche del tercer día, la señora esperaba que llegase a tiempo para la cena, y fue aplazándola hora tras hora. Los niños acabaron cansándose de ir a la verja para ver si su padre llegaba. Se hizo de noche, la señora quería acostar a los pequeños y ellos le rogaban que les dejara esperar. A las once, el señor apareció por fin. Se dejó caer en una silla diciendo, entre risas y quejas, que no volvería a hacer una caminata así ni aunque le ofrecieran todo cuanto había en los tres reinos de la Gran Bretaña.

—Y cargado con todo esto, por poco reviento —añadió abriendo su abrigo—. Mira lo que traigo aquí, mujer. No he llevado en mi vida un peso más grande: acógelo como un don que nos envía Dios aunque, por lo negro que es, parece más bien un enviado del diablo.

Le rodeamos, y por encima de la cabeza de Catherine pude distinguir un sucio y andrajoso niño de pelo negro. Aunque era lo bastante crecido para andar y hablar, ya que parecía mayor que Catherine, cuando le pusimos en pie en medio de todos, permaneció inmóvil mirándonos con turbación y hablando en una jerga ininteligible. Nos asustó, y la señora quería echarle de casa. Luego preguntó al amo que cómo se le había ocurrido traer a aquel gitanillo, cuando ellos ya tenían hijos propios que cuidar. ¿Qué significaba aquello? ¿Se había vuelto loco? El señor intentó explicar lo sucedido, pero como estaba tan fatigado y ella no dejaba de reprenderle, yo sólo saqué en claro que el amo había encontrado al chiquillo hambriento y sin hogar ni familia en las calles de Liverpool, y había decidido recogerlo y traerlo consigo. La señora acabó calmándose y el señor Earnshaw me mandó lavarle, ponerle ropa limpia y acostarle con los niños.

Hindley y Catherine callaron y escucharon hasta que la tranquilidad se restableció. Y entonces empezaron a buscar en los bolsillos de su padre los regalos prometidos. Hindley era ya un muchacho de catorce años, pero cuando encontró en uno de los bolsillos los restos de lo que había sido un violín, rompió a llorar, y Catherine, al oír que el amo había perdido el látigo que le traía por atender al intruso, demostró su disgusto escupiendo al chiquillo y haciéndole muecas. Esto le valió un bofetón de su padre. Los hermanos se negaron en redondo a admitirle en sus camas, y a mí no se me ocurrió nada mejor que dejarle en el rellano de la escalera, con la esperanza de que se hubiese marchado por la mañana. Quizá fue porque oyó la voz del señor, o quizá por casualidad, la cosa es que el chico se dirigió a la habitación del amo. Éste, al averiguar cómo había llegado allí, y al saber dónde le había dejado yo, castigó mis inhumanos sentimientos despidiéndome.

Así entró Heathcliff en la familia. Yo volví a la casa días después, ya que mi expulsión no llegó a ser definitiva, y encontré que le habían puesto al intruso el nombre de Heathcliff, que era el de un niño de los amos que había muerto muy pequeño. Desde entonces, ese «Heathcliff» le sirvió de nombre y de apellido. Catherine y él hicieron muy buenas migas, pero Hindley le odiaba y yo también. Ambos le maltratábamos mucho, y la señora no intervino nunca para defenderle.

Él se comportaba como un niño taciturno y paciente. Quizá estuviera acostumbrado a recibir malos tratos. Aguantaba sin parpadear los golpes de Hindley y no vertía ni una lágrima. Si yo le pellizcaba, no hacía más que suspirar profundamente, como si se hubiese hecho daño él solo, por casualidad. Cuando el señor Earnshaw descubrió que su hijo maltrataba al pobre huérfano, como él le llamaba, se enfureció. Sentía por Heathcliff un sorprendente afecto (más incluso que por Catherine, que era muy traviesa) y creía todo cuanto él le decía, aunque, desde luego, en lo referente a las persecuciones de que era objeto, no llegaba a contar todas las que padecía en realidad.

De manera que, desde el principio, Heathcliff sembró en la casa semillas de discordias. Cuando, dos años más tarde, falleció la señora, Hindley consideraba a su padre como un tirano y a Heathcliff como un intruso que le había robado el cariño paterno y sus privilegios de hijo. Yo compartía sus opiniones, pero cuando los niños enfermaron del sarampión, cambié de criterio. Tuve que cuidarlos, y Heathcliff, mientras estuvo grave, quería tenerme siempre a su lado. Debía de parecerle que yo era muy buena para él, sin comprender que no hacía más que cumplir con mi obligación. Hay que reconocer que era el niño más pacífico que haya atendido jamás una enfermera. Mientras Catherine y su hermano me importunaban de un modo horrible, él era manso como un cordero, seguramente debido más a la costumbre de sufrir que a su propia bondad.

Cuando se restableció y el médico aseguró que ello era en parte consecuencia de mis cuidados, me sentí agradecida hacia quien me había hecho merecer tales alabanzas. Así perdió Hindley la aliada que tenía en mí. De todos modos, mi afecto por Heathcliff no era ciego, y con frecuencia me preguntaba para mis adentros qué era lo que el amo podría ver en aquel niño que, por lo que recuerdo, nunca recompensó a su protector con expresión alguna de gratitud. No es que obrase con insolencia hacia el amo, sino que demostraba indiferencia, aunque le constaba que bastaba una frase suya para que toda la casa se plegase a sus deseos. Recuerdo, por ejemplo, una ocasión en que el señor Earnshaw compró dos potros en la feria del pueblo y regaló uno a cada muchacho. Heathcliff eligió el más hermoso, pero al poco tiempo se dio cuenta de que renqueaba. Entonces dijo a Hindley:

—Tienes que cambiarme el caballo, porque el mío no me gusta. Si te niegas, le contaré a tu padre que me has dado esta semana tres palizas y le enseñaré el brazo, que está lleno de moratones hasta el hombro.

Hindley le sacó la lengua y le abofeteó.

—Lo mejor es que hagas enseguida lo que te digo — continuó Heathcliff, saliendo al portal desde la cuadra, donde estaban—. ¡Ya sabes que si se lo cuento a tu padre, recibirás estos golpes con creces!

—¡Largo de aquí, granuja! —gritó Hindley, amenazándole con una pesa de hierro que se empleaba para pesar patatas.

—Tíramela —dijo Heathcliff sin moverse—. Yo diré que presumes de que me echarás a la calle en cuanto tu padre se muera, y veremos si entonces no eres tú el que sale de esta casa.

Hindley le tiró la pesa y le dio a Heathcliff en el pecho. Cayó al suelo, pero se levantó al instante, pálido y tambaleante. De no habérselo impedido yo misma, habría ido enseguida a presentarse al amo, que, sólo con ver el estado en el que se encontraba, habría castigado la mala acción de Hindley.

—Quédate con mi caballo, gitano —rugió entonces el joven Earnshaw—, y ¡ojalá te desnuques con él! ¡Cógelo y vete al diablo, maldito intruso! Quítale a mi padre todo lo que tiene, y demuéstrale quién eres después de hacerlo, engendro de Satanás. ¡Quédatelo, y ojalá te rompa el cráneo a coces!

Heathcliff se dirigió al animal y se puso a desatarlo para cambiarlo de sitio. Hindley, al terminar de hablar, le derribó de un golpe haciéndolo caer entre las patas del caballo, y sin detenerse a ver si sus maldiciones se cumplían, salió corriendo. Me asombró la serenidad con la que el niño se levantó y llevó a cabo su próposito. Cambió los arreos de las caballerías y después se sentó en un haz de heno, para dejar que le pasara el efecto del violento golpe sufrido, antes de volver a entrar en la casa. No me costó convencerle de que atribuyese al caballo la culpa de sus contusiones. Él había conseguido lo que deseaba, y lo demás le importaba poco. Viendo que casi nunca se quejaba de incidentes como aquél, yo no creía que fuese vengativo, pero mi equivocación fue muy grande, como va usted a comprobar.

Capítulo V

A medida que el tiempo pasaba, el señor Earnshaw iba decayendo. Había sido un hombre enérgico y sano, pero cuando sus fuerzas le abandonaron y se vio obligado a pasarse la vida al lado de la chimenea, se convirtió en una persona suspicaz e irritable. Se ofendía por todo y se enfurecía ante cualquier imaginaria falta de respeto. Esto le ocurría especialmente cuando alguien pretendía imponerse a su favorito o le ordenaba algo empleando un tono seco. Velaba celosamente para que no le molestaran con ninguna palabra desagradable, y parecía que tenía metida en la cabeza la idea de que el cariño con que distinguía a Heathcliff hacía que todos le odiasen y deseasen jugarle malas pasadas. Esto iba en perjuicio del muchacho, porque como ninguno queríamos hacer enfadar al amo, nos plegábamos a todos los caprichos de su preferido, y con ello fomentábamos su soberbia y su mal carácter. En dos o tres ocasiones, los desprecios que Hindley hacía a Heathcliff en presencia de su padre excitaron la cólera del anciano, quien cogía su bastón para golpear a su hijo y se estremecía de ira al no poder hacerlo por falta de fuerzas.

Finalmente, el cura (porque entonces había aquí un cura que se ganaba la vida dando clases a los niños de las familias Linton y Earnshaw y labrando él mismo su terreno) aconsejó que se enviara a Hindley al colegio, y el señor Earnshaw consintió, aunque de mala gana ya que decía que Hindley era un obtuso y que no haría nunca nada, fuera a donde fuera.

Yo abrigaba la esperanza de que la paz se restableciera entonces, porque me dolía mucho que el amo estuviera pagando las consecuencias de su buena acción. Yo suponía que los disgustos familiares estaban amargando su vejez. Por lo demás, hacía cuanto quería, y las cosas no habrían ido del todo mal de no ser por la señorita Catherine y por Joseph, el criado. Supongo que usted le habrá visto... Era, y debe de seguir siendo, el más odioso fariseo que se haya visto nunca, siempre dispuesto a creerse objeto de las bendiciones divinas y a lanzar maldiciones en nombre de Dios sobre cualquiera. Sus sermones producían mucha impresión al señor Earnshaw y, a medida que éste se iba debilitando, crecía el ascendiente de Joseph sobre él. No cesaba un momento de mortificarle con consideraciones sobre la salvación eterna y con la necesidad de educar bien a sus hijos y ser rígido con ellos. Procuraba que considerase a Hindley como a un réprobo, y le contaba largos relatos sobre las diabluras de Heathcliff y Catherine, acumulando las mayores culpas sobre la niña, con lo que creía adular las inclinaciones de su padre.

Ella, desde luego, era la niña más caprichosa y traviesa que yo haya visto jamás, y nos hacía perder la paciencia mil veces al día. Desde que se levantaba hasta que se acostaba, no nos dejaba estar ni un minuto tranquilos. Tenía siempre el genio dispuesto para la disputa y nunca daba paz a la lengua. Cantaba, reía y se burlaba de todo el que no hiciese lo mismo que ella. De todos modos, creo que no tenía malos sentimientos, porque cuando hacía sufrir a alguien de veras, se apresuraba a acudir a su lado para consolarle. Pero tenía hacia Heathcliff un excesivo afecto. No podía aplicársele castigo mayor que separarla de él, a pesar de que siempre estaban riñéndole por su culpa. Cuando jugaba, le gustaba hacer de señora y usaba las manos más de la cuenta para imponer su voluntad. Quería obrar igual conmigo, pero yo le hice saber que no estaba dispuesta a soportar sus golpes ni sus mandatos.

El señor Earnshaw no sabía tolerar los juegos infantiles. Siempre había sido severo con los niños, y Catherine no se explicaba por qué en su ancianidad era más gruñón que antes. Sentía un verdadero y maligno placer en provocarle. Era más feliz que nunca cuando la reprendíamos, poniéndose insolente y replicándonos con mordacidad, haciendo burla de las piadosas invocaciones de Joseph, buscándonos las vueltas y, en resumen, haciendo lo que más desagradaba a su padre. Además, actuaba como si estuviera interesada en demostrar que ella tenía más influencia sobre Heathcliff que las bondades de su padre. Después de hacer durante todo el día todo el mal que le era posible, al llegar la noche acudía a su padre con actitud mimosa, queriendo hacer las paces con él a base de zalamerías.

—Vete, déjame, Catherine —decía el anciano—. No puedo quererte. Eres todavía peor que tu hermano. Anda, vete a rezar y pide a Dios que te perdone. Mucho temo que a tu madre y a mí nos pese algún día el haberte traído al mundo.

Al principio, estos razonamientos la hacían llorar, pero luego se habituó a ellos, y se echaba a reír cuando su padre le mandaba que pidiese perdón por sus faltas.

Al fin llegó el momento de que terminasen los dolores del señor Earnshaw en este mundo. Murió una noche de octubre, plácidamente, mientras estaba sentado en su sillón al lado del fuego. Soplaba un fuerte viento contra la casa, y resonaba en el cañón de la chimenea. Era un aire salvaje y tempestuoso, pero no hacía frío. Estábamos todos juntos: yo un poco apartada de la lumbre, haciendo punto, y Joseph leyendo la Biblia. Los criados, entonces, cuando terminaban sus faenas, solían reunirse en el salón con los señores. La señorita Catherine estaba tranquila, porque había estado enferma poco antes y permanecía apoyada en las rodillas de su padre. Heathcliff se había tumbado en el suelo, con la cabeza encima de la falda de Catherine. El amo, me acuerdo muy bien, antes de caer en el letargo del que no salió, acariciaba la hermosa cabellera de la muchacha y, extrañado de verla tan juiciosa, decía:

—¿Por qué no eres siempre una niña buena?

Ella le miró, se echó a reír y repuso:

—Y usted, padre, ¿por qué no es siempre un hombre bueno?

Pero, viendo que se disgustaba, le besó la mano y le dijo que le cantaría para que se durmiese. Empezó, en efecto, a cantar en voz baja. Al cabo de un rato, los dedos del anciano se desprendieron del pelo de la niña y reclinó la cabeza sobre el pecho. Le dije que se callara y que no se moviera para no despertar al amo. Durante más de media hora permanecimos en silencio, y habríamos seguido más tiempo así de no haberse levantado Joseph diciendo que era hora de despertar al señor para rezar y acostarse. Se adelantó, le llamó y le tocó en el hombro pero, notando que no se movía, cogió la vela y le miró. Cuando retiró la luz comprendí que aquello no era normal. Cogió a cada niño por un brazo y les dijo, en voz baja, que subiesen a su cuarto y rezasen solos, porque él tenía mucho que hacer aquella noche.

—Primero voy a dar las buenas noches a papá —dijo Catherine. Y le echó los brazos al cuello, antes de que pudiéramos impedírselo. Comprendió enseguida lo que pasaba y exclamó:

—¡Oh, ha muerto, Heathcliff! Ha muerto.

Y ambos empezaron a llorar de un modo que desgarraba el alma.

Yo me uní a su llanto; pero Joseph nos interrumpió diciéndonos que por qué llorábamos tanto por un santo que se había ido al cielo. Después me mandó ponerme el abrigo y correr a Gimmerton a buscar al médico y al sacerdote. Yo no podía comprender de qué iban a servir ya, pero, no obstante, salí deprisa, a pesar del viento y la lluvia. El médico vino inmediatamente. Dejé a Joseph dándole explicaciones al doctor y subí al cuarto de los niños. Tenían la puerta abierta y aún no se habían acostado, aunque era más de medianoche, pero estaban más calmados y no necesitaban que yo los consolase. En su inocente conversación, sus ingenuas almas se describían mutuamente las bellezas del cielo como ningún sacerdote hubiera sabido hacerlo. Mientras los escuchaba, llorando, no pude más que alegrarme de que estuviéramos allí los tres juntos, a cubierto de todo mal...

Capítulo VI

El señor Hindley vino para asistir a los funerales y, con gran asombro de la vecindad, trajo a una mujer con él. Nunca nos dijo quién era ni dónde había nacido. Debía de carecer de fortuna y de nombre distinguido porque, si no, no hubiera ocultado a su padre su matrimonio.

Ella no causó muchas molestias en casa. Se mostraba encantada de cuanto veía allí, excepto de los preparativos del entierro. Viéndola actuar durante la ceremonia, pensé que era medio tonta. Me hizo acompañarla a su habitación, a pesar de que yo tenía que vestir a los niños, y se sentó, temblando y apretando los puños. No hacía más que preguntarme:

—¿Se han ido ya?

Enseguida comenzó a explicar de una manera histérica el efecto que le producía tanto luto. Al verla estremecerse y llorar, le pregunté qué le pasaba, y me contestó que tenía miedo a morir. Me pareció que tan expuesta estaba a morir como yo. Era delgada, pero tenía la piel fresca y juvenil, y sus ojos brillaban como dos diamantes. Noté, sin embargo, que cualquier ruido inesperado la sobresaltaba, y que tosía de vez en cuando, pero yo no sabía lo que esos síntomas pronosticaban y no sentía, además, simpatía alguna hacia ella. Aquí, en general, señor Lockwood, no solemos simpatizar mucho con los forasteros, a no ser que ellos empiecen por simpatizar con nosotros.

El joven Earnshaw había cambiado mucho en aquellos

tres años. Estaba más delgado y más pálido, y vestía y hablaba de un modo muy diferente. El mismo día que llegó, nos advirtió a Joseph y a mí de que debíamos limitarnos a estar en la cocina, de forma que el salón quedase para su uso exclusivo. Al principio pensó en empapelar y acondicionar una estancia interior para convertirla en una salita, pero a su mujer tanto le gustó el amplio salón, con su suelo blanco, su enorme chimenea, su aparador y sus platos, que prefirieron aquella habitación para cuarto de estar, y abandonó el proyecto.

Asimismo, la mujer de Hindley se mostró muy satisfecha de su cuñada. Andaba con ella por la casa, jugaban juntas, la besaba y le hacía obsequios, pero pronto se cansó y, a medida que disminuía en sus muestras de cariño, Hindley se volvía más déspota. Cualquier palabra de su mujer que indicase desafecto hacia Heathcliff despertaba en él sus antiguos odios infantiles hacia él. Lo relegó a la compañía de los criados, y le mandó que se dedicase a las mismas tareas de labranza que los otros mozos de la finca.

Al principio, Heathcliff toleró con bastante resignación su nuevo estado. Catherine le enseñaba lo que ella aprendía, trabajaba en el campo con él y jugaban juntos. Los dos iban creciendo en un abandono completo, y el joven amo no se preocupaba para nada de lo que hacían, con tal de que no le molestaran. Ni siquiera se ocupaba de que fueran a la iglesia los domingos. Cada vez que los chicos se escapaban y Joseph o el cura le censuraban su descuido, se limitaba a mandar que apaleasen a Heathcliff y que castigasen sin comer a Catherine. Ellos no conocían mejor diversión que escaparse a los pantanos, y cuando se les castigaba por ello lo tomaban a risa. Aunque el cura marcase a Catherine un montón de capítulos para que se los aprendiera de memoria, y aunque Joseph pegase a Heathcliff hasta dolerle el brazo, los chiquillos lo olvidaban todo en cuanto volvían a estar juntos. Yo lloré más de una vez en silencio, viéndolos crecer más traviesos cada día, pero no me atrevía a decirles nada, por temor a perder la poca influencia que aún conservaba sobre las desamparadas criaturas. Un domingo por la tarde, les hicieron salir del salón debido a alguna travesura que habían cometido, y cuando fui a buscarlos no los encontré por ningún sitio. Registramos la casa, el patio y el establo, y no hallamos ni rastro de ellos. Finalmente, Hindley, indignado, mandó cerrar la puerta con cerrojo y prohibió que nadie les abriese si volvían durante la noche. Todos se acostaron, menos yo, que me quedé en la ventana, aunque llovía, para poder abrirles si llegaban, a pesar de la prohibición del amo. Al poco rato, oí pasos y vi brillar una luz al otro lado de la verja. Me puse un pañuelo en la cabeza y me apresuré a salir, para que no llamasen y despertaran al señor. El recién llegado era Heathcliff, y el corazón me dio un vuelco al verle solo.

—¿Dónde está la señorita? —grité con impaciencia—. Espero que no le haya pasado nada.

—Está en la Granja de los Tordos —repuso— y allí estaría yo también si hubiesen tenido el detalle de decirme que me quedase.

—Bueno —le dije—, pues ya pagarás las consecuencias. No pararás hasta que te echen de casa. ¿Qué se os había perdido en la Granja de los Tordos?

—Déjame cambiarme de ropa, y ya te lo contaré, Ellen —contestó.

Le recomendé que procurara no despertar al amo, y mientras yo esperaba a que se desnudase para apagar la vela, continuó:

—Pues Catherine y yo salimos del lavadero pensando en ir a dar una vuelta. Luego, vimos las luces de la Granja, y se nos ocurrió ir a ver si los niños de los Linton se pasan los domingos escondidos en los rincones y temblando, mientras sus padres comen, beben, ríen, cantan y se queman las pestañas delante del fuego. ¿Tú crees que lo pasan así, que el criado les da sermones, les enseña el catecismo y les hace que se aprendan de carrerilla una lista de nombres de las Sagradas Escrituras, si no aciertan la respuesta?

—No lo creo —respondí—, porque son niños buenos, y no merecen el trato que se os aplica a vosotros por lo mal que os portáis.

—¡Tonterías! —replicó—. Fuimos corriendo desde las Cumbres hasta el parque, sin pararnos. Catherine llegó rendida, porque iba descalza. Tendrás que buscar mañana sus zapatos en el barro. Entramos por un hueco que encontramos en el seto, subimos a tientas el sendero y nos instalamos en una maceta debajo de la ventana del salón. No habían cerrado los postigos, las cortinas estaban sólo a medio echar y una espléndida luz salía a través de los cristales. Nos pusimos de puntillas y, sujetándonos luego al alféizar de la ventana, vimos una magnífica habitación con una alfombra roja. El techo era blanco como la nieve, tenía una orla dorada y de él colgaba una lámpara de gotas de cristal, suspendida de una cadena de plata, que brillaba con la luz de muchas velitas. Los viejos Linton no estaban allí, Edgar y su hermana tenían todo el cuarto para ellos. ¿Cómo no iban a ser felices? A nosotros nos hubiera parecido estar en el cielo. Y ahora, vamos a ver si adivinas lo que hacían esos niños buenos que tú dices. Isabella, que me parece que tiene unos once años, uno menos que Catherine, estaba en un rincón, gritando como si las brujas la pinchasen con agujas al rojo vivo. Edgar estaba junto a la chimenea llorando en silencio, y encima de la mesa vimos un perrito, al que casi habían partido en dos al pelearse por él, según comprendimos por las acusaciones que se dirigían uno a otro y por los gruñidos del animal. ¡Vaya par de tontos! ¡Pelearse por un montón de pelos calientes! Y en aquel momento lloraban porque, después de pegarse para cogerlo, ya no lo quería ninguno de los dos. Nosotros nos moríamos de risa viendo aquello. ¿Cuándo me has visto a mí querer lo mismo que Catherine? ¿Nos has visto alguna vez, cuando estamos solos, gritar, llorar y revolcarnos, cada uno en un extremo del salón? ¡No cambiaría la vida que lleva Edgar Linton en la Granja de los Tordos por la que hago yo aquí, ni aunque me diesen la satisfacción de poder tirar a Joseph desde lo alto del tejado y de pintar la fachada de la casa con la sangre de Hindley!

—¡Cállate, cállate! —le interrumpí—. Y dime, Heathcliff, ¿por qué se ha quedado allí Catherine?

—Como te he dicho, nos echamos a reír. Los Linton nos oyeron, y se precipitaron hacia la puerta veloces como flechas. Hubo un momento de silencio, y después les oímos chillar: «¡Papá, mamá, venid! ¡Ay!». Creo que era algo así lo que gritaban. Hicimos entonces un ruido espantoso para asustarlos más aún, y luego nos soltamos de la ventana y echamos a correr, porque oímos que alguien intentaba abrirla. Yo llevaba a Catherine de la mano, y le decía que se diese prisa, cuando de pronto cayó al suelo. «¡Corre, Heathcliff!», me dijo. «Han soltado el perro, y me ha agarrado.» El animal la había cogido por el tobillo, Ellen. Le oí gruñir. Catherine no gritó. Le habría parecido despreciable gritar aunque se hubiese visto entre los cuernos de un toro bravo. Pero yo sí grité. Lancé tantas maldiciones que habría bastante con ellas para pulverizar a todos los diablos del infierno. Luego cogí una piedra y la metí en la boca del animal, tratando furiosamente de introducírsela en la garganta. Salió un bestia de criado con una linterna y gritó: «¡No sueltes, *Skulker*, no sueltes!». Pero cuando vio en qué situación estaba el perro, cambió de tono. El animal tenía un palmo de lengua fuera de la boca y chorreaba sangre por el hocico. El hombre cogió a Catherine, que estaba medio desmayada, no de miedo, sino de disgusto, y se la llevó. Yo los seguí profiriendo toda clase de insultos y amenazas de venganza.

»—¿A quién habéis capturado, Robert? —preguntó Linton desde la puerta.

»—*Skulker* ha cogido a una muchacha, señor —repuso el criado—, y aquí hay también un mozalbete que me parece que es una buena pieza —añadió sujetándome—. Seguramente los ladrones se proponían hacerles entrar por la ventana para que abriesen la puerta cuando estuviéramos dormidos, y poder así asesinarnos impunemente. ¡Y tú cállate, maldito ladrón! Esto te costará la horca. No suelte la escopeta, señor Linton.

»—No la suelto, Robert —contestó el imbécil del viejo—. Los bribones habrán logrado enterarse de que ayer fue día de cobro y les habrá parecido una buena ocasión. ¡Entrad, entrad, que los recibiremos bien! John: echa la cadena. Jenny: dale agua al perro. ¡Han venido a meterse en la boca del lobo! ¡Y en domingo, nada menos! ¡Qué poca vergüenza! Mira, querida Mary: es un niño, no tengas miedo. Pero tiene tan mala pinta que se haría un bien a la sociedad ahorcándole antes de que realice los crímenes que ha de cometer a juzgar por su mala índole.

»Me llevó bajo la araña del salón. La señora Linton se puso las gafas para examinarme y los cobardes de los niños se acercaron también muy asustados. Isabella balbuceó:

»—¡Qué horror! Enciérrale en el sótano, papá. Se parece mucho al hijo de la gitana que me robó mi faisán domesticado. ¿Verdad, Edgar?

»Mientras me miraban, apareció Catherine y se echó a reír al oír a Isabella. Edgar Linton, después de contemplarla fijamente, la reconoció. Algunas veces nos hemos encontrado en la iglesia.

»—¡Es Catherine Earnshaw! —exclamó—. Y mira cómo le sangra el pie, mamá.

»—No digas disparates. ¡Catherine Earnshaw en compañía de un gitano! ¡Oh, es verdad y va de luto! Es ella. ¡Y pensar que podría quedarse coja para siempre!

»—¡El culpable es su hermano! —dijo el señor Linton, volviéndose hacia Catherine—. He sabido por el padre Shielder que no se ocupan para nada de su educación. ¿Y éste? ¿Quién es éste? ¡Ah, ya, es aquel niño vagabundo que nuestro difunto vecino trajo de Liverpool!

»—De todos modos, es un niño malo, que no debía vivir en una casa respetable —observó la vieja señora—. ¿Has visto cómo hablaba, Linton? Me disgusta que mis hijos le hayan oído.

»Volví a maldecirlos cuanto pude (perdóname, Ellen), y entonces mandaron a Robert que me echase fuera. No quise irme sin Catherine, pero él me llevó a la fuerza al jardín, me dio una linterna, me dijo que iba a contarle al señor Earnshaw cómo me había portado y, después de ordenarme que me largara, cerró la puerta.

»Como las cortinas seguían descorridas, volví a la ventana, y me propuse romper todos los cristales si Catherine quería irse y no se lo permitían. Pero ella estaba sentada tranquilamente en el sofá. La señora Linton, que le había quitado el mantón que nosotros habíamos cogido para hacer nuestra excursión, le hablaba, supongo que riñéndola. Como era una señorita la trataba de otra forma que a mí. La criada trajo una palangana de agua caliente y le lavaron el pie. Luego el señor Linton le ofreció un vasito de vino dulce, mientras Isabella le ponía en el regazo un plato con bollos y Edgar permanecía callado a poca distancia. Después le secaron los pies, la peinaron, le pusieron unas zapatillas que le venían muy grandes y la sentaron junto al fuego. Así la dejé, lo más alegre que te puedas imaginar, repartiendo los dulces con *Skulker* y con el perro pequeño, y a veces haciéndoles cosquillas en el hocico. Todos estaban admirados de ella. Y no es extraño, porque vale mil veces más que ellos y que cualquier otra persona. ¿Verdad que sí, Ellen?

—Esto traerá consecuencias, Heathcliff —le contesté, abrigándole y apagando la luz—. Eres incorregible. El señor Hindley tendrá que tomar medidas rigurosas, ya lo verás.

Mis palabras fueron más ciertas de lo que yo hubiera deseado. Aquella aventura enfureció a Earnshaw. Para colmo, al día siguiente el señor Linton vino a hablar con el amo y le soltó tal sermón sobre su modo de educar a los niños que Hindley se consideró obligado a poner a raya a Heathcliff. No ordenó que se le pegara, pero le comunicó que a la primera palabra que dirigiera a Catherine, le echaría a la calle. La señora Earnshaw se encargó de corregir a su cuñada cuando volvió a casa por medio de la persuasión, ya que por la fuerza no hubiera conseguido nada.

Capítulo VII

Catherine estuvo cinco semanas en la Granja de los Tordos y no regresó hasta Navidad. La herida se le curó y sus modales mejoraron mucho. Mientras tanto, la señora la visitó con frecuencia, y puso en práctica su plan de educación, procurando despertar la autoestima de Catherine y haciéndole valiosos regalos en forma de vestidos y otras cosas. Así que cuando Catherine volvió, en vez de aquella salvaje que saltaba despeinada por la casa, vimos apearse de una bonita jaca negra a una digna personita, cuyos rizos colgaban bajo el velo de un sombrero con plumas. Venía envuelta en un manto largo que tenía que sostener con las manos para que no le arrastrase por el suelo. Hindley la ayudó a bajarse y exclamó, muy satisfecho:

—Te has puesto muy guapa, Catherine. No te hubiera conocido. Ahora pareces una verdadera señorita. ¿Verdad, Frances, que Isabella Linton no puede compararse con ella?

—Isabella Linton no tiene la gracia natural de Catherine, pero es preciso que no vuelva a convertirse en una salvaje —repuso la esposa de Hindley—. Ellen, ayuda a desvestirse a la señorita Catherine. Espera, querida, no te despeines. Voy a quitarte el sombrero.

Cuando le quité el manto, la niña apareció con un bonito traje de seda a rayas, unos pantalones blancos y unos zapatos relucientes. Los perros fueron a saludarla, y aunque sus ojos resplandecían de alegría, no se atrevió a tocar a los animales por no ensuciarse el vestido. A mí me besó, pero con precaución, pues yo estaba preparando el pastel de Navidad y me encontraba toda enharinada. Después buscó con la mirada a Heathcliff. Los señores esperaban con ansia el momento de su encuentro con él, para poder juzgar las posibilidades que tenían de separarla definitivamente de su amigo.

Heathcliff apareció enseguida. El muchacho ya era de por sí muy dejado y nadie se ocupaba de él antes de la ausencia de Catherine, pero ahora todo ello había empeorado. Yo era la única que me preocupaba de hacer que se lavase una vez a la semana. Los muchachos de su edad no suelen ser amigos del agua. Tenía el pelo desgreñado y la cara y las manos cubiertas con una capa de suciedad, por no hablar de su ropa, que llevaba desde hacía tres meses, sometiéndola al barro y al polvo. Permanecía escondido, mirando a la bonita joven que acababa de entrar, asombrado de verla tan bien vestida y no hecha una facha como él mismo.

—¿Y Heathcliff? —preguntó Catherine, quitándose los guantes y descubriendo unos dedos que, de no hacer nada ni salir nunca, se le habían puesto prodigiosamente blancos.

—Sal, Heathcliff —gritó Hindley, alegrándose por anticipado del mal efecto que el muchacho, con su pinta de pilluelo, iba a producir a la señorita—. Ven a saludar a la señorita Catherine como lo han hecho los demás criados.

Catherine, al ver a su amigo, corrió hacia él, le besó seis o siete veces en cada mejilla y después, separándose un poco, le dijo, riendo:

—¡Huy, qué negro estás y qué cara de enfadado tienes! Claro: es que me he acostumbrado a ver a Edgar y a Isabella. ¿Me has olvidado, Heathcliff?

—Dale la mano, Heathcliff —dijo Hindley, con aire de condescendencia—. Por una vez, tienes permiso.

—No quiero —repuso el muchacho—. No estoy dispuesto a que se rían de mí.

Y trató de alejarse, pero Catherine le sujetó.

—No pretendía burlarme de ti. No pude contenerme al ver tu aspecto. Anda, dame la mano por lo menos. Si te lavas la cara y te peinas, estarás muy bien. ¡Pero ahora estás tan sucio!

Examinó los negros dedos que tenía entre los suyos y luego se miró el vestido, temiendo que con aquel contacto hubiese adquirido algo que no fuera precisamente embellecimiento.

—Nadie te mandaba tocarme —dijo él, separando su mano de un tirón—. Soy tan sucio como me da la gana, y me gusta estar sucio, y seguiré siendo sucio.

Y se largó de la habitación, con gran alegría de los amos y gran consternación de Catherine, que no acababa de comprender por qué sus comentarios le habían producido una explosión de furia como aquélla.

Después de haber ayudado a desvestirse a la recién llegada, de meter los pasteles en el horno y de encender la lumbre, me senté dispuesta a entretenerme cantando villancicos, sin hacer caso a Joseph, que me aseguraba que el tono que yo empleaba era demasiado profano. Él se marchó a su cuarto a rezar, y los señores Earnshaw distraían a la joven enseñándole los regalos que habían comprado para los Linton en prueba de agradecimiento por sus atenciones. Habían invitado a los Linton a pasar el día siguiente en Cumbres Borrascosas, y ellos habían aceptado a condición de que sus hijos no tuvieran que tratar con aquel «travieso chico que maldecía tanto».

Me quedé sola. La cocina olía a las especias de los guisos. Yo miraba la brillante batería de cocina, el reluciente reloj, los vasos de plata alineados en la bandeja y la impecable limpieza del suelo, de cuyo barrido y fregado me había preocupado con especial esmero. Todo me pareció a punto y digno de alabanza, y recordé una ocasión en que el amo anciano —que siempre solía dar un vistazo en casos como aquél—, viendo lo bien que estaba todo, me había regalado un chelín, llamándome a la vez «buena moza». Luego pensé en el cariño que él había sentido hacia Heathcliff y en el temor que tenía de que fuera abandonado si él faltase, y pensando en la situación actual del muchacho, casi me dieron ganas de llorar. Después pensé que mejor que lamentar sus desdichas sería procurar remediarlas, así que me levanté y fui al patio a buscarle. Le encontré enseguida: estaba en la cuadra cepillando el lustroso pelo de la jaca nueva y dando de comer a los demás animales.

—Date prisa —le dije—. La cocina está limpia y confortable, y Joseph se ha ido a su cuarto. Procura acabar pronto y vístete antes de que salga la señorita Catherine. Así podréis estar juntos y charlar al lado de la lumbre hasta la hora de acostarse.

Él siguió haciendo su faena. Hacía todos los esfuerzos para no mirarme.

—Anda, ven —proseguí—. Necesitarás media hora para arreglarte. Hay un pastel para cada uno de vosotros.

Esperé otros cinco minutos pero, en vista de que no me contestaba, me fui. Catherine comió con su hermano y su cuñada. Joseph y yo celebramos una cena muy cordial, amenizada con sus reproches y mis malas contestaciones. El pastel y el queso de Heathcliff estuvieron toda la noche sobre la mesa para alimento de los duendes. Él estuvo trabajando hasta las nueve, y a esa hora se fue a su habitación, siempre taciturno y obstinado. Catherine estuvo hasta muy tarde preparándolo todo para recibir a sus nuevos amigos, y cuando entró en la cocina para buscar a su antiguo compañero de juegos y vio que no estaba se limitó a preguntar por él y a marcharse. A la mañana siguiente, Heathcliff se levantó temprano, y como era día de fiesta, se fue, malhumorado, a los pantanos, y no volvió a aparecer hasta después de que la familia se fuera a la iglesia. Pero el ayuno y la soledad debieron de hacerle reflexionar y cuando regresó, después de estar un rato conmigo, me dijo, de pronto:

—Ellen, vísteme. Voy a ser bueno.

—Ya era hora, Heathcliff —comenté—. Le has dado un disgusto a Catherine. Cualquiera diría que la envidias porque la miman más que a ti.

La idea de sentir envidia hacia Catherine le resultó incomprensible, pero lo de disgustarla lo comprendió muy bien. Me preguntó, poniéndose muy serio:

—¿Se ha enfadado?

—Se echó a llorar cuando le dije esta mañana que te habías ido.

—Yo también he llorado esta noche —respondió—, y con más motivos que ella.

—¿Sí? ¿Qué motivos tenías para irte a la cama con el corazón lleno de soberbia y el estómago vacío? Los soberbios no hacen más que dañarse a sí mismos. Pero si estás arrepentido, debes pedirle perdón cuando vuelva. Vas arriba, le das un beso y le dices... Bueno, ya sabes tú lo que le tienes que decir. Pero hazlo sinceramente, y no como si ella fuera una extraña por el hecho de que la hayas visto mejor vestida. Ahora voy a arreglármelas para vestirte de un modo que Edgar Linton parezca un muñeco a tu lado. Aunque eres más pequeño que él, eres mucho más alto y más ancho de espaldas. Podrías tumbarle de un soplo, ¿verdad?

La cara de Heathcliff se iluminó por un momento, pero su alegre expresión se apagó enseguida. Y suspiró:

—Sí, Ellen, pero aunque le tumbara veinte veces, él no dejaría de ser más guapo que yo. Yo quisiera tener el pelo rubio y la piel blanca como él, vestir bien, tener tan buenos modales y ser tan rico como él llegará a serlo.

—¡Eso! Y llamar a mamá constantemente, y asustarte siempre que otro niño te amenace con el puño y quedarte en casa cada vez que llueva un poco. No seas pobre de espíritu, Heathcliff. Mírate al espejo y escucha lo que tienes que hacer. ¿Ves esas arrugas que tienes entre los ojos, y esas cejas espesas que se contraen en lugar de arquearse, y esos dos negros demonios que jamás abren francamente sus ventanas, sino que brillan entornados como si fueran espías de Satanás? Proponte suavizar esas arrugas, levantar esos párpados sin temor, y convertir esos dos demonios en dos ángeles que vean siempre amigos allí donde no haya enemigos indudables. Y esfuérzate en conseguirlo. No adoptes ese aspecto de perro cerril que cree que merece las patadas que recibe, y que odia a todo el mundo igual que al que le maltrata.

—Sí, debo proponerme adquirir los ojos y la frente de Edgar Linton. Bien, pues ya lo deseo, pero ¿crees que haciendo lo que me dices conseguiré alguna vez tenerlos así y ser como él?

—Si eres bueno de corazón, serás agradable de cara, muchacho, aunque fueras un negro. Ahora que estás lavado y peinado y pareces más alegre, ¿verdad que te encuentras más guapo? Te aseguro que sí. Puedes pasar por un príncipe de incógnito. Y a saber si tu padre no era emperador de la China y tu madre reina de la India, y si con sus rentas de una sola semana no podrían comprar Cumbres Borrascosas y la Granja de los Tordos juntas. A lo mejor te robaron unos marineros y te trajeron a Inglaterra. Yo, si estuviera en tu lugar, me imaginaría cosas como ésas, y con ellas iría soportando las miserias que tiene que aguantar un labrador...

Mientras yo hablaba así, y conseguía que Heathcliff fuese poco a poco desarrugando el ceño, oímos un estrépito que al principio sonaba en la carretera y luego llegó al patio. Heathcliff acudió a la ventana y yo a la puerta, en el mismo momento en que los Linton bajaban de su carruaje, todos envueltos en abrigos de pieles, y los Earnshaw descendían de sus caballos. Catherine cogió a los niños de la mano y los llevó junto a la chimenea; sus rostros recuperaron el color con rapidez.

Yo animé a Heathcliff para que acudiera y mostrara su buen talante, pero tuvo la desgracia de que, al abrir la puerta de la cocina, tropezó con Hindley, que la estaba abriendo por el otro lado. El amo quizá se sintió incómodo al verle tan animado y tan arreglado, o quizá por complacer a la señora Linton, le empujó violentamente y dijo a Joseph:

—Llévalo al desván hasta después de que hayamos comido. De lo contrario, tocará los dulces con los dedos y robará las frutas si se le permite estar un solo minuto aquí.

—No hará nada de eso, señor —me atreví a replicar—. Y espero que participe de los dulces como nosotros.

—Participará de la paliza que le pegaré si le veo por aquí abajo esta noche —gritó Hindley—. ¡Fuera de aquí, vagabundo! Ahora quieres presumir de elegante, ¿verdad? Como te agarre esos mechones, ya verás cómo te los pongo más largos todavía...

—Ya los tiene bastante largos —comentó el joven Linton, que acababa de aparecer en la puerta—. Le caen sobre los ojos como la crin de un caballo. No sé cómo no le dan dolor de cabeza.

Aunque hizo aquella observación sin ánimo de molestarle, Heathcliff, cuyo rudo carácter no toleraba impertinencias, y más viniendo de alguien a quien consideraba como su rival, tomó una fuente llena de zumo de manzana caliente y se la tiró en pleno rostro al muchacho. Éste lanzó un grito que hizo acudir enseguida a Catherine y a Isabella. El señor Earnshaw cogió a Heathcliff y se lo llevó a su habitación, donde sin duda le debió de aplicar un enérgico correctivo, ya que cuando bajó estaba sofocado y rojo como la grana. Yo cogí un trapo de cocina, le limpié la cara a Edgar y, no sin cierto despecho, le dije que lo tenía bien merecido por su impertinencia. Su hermana se echó a llorar y quería volver a su casa, y Catherine, a su vez, estaba muy disgustada por lo que ocurría.

—No debiste dirigirle la palabra —dijo al joven Linton—. Estaba de mal humor, ahora le pegarán, y has estropeado la fiesta... Yo no tengo hambre. ¿Por qué le hablaste, Edgar?

—Yo no le hablé —sollozó el muchacho, desprendiéndose de mis manos y terminando de limpiarse con su fino pañuelo—. Prometí a mamá no hablarle, y lo he cumplido.

—Bueno —dijo Catherine con desdén—, cállate, que viene mi hermano. No te ha matado, después de todo. No compliques más las cosas. Cállate tú también, querida Isabella.

—¡A la mesa, niños! —exclamó Hindley, reapareciendo—. Ese bruto me ha hecho entrar en calor. La próxima vez, Edgar, tómate la venganza con tus propios puños, y esto te abrirá el apetito.

La gente menuda recobró su alegría al servirse los sabrosos manjares. Todos sentían apetito después del paseo, y se consolaron fácilmente, ya que ninguno había sufrido daño grave. El señor Earnshaw trinchaba con jovialidad y la señora animaba la fiesta con su conversación. Yo atendía al servicio, y me entristecía al ver que Catherine, con los ojos secos y aire indiferente, partía en aquel momento un ala de ganso que tenía en su plato.

«¡Qué niña tan insensible! —pensé—. Nunca hubiera creído que la suerte de su antiguo compañero de juegos le importara tan poco.»

Ella estaba acercándose un bocado a los labios cuando de pronto lo soltó, las mejillas se le enrojecieron y empezó a llorar. Dejó caer el tenedor y aprovechó la ocasión de inclinarse para disimular su emoción. Durante todo el día anduvo como un alma en pena, intentando ver a Heathcliff. Pero Hindley lo había encerrado, lo cual averigüé al querer llevarle en secreto algo de comer.

Por la tarde se organizó un baile, y Catherine pidió que soltaran a Heathcliff, ya que, si no, Isabella no tendría pareja; pero no le hicieron caso y yo fui llamada a llenar la vacante. El baile nos puso de buen humor, mejoró aún más cuando llegó la banda de música de Gimmerton, con sus quince músicos, entre los que había un trompeta, un trombón, clarines, flautas, oboes y un contrabajo, sin contar a los cantantes. La banda suele recorrer en Navidad las casas ricas pidiendo aguinaldos y su llegada es siempre acogida con alegría. Primero cantaron los villancicos de costumbre, pero después, como a la señora Earnshaw le gustaba extraordinariamente la música, les pedimos que tocasen algo más, y lo hicieron durante todo el tiempo que quisimos.

Aunque a Catherine le agradaba también la música, dijo que se oía mejor desde el rellano de la escalera, y con este pretexto se escabulló. Yo la seguí. Cerraron la puerta de abajo. No parecían haber reparado en nuestra falta. Catherine subió hasta el desván donde estaba encerrado Heathcliff. Le llamó y, aunque él al principio no quiso contestar, acabaron manteniendo una conversación a través de la puerta. Les dejé que charlaran tranquilamente, y cuando comprendí que el concierto iba a terminar y que se iba a servir la cena a los músicos, volví al desván con objeto de avisar a Catherine. Pero no la hallé. Había subido al tejado por una claraboya, y por otra había entrado en la buhardilla de Heathcliff. Me costó mucho convencerla de que saliera. Lo hizo en compañía de Heathcliff, y se empeñó en que le llevara a la cocina conmigo, ya que Joseph había ido a casa de un vecino, para librarse de la «diabólica salmodia», como llamaba a la música. Yo les advertí de que no contaran conmigo para engañar al señor

Hindley, pero que por esta vez lo haría ya que el prisionero no había comido desde el día anterior.

Él bajó, se sentó junto a la lumbre y yo le ofrecí muchas golosinas, pero se sentía mal y apenas comió. Mis intentos de entretenerle tampoco tuvieron éxito. Tenía los codos apoyados en las rodillas y la barbilla en las manos, y permanecía silencioso. Le pregunté en qué pensaba y me respondió con gravedad:

—En cómo voy a hacerle pagar esto a Hindley. No sé cuánto tendré que esperar, pero no me importa con tal de lograrlo. ¡Ojalá no se muera antes!

—¡Qué vergüenza, Heathcliff! —le dije—. Sólo corresponde a Dios castigar a los malos. Nosotros tenemos que saber perdonarlos.

—No será Dios quien tenga esa satisfacción, la reservo para mí —repuso—. Lo único que necesito es saber cómo lo conseguiré. Pero ya acertaré con el plan más conveniente. Este pensamiento me evita el sufrimiento.

Me estoy dando cuenta, señor Lockwood, de que estas historias no deben de tener interés para usted. No sé cómo he hablado tanto. Se está quedando usted dormido. ¡Debería haberle contado en una docena de palabras todo lo que le interesara a usted de la vida de Heathcliff!

Después de esta interrupción, mi ama de llaves se puso en pie y guardó la labor. Yo me quedé junto al fuego. Estaba muy lejos de dormirme.

—Siéntese, señora Dean —le dije—, y siga con su historia media hora más. Ha hecho bien en contarla a su manera. Me han interesado mucho sus descripciones.

—¡Pero, señor, si ya son las once!

—Es igual, yo no suelo acostarme hasta muy tarde. Si se duerme hasta las diez, no importa acostarse a las doce o a la una.

—Es que no debía usted dormir hasta las diez. Pierde usted lo mejor del día. Cuando a esta hora no se ha hecho ya la mitad de la faena diaria, es muy probable que no se pueda hacer durante el resto del día.

—Es igual, señora Dean... Vuelva a sentarse. Creo que mañana tendré que estar en la cama hasta después de comer porque, o mucho me equivoco, o no me escapo de un buen resfriado.

—Espero que no sea así, señor. Bien, pues daré un salto de tres años, o sea hasta que la señora Earnshaw...

—No, nada de saltos. ¿Usted sabe lo que siente la persona que observa cómo una gata lame a sus gatitos, y ve que se olvida de lamer una de las orejas de uno de ellos?

—Creo que quien haga eso no es más que un perezoso.

—No lo crea... Bueno, pues yo me encuentro en ese caso ahora mismo. Así que cuente usted la historia con todo detalle. En sitios como éste, las gentes adquieren, a los ojos del que las observa, un valor que puede compararse con el de una araña que es contemplada desde dentro de un calabozo. La araña en un calabozo tiene una importancia que no tendría en la casa de un hombre en libertad. Pero, de todos modos, el cambio no se debe sólo a la distinta situación del observador. Las gentes, aquí, viven más profundamente, más reconcentradas en sí mismas y menos atraídas por lo superficial de las cosas. En un lugar como éste, yo sería capaz de creer en un amor eterno, y eso que he creído siempre imposible que una pasión dure más de un año.

—Los de aquí, cuando se nos conoce, somos como los de cualquier otro sitio —contestó la señora Dean, algo desconcertada por mi inesperado discurso.

—Perdone, amiga mía —repuse—, pero usted misma es una negación viviente de lo que dice. Usted, aparte de algunos modismos locales muy secundarios, no suele hablar ni actuar como las personas de su clase. Tengo la evidencia de que ha pensado mucho más de lo que suele hacerlo la mayoría de las personas de su profesión. Como no ha tenido usted que ocuparse de frivolidades, ha necesitado pensar en cosas serias.

La señora Dean se echó a reír.

—Naturalmente, me tengo por una persona sensata —replicó—, pero no creo que sea por vivir recluida entre montañas y ver sólo un aspecto de las cosas, sino por haberme sometido a una severa disciplina que me hizo aprender a tener buen juicio. Además, señor Lockwood, he leído más de lo que usted se imagina. No hay un libro en la biblioteca que yo no haya hojeado, y del que no haya sacado alguna enseñanza, excepto los libros griegos y latinos, o los franceses... ¿Qué más se le puede pedir a la hija de un pobre? De todos modos, si se empeña en que le siga contando la historia como hasta ahora, lo mejor será que dé un salto, pero no de tres años, sino hasta el verano siguiente, o sea el de 1778, hace veintitrés años...

Capítulo VIII

En la mañana de un hermoso día de junio nació el primer niño que yo iba a criar y el último de la estirpe de los Earnshaw. Estábamos recogiendo heno en un campo apartado de la finca cuando vimos venir con una hora de anticipación a la chica que nos traía habitualmente el almuerzo.

—¡Qué niño tan hermoso! —dijo—. Nunca se ha visto uno más guapo... Pero, según dice el médico, a la señora le queda poco tiempo. Al parecer se ha ido consumiendo durante los últimos meses. He oído cómo se lo decía al señor Hindley, y le ha asegurado que morirá antes del invierno. Venga a casa enseguida, Ellen. Tiene que cuidar del niño, darle leche y azúcar. Me gustaría estar en su lugar, porque cuando la señora muera usted se quedará completamente a cargo del niño.

—¿Tan enferma está? —pregunté, soltando el rastrillo y atándome las cintas del sombrero.

—Creo que sí —repuso la muchacha— aunque está muy animada y habla como si fuese a vivir hasta ver al pequeño hecho un hombre. No cabe en sí de alegría. La verdad es que el niño es una hermosura. Si yo estuviera en su lugar, no me moriría. Sólo con mirar al niño, me curaría, y Kenneth que diga lo que quiera. Estoy loca por el pequeñín. La señora Archer llevó el angelito al amo, y no había hecho más que presentárselo cuando se adelanta el viejo gruñón de Kenneth y dice: «Señor Earnshaw, es una fortuna que su mujer le haya dado un hijo. Cuando la vi por primera vez tuve la seguridad de que no viviría mucho tiempo, y ahora puedo decirle que no pasará del invierno. No se aflija, porque la cosa no tiene remedio; pero debió haber buscado usted una mujer menos endeble».

—¿Y qué contestó el amo? —pregunté a la muchacha.

—Creo que una blasfemia, pero no me fijé porque estaba ocupada en ver al niño.

Y la chica empezó a describirme al bebé con entusiasmo. Yo me apresuré a ir a casa, ya que tenía tantos deseos de verlo como ella misma, pero me daba pena de Hindley. Sabía que en su corazón sólo había lugar para dos afectos: el de su mujer y el de sí mismo. A ella la adoraba, y me parecía imposible que pudiese soportar su pérdida.

Cuando llegamos a Cumbres Borrascosas, él estaba de pie ante la puerta. Le pregunté cómo estaba el niño.

—A punto de echar a correr, Ellen —me replicó, sonriendo.

—¿Y la señora? —me atreví a preguntarle—. Creo que el médico dice que...

—¡Al demonio con el médico! —contestó—. Frances está bien y la semana que viene se habrá restablecido del todo. Si subes, dile que ahora iré a verla, si promete no hablar. Me he ido de la habitación porque no quería callarse, y es preciso que guarde silencio. Dile que el señor Kenneth exige que guarde reposo.

Comuniqué aquella indicación a la señora, y ella, que parecía muy animada, respondió:

—Sólo dije una palabra, Ellen, y a pesar de ello salió dos veces llorando de la habitación. Le prometo no hablar, pero eso no me impedirá reírme de él.

A la pobre no le faltó la alegría hasta una semana antes de morir. Su marido seguía obstinándose en que su salud mejoraba constantemente. El día en que Kenneth le advirtió de que ya no recetaba más medicinas, porque eran totalmente inútiles, dada la gravedad a la que había llegado la enferma, Hindley le replicó:

—Ya sé que no las necesita, ni tampoco los cuidados médicos. Nunca ha estado enferma del pecho. Tuvo fiebre, sí, pero ya ha desaparecido. Su pulso es ahora tan normal como el mío, y sus mejillas están frescas.

A su mujer le decía lo mismo, y ella parecía creerlo. Pero una noche, mientras Frances reclinaba la cabeza en el hombro de su esposo y decía que pensaba levantarse al día siguiente, le acometió un leve ataque de tos. Él la abrazó, ella le echó las manos al cuello, palideció y murió.

El pequeño Hareton fue entregado a mis cuidados. El señor Earnshaw se conformaba, respecto al pequeño, con saber que estaba bien y con no oírle llorar. Pero él, por su parte, estaba desesperado. Su dolor era de los que no se manifiestan con lamentaciones. No lloraba ni rezaba, pero renegaba de Dios y de los hombres, y se entregó a una vida desordenada y libertina. Ningún criado soportó mucho tiempo el tiránico comportamiento que nos daba, y sólo nos quedamos a su lado Joseph y yo. Yo había sido su hermana de leche, y me faltó valor para abandonarle. En cuanto a Joseph, se quedó porque así podía mandar despóticamente a los jornaleros y arrendatarios, y también porque siempre se sentía a gusto dondequiera que hubiese maldades que reprochar.

Los malos hábitos y las malas compañías que había contraído el amo constituían un pésimo ejemplo para Catherine y Heathcliff. Éste era tratado de tal manera que, aunque hubiera sido un santo, tenía que acabar convirtiéndose en un demonio. Y, en verdad, el muchacho parecía estar endemoniado en aquella época. La degradación de Hindley le colmaba de placer, y su aspereza y ferocidad eran cada día mayores.

Vivíamos en un infierno. El cura dejó de acudir a la casa, y terminaron imitándole todas las personas decentes. Nadie nos trataba, excepto Edgar Linton, que a veces venía a visitar a Catherine. A los quince años, ella se transformó en la reina de la comarca. Ninguna otra mujer podía igualarla, y se convirtió en un ser terco y caprichoso. Desde que dejó de ser niña, yo perdí el cariño que sentía por ella, y procuraba domar su arrogancia por todos los medios, pero no me hacía el menor caso. Conservó un afecto constante hacia Heathcliff y no quiso nunca a nadie como a él, ni siquiera al joven Linton. Él fue mi último señor: su retrato está ahí, sobre la chimenea. Antes, a su lado, estaba colgado el de su esposa, y es una pena que lo hayan quitado porque así podría usted haberse hecho una idea de cómo era. ¿Lo ve usted bien desde ahí?

A la luz de la vela que levantaba la señora Dean, distinguí un rostro de finas facciones, muy semejante al de la joven de las Cumbres, pero más pensativo y menos adusto. Era un cuadro agradable. El pelo era rubio y algo rizado en las sienes, los ojos grandes y reflexivos, y en conjunto resultaba una figura incluso demasiado graciosa. No me sorprendió que Catherine le hubiese preferido a Heathcliff; pero pensando en que su espíritu debía de corresponder a su aspecto, me asombró que él se hubiese sentido atraído hacia Catherine.

—Es un bonito retrato —dije—. ¿Era apuesto?

—Sí —repuso el ama de llaves—. En general era así. Cuando estaba animado, parecía más hermoso.

Desde que Catherine pasó aquellas cinco semanas con los Linton, siguió manteniendo la amistad con ellos. Como disimulaba en su presencia su habitual aspereza, logró cautivarlos a todos, en especial a Isabella, que la admiraba, y a su hermano, que terminó por enamorarse de ella.

Como esto la complacía, tenía que desarrollar un doble modo de ser, aunque no con mala intención. Cuando oía comentar que Heathcliff era peor que un bruto, se cuidaba mucho de no parecerse a él, pero cuando estaba en casa le importaban muy poco los buenos modales, que, por otra parte, no la hubieran hecho ser alabada por nadie.

El señorito Edgar no se atrevía a ir mucho a Cumbres Borrascosas, porque la mala fama que tenía Earnshaw le asustaba, y temía encontrarse con él. Le recibíamos con muchas atenciones, el amo procuraba también no ofenderle, pues se daba cuenta de la razón de sus asiduas visitas, y, aunque no era amable, por lo menos procuraba no dejarse ver. Aquellas visitas me parece que no complacían mucho a Catherine. Ella carecía de malicia y no sabía ser coqueta, de modo que no le agradaba que sus dos amigos se encontrasen, porque si Heathcliff mostraba desprecio hacia Linton, ella no podía mostrarse concorde con él, como lo hacía cuando Edgar no estaba presente, y si Linton, a su vez, expresaba antipatía hacia Heathcliff, tampoco se atrevía a contradecirle. Yo me burlé muchas veces de sus indecisiones y de los disgustos que sufría, aunque ella tratase de ocultarlo. Me dirá usted que mi actitud era censurable, pero aquella joven era tan soberbia que para bajarle los humos era necesario no complacerla nunca. Finalmente, como no encontraba otro confidente mejor, tuvo que sincerarse conmigo.

Una tarde en que el señor Earnshaw había salido, Heathcliff decidió hacer fiesta aquel día. Creo que tenía entonces dieciséis años, y aunque no era tonto ni feo, su aspecto general resultaba repulsivo. La educación que recibió en sus primeros tiempos se había disipado. Los trabajos a los que le obligaban a dedicarse habían extinguido en él todo amor al estudio, y el sentimiento de superioridad que en su niñez le infundieron los favores y las atenciones del antiguo amo ya no existía. Durante bastante tiempo se esforzó en mantenerse al nivel cultural de Catherine, pero al final tuvo que rendirse a la evidencia. Al comprender que ya no le era posible recuperar lo perdido, se abandonó del todo, y su aspecto reflejaba su hundimiento moral. Tenía una apariencia vulgar, de la que actualmente no conserva nada; se volvió muy insociable, y parecía que le gustaba inspirar repulsión antes que simpatía en los pocos que le trataban.

En los ratos que le dejaban libre sus ocupaciones, seguía siendo el eterno compañero de Catherine. Pero él no le expresaba nunca su afecto verbalmente, y recibía las afectuosas caricias de su amiga sin corresponderlas.

El día al que me refiero entró en la habitación donde yo estaba ayudando a vestirse a la señorita Catherine, y anunció su decisión de no trabajar aquella tarde. Ella, que no esperaba aquella resolución, había citado a Edgar y estaba preparándose para recibirle.

—¿Tienes algo que hacer esta tarde, Catherine? —le preguntó—. ¿Piensas salir?

—No; está lloviendo.

—Entonces, ¿por qué te has puesto este vestido de seda? Supongo que no esperarás a nadie.

—No espero a nadie, que yo sepa —repuso ella—. Pero ¿por qué no estás ya en el campo, Heathcliff? Hace más de una hora que hemos comido. Creía que te habrías ido ya.

—Hindley no nos libra a menudo de su odiosa presencia —replicó el muchacho—. Hoy no pienso trabajar: me quedaré contigo.

—Sería mejor que te fueras —dijo la joven—, no sea que Joseph se lo cuente.

—Joseph está cargando tierra en la peña de Penistone y no volverá hasta la noche, así que no tiene por qué enterarse.

Y Heathcliff se sentó al lado del fuego. Catherine frunció el ceño y reflexionó un momento. Finalmente encontró una disculpa para preparar la llegada de su amigo, y dijo, tras un minuto de silencio:

—Isabella y Edgar Linton dijeron que vendrían esta tarde. Claro que, como llueve, quizá no vengan, pero si se decidieran y te ven, corres el peligro de que te riñan.

—Ordena a Ellen que les diga que estás ocupada —insistió el muchacho—. No me hagas irme por esos tontos de tus amigos. A veces me dan ganas de decirte que ellos... pero me callaré.

—¿Qué tienes que decir de ellos? —gritó Catherine, turbada—. ¡Ay, Ellen! —añadió, soltándose de mis manos—. Me has despeinado. ¡Basta, déjame! ¿Qué estabas a punto de decir, Heathcliff?

—Mira ese calendario que está en la pared —repuso él, señalando uno que estaba colgado junto a la ventana—. Las cruces marcan las tardes que has pasado con Linton; y los puntos, las que hemos pasado juntos tú y yo. He marcado pacientemente todos los días. ¿Los ves?

—¡Qué bobada! —repuso despectivamente Catherine—. ¿A qué viene eso?

—A que te des cuenta de que estoy pendiente de esas cosas —contestó Heathcliff.

—¿Y por qué tengo que estar siempre contigo? —replicó ella, cada vez más irritada—. ¿Para qué me sirve? ¿De qué me hablas tú? Lo que haces para distraerme, lo haría hasta un niño pequeño, y lo que tú dices lo diría hasta un mudo.

—Antes no me decías eso, Catherine —repuso Heathcliff, muy agitado—. Nunca me dijiste que te aburriera mi compañía.

—¡Vaya una compañía la de una persona que no sabe nada ni dice nada! —argumentó la joven.

Él se levantó, pero antes de que tuviera tiempo de seguir hablando, se oyeron cascos de caballo y el señorito

Linton entró con la cara rebosante de satisfacción. Sin duda en aquel momento Catherine pudo comparar la diferencia que había entre los dos muchachos, porque era como pasar de una cuenca minera a un hermoso valle, y las voces y los modos de ambos confirmaban la primera impresión. Linton solía hablar con soltura y pronunciaba las palabras como usted, es decir, de un modo más suave que el que se emplea en la comarca.

—¿No me habré anticipado a la hora? —preguntó el joven. Y me dirigió una mirada.

Yo estaba secando los platos y arreglando los cajones del aparador.

—No —repuso Catherine—. ¿Qué haces ahí, Ellen?

—Trabajar, señorita —repuse, sin irme, porque tenía orden del señor Hindley de estar presente en las citas de Linton con Catherine.

Ella se me acercó y me dijo en voz baja:

—Sal de aquí y llévate tus trapos. Cuando hay visitas, los criados no están en la habitación de los señores.

—Ahora que el amo está fuera, debo trabajar —le dije—, ya que no le gusta verme hacer las tareas cuando él está delante. Estoy segura de que él me dispensará.

—Tampoco a mí me gusta verte trabajar —replicó ella con autoridad. Estaba nerviosa por la disputa que había sostenido con Heathcliff.

—Lo lamento, señorita Catherine —respondí, sin dejar mi ocupación.

Ella, creyendo que Edgar no la veía, me arrancó el trapo de la limpieza de las manos y me dio un pellizco soberbio. Ya he dicho que yo no le tenía afecto, y que me complacía en bajarle los humos siempre que me era posible. Así que me incorporé —porque estaba de rodillas— y grité con todas mis fuerzas:

—¡Señorita, esto es un atropello, y no estoy dispuesta a consentir que me pellizque!

—No te he tocado, mentirosa —me contestó, mientras sus dedos se preparaban para repetir la acción. La rabia le había encendido las mejillas, porque no sabía ocultar sus sentimientos, y siempre que se enfadaba, el rostro se le ponía rojo como una brasa.

—Entonces, ¿esto qué es? —le contesté señalándole la señal purpúrea que el pellizco me había producido en el brazo.

Dio una patada en el suelo, titubeó un momento y después, sin poder contenerse, me dio una bofetada. Los ojos se me llenaron de lágrimas.

—¡Oh, querida Catherine! —exclamó Edgar, disgustado de su violencia y de su mentira, e interponiéndose entre las dos.

—¡Fuera de aquí, Ellen! —ordenó ella, temblando de rabia.

El pequeño Hareton, que estaba siempre conmigo, comenzó también a llorar y a quejarse de la «mala tía Catherine». Entonces ella perdió los nervios con el niño, le cogió por los hombros y le zarandeó con violencia, hasta que Edgar intervino y le sujetó a ella las manos para que el pequeño quedara libre. Pero en el mismo momento, ella soltó una de las manos y golpeó al joven en la mejilla de forma contundente. Él se apartó consternado.

Cogí a Hareton en brazos y me fui a la cocina, dejando la puerta abierta para ver cómo se resolvía aquel incidente. El muchacho, ofendido, pálido y con los labios temblorosos, fue a buscar su sombrero.

«Haces bien —pensé para mí—. Aprende, da gracias a Dios de que ella te haya mostrado su verdadero carácter y vete.»

—¿Adónde vas? —preguntó Catherine, avanzando hacia la puerta.

Él trató de pasar, pero ella dijo con energía:

—¡No quiero que te vayas!

—Debo irme —replicó él.

—No —contestó Catherine, sujetando el picaporte—. No te vayas todavía, Edgar. Siéntate, no me dejes en este estado. Pasaría una noche horrible y no quiero sufrir tu culpa.

—¿Crees que debo quedarme después de que me hayas pegado? —preguntó Linton.

Catherine guardó silencio.

—Me avergüenzo de ti —continuó diciendo el joven—. No volveré más.

Los ojos de Catherine brillaron y las lágrimas empezaron a brotar entre sus pestañas.

—Además, has mentido —dijo él.

—No es verdad —contestó la muchacha—. Lo hice todo sin querer. Anda, vete si quieres... Ahora me pondré a llorar, y lloraré hasta que no pueda más...

Se dejó caer de bruces en una silla y rompió en sollozos. Edgar llegó hasta el patio y allí se paró. Entonces me atreví a decirle:

—La señorita es tan caprichosa como un niño mimado. Vale más que se vaya usted a casa, porque, si no, es capaz de ponerse enferma con tal de darnos un disgusto.

Pero él miró a la ventana. El pobrecillo quería irse tanto como un gato quiere dejar a medio matar un ratón o a medio devorar un pájaro.

«Estás perdido —pensé—. Tú mismo te precipitas hacia tu destino.»

Y ocurrió lo que yo pensaba: se volvió bruscamente, entró en la casa y cerró la puerta. Al cabo de un rato fui a advertirles de que el señor Earnshaw había vuelto borracho y con ganas de armar escándalo, y pude comprobar que lo sucedido no había servido más que para aumentar su intimidad, y para romper los diques de su timidez juvenil, hasta el punto de que habían comprendido que no sólo eran amigos sino que estaban enamorados.

Al oír que Hindley había llegado, Linton se fue rápidamente a buscar su caballo y Catherine se refugió en su habitación. Yo me ocupé de esconder al pequeño Hareton y de descargar la escopeta del señor, ya que él tenía la costumbre de cogerla, cuando se hallaba en aquel estado, con grave riesgo de la vida para cualquiera que le provocara o simplemente le hiciera alguna observación. Quitando la carga, se podía evitar una desgracia si se le ocurría disparar el arma.

Capítulo IX

Hindley entró pronunciando unas terribles blasfemias y me sorprendió en el momento en que trataba de esconder a su hijo en la alacena de la cocina. Hareton sentía miedo tanto del afecto de su padre como de su ira, porque en el primer caso corría el riesgo de que le ahogara con sus brutales abrazos, y en el segundo se exponía a que le estrellara contra un muro o le arrojara al fuego. Así que el niño permanecía siempre quieto en los sitios donde yo le escondía.

—¡Al fin te encuentro! —vociferó Hindley, agarrándome por la nuca como si fuese un perro—. ¡Por el cielo, que os habéis conjurado todos para matar al niño! Ahora comprendo por qué le mantenéis siempre apartado de mí. Pero, con la ayuda de Satanás, Ellen, te voy ahora a hacer tragar el cuchillo. No lo tomes a risa: acabo de echar a Kenneth, cabeza abajo, al pantano del Caballo Negro, y ya tanto se me da uno como dos. Tengo ganas de matar a uno de vosotros, y no pararé hasta que lo haga.

—Vaya, señor Hindley —repuse—, déjeme en paz. No me gusta el sabor del cuchillo: acabo de cortar arenques. Mejor pégueme un tiro, si quiere.

—¡Quiero que te vayas al diablo! —contestó—. Ninguna ley inglesa impide que un hombre tenga una casa decorosa, y la mía es detestable. ¡Abre la boca!

Empuñó el cuchillo e intentó introducírmelo entre los labios, pero yo, que nunca tuve miedo de sus locuras, insistí en que tenía muy mal sabor y no me lo comería.

—¡Ah! —dijo, soltándome de pronto—. Ahora me doy cuenta de que aquel granuja no es Hareton. Perdona, Ellen. Si lo fuera, merecería que le desollaran vivo por no venir a saludarme y estarse ahí chillando como si yo fuera un fantasma. Ven aquí, engendro. Yo te enseñaré a engatusar a un padre crédulo y bondadoso. Dime, Ellen: ¿no es cierto que este chico estaría mejor sin orejas? Si les cortas las orejas, los perros se vuelven más feroces, y a mí me gusta la ferocidad. Dame las tijeras. Valorar tanto las orejas constituye una afectación diabólica. No por dejar de tenerlas dejaríamos de ser unos burros. Silencio, niño... ¡Anda, pero si es mi nene! Sécate los ojos y bésame, pequeño mío. ¿Cómo? ¿No quieres? ¡Bésame, Hareton; bésame, condenado! Señor, ¿cómo habré podido engendrar un monstruo semejante? Le voy a partir la cabeza...

Hareton se debatía entre los brazos de su padre, llorando y pataleando, y redobló sus gritos cuando Hindley se lo llevó a lo alto de la escalera y le suspendió en el vacío. Le grité que iba a asustar al niño, y me apresuré a correr para salvarle. Al llegar arriba, Hindley se había asomado a la barandilla a causa de un ruido que había oído abajo, y casi había olvidado lo que tenía entre las manos.

—¿Quién es? —me preguntó, sintiendo que alguien se acercaba al pie de la escalera.

Reconocí los pasos de Heathcliff y me asomé para hacerle señas de que se detuviese. Pero en el momento en que dejé de mirar al niño, éste hizo un movimiento y cayó.

Apenas tuve tiempo de estremecerme de horror cuando me di cuenta de que el pequeño estaba a salvo. Heathcliff había llegado en el momento preciso y, por un impulso instintivo, cogió al niño, lo puso en el suelo y miró al causante de lo ocurrido. Cuando vio que se trataba del señor Earnshaw, el rostro de Heathcliff manifestó una impresión análoga a la que sentiría un avaro que vendiese un billete de lotería de cinco chelines y se encontrase al día siguiente con que había perdido así un premio de cinco mil libras. En la expresión del rostro de Heathcliff se leía claramente cuánto le pesaba haberse convertido en instrumento del fracaso de su venganza. Yo juraría que, de no haber habido luz, habría remediado su error estrellando al niño contra el suelo... Pero, en fin, gracias a Dios, Hareton se salvó y a los pocos instantes yo estaba abajo, apretando contra mi corazón mi preciosa carga. Hindley volvió en sí de su borrachera y bajó muy confuso.

—Tú has tenido la culpa —me dijo—. Has debido poner al niño fuera de mi alcance. ¿Se ha hecho daño?

—¿Daño? —grité, indignada—. Tonto se quedará si no se muere. Me asombra que su madre no se alce del sepulcro para ver cómo usted le trata. Es usted peor que un enemigo de Dios. ¡Tratar así a su propia sangre!

Él quiso tocar al niño, que al sentirse a salvo conmigo se había repuesto del susto, pero Hareton, entonces, comenzó de nuevo a gritar y a agitarse.

—¡No se meta con él! —le increpé—. Le odia, como le odian todos, por supuesto. ¡Qué familia tan feliz tiene usted y qué bonito lo que le rodea!

—¡Más bonita será en adelante, Ellen! —replicó aquel desgraciado, volviendo a recuperar su habitual dureza—. Sal de aquí y llévate al niño. Y tú también, Heathcliff. Esta noche creo que no os mataré, a no ser que se me ocurra pegar fuego a la casa... Ya veremos.

Mientras hablaba, se sirvió una copa de brandy.

—No beba más —le rogué—. Apiádese de este pobre niño, ya que no se apiada de sí mismo.

—Con cualquiera le irá mejor que conmigo —me contestó.

—¡Tenga compasión de su propia alma! —dije, intentando arrebatarle la copa de la mano.

—¡Al diablo mi alma! Me encantará enviarla al infierno

para castigar a su Creador —repuso—. ¡Brindo por su condenación eterna!

Bebió y nos hizo salir, no sin antes soltar una serie de blasfemias que más vale no repetir.

—¡Qué lástima que no se mate bebiendo! —comentó Heathcliff, repitiendo, a su vez, otra sarta de maldiciones cuando se cerró la puerta—. Él hace todo lo posible para ello, pero su naturaleza es robusta y no lo conseguirá. El señor Kenneth asegura que va a vivir más que todos los de Gimmerton, y que se hará viejo bebiendo, a no ser que le ocurra algo antes.

Me senté en la cocina, y empecé a arrullar a mi corderito para dormirle. Heathcliff cruzó la habitación y yo pensé que iba al granero. Pero luego resultó que se había tumbado en un banco junto a la pared, y allí permaneció silencioso.

Yo mecía a Hareton sobre mis rodillas y había comenzado a cantarle una canción que empieza:

> Era de noche y lloraban los niños
> cuando en sus cuevas los gnomos lo oyeron...

De pronto, la señorita Catherine asomó la cabeza por la puerta y dijo:

—¿Estás sola, Ellen?

—Sí, señorita —contesté.

Entonces entró y se acercó a la lumbre. Comprendí que quería decirme algo. En su rostro se leía la ansiedad. Abrió los labios como si fuera a hablar, pero se limitó a exhalar un suspiro. Continué cantando, sin hablarle, ya que no había olvidado su comportamiento de antes.

—¿Dónde está Heathcliff? —preguntó.

—Trabajando en la cuadra —dije.

Él no me desmintió. A lo mejor se había quedado dormido. Hubo un silencio. Por las mejillas de Catherine se deslizaba una lágrima. Me pregunto si estaría disgustada por su conducta. Esto hubiera sido una novedad en ella. Pero no era eso. Ella no se preocupaba por nada que no la afectase personalmente.

—¡Ay, querida! —dijo, finalmente—. ¡Qué desgraciada soy!

—Es una pena —repuse— que sea usted tan difícil de contentar. Con tantos amigos y tan pocas preocupaciones, tiene motivos de sobra para estar satisfecha.

—¿Quieres guardarme un secreto, Ellen? —me preguntó, mirándome con aquella expresión suya que desarmaba al más enfadado, por muchos resentimientos que tuviese con ella.

—¿Merece la pena? —interrogué, con menos acritud.

—Sí. Y no tengo más remedio que contártelo. Necesito saber lo que tengo que hacer. Edgar Linton me ha pedido que me case con él y ya le he contestado. Pero antes de decirte lo que le he respondido, dime tú qué hubiera debido contestarle.

—Verdaderamente, señorita, no sé qué decirle. Teniendo en cuenta la escena que le ha hecho usted contemplar esta tarde, lo mejor hubiera sido rechazarle, porque si después de todo todavía le pide matrimonio, es que es un tonto sin remedio o está loco.

—Si sigues hablando así, ya no te diré nada más —repuso ella, levantándose malhumorada—. Le he aceptado. Dime si he hecho mal. ¡Venga, rápido!

—Si le ha aceptado, no veo que haya nada que hablar. ¡No va usted a retirar su palabra!

—¡Pero quiero que me digas si he actuado bien! —insistió con tono irritado, frotándose las manos y frunciendo el ceño.

—Antes de contestar, habría que tener en cuenta muchas cosas —dije en tono de sentencia—. Antes que nada, ¿quiere usted al señorito Edgar?

—¿Cómo no? ¡Desde luego!

Entonces la sometí a una serie de preguntas. No era del todo indiscreto el hacerlo, ya que se trataba de una muchacha muy joven.

—¿Por qué le quiere, señorita Catherine?

—¡Qué pregunta! Le quiero, y basta.

—No basta. Dígame por qué.

—Bueno, pues porque es guapo y me gusta estar con él.

—Malo... —comenté.

—Y porque es joven y alegre.

—Más malo aún.

—Y porque él me quiere.

—Eso no tiene nada que ver.

—Y porque llegará a ser rico y me gustará ser la señora más acomodada de la comarca y porque estaré orgullosa de tener un marido como él.

—¡Ése es el peor argumento de todos! Y dígame, ¿cómo le quiere usted?

—Como todo el mundo, Ellen. ¡Pareces tonta!

—No lo crea... Contésteme.

—Pues quiero el suelo en el que pone los pies y el aire que le rodea y todo lo que toca y todas las palabras que pronuncia y todo lo que mira y todo lo que hace... ¡Le amo enteramente! Eso es todo.

—Bueno... ¿y qué más?

—Está bien, lo tomas a broma. ¡Qué maldad! ¡Pero para mí no se trata de una broma! —dijo la joven, disgustada, mirando al fuego.

—No lo tomo a broma, señorita Catherine. Usted quiere al señorito Edgar porque es guapo, y joven, y alegre, y rico, y porque él la ama a usted. Lo último no significaría nada. Usted le querría igual aunque ello no fuera así y sólo por ello no le amaría si no reuniese las demás cualidades.

—Claro que no: le compadecería, y puede que hasta le aborreciera si fuera feo o fuera un hombre ordinario.

—Pues en el mundo hay otros jóvenes guapos y ricos, y más que el señorito Edgar.

—Aunque haya otros, yo el único que he visto que sea así es Edgar.

—Pero puede usted llegar a ver algún otro, y él, además, no será siempre joven y guapo. También podría dejar de ser rico.

—Yo no tengo por qué pensar en el porvenir. Deberías hablar con más sentido común.

—Pues entonces, nada... Si no piensa usted más que en el presente, cásese con el señorito Edgar.

—Para eso no necesito tu permiso. Claro que me casaré con él. Pero no me has dicho aún si hago bien o no.

—Está muy bien si usted se casa pensando sólo en el momento presente. Ahora contésteme usted: ¿qué la preocupa? Su hermano se alegrará, los ancianos Linton no creo que pongan ninguna pega, va usted a salir de una casa desordenada para ir a otra muy agradable, quiere usted a Edgar, y él la ama a usted. Todo está claro. ¿Dónde ve usted el obstáculo?

—¡Aquí y aquí, o dondequiera que esté el alma! —repuso Catherine golpeándose la frente y el pecho—. Tengo la impresión de que hago mal.

—¡Qué cosa tan rara! No me la explico.

—Ése es mi secreto, y te lo explicaré lo mejor que pueda, si me prometes que no te vas a burlar de mí.

Se sentó a mi lado. Estaba triste y noté que sus manos, que mantenía enlazadas, temblaban.

—Ellen, ¿no sueñas nunca cosas extrañas? —me dijo, después de reflexionar un instante.

—A veces —contesté.

—Yo también. En ocasiones he soñado cosas que no he olvidado nunca y que han cambiado mi modo de pensar. Han pasado por mi alma y la han cambiado de color, como cuando se le añade vino al agua. Y uno de los sueños que he tenido es de esa clase. Te lo voy a contar, pero procura no sonreír ni un solo instante.

—No me lo cuente, señorita —la aconsejé—. Ya tenemos aquí bastantes penas para invocar visiones que nos angustien más. Venga, alégrese. Mire al pequeño Hareton. ¡Éste sí que no sueña nada triste! ¿Ve con cuánta dulzura sonríe?

—Sí, ¡y también con cuánta dulzura blasfema su padre! Supongo que te acordarás de cuando era tan pequeño como este niño. De todos modos, tienes que escucharme, Ellen. No es muy largo. Además, no me siento con ánimos para estar alegre esta noche.

—¡No quiero oírlo! —me apresuré a contestar.

Yo era, y lo soy aún, muy supersticiosa en cuestión de sueños, y el semblante de Catherine se había puesto tan sombrío que temí escuchar el presagio de alguna horrorosa desgracia. Ella se enfadó, al parecer, y no continuó. Pasó a otro tema y me dijo:

—Yo sería muy desgraciada si estuviera en el cielo, Ellen.

—Porque no es usted digna de ir a él —respondí—. Todos los pecadores serían muy desgraciados en el cielo.

—No es por esa razón. Una vez soñé que estaba en el cielo.

—Ya le he dicho, señorita, que no quiero enterarme de sus sueños. Me voy a acostar —interrumpí.

Se echó a reír y me obligó a permanecer sentada.

—Pues soñé —dijo— que estaba en el cielo, que yo notaba que aquello no era mi casa, que se me partía el corazón de tanto llorar por volver a la tierra, y que, al fin, los ángeles se enfadaron tanto que me echaron fuera. Fui a caer en medio de la maleza, en lo más alto de Cumbres Borrascosas, y me desperté llorando de alegría. Ahora, con esa explicación, podrás comprender mi secreto. Tengo tanto interés en casarme con Edgar Linton como en ir al cielo, y si mi malvado hermano no hubiera tratado tan mal al pobre Heathcliff, yo no habría pensado nunca en ello. Yo me rebajaría si me casara con Heathcliff, pero él nunca llegará a saber cuánto le quiero, y no porque sea guapo, sino porque hay más de mí en él que en mí misma. No sé de qué estarán hechas nuestras almas, pero sea de lo que sea, la suya es igual a la mía, y en cambio la de Edgar es tan diferente a mí como el relámpago lo es de la luz de la luna, o el hielo del fuego.

Antes de que ella hubiese terminado de hablar, noté la presencia de Heathcliff, que en aquel momento se incorporó y salió en silencio. Había estado escuchando hasta el momento en que Catherine dijo que se rebajaría si se casara con él. Pero no se quedó a escuchar lo que seguía. Ella, que estaba de espaldas, no reparó en su presencia. Yo me estremecí y le hice una señal para que callara.

—¿Por qué? —preguntó, mirando inquieta a su alrededor.

—Porque Joseph vuelve ya —repuse, refiriéndome al ruido del carro, que tan oportunamente oí avanzar por el camino— y Heathcliff vendrá con él. ¡A lo mejor estaba ahora mismo detrás de la puerta!

—Desde la puerta no ha podido oírme —contestó—. Dame a Hareton mientras haces la cena, y después déjame cenar contigo. ¿Verdad que Heathcliff no se da cuenta de estas cosas, y que no sabe lo que es el amor?

—No veo por qué no ha de conocer todos estos sentimientos —repuse— y, si es de usted de quien está enamorado, seguramente será muy desdichado, ya que, en cuanto usted se case, él se quedará sin amor, sin amistad y sin todo... ¿Ha pensado en las consecuencias que tendrá para él la separación cuando se dé cuenta de que se queda completamente solo en el mundo, señorita Catherine?

—¿Separación? ¿Quedarse solo en el mundo? —replicó, indignada—. ¿Quién nos separará? ¡Ay del que lo in-

tente! Antes que abandonar a Heathcliff prescindiría de
todos los Linton del mundo. No es eso lo que me propongo. Y no me casaría si eso tuviese que suceder así. Heathcliff será para mí, cuando me case, lo que ha sido siempre.
Edgar dejará a un lado su antipatía o, por lo menos, tendrá que soportarle. Y lo hará cuando conozca mis verdaderos sentimientos. Ya veo, Ellen, que me consideras una
egoísta, pero debes comprender que si Heathcliff y yo nos
casáramos tendríamos que vivir como unos mendigos. En
cambio, si me caso con Linton, puedo ayudar a Heathcliff
a que se libre de la opresión de mi hermano.

—¿Con el dinero de su esposo, señorita? No será tan
fácil como le parece. No tengo autoridad para opinar, pero
me parece que ese motivo es el peor de todos los que ha
dado para explicar su matrimonio con el señorito Edgar.

—No —repuso ella—. Es el mejor. Los otros se referían a satisfacer mis caprichos y a complacer a Edgar... Yo
no puedo explicarme, pero creo que tú y todos los demás
tenéis la idea de que después de esta vida hay otra. ¿Cuál
sería el sentido de mi creación si yo estuviera enteramente
contenida aquí? Todas mis penas en este mundo han sido
las penas que ha sufrido Heathcliff, y las he seguido paso
a paso desde que empezaron. Pensar en él llena toda mi
vida. Si el mundo desapareciera y él se salvara, yo seguiría
viviendo, pero si desapareciera él y lo demás continuara
igual, yo no podría vivir. Mi amor hacia Linton es como
las hojas de los árboles, y estoy segura de que cambiará
con el tiempo, pero mi cariño hacia Heathcliff es como las
rocas que hay debajo de la tierra, que permanecen eternamente iguales sin cambiar jamás. Es un afecto del que no
puedo prescindir. ¡Ellen, yo soy Heathcliff! Lo tengo
constantemente en mi pensamiento, aunque no siempre
como una cosa agradable. Tampoco yo me agrado siempre a mí misma. No hables más de separarnos, porque es
imposible...

Calló y escondió la cabeza en mi regazo. Pero yo la aparté de mí, porque me había hecho perder la paciencia con sus locuras.

—Lo único que saco en claro de sus disparates, señorita —le dije—, es, o que ignora usted los deberes de una mujer casada, o que es usted una mujer sin conciencia. Y no me importune con más confidencias, porque no me las callaré.

—Pero de ésta no hablarás.

—No se lo prometo.

Ella iba a insistir, pero la llegada de Joseph cortó la conversación. Catherine se fue con Hareton a un extremo de la cocina, y allí esperó mientras yo preparaba la cena. Cuando estuvo a punto, Joseph y yo empezamos a discutir acerca de quién debía llevársela al señor Hindley, y sólo nos pusimos de acuerdo cuando casi se había enfriado. El acuerdo consistió en esperar a que el amo la pidiese, ya que a los dos nos daba mucho miedo tratar con él cuando llevaba un rato encerrado a solas.

—Y aquel idiota, ¿no ha vuelto del campo todavía? ¿Qué estará haciendo? ¡Hay que ver qué holgazán! —dijo el viejo, al notar que Heathcliff no estaba allí.

—Voy a buscarle —contesté—. Debe de estar en el granero.

Le llamé, pero no obtuve contestación. Cuando volví, le dije al oído a Catherine que seguramente el muchacho había escuchado parte de nuestra conversación, y le expliqué que le había visto salir de la cocina en el momento en que ella se refería al comportamiento de su hermano con él.

Al escucharme, dio un brinco, horrorizada, dejó a Hareton en un asiento y se lanzó en busca de su compañero sin reflexionar siquiera en la causa de la turbación que sentía. Estuvo tanto tiempo ausente que Joseph propuso que no los esperásemos más, suponiendo, con su habitual tendencia a pensar mal, que se quedaban fuera para no tener que asistir a sus largas oraciones de bendición de la mesa. Joseph añadió una oración más a las ya habituales en favor de las almas de los jóvenes, y podría haber añadido otra para dar las gracias de no haber reaparecido la señorita ordenándole que saliese enseguida a buscar a Heathcliff dondequiera que estuviese y le hiciese venir.

—Necesito hablar con él antes de subir —dijo—. La puerta está abierta, y él debe de encontrarse lejos, porque le he llamado desde el corral y no contesta.

Joseph hizo algunas objeciones pero, al verla tan excitada y sin admitir que la contradijesen, acabó por ponerse el sombrero y salió refunfuñando. Catherine empezó a pasearse de un extremo a otro de la habitación exclamando:

—¿Dónde estará? ¿Dónde habrá ido? ¿Qué fue lo que dije, Ellen? Ya no me acuerdo. ¿Estará ofendido por lo de la tarde? ¡Dios mío! ¿Qué habré dicho que le ofendiera? Quiero que venga. Quiero que esté aquí.

—¡Qué alboroto para nada! —repuse, aunque me sentía también bastante inquieta—. Se apura usted por nada. No creo que sea motivo de alarma que Heathcliff pasee por los pantanos a la luz de la luna, o que esté tendido en el granero sin ganas de hablar. A lo mejor está escuchándonos. Voy a ver si le encuentro.

Y salí de nuevo en su busca, pero sin resultado. A Joseph le ocurrió lo mismo. Volvió diciendo:

—¡Cuánta guerra da ese muchacho! Ha dejado abierta la verja, y la jaca de la señorita se ha escapado al prado, después de estropear dos haces de grano. Ya le castigará el amo mañana por esos juegos endemoniados, y hará bien. Demasiada paciencia tiene al tolerar tantos descuidos. Pero esto no será siempre así. Todos lo veremos. ¡Está haciendo todo lo posible para sacar al amo de sus casillas!

—Bueno, ¿has encontrado a Heathcliff o no, so bestia? —le interrumpió Catherine—. ¿Le has buscado como te mandé?

—Con más gusto hubiera buscado al caballo, y hubiera sido más razonable —respondió él—. Pero no puedo encontrar ni a uno ni a otro en una noche tan negra como la de hoy. Y si silbo para llamarle, no vendrá. Puede que no tenga el oído tan duro si le silba usted.

A pesar de que estábamos en verano, la noche, en efecto, era oscurísima. Amenazaba tormenta, y yo les aconsejé que nos sentáramos, porque seguramente la lluvia haría volver a Heathcliff sin necesidad de que nos ocupásemos de encontrarle. Pero Catherine no se tranquilizó. Iba y venía de un sitio a otro, nerviosa y agitada. Al final, se apoyó en el muro, junto al camino, y allí permaneció a pesar de mis advertencias. De vez en cuando llamaba a Heathcliff, a ratos se quedaba escuchando, en espera de oírle volver, y a veces lloraba desconsoladamente. Lloraba como Hareton, o como otro niño cualquiera lo habría hecho.

A medianoche, la tormenta descargó violentamente sobre Cumbres Borrascosas. Un árbol cercano a la casa se partió en dos por efecto de un rayo o del vendaval, y una de sus grandes ramas cayó sobre el tejado, derribando parte del tubo de la chimenea, lo que hizo que se desplomara sobre el fogón una avalancha de piedras y hollín. Creímos que había caído un rayo dentro de la casa, y Joseph se hincó de rodillas, para pedir a Dios que se acordara de Noé y Lot y, al enviar su castigo sobre el malo, perdonara al justo. Yo intuí que entonces también nosotros íbamos a ser alcanzados por la ira divina. En mi mente, el señor Earnshaw se me aparecía como Jonás y, temiendo que ya hubiera muerto, llamé a su puerta. Respondió de tal modo y con tales frases que Joseph volvió a pedirle a Dios, aún con más vehemencia, que en la hora de su ira hiciera la oportuna distinción entre justos como él y pecadores como su amo. La tempestad cesó a los pocos minutos, sin habernos causado ningún daño ni a Joseph ni a mí, aunque Catherine volvió empapada, por haberse obstinado en continuar bajo la lluvia sin siquiera ponerse un abrigo, ni nada que le tapase la cabeza. Se sentó, apoyó la cabeza en el respaldo del banco y acercó las manos al fuego.

—Vaya, señorita —le dije, tocándole en un hombro—, usted se ha empeñado en matarse... ¿Sabe qué hora es? Las doce y media. Vamos a acostarnos. No es cosa de seguir esperando a ese imbécil. Se habrá ido a Gimmerton y pasará la noche allí. Seguro que habrá pensado que ya no esperamos que vuelva a estas horas. Además, temerá que el señor esté despierto, y que sea él quien le abra la puerta.

—No debe de estar en Gimmerton —repuso Joseph—, y no me sorprendería que estuviese en el fondo de una ciénaga. Esto ha sido un aviso divino, y tenga en cuenta, señorita, que la próxima vez le tocará a usted. Demos gracias al cielo por todo. Sus designios conducen siempre a lo mejor, incluso las desgracias, como dicen las Sagradas Escrituras...

Y comenzó a citar pasajes de la Biblia, mencionando los capítulos y versículos correspondientes.

Harta de insistir a la terca joven para que se secara y se cambiara de ropa, los dejé, a ella con su tiritona y a Joseph con sus sermones, y me fui a acostar con el pequeño Hareton, que estaba profundamente dormido. Oí a Joseph leer, luego le sentí subir la escalera y enseguida me quedé dormida.

A la mañana siguiente me levanté algo más tarde que de costumbre, y al bajar vi a la señorita Catherine, que seguía sentada junto al hogar. El señor Hindley, soñoliento y con profundas ojeras, estaba en la cocina también, y le preguntaba:

—¿Qué te pasa, Catherine? ¡Estás más abatida que un cachorro chapuzado! ¿Por qué estás tan mojada y tan pálida?

—Me he mojado —contestó malhumorada Catherine— y tengo frío. Sólo es eso.

Noté que el señor estaba ya sereno, y exclamé:

—¡Es muy traviesa! Se caló hasta los huesos con la lluvia de ayer, y se ha obstinado en quedarse toda la noche al lado del fuego.

—¿Toda la noche? —exclamó sorprendido el señor Earnshaw—. ¿Y por qué? No habrá sido por miedo a la tempestad.

Como ni ella ni yo deseábamos mencionar a Heathcliff mientras pudiéramos evitarlo, contesté que se le había antojado quedarse allí, y ella no dijo nada.

Hacía una mañana clara y fresca. Abrí las ventanas y los perfumes del jardín penetraron en la estancia. Pero Catherine me dijo:

—Cierra, Ellen. Estoy tiritando.

Y sus dientes castañeteaban, mientras se acercaba al fuego ya casi apagado.

—Está enferma —aseguró Hindley, tomándole el pulso—. Por eso no se acostó. ¡Maldita sea! Está visto que no puedo estar libre de enfermedades en esta casa. ¿Por qué te mojaste de esta forma?

—Por andar detrás de los muchachos, como de costumbre —se apresuró a decir Joseph, dando rienda suelta a su lengua de víbora—. Si yo estuviera en su lugar, señor, les daría con la puerta en las narices a todos ellos, señoritos y aldeanos. Todos los días que usted sale, Linton se cuela aquí como un gato. Mientras tanto, Ellen, ¡que es buena también!, vigila desde la cocina, y cuando usted entra por una puerta, él sale por la opuesta. Y entonces, nuestra señora corre al lado del otro. ¡Hay que ver! ¡Andar a las doce de la noche por los caminos con aquel endiablado gitano de Heathcliff! Se imaginan que estoy ciego, pero se equivocan. Yo he visto al joven Linton ir y venir, y te he visto a ti, ¡so bruja! —añadió, mirándome—, estar atenta y avisarles en cuanto los cascos del caballo del señor suenan en el camino.

—¡Silencio, insolente! —gritó Catherine—. Linton vino ayer por casualidad, Hindley, y le dije que se fuera cuando viniste, porque supuse que no te agradaría verle en el estado en que venías.

—Mientes, Catherine, estoy seguro... Y eres una condenada idiota —repuso su hermano—. No me hables de Linton por el momento... Dime si has estado esta noche con Heathcliff. No temas que le maltrate. Le odio, pero hace poco me hizo un favor, y eso detiene mis impulsos de partirle la cabeza. Lo que haré será echarle a la calle hoy mismo, y a partir de entonces tened cuidado, porque todo mi mal humor caerá sobre vosotros.

—No he visto a Heathcliff esta noche —contestó Catherine, sollozando—. Si le echas de casa, me iré con él. Pero quizá no puedas hacerlo ya. Tal vez se haya ido...

Una angustia incontenible la dominó y empezó a proferir sonidos inarticulados. Hindley le dirigió un chaparrón de groserías, y la hizo subir a su cuarto amenazándola con que de lo contrario tendría verdaderos motivos para llorar. Yo hice que le obedeciera, y jamás olvidaré el estado en que estaba cuando llegamos a su habitación. Me aterrorizó hasta el punto de que pensé que iba a volverse loca, y encargué a Joseph que corriera a llamar al médico. El señor Kenneth pronosticó un comienzo de delirio, dijo que estaba enferma de gravedad, le hizo una sangría, para disminuir la fiebre, y me encargó que le diese solamente leche y agua de cebada, y que la vigilase mucho, para impedir que se tirase por la ventana o por la escalera. Enseguida se marchó, porque tenía mucho trabajo, ya que entre las casas de sus pacientes solía haber una distancia de dos o tres millas.

Confieso que no me porté como una excelente enfermera, y Joseph y el amo tampoco lo hicieron mejor que yo; pero, a pesar de ello y de sus propios caprichos, la enferma logró vencer la gravedad de su estado. Entretanto, la señora Linton nos hizo varias visitas, procuró ordenar las cosas de la casa, estaba siempre dándonos órdenes y riñéndonos, y, por fin, cuando Catherine estuvo mejor, se la llevó a la Granja para que se recuperase, lo que por cierto le agradecimos mucho. Pero la pobre señora tuvo motivos para arrepentirse de su gentileza, porque ella y su marido se contagiaron de la fiebre y fallecieron con un intervalo de pocos días.

La joven volvió a casa más violenta y más intratable que nunca. No habíamos vuelto a saber nada de Heathcliff. Un día en que ella me había hecho perder la paciencia, cometí el error de achacarle la culpa de la desaparición del muchacho, lo que en realidad era la pura verdad, como a ella le constaba. Mi acusación hizo que rompiera durante varios meses su relación conmigo, excepto la inevitable para las cosas de la casa. Joseph cayó también en desgracia. No sabía callarse sus pensamientos y se obstinaba en seguir sermoneándola como si aún fuera una chiquilla, cuando en realidad era una mujer hecha y derecha, y, además, nuestra ama. Para colmo, el médico había recomendado que no se la contrariase, y ella consideraba que cometíamos un crimen cuando la contradecíamos en algo. No trataba tampoco a su hermano ni a los amigos de su hermano. Hindley, a quien Kenneth había hablado seriamente, procuraba dominar sus arrebatos y no excitar el mal carácter de Catherine. Incluso se portaba con demasiada indulgencia, aunque más que por defecto lo hacía porque deseaba que ella honrase a la familia casándose con Linton. Le importaba muy poco que Catherine nos tratara a nosotros como a esclavos, siempre que no le importunase a él.

Edgar Linton estaba tan ciego como tantos otros hombres lo han estado antes que él y lo seguirán estando en lo sucesivo, el día en que llevó al altar a Catherine, tres años después de la muerte de sus padres.

Contra mi gusto, me obligaron a abandonar Cumbres Borrascosas para acompañar a la joven señora. El pequeño Hareton tenía entonces cinco años, y yo había empezado a enseñarle a leer. La despedida fue muy triste. Pero las lágrimas de Catherine pesaban más que las nuestras. Al principio, no quise marcharme con ella, y viendo que sus ruegos no me conmovían, fue a quejarse a su novio y a su hermano. El primero me ofreció un magnífico sueldo y el segundo me ordenó que me largase, ya que no necesitaba mujeres en la casa, según dijo. De Hareton se haría cargo el cura. Así que no tuve más remedio que obedecer. Dije al amo que lo que se proponía era alejar de su lado a todas las personas decentes para precipitarse más pronto en su propia ruina, besé a Hareton y me fui. Desde entonces el niño ha sido para mí un extraño. Aunque parezca mentira, creo que ha olvidado por completo a Ellen Dean, y que no se acuerda de aquellos tiempos en que él lo era todo en el mundo para ella, y ella todo en el mundo para él.

Al llegar a esta altura de su relato, mi ama de llaves miró el reloj y se asombró de ver que las manecillas marcaban la una y media. Se negó a seguir sentada ni un segundo más, y, a decir verdad, yo también deseaba que su relato se aplazase. Ahora que se ha ido voy a acostarme, a pesar del entorpecimiento que invade mis músculos y mi cabeza.

Capítulo X

¡Vaya comienzo que ha tenido mi vida de eremita! ¡Cuatro semanas enfermo, tosiendo constantemente! ¡Estos implacables vientos y estos sombríos cielos del norte! ¡Los intransitables caminos y los médicos rurales que tardan en llegar a todas partes! Pero lo peor de todo, más incluso que la ausencia de seres humanos cerca de mí, es la recomendación de Kenneth de que debo permanecer en casa, sin salir, hasta que llegue la primavera...

El señor Heathcliff me ha hecho el honor de visitarme. Hace siete días me envió un par de guacos, que, al parecer, son los últimos de la estación. El muy villano no está exento de responsabilidades en mi enfermedad, y tuve que contenerme para no decírselo, pero ¿cómo iba a ofender a un hombre que tuvo la bondad de pasarse una hora junto a mi cama hablándome sobre píldoras y medicaciones? Su visita constituyó para mí un gran paréntesis en mi dolencia.

Aún estoy demasiado débil para leer. Así que ¿por qué no pedirle a la señora Dean que continúe relatándome la historia de mi vecino? La dejamos en el momento en que el protagonista se había fugado y en que la heroína se casaba. Voy a llamar a mi ama de llaves, seguramente le gustará entablar una animada conversación conmigo.

La señora Dean acudió.

—Dentro de veinte minutos le toca la medicina, señor —empezó a decir.

—¡Basta de medicinas! Lo que quiero es...

—El médico dice que debe usted suspender los polvos de...

—¡Con mucho gusto! Siéntese. Ni se acerque a esa odiosa hilera de frascos. Saque la labor del bolsillo y continúe relatándome la historia del señor Heathcliff desde el punto en que la suspendió el otro día. ¿Acabó su educación en el continente y volvió hecho un caballero? ¿O logró ingresar en un colegio? ¿O quizá emigró a América y alcanzó una posición exprimiendo la sangre de los naturales de aquel país? ¿O es que se enriqueció más deprisa actuando en los caminos reales de Inglaterra?

—Quizá hiciera un poco de todo, señor Lockwood, pero no puedo garantizárselo. Como le dije antes, no sé cómo ganó dinero, ni cómo se las arregló para salir de la ignorancia en la que había llegado a caer. Si le parece, continuaré explicándome a mi modo, si cree usted que no se fatigará y que encontrará en ello alguna distracción. ¿Se siente usted mejor hoy?

—Mucho mejor.

—Ésa es una grata novedad.

La señorita Catherine y yo nos trasladamos a la Granja de los Tordos, y ella comenzó portándose mejor de lo que yo esperaba, lo que me sorprendió bastante. Parecía estar enamoradísima del señor Linton, y también demostraba mucho afecto hacia su hermana. Lo cierto es que ellos eran muy buenos con Catherine. Aquí no se trataba del espino inclinándose hacia la madreselva, sino de la madreselva abrazando al espino. No es que los unos hiciesen concesiones a los otros, sino que ella se mantenía en pie y los otros se inclinaban. ¿Quién va a demostrar mal genio cuando no encuentra oposición en nadie? Yo notaba que el señor Edgar tenía un miedo terrible a irritarla. Procuraba disimularlo delante de ella, pero si me oía contestarle mal, o veía que algún criado se molestaba cuando recibía alguna orden autoritaria de su mujer, expresaba su descontento frunciendo el ceño, lo cual no era corriente cuando se trataba de cosas que le afectasen a él personalmente. A veces me reñía por mi actitud, diciéndome que ver disgustada a su esposa le producía un efecto peor que recibir una puñalada. Procuré dominarme, para no contrariar a un amo tan bondadoso. Durante medio año, la pólvora, al no acercarse a ella ninguna chispa, permaneció tan inofensiva como si fuese arena. Edgar respetaba los accesos de melancolía y tristeza que invadían de vez en cuando a su esposa, y los atribuía a un cambio producido en ella por la enfermedad, ya que antes no los había padecido nunca. Y cuando ella se recobraba, ambos eran perfectamente felices y para el marido parecía que hubiera salido el sol.

Pero aquello se acabó. Sin ninguna duda, en el fondo, cada uno debe mirar por sí mismo. Precisamente los buenos son más egoístas que los dominantes. Y aquella dicha tuvo su fin cuando una de las partes se dio cuenta de que no era el objeto de los desvelos de la otra. En una tarde serena de septiembre, yo volvía del huerto llevando un cesto de manzanas que acababa de coger. Había oscurecido ya y la luna brillaba por encima de la tapia del patio produciendo vagas sombras en los salientes de la fachada del edificio. Yo dejé el cesto en los escalones de la escalera de la cocina y me detuve un momento para aspirar el aire tranquilo y suave. Mientras miraba la luna, oí tras de mí una voz que me decía:

—Ellen, ¿eres tú?

El tono profundo de aquella voz no me era desconocido del todo. Me volví algo desconcertada para ver quién hablaba, ya que la puerta estaba cerrada y no había visto aproximarse a nadie a la escalera. En el portal distinguí una sombra, y al avanzar hacia allí me encontré con un hombre alto y moreno, vestido de negro. Estaba apoyado en la puerta y tenía la mano puesta en el picaporte, como si tuviese la intención de abrir él mismo.

«¿Quién será? —pensé—. No es la voz del señor Earnshaw.»

—Llevo una hora esperando —me dijo—, quieto como un muerto. No me atrevía a entrar. ¿Es que no me conoces? ¡Como puedes ver, no soy un extraño para ti!

Un rayo de luna iluminó sus facciones. Tenía las mejillas lívidas, adornadas por unas negras patillas. Sus cejas eran sombrías y sus ojos profundos, inconfundibles. Yo recordaba con claridad la expresión de aquellos ojos.

—¡Oh! —exclamé, levantando las manos con asombro, y dudando de si debía considerarle como a un visitante corriente—. ¿Es posible que sea usted?

—Sí, soy Heathcliff —respondió, dirigiendo la vista a las ventanas, en las que se reflejaba la luna, pero de las que no salía ninguna luz—. ¿Están en casa? ¿Está Catherine? ¿No te alegras de verme, Ellen? No te asustes. Vamos, dime si ella está aquí. Necesito hablar con tu señora. Anúnciale que una persona de Gimmerton desea verla.

—No sé lo que le parecerá —dije—. Estoy asombrada. Esto le va a hacer perder la cabeza. Sí. Usted es Heathcliff... ¡Pero qué cambiado está! Me parece imposible. ¿Ha servido usted en el ejército?

—Haz lo que te he dicho —me interrumpió con impaciencia—. ¡Estoy en ascuas!

Entré, pero al llegar al salón donde estaban los señores me quedé parada sin saber qué decir. Al final les pregunté, como pretexto, si querían que encendiese la luz, y abrí la puerta.

Ellos estaban sentados junto a una ventana abierta desde la que se veían los árboles del jardín, los helechos del parque, el valle de Gimmerton cubierto por una franja de bruma... Cumbres Borrascosas se alzaba al fondo, sobre la neblina. Pero la casa no se divisaba, ya que está construida en la otra ladera del monte. El paisaje, la habitación y las personas que había en ella estaban sumidos en una maravillosa paz. Me era muy violento dar el recado, y ya había decidido darme la vuelta sin transmitirlo cuando un impulso de locura me hizo volverme y decir:

—Hay ahí una persona de Gimmerton que desea verla, señora.

—¿Qué quiere? —preguntó la señora Linton.

—No se lo he preguntado —repuse.

—Bien. Echa las cortinas y trae el té. Enseguida vuelvo.

Salió de la habitación y el señor me preguntó que quién había venido.

—Una persona que la señora no esperaba —repuse—. Heathcliff, ¿no se acuerda? Aquel que vivía en casa del señor Earnshaw.

—¡Ah, el gitano, el mozo de labranza! ¿Por qué no le has dicho a Catherine quién era?

—No le llame usted de esa manera, señor —le aconsejé— porque ella se enfadará si le oye. Cuando se fue, estuvo muy disgustada. Seguramente se alegrará de volver a verle.

El señor Linton se asomó a una ventana que daba al patio y gritó a su mujer:

—No te quedes ahí, querida. Haz entrar a ese visitante.

Oí rechinar el picaporte, y Catherine subió corriendo, toda sofocada, y con una excitación tal que hasta borraba de su rostro toda señal de alegría. Viéndola casi parecía, por su exaltación, que había asistido a una terrible desgracia.

—¡Edgar, Edgar! —exclamó, jadeante—. ¡Edgar, amor mío: Heathcliff ha vuelto!

Y abrazó a su marido hasta casi ahogarle.

—Bien, bien —repuso su esposo, sin poder ocultar su fastidio—. No creo que por eso tengas que estrangularme. No me parece que ese Heathcliff sea un tesoro tan maravilloso. ¡No es como para volverse loco porque haya vuelto!

—Ya sé que no te agradaba mucho —replicó Catherine, reprimiéndose un poco—. Pero ahora tenéis que ser amigos, aunque sólo sea por mí. ¿Le digo que suba?

—¿Al salón?

—¿Dónde si no? —contestó ella.

Él, algo molesto, indicó que el sitio oportuno hubiera sido la cocina. Ella le contempló entre risueña y contrariada.

—No —contestó—. No voy a recibirlo en la cocina. Ellen, trae dos mesas... Una para el señor y la señorita Isabella, que son nobles, y otra para Heathcliff y para mí, que somos plebeyos. ¿Te parece bien, querido? ¿O prefieres que le reciba en otra parte? Si es así, dilo. Voy a buscar a nuestro visitante. ¡Me parece una felicidad demasiado grande para que sea verdadera!

Iba a volver a salir, pero Edgar la detuvo.

—Dile que suba —me ordenó—, y tú, Catherine, alégrate, si quieres, pero no hagas disparates. No hay por qué dar el espectáculo de recibir a un criado que se fugó como si fuera un hermano.

Bajé y encontré a Heathcliff esperando en el portal a que le hiciesen subir. Me siguió en silencio, y le conduje en presencia de los amos, cuyas encendidas mejillas delataban la reciente discusión. La señora se ruborizó más aún, corrió hacia Heathcliff, le cogió las manos, e hizo que Linton y él se las estrechasen, aunque a regañadientes. A la luz del fuego y de las velas, me asombró más aún la transformación de Heathcliff.

Se había convertido en un hombre alto, atlético y bien formado. Mi amo parecía un jovenzuelo a su lado. Su porte erguido sugería que debía de haber servido en el ejército. Su semblante mostraba una expresión más firme y resuelta que el del señor Linton, transparentaba inteligencia y no conservaba ninguna huella de su antiguo sentimiento de inferioridad. En sus cejas fruncidas y en el negro fulgor de sus ojos persistía aún algo de su nativa ferocidad, pero ahora controlada. Sus modales eran dignos y sobrios, pero no elegantes. Al notar todo aquello, mi amo se quedó tan estupefacto como yo misma. Estuvo un momento indeciso, sin saber cómo dirigirse a él. Heathcliff dejó caer la mano y esperó hasta que Linton optó por hablarle.

—Siéntese —dijo, al fin—. Mi mujer, recordando los viejos tiempos, me ha pedido que le acoja con cordialidad. No hace falta decir que intento complacerla en todo.

—Lo mismo digo —repuso Heathcliff—. Pasaré con mucho gusto aquí una o dos horas.

Catherine no apartaba los ojos de él, como si temiese que se desvaneciera cuando dejara de contemplarle. Heathcliff sólo la miraba de vez en cuando y en sus ojos se pintaba el placer que le producía el volver a ver a su amiga. Estaban tan satisfechos que ni siquiera les quedaba lugar para sentirse nerviosos. El señor Linton, al contrario, palidecía cada vez más, y se enojó hasta el extremo cuando su mujer se puso en pie, cruzó la habitación, cogió las manos de Heathcliff y comenzó a reír.

—Mañana creeré que lo he soñado —exclamó—. Me parecerá imposible haberte visto, tocado y oído otra vez. No te merecías esta acogida, Heathcliff. ¡En tres años de ausencia, no te has vuelto a acordar de mí!

—Más de lo que tú hayas pensado en mí, Catherine. Hace poco me enteré de que te habías casado, y mientras esperaba abajo, sólo tenía un pensamiento: verte, contemplar tu mirada de sorpresa y quizá de afectada alegría, luego arreglar las cuentas que tengo pendientes con Hindley y quitarme de en medio por mis propios medios. Tu recibimiento me ha hecho abandonar estas ideas, pero procura no recibirme la próxima vez de otro modo. Pero no... Creo que no volverás a despedirme. ¿Te disgustó mi ausencia realmente? Había motivos. Desde que me separé de ti, he vivido amargamente. Perdóname... ¡Todo lo he hecho por ti!

—Haz el favor de sentarte, Catherine, porque de lo contrario vamos a tomar el té frío —dijo el señor Linton, que se esforzaba por dominarse—. El señor Heathcliff tendrá que andar mucho hasta encontrar un lugar en el que pasar esta noche, y yo tengo ganas de tomar el té.

Catherine se sentó, acudió Isabella, y yo me retiré. El té no duró más de diez minutos. La señora apenas probó bocado y Edgar tampoco. El visitante no estuvo más de una hora. Cuando salió, le pregunté si se iba a Gimmerton.

—Voy a Cumbres Borrascosas —repuso—. El señor Earnshaw me invitó cuando fui esta tarde a visitarle.

¡De manera que había visitado al señor Earnshaw y éste le había invitado! Acaso Heathcliff se había convertido en un hipócrita y regresaba con la intención de hacer el mal, pero de forma disimulada. Tuve el presentimiento de que hubiera sido preferible que no hubiera vuelto.

A medianoche la señora Linton vino a mi habitación, se sentó junto a mi cama y me tiró del pelo.

—No puedo dormirme, Ellen —me dijo como explicación—. Siento la necesidad de que alguien comparta mi felicidad. Edgar está disgustado porque me alegro de una cosa que no le interesa, se niega a hablar y no dice más que tonterías y cosas llenas de rencor. Dice que soy cruel porque quiero hablarle de esto cuando se encuentra, según él, cansado y muerto de sueño. Dice que se siente mal: en cuanto sufre una contradicción siempre sale con lo mismo. Le hice algunos elogios de Heathcliff, y entonces, o por envidia o porque en realidad le duela la cabeza, se ha puesto a llorar. Me he levantado y me he ido.

—No debía usted elogiar a Heathcliff en su presencia —contesté—. Ya sabe que de muchachos se odiaban. Tampoco a Heathcliff le hubiera gustado oír elogios de su esposo. Los hombres son así. No hable usted a su esposo de Heathcliff, a no ser que quiera usted provocar un choque entre ellos.

—Esto es señal de inferioridad —dijo Catherine—. Yo no envidio el pelo rubio de Isabella, ni su piel blanca, ni el cariño que toda la familia siente hacia ella. Cuando discuto por algo con Isabella, tú te pones de su parte, y yo cedo en todo, como una madre débil y condescendiente. A su hermano le gusta que seamos buenas amigas, y a mí también. Pero son dos niños mimados, que se creen que el mundo ha sido creado para complacerles. Yo procuro complacerles, sí, pero no dejo de pensar que les sentaría bien una lección.

—Está usted equivocada, señora Linton —dije—. Son ellos los que procuran complacerla a usted. Me consta lo que pasaría en caso contrario. Ellos podrán tener algún capricho, pero, en cambio, no hacen más que amoldarse a todos sus deseos. Y rece usted, señora, para que no se presente alguna ocasión de probar su carácter, porque, si llega el caso, esos que usted supone inferiores y débiles demostrarán tanta energía como usted misma.

—En este caso lucharemos hasta la muerte, ¿no? —repuso Catherine, echándose a reír—. Tengo tanta confianza en el amor de Edgar que creo que podría hasta matarle sin que él se defendiese.

Yo entonces le aconsejé que apreciara aquel cariño en lo que valía.

—Ya lo aprecio —contestó—, pero él no debería echarse a llorar por pequeñeces. Eso es una niñería. Cuando le he dicho que Heathcliff merecía ahora el respeto de todos y que cualquiera se honraría con su amistad, debería haber estado de acuerdo conmigo. Tiene que acostumbrarse a él y hasta podría llegar a apreciarle. Heathcliff se portó bien con él, si tenemos en cuenta los motivos que tiene para no sentir simpatía hacia su persona.

—¿Qué opina de su visita a Cumbres Borrascosas? —dije—. Al parecer, se ha corregido en todo y perdona a sus enemigos, como buen cristiano.

—Estoy tan asombrada como tú —repuso ella—. Según ha contado él mismo, fue allí para preguntar por mí, pensando que tú seguirías viviendo en la casa. Joseph se lo dijo a Hindley, y éste salió y empezó a hacerle preguntas sobre su vida. Luego le invitó a pasar. Había varias personas jugando a las cartas y Heathcliff tomó parte en el juego. Mi hermano le ganó algún dinero y viendo que tenía la cartera bien provista le pidió que volviese de nuevo. Hindley es tan despreocupado que no comprenderá la imprudencia que comete buscando la amistad de alguien a quien tanto ha ofendido. Heathcliff dice que si ha accedido a reanudar las relaciones con mi hermano es para poder verme con más frecuencia que si viviese en Gimmerton. Piensa pagar bien los gastos de su alojamiento en Cumbres Borrascosas, y esto complacerá a mi hermano, que siempre ha sido codicioso, a pesar de que todo lo que coge con una mano lo tira con la otra.

—Mal sitio para que viva un joven —dije—. ¿No teme usted las consecuencias, señora Linton?

—Para mi amigo, no. Es precavido y evitará cualquier riesgo. Si tengo algún temor, es por Hindley. Moralmente ya no puede caer más bajo de lo que ha caído. Respecto al daño físico, yo le protegeré. El regreso de Heathcliff me ha reconciliado con Dios y con los hombres. ¡He sufrido mucho, Ellen! Si él llega a entenderme, se avergonzará de estropear mi alegría con sus estúpidos rencores. Y todo lo he aguantado por el cariño que siento hacia él. Pero todo eso ya pasó. En adelante, estoy dispuesta a soportarlo todo. Si la criatura más ínfima me diese un bofetón en una mejilla, no sólo le ofrecería la otra, sino que le pediría, además, que me perdonase. Y, para demostrarlo, ahora mismo voy a hacer las paces con Edgar. Buenas noches. ¡Soy tan buena como un ángel!

Se fue muy satisfecha de sí misma, y a la mañana siguiente se hizo evidente el resultado de su decisión. Edgar, aunque estaba algo violento aún por la excesiva alegría de Catherine, ya no se mostraba enfadado, y hasta la dejó ir aquella tarde con Isabella a Cumbres Borrascosas. Ella, en cambio, le mostró tanto amor y le hizo tantas caricias que la casa durante varios días fue un paraíso.

Heathcliff —en realidad debo decir ya el señor Heathcliff— era discreto al principio en las visitas que hacía a la Granja de los Tordos, como si midiese hasta dónde podía llegar con su presencia sin incomodar al señor. Catherine procuró moderar sus muestras de alegría cuando llegaba él, y así consiguió Heathcliff imponer su asiduidad en las visitas. El carácter reservado que aún conservaba y le distinguía desde la infancia le permitía reprimir cualquier manifestación espontánea de afecto. Mi amo se calmó momentáneamente. Pero pronto encontraría otros motivos de inquietud.

La nueva causa de sus preocupaciones fue el amor que de repente sintió Isabella Linton hacia Heathcliff. Isabella era una hermosa muchacha de dieciocho años, de apariencia muy infantil, pero muy inteligente y también de genio muy violento si se la irritaba. Su hermano, que la quería mucho, se sintió consternado cuando notó sus sentimientos. Aparte de la bajeza que significaba un matrimonio con un hombre vulgar y la posibilidad de que sus bienes, si no tenía hijos, pasaran a manos de aquel individuo, el amo comprendía bien que, en el fondo, el carácter de Heathcliff, a pesar de las apariencias, no se había modificado. Y temblaba ante la idea de entregarle a Isabella. Él atribuyó lo ocurrido a maniobras y maniquinaciones de Heathcliff, aunque lo cierto es que Isabella se había enamorado espontáneamente de él, sin que éste la correspondiera.

Todos veníamos notando desde hacía un tiempo que un secreto disgusto atormentaba a la señorita Isabella. Se volvió huraña y susceptible, y discutía con Catherine por cualquier cosa, con el consiguiente peligro de agotar la poca paciencia de su cuñada. Al principio pensamos que no estaba bien de salud, ya que adelgazó mucho y se la veía muy desanimada. Pero un día se mostró más impertinente que nunca. Se negó a desayunar, diciendo que los criados no la obedecían, que Edgar no se ocupaba de ella y que Catherine la tenía cohibida. Añadió que se había resfriado porque habían dejado el fuego apagado y las puertas abiertas expresamente para molestarla, y enumeró toda una sarta de acusaciones, a cual más pueril. La señora Linton le ordenó que se acostara y la amenazó con llamar al médico. Al oír hablar de Kenneth, la joven respondió en el acto que se encontraba perfectamente de salud y que era la dureza de Catherine lo que la hacía sufrir.

—¿Que soy dura contigo, niña mimada? —dijo la señora—. ¿Cuándo he sido dura contigo?

—Ayer.

—¿Ayer? —exclamó su cuñada—. ¿Cuándo?

—Cuando salimos a pasear con el señor Heathcliff me dijiste que podía irme a donde quisiera, para quedarte sola con él.

—¿Y a eso le llamas dureza? Era una indirecta para que nos dejaras solos, porque me pareció que nuestra conversación no te interesaba —dijo Catherine, riendo.

—No —replicó la joven—. Querías que me fuera porque sabías que me gustaba estar allí.

—¿Se habrá vuelto loca? —me dijo la señora Linton—. Voy a repetir nuestra conversación, palabra por palabra, Isabella, y luego me dirás en qué podía interesarte.

—No me importaba la conversación —repuso Isabella—. Lo que me interesaba era estar con...

—¿Con...? —interrogó Catherine.

—Con él, y por eso hiciste que me fuera —repuso Isabella—. Eres como el perro del hortelano, Catherine, y no puedes soportar que amen a nadie que no seas tú.

—Eres una impertinente —dijo la señora Linton—. No doy crédito a tanta estupidez. ¿Es que quieres que Heathcliff te admire? ¿Le consideras un hombre agradable? Supongo que no...

—Le amo más de lo que tú puedas querer a Edgar —contestó la muchacha— y estoy segura de que él me amaría si tú no te interpusieras entre nosotros.

—¡Por nada del mundo quisiera estar en tu lugar! —dijo Catherine—. Ellen, ayúdame a hacerle comprender que está loca. Dile, dile quién es Heathcliff: un ser salvaje, sin cultura, sin refinamiento, un campo árido cubierto de abrojos y pedernal. Antes de aprobar que te enamores de Heathcliff, sería capaz de poner aquel canario en medio del parque un día de invierno. Mira, niña, esa idea se te ha metido en la cabeza porque no le conoces. Escúchame bien: no te imagines que oculta tesoros de bondad y ternura bajo esa apariencia sombría y huraña. No pienses que es un diamante en bruto o la ostra que contiene una perla, no. Es un hombre implacable y feroz como un loco. Yo jamás le digo que deje tranquilos a sus enemigos en nombre del daño que podrá causarles, sino en nombre de mi voluntad. Si te unieses a él, Isabella, y pensara que le estorbas, te aplastaría como si fueses un huevo de gorrión. Es absolutamente incapaz de amar a una Linton, aunque es muy capaz de casarse contigo por tu fortuna y por lo que puedes llegar a tener. El vicio que le domina ahora es el amor al dinero. Te lo he retratado tal como es. Fíjate en que soy amiga suya, y en que si él realmente hubiera pensado en casarse contigo, puede que yo no hubiera dicho nada, para que cayeras en sus redes.

Pero la señorita Linton miró con indignación a su cuñada.

—¡Qué vergüenza! —dijo—. ¡Eres peor que veinte enemigos, amiga traidora!

—¿No me crees? ¿Crees que hablo así por egoísmo?

—Estoy segura —respondió Isabella—, y me produces horror.

—Está bien —contestó Catherine—. Yo te he dicho lo que debía. Ahora haz lo que a ti te parezca.

—¡Cuánto egoísmo tengo que aguantar! —exclamó Isabella, llorando, cuando su cuñada salió de la habitación—. Todos se ponen en mi contra. Ella ha procurado romper mi última esperanza. Pero ha mentido, ¿no es cierto, Ellen? El señor Heathcliff es un alma digna y sincera y no un demonio. De lo contrario, no hubiera vuelto a acordarse de Catherine.

—No piense más en él, señorita —le aconsejé—. El señor Heathcliff es un pájaro de mal agüero y a usted no le conviene. Todo cuanto ha dicho la señora Linton es verdad. Ella lo conoce mejor que yo y que nadie, y nunca le hubiera pintado más malo de lo que es. Las personas honradas no ocultan sus actos. Y él, ¿cómo se ha enriquecido? ¿Qué hace en Cumbres Borrascosas, en casa de un hombre al que detesta? Por ahí se dice que el señor Earnshaw está peor que nunca desde que volvió Heathcliff. Ambos se pasan la noche en vela. Hindley ha hipotecado todas sus tierras y no hace más que jugar y beber. Me enteré de ello hace una semana: me encontré con Joseph en Gimmerton y me lo contó. Me dijo: «Vamos a acabar en los tribunales, Ellen. El uno se dejaría cortar un dedo antes que ayudar al otro a salir del pantano en que se hunde cada vez más. Y éste es el amo, Ellen. Y la cosa avanza deprisa. No teme ni a la justicia, ni a san Juan, ni a san

Pedro, ni a san Mateo, ni a nadie. Al contrario, se ríe de ellos. Y, ¿qué me dices del tal Heathcliff? ¡Ya puede reírse, ya, de ese juego diabólico! ¿No os cuenta, cuando os visita, la vida que lleva aquí? Pues se levantan al caer el sol, cierran las ventanas, juegan y beben brandy hasta el mediodía del día siguiente. Entonces, aquel loco se marcha a su habitación soltando maldiciones y el otro miserable se embolsa el dinero, duerme, se harta de comer y después va a divertirse con la mujer de su vecino. Seguro que le cuenta a doña Catherine cómo se está hinchando la bolsa con el dinero de su padre, que en paz descanse. Hindley se precipita por el camino de perdición, y Heathcliff le estimula cuanto puede». Señorita Isabella, Joseph es un viejo bribón, pero no es mentiroso, y ¿verdad que, si su relato sobre Heathcliff es cierto, usted no se casaría jamás con un hombre así?

—No te quiero escuchar, Ellen —me dijo Isabella—. Te has puesto de acuerdo con los demás... ¡Todos queréis convencerme con malas intenciones de que no hay felicidad en el mundo!

No sé si hubiera llegado a controlar o no lo que sentía, porque tuvo poco tiempo para reflexionar sobre ello. Al día siguiente hubo un juicio en la villa cercana, y mi amo tuvo que asistir. Heathcliff, que estaba al corriente, nos visitó más temprano que de costumbre. Catherine e Isabella estaban en la biblioteca, en silencio, mirándose con hostilidad. Isabella estaba inquieta por la indiscreta revelación que había hecho, y Catherine se sentía enojada con su cuñada, de la que en realidad se burlaba. Cuando vio por la ventana que llegaba Heathcliff, se alegró. Yo estaba limpiando la chimenea y descubrí en sus labios una sonrisa maligna. Isabella, absorta en sus reflexiones o en la lectura, no se dio cuenta de la presencia de Heathcliff hasta que entró. Ya era tarde para salir corriendo, lo que habría hecho sin duda de buena gana si le hubiera dado tiempo.

—Llegas a punto —exclamó alegremente la señora, acercándole una silla—. Aquí tienes a dos mujeres necesitadas de un tercero que rompa el hielo que se ha establecido entre ellas. Heathcliff, me siento orgullosa de haber encontrado a alguien que aún te quiere más que yo. Sin duda te sentirás halagado. No, no es Ellen, no la mires a ella... Se trata de mi pobre cuñadita, a la que se le parte el corazón sólo con verte. ¡En tus manos está llegar a ser hermano de Edgar! ¡No te vayas, Isabella! —exclamó, sujetando a la joven que, indignada, quería marcharse—. Nos peleábamos por ti como gatas, Heathcliff, y me ha vencido en nuestro torneo de alabanzas y de admiraciones. Y aún me ha dicho más, y es que, si yo me separara de vosotros por un momento, te atravesaría el corazón de un flechazo y tu alma quedaría eternamente ligada a la suya, mientras que yo sería relegada al olvido.

—¡Catherine! —dijo Isabella, procurando apelar a toda su dignidad—. Te agradeceré que digas la verdad, y que no te burles de mí ni siquiera en broma. Señor Heathcliff, tenga la bondad de pedirle a su amiga que me suelte. Ella olvida que usted y yo no tenemos suficiente confianza y que a mí me disgusta lo que le divierte a ella.

Pero el visitante no contestó. Se sentó, indiferente a la admiración que había despertado. Isabella se volvió a su cuñada y le rogó que la dejase libre.

—¡Ni hablar! —respondió la señora Linton—. No quiero que me compares otra vez con el perro del hortelano. Tienes que quedarte. Heathcliff, ¿no te gusta lo que te he contado? Isabella dice que el amor que Edgar siente hacia mí no es nada en comparación con el que ella siente hacia ti. Dijo algo parecido, ¿verdad, Ellen? Y no ha querido comer desde que ayer la separé de tu lado.

—Me parece —dijo Heathcliff, volviéndose hacia ella— que Isabella no está de acuerdo contigo y que, al menos por ahora, no siente ningún deseo de estar a mi lado.

118

Y contempló fijamente a Isabella con la expresión con que pudiera mirar a un bicho extraño y repulsivo. La jovencita no podía más. Se puso roja y pálida en el espacio de pocos segundos, y, al ver que no lograba soltarse de Catherine, le dio un arañazo y trazó en la piel de su cuñada varias señales sangrientas.

—¡Caramba, qué tigresa! —exclamó la señora Linton, soltándola al sentir el dolor—. ¡Por el amor de Dios, vete de aquí! ¡Mira que mostrar tus garras delante de él...! ¡Eres tonta! ¡Imagina lo que pensará de ti! Fíjate, Heathcliff, qué instrumentos de tortura utiliza. ¡Cuidado con los ojos!

—Le cortaría los dedos si se atreviera a amenazarme —dijo él brutalmente cuando la joven salió—. Pero ¿por qué has atormentado así a esa muchacha, Catherine? No hablabas en serio, ¿verdad?

—Te aseguro que sí —repuso ella—. Está sufriendo por ti hace varias semanas. Esta mañana se puso furiosa porque le mencioné todos tus defectos con el fin de apagar la pasión que siente hacia ti. No pienses más en ello. Sólo me he propuesto castigarla por su insolencia. La quiero demasiado, Heathcliff, para dejarte que la caces y la devores.

—Y yo la quiero muy poco como para no intentarlo —contestó él—, a no ser que mis intenciones sean las de un vampiro. Oirías cosas muy extrañas si yo viviera con esa desgraciada muñeca. Lo menos raro que llegara a tus oídos sería que le he pintado en la cara todos los colores del arco iris, y le he puesto negros cada dos días esos ojos azules tan odiosamente parecidos a los de su hermano.

—¡Pero si son deliciosos! —dijo Catherine—. Son ojos de paloma, ojos de ángel...

—Es la heredera de su hermano, ¿no? —preguntó él tras un corto silencio.

—¡Sentiría mucho que lo fuese! —contestó Catherine—. Antes de que eso suceda, ojalá media docena de sobrinos lo hereden todo! No pienses en esto, y recuerda que codiciar los bienes de tu prójimo equivale, en este caso, a codiciar los míos.

—No serían menos tuyos si los tuviera yo —observó Heathcliff—. Pero aunque Isabella sea tonta, no creo que esté tan loca como todo eso. Lo mejor es dejarlo, como tú dices.

No hablaron más de ello, y es probable que Catherine lo olvidase. Pero el otro debió de acordarse varias veces durante la tarde. Le noté que sonreía sin motivo aparente y caía en una meditación de mal agüero cada vez que la señora Linton salía de la habitación.

Así que decidí vigilarle. Yo sentía que estaba más de parte del amo que de Catherine, ya que él era bueno y honrado. Es verdad que respecto a ella no podía decirse que no lo fuese, pero yo confiaba muy poco en sus principios y tenía muy poca simpatía hacia sus sentimientos. Yo deseaba que algo librase a la Granja y a la vez a Cumbres Borrascosas de la mala influencia de Heathcliff. Sus visitas eran una obsesión para mí. Y creo que también para el amo. El hecho de que residiera en Cumbres Borrascosas nos preocupaba extraordinariamente. Yo tenía la impresión de que Dios había abandonado allí a la oveja descarriada, y que el lobo esperaba, atento, el momento oportuno para precipitarse sobre ella y destrozarla.

Capítulo XI

A veces, meditando a solas sobre estas cosas, me levantaba, poseída de un súbito terror, me ponía el sombrero y se me ocurría ir a ver lo que sucedía en Cumbres Borrascosas. Tenía la convicción de que mi deber era hablar con Hindley de lo que la gente decía de él. Pero cuando recordaba lo empedernido que estaba en sus vicios, me faltaba el valor para entrar en la casa, comprendiendo que mis palabras sólo podían surtir efectos muy dudosos.

Una vez, yendo a Gimmerton, me desvié un tanto de mi camino, y me paré ante la cerca de la propiedad. Era una tarde clara y fría. La tierra estaba desolada por el invierno y el pavimento del camino se extendía ante mi vista endurecido y seco. Llegué a una bifurcación del sendero. Hay allí un pilar de piedra arenisca, que tiene grabadas las letras C. B. en su cara que mira al norte, G., en la que mira al este y G. T., en la que da al sudoeste. Esta piedra sirve para marcar las distintas direcciones: las Cumbres, el pueblo y la Granja. El sol bañaba con sus dorados rayos la parte alta del hito. Esto me hizo pensar en el verano, y un aluvión de recuerdos acudió a mi mente. Aquel sitio era el preferido por Hindley y por mí veinte años atrás. Durante largo rato estuve contemplando la piedra. Al inclinarme, vi junto a su base un agujero donde almacenábamos guijarros, conchas de caracol y otras cosas sin importancia, que continuaban allí. Y tuve la alucinación de que veía a mi antiguo compañero de juegos excavando la tierra con un trozo de pizarra.

—¡Pobre Hindley! —murmuré sin querer.

Me pareció que el niño levantaba la cabeza y me miraba. La visión desapareció inmediatamente, pero en el acto sentí un vivo deseo de ir a Cumbres Borrascosas. Un sentimiento supersticioso me impulsaba.

«¡Podría haber muerto, o estar a punto de morir!», pensé, relacionando aquella alucinación con un presagio fatídico.

Mi nerviosismo aumentaba a medida que me iba acercando a la casa, y al final toda yo temblaba. Al ver un niño desgreñado apoyando la cabeza contra los barrotes de la verja, tuve la impresión de que la aparición se me había adelantado. Pero pensando más despacio, comprendí que debía de ser Hareton, mi Hareton, al que no veía hacía tiempo.

—¡Dios te bendiga, querido! —exclamé—. Hareton, soy Ellen, tu ama.

Se alejó de mí y cogió un grueso pedrusco.

—He venido a ver a tu padre, Hareton —le dije, dándome cuenta de que, si se acordaba de Ellen, no la identificaba conmigo.

Levantó la mano para tirar la piedra y, aunque intenté calmarle, la lanzó y me dio en el sombrero. Al mismo tiempo, el pequeño soltó una retahíla de maldiciones que, conscientes o no, emitía con la firmeza de quien sabe lo que dice. Sentí más dolor que cólera y me faltó poco para llorar. Saqué una naranja del bolsillo y se la ofrecí. Dudó un momento y de pronto me la quitó bruscamente de las manos, como si creyera que intentaba engañarle. Le enseñé otra, pero esta vez procuré no ponerla al alcance de su mano.

—¿Quién te ha enseñado esas palabrotas, hijo? —le pregunté—. ¿El cura?

—¡Malditos seáis el cura y tú! —contestó—. ¡Dame eso!

—Si me dices quién te ha enseñado a hablar así te lo daré.

—El diablo de mi padre —replicó.

—Y tu padre, ¿qué te enseña? —seguí preguntando.

Se lanzó sobre la fruta, pero yo la levanté.

—Nada —contestó—. No quiere que esté con él, porque le echo maldiciones.

—¿Y es el diablo quien te enseña a maldecir a papá?

—¡Sí...! No...

—¿Quién es entonces?

—Heathcliff.

Le pregunté si quería al señor Heathcliff y me dijo que sí. Al preguntarle los motivos, repuso:

—Porque él trata mal a papá como papá me trata a mí, y porque él maldice a papá como papá me maldice a mí, y porque me deja hacer todo lo que quiero.

—Entonces, ¿es verdad que el cura no te enseña a leer y escribir?

—No. Han dicho que le partirían la cabeza si entrara por la puerta. ¡Heathcliff lo ha jurado!

Le di la naranja y le dije que fuera a avisar a su padre de que una mujer llamada Ellen Dean quería verle. Se dirigió a la casa por el sendero, pero en lugar de Hindley apareció Heathcliff. Al verle, eché a correr como si hubiera visto a un fantasma. Esto no tiene relación con el asunto de la señorita Isabella, pero a partir de entonces puse todos mis esfuerzos en procurar que la influencia negativa de aquel hombre no se extendiera a la Granja, lo cual me costó, por cierto, una disputa con la señora Linton.

El primer día que Heathcliff volvió a la casa, la señorita Isabella estaba en el patio dando de comer a las palomas. Hacía tres días que no hablaba con su cuñada, pero también ignoraba sus protestas, lo que fue un gran alivio para todos. Heathcliff, generalmente, no se dirigía a Isabella para nada, pero esa vez, después de lanzar una ojeada a la casa —yo estaba en la ventana de la cocina y pero me retiré para que no me viera— se acercó a ella y le habló. La joven estaba nerviosa y parecía querer marcharse, pero él la retuvo sujetándola por el brazo. Isabella volvió la cara. Al parecer, él le había hecho una pregunta a la que la señorita no quería contestar. Él volvió a mirar hacia la casa, y, creyendo que nadie le veía, tuvo el descaro de besar a Isabella.

—¡Oh, Judas, traidor! —grité—. ¡Villano, hipócrita, impostor!

—¿Qué te pasa, Ellen? —dijo Catherine, que entraba en aquel momento, sin que yo me diera cuenta.

—¡Su miserable amigo! —exclamé furiosa—. ¡El bribón de Heathcliff! Está entrando, nos ha visto... ¡A ver qué excusa le da a usted para explicar por qué corteja a la señorita después de haber dicho que la despreciaba!

La señora Linton vio cómo Isabella se soltaba y echaba a correr. Heathcliff entró inmediatamente. Yo di rienda suelta a mi indignación, pero Catherine me mandó callar, amenazándome con expulsarme de la cocina.

—¡Cualquiera diría que tú eres la señora! —exclamó—. Procura no meterte en lo que no te importa. —Y añadió, dirigiéndose a Heathcliff—: ¿Qué te propones? Ya te he advertido que dejes en paz a Isabella. Hazme caso, a no ser que te hayas cansado de venir a esta casa y quieras que Linton te prohíba la entrada.

—¡Dios lo quiera! —contestó aquel rufián—. ¡Le odio cada día más! Si Dios no le conserva paciente y pacífico, acabaré por no resistir el deseo que siento de enviarle a la eternidad.

—¡Cállate y no me exasperes! —ordenó Catherine—. ¿Por qué has olvidado lo que te dije? ¿Fue Isabella la que te buscó?

—¿Y a ti qué te importa? —contestó él—. Tengo derecho a besarla, si ella me lo consiente. No soy tu marido, no tienes derecho a estar celosa.

—No estoy celosa de ti, sino por ti —contestó la señora—. Cálmate. Si te gusta Isabella, te casarás con ella. Pero dime si te gusta de verdad, Heathcliff. ¿Ves cómo no contestas? Estoy segura de que no te gusta.

—¿El señor Linton aprobaría que su hermana se casase con ese hombre? —interrogué.

—Lo aprobaría —replicó Catherine con tono decisivo.

—Pues puede ahorrarse la molestia —dijo Heathcliff—, porque yo no necesito su consentimiento para nada. Y a ti, Catherine, te diré dos palabras, ya que se presenta la oportunidad. Entérate de que me consta que me has tratado muy mal, ¿me oyes?, horriblemente. Si crees que no lo he notado, es que eres una mema, si te imaginas que me consuelas con palabras dulces, es que eres una idiota, y si piensas que no me vengaré, pronto te convencerás de lo contrario. Me alegro de que me hayas dicho el secreto de tu cuñada, porque te juro que voy a sacar partido de él. ¡No te interpongas en mi camino!

—Pero ¿qué es esto? —exclamó, asombrada, la señora Linton—. ¡Que te he tratado muy mal y que vas a vengarte! ¿Cómo vas a vengarte, torpe ingrato? ¿Cuándo te he tratado yo horriblemente?

—No me vengaré de ti —dijo Heathcliff con menos violencia—. Mi plan no es ése. El tirano oprime a sus esclavos, y éstos, en lugar de volverse contra él, se vengan con los que tienen debajo. Hazme sufrir cuanto quieras, si eso te divierte, pero déjame a mí divertirme del mismo modo, y procura no burlarte de mí. Ya que has derruido mi palacio, no te empeñes en erigir en sus ruinas una choza y hacerme habitar en ella por caridad. Si yo creyese que tienes interés en que me case con Isabella, me cortaría el cuello antes de hacerlo.

—¿Así que lo que te ofende es que yo no esté celosa?

—gritó Catherine—. Pues no me volveré a preocupar de buscarte esposa, tranquilo. Sería como ofrecerle al diablo un alma condenada. Te encanta causar desgracias. Ahora que Edgar se ha recuperado del disgusto que le produjo tu llegada y que yo empiezo a estar tranquila, tú te empeñas en buscar camorra. Peléate con Edgar, si quieres, y engaña a su hermana, y así te habrás vengado de mí, y mucho más de lo que pudieras imaginarte.

La conversación cesó por el momento. La señora Linton se sentó junto al fuego, colérica y silenciosa. El demonio que había estado sumiso en ella se había convertido en indomable. Heathcliff permaneció de pie, cruzado de brazos ante la lumbre, maquinando, sin duda, planes perversos, y yo les abandoné y me fui a buscar al amo. Éste estaba extrañado al ver que su mujer se entretenía tanto abajo.

—¿Has visto a la señora, Ellen? —me preguntó.

—Está en la cocina, señor —respondí—. Está enfadada por la conducta del señor Heathcliff y, si me quiere usted hacer caso, creo que convendría que no les visitase. A veces es peligroso ser demasiado bueno...

Le relaté la escena del patio y la disputa que se había producido a continuación, con tanta exactitud como me fue posible. Pensaba que no le causaría mucho perjuicio a la señora, a no ser que ella misma se perjudicase defendiendo al intruso. El señor Linton tuvo que contenerse mucho para escucharme hasta el final. Y sus frases indicaban claramente que achacaba a su mujer la culpa de lo ocurrido.

—¡Esto es intolerable! —exclamó—. ¡Es vergonzoso que sea amiga suya y que me obligue a aceptar su trato! Llama a dos de los criados, Ellen. Catherine no continuará discutiendo con este granuja. ¡Ya he sido demasiado condescendiente!

Mandó a los sirvientes que esperasen en el pasillo y se dirigió a la cocina, mientras yo le seguía. La señora, en aquel instante, hablaba acaloradamente; Heathcliff estaba junto a la ventana, algo acobardado, al parecer, por los reproches de Catherine. Fue el primero en ver al señor, y le hizo un gesto para que se callase. Ella obedeció inmediatamente.

—¿Qué significa esto? —dijo Linton, dirigiéndose a ella—. ¿Qué noción tienes del decoro para permanecer aquí después de lo que te ha dicho ese miserable? Tal vez no das importancia a sus palabras porque estás acostumbrada a su clase de conversación. Pero yo no lo estoy ni quiero estarlo.

—¿Has estado escuchando detrás de la puerta, Edgar? —preguntó ella en tono calculadamente frío, para provocar a su esposo, mostrándole a la vez su desprecio.

Heathcliff, al oír hablar a Edgar, levantó la vista, y soltó una carcajada ante la respuesta de Catherine, para atraer hacia él la atención de Linton. Y lo consiguió. Lo que no consiguió fue que Edgar perdiera el dominio de sí mismo.

—Hasta hoy he sido tolerante con usted, señor —pronunció mi amo secamente—. No porque desconociera su despreciable carácter, sino porque creía que no toda la culpa de ser así era suya. Y también porque Catherine deseaba conservar su amistad. Pero ahora se acabó. Su presencia es un veneno mortal capaz de contagiar al ser más bondadoso. Por tanto, y para evitar consecuencias más graves, le prohíbo desde hoy que vuelva a poner los pies en esta casa y le exijo que salga de ella inmediatamente. Si tarda en hacerlo más de tres minutos, saldrá por la fuerza.

Heathcliff examinó con desprecio a su adversario de pies a cabeza.

—Catherine, tu corderito me amenaza como un toro. Y corre el riesgo de romperse la cabeza contra mis puños. ¡Por Dios, señor Linton, siento de verdad que no sirva usted ni para que le den un puñetazo!

El amo miró hacia el pasillo y me hizo una señal para que fuese a llamar a los criados. No quería, sin duda, exponerse a un choque directo. Obedecí, pero la señora, al darse cuenta, me siguió, y, al ir yo a avisarles, me empujó, me apartó y cerró la puerta con llave.

—¡Estupendo procedimiento! —dijo como contestando a la irritada y sorprendida mirada que le dirigió su marido—. Si no tienes valor para combatir con él, preséntale tus excusas o date por vencido. Será tu castigo por alardear de una valentía que no tienes. ¡Antes me tragaré la llave con tal de no dártela! Así recompensáis lo bien que me he portado con los dos. Mi benevolencia hacia el carácter débil de uno y el mal carácter del otro la pagáis así. Él estaba ofendiéndoos a ti y a tu hermana, Edgar, y yo os estaba defendiendo. ¡Así que ahora, ojalá te azote Heathcliff hasta hundirte, por pensar tan mal de mí!

Edgar intentó quitarle la llave a Catherine, pero ella la arrojó al fuego, y él, asaltado de un temblor nervioso, y después de hacer esfuerzos sobrehumanos para dominarse, angustiado y humillado, se dejó caer en una silla, cubriéndose la cara con las manos.

—¡Oh, cielos! En otros tiempos este suceso habría valido para que te armaran caballero... —exclamó la señora—. Estamos vencidos... Descuida que Heathcliff ahora te ponga un dedo encima. Sería tan absurdo como si un rey enviara su ejército contra una madriguera de ratones. Levántate, hombre, que nadie te va a lastimar... No, no eres un cordero, sino una liebre...

—¡Disfruta en paz de este cobarde que tiene la sangre de horchata! —dijo su amigo—. Te felicito por tu elección. ¿Así que me dejaste por un pobre diablo como éste? No le daré puñetazos, pero me encantaría darle una patada. Pero ¿qué hace? ¿Está llorando o se ha desmayado del susto?

Heathcliff se acercó a la silla en la que Linton estaba

sentado y la zarandeó. Hubiese hecho mejor en mantenerse a distancia. Mi amo se levantó y le asestó en plena garganta un golpe capaz de derribar al hombre más vigoroso. Durante un minuto, Heathcliff se quedó sin respiración. El señor Linton, mientras tanto, salió al patio por la puerta de atrás y se dirigió hacia la entrada principal.

—¿Ves? ¡Se acabaron tus visitas! —gritó Catherine!—. ¡Vete inmediatamente! Edgar volverá con dos pistolas y media docena de criados. Si nos ha oído, no nos perdonará jamás. ¡Qué mala pasada me has jugado, Heathcliff! Vete, vete. No quiero verte en la situación en que ha estado Edgar antes.

—¿Crees que voy a tragarme el golpe que me ha dado? —rugió él—. ¡No, por todos los diablos! Antes de salir le machacaré como a una avellana podrida... ¡Si no le aplasto ahora contra el suelo, tendré que acabar matándole...! Así que, si aprecias en algo su vida, deja que nos veamos las caras.

—Él no vendrá —dije, sin miedo a mentir—. Allí vienen el cochero y los dos jardineros con unos garrotes. ¡Supongo que a usted no le gustará que le echen con violencia de la casa! El amo, probablemente, se limitará a ver desde las ventanas del salón cómo se cumplen sus órdenes.

El cochero y los jardineros estaban allí, en efecto, pero Linton les acompañaba. Ya habían entrado en el patio. Heathcliff meditó un momento, y le pareció mejor evitar una lucha contra tres criados. Cogió el atizador del fuego, rompió la cerradura de la puerta y se escapó por un lado mientras los demás entraban por otro.

La señora, que estaba muy nerviosa, me pidió que la acompañara a su habitación. Ignoraba mi intervención en lo sucedido, y procuré mantenerla en su ignorancia.

—Estoy fuera de mí, Ellen —exclamó, dejándose caer en el sofá—. Parece que me están golpeando en la cabeza con mil martillos. Dile a Isabella que no quiero ni verla, porque ella es la culpable de todo. Y cuando veas a Edgar, dile que estoy a punto de enfermar gravemente. ¡Ojalá sea de verdad! No sabes lo angustiada que me siento. Si viene, me agobiará con injurias y reproches. Yo le responderé, y no sé adónde iremos a parar. Haz lo que te pido, Ellen. Tú sabes que yo no tengo ninguna culpa en todo este asunto. ¿Qué incitaría a Edgar a escuchar detrás de la puerta? Es verdad que, después de que tú saliste, Heathcliff habló de un modo ofensivo, pero yo hubiera logrado quitarle de la cabeza la idea de lo de Isabella, y no hubiera pasado nada. Todo se ha estropeado por esa obsesión que tienen algunas personas de que hablan mal de ellas. Si Edgar no hubiese oído lo que hablábamos, no hubiera pasado nada. Después de que me habló con aquella furia, cuando yo acababa de discutir con Heathcliff por él, ya no me importaba nada lo que pasase entre ellos, puesto que, sucediera lo que sucediera, quedaríamos distanciados durante mucho tiempo. Si ya no puedo seguir teniendo la amistad de Heathcliff, y Edgar no deja de estar celoso, procuraré destrozarles el corazón a los dos, aunque destroce también el mío. ¡Así acabaremos antes! Pero eso lo haré en caso extremo, y no quiero que a Linton le coja por sorpresa. Hasta ahora ha actuado con discreción y ha procurado no provocarme. Hazle comprender que sería peligroso abandonar esa conducta. Recuérdale la violencia de mi carácter, y la facilidad con que me enfurezco. ¡Si consiguieras que desapareciese esa expresión de frialdad que tiene en el rostro y lograras que me tratase con más interés...!

Sin duda debió de ser exasperante para la señora la serena indiferencia con que recibí sus instrucciones. Pero juzgué que una persona que podía especular de antemano sobre sus arrebatos de ira, podría, si se lo proponía, dominar también esos arrebatos. Además, me pareció que no era yo la más indicada para multiplicar los disgustos de su marido mediante aquella especie de coacción. Así que no le dije nada al amo cuando éste acudió, pero me atreví a seguirlos para enterarme de si discutían. El amo habló primero.

—Quédate donde estás, Catherine —dijo sin rencor, pero muy abatido—. No he venido ni a discutir ni a hacer las paces. Sólo deseo que me digas si, después de lo ocurrido, tienes el propósito de seguir siendo amiga de...

—¡Y yo te exijo que me dejes en paz! —respondió ella dando una patada en el suelo—. No hablemos de ello ahora. Tú no perderás tu sangre fría, porque por tus venas no corre más que agua helada, pero mi sangre está hirviendo por tu frialdad.

—Contesta a mi pregunta —repuso el señor—. Tus ataques de ira no me intimidan. Ya he visto que, cuando te lo propones, permaneces tan imperturbable como cualquiera. ¿Estás dispuesta a prescindir de Heathcliff o prefieres prescindir de mí? No puedes ser amiga de los dos a la vez, y te exijo que te decidas por uno de nosotros.

—¡Y yo te exijo que me dejes en paz! —repitió ella enfureciéndose—. ¡Te lo ruego! ¿No ves que casi no puedo sostenerme de pie? ¡Déjame, Edgar...!

Tiró violentamente de la campanilla, y yo acudí sin prisa alguna. Aquellos insensatos arrebatos de cólera ponían a prueba la paciencia de un santo. La vi golpearse la cabeza contra el brazo del sofá y rechinar los dientes de tal modo que parecía que iba a destrozárselos. El señor Linton la miraba compungido y casi arrepentido de su comportamiento anterior. Me mandó traer un vaso de agua. Ella no podía casi ni hablar. No quiso beber, y entonces le rocié el rostro con el agua. Un instante después se tendió en el sofá, puso los ojos en blanco, y se puso pálida como una muerta. Linton estaba aterrorizado.

—No es nada —murmuré. Quería evitar que él cediera, pero en el fondo me sentía acongojada.

—Está sangrando por la boca —me dijo el señor, estremeciéndose.

—No haga caso —repuse.

Y entonces le conté lo que ella se había propuesto, antes de entrar él: darle el espectáculo de una crisis de locura. Cometí la imprudencia de decirlo en voz alta. Catherine me oyó, y se puso de pie repentinamente. El pelo despeinado le caía sobre los hombros y los tendones del cuello y de los brazos se le habían hinchado de un modo muy espantoso. Me preparé, como mínimo, para que me rompiese los huesos. Pero no fue así, se limitó a irse del cuarto. El amo me mandó que la siguiera, y lo hice hasta la puerta de su habitación, donde se encerró para librarse de mí.

A la mañana siguiente no bajó a desayunar. Subí a preguntarle si le llevaba el desayuno y me contestó categóricamente que no. Lo mismo sucedió a la hora de comer y de tomar el té. Al otro día recibí la misma contestación. El señor Linton se pasaba el tiempo en la biblioteca sin preguntar por su esposa. Había mantenido con Isabella una conversación de una hora, en el curso de la cual pretendió obtener de ella una respuesta definitiva respecto a que rechazaría a Heathcliff, pero no consiguió más que evasivas. Entonces él le juró solemnemente que si ella persistía en la locura de dar esperanzas a aquel individuo, las relaciones entre los dos hermanos terminarían completamente.

Capítulo XII

Mientras la señorita Isabella vagaba por el parque y por el jardín y su hermano continuaba encerrado en la biblioteca, esperando quizá que Catherine se arrepintiese y le pidiese perdón, ella seguía obstinada en prolongar su ayuno. Seguramente creía que Edgar estaba medio muerto de nostalgia y que sólo el orgullo le impedía caer rendido a sus pies. Por mi parte, yo me limitaba a atender a mis obligaciones, convencida de que la única persona sensata que había entre los muros de la Granja era yo. No empleé, pues, palabras de compasión con la señora, ni traté de consolar al señor, que se sentía ansioso de oír su voz. Decidí dejar que se las apañaran como pudiesen, y mi decisión surtió efecto, como yo había pensado desde el primer momento.

Al tercer día, la señora se asomó a la puerta de su habitación, y pidió que le llevase más agua, porque se le había agotado, y que le preparase un tazón de leche, porque creía que se moría. Supuse que esta exclamación iba dirigida a los oídos de su esposo. Pero como no confiaba en ella, no se la comuniqué a él, y me limité a llevar a Catherine un té y una torta seca. Comió y bebió con avidez, y luego se recostó sobre la almohada, apretó los puños y comenzó a gemir.

—Quisiera morirme —decía—. No le importo nada a nadie. No debía haberme tomado lo que me has traído. —Y añadió—: No, no quiero morirme. Él no me quiere, y ni me echaría de menos.

—¿Desea algo, señora? —pregunté, sin hacer caso de sus exageraciones.

—¿Qué hace el apático de mi marido? —repuso ella, apartándose del rostro, que se le había demacrado mucho en aquellos días, su enmarañado pelo—. ¿Se ha muerto o está aletargado?

—Ni una cosa ni la otra, señora. Está bien, aunque al parecer algo ocupado, ya que se pasa el día entre los libros desde que no tiene otra compañía.

Si yo hubiera sabido el estado en que Catherine se encontraba realmente, no le hubiese hablado en aquella forma, pero creí que ella fingía encontrarse así.

—¡De modo que entre sus libros —gritó— mientras yo estoy al borde de la tumba! Pero ¡Dios mío!, ¿no sabe lo mal que me encuentro? —Y, mirándose a un espejo, añadió—: ¿Es ésta Catherine Linton? Quizá él crea que se trata de algún disgusto sin importancia. Debes decirle que es algo muy grave. Mira, Ellen, si no es tarde para todo, una vez que yo sepa cuáles son sus sentimientos hacia mí, tengo que tomar una de estas dos decisiones: o dejarme morir, o procurar restablecerme y marcharme. ¿Me has dicho la verdad? ¿Es cierto que le preocupo tan poco?

—El señor no cree que esté usted tan loca como para dejarse morir de hambre.

—¿Crees que no? ¡Pues convéncele de que estoy dispuesta a hacerlo!

—Se olvida usted, señora, de que hoy mismo ya ha tomado algún alimento...

—¡Me mataría ahora mismo —me contestó— si estuviese segura de que mi muerte lo mataría a él también! Llevo tres noches sin pegar ojo. ¡Cuánto he sufrido! Empiezo a pensar que tú tampoco me quieres. ¡Y yo que me figuraba que, aunque todos se odiasen unos a otros, no podían dejar de quererme a mí! Ahora, en poco tiempo, todos se han convertido en mis enemigos. ¡Es horrible morir rodeada de esos rostros impasibles! Isabella no se atreve a entrar en la habitación por miedo a contemplar el espectáculo de Catherine muerta. ¡Ya me parece distinguir a Edgar, de pie junto a ella, dando gracias al cielo porque la paz se ha restablecido en su casa, y volviendo a sus librotes! ¡Parece mentira que se ocupe de sus libros mientras yo estoy aquí muriéndome!

El pensamiento de que su marido permanecía filosóficamente resignado, como yo le había dicho, le resultaba inaguantable. A fuerza de dar vueltas a esta idea en su cerebro, se puso frenética, y en su desvarío rompió el almohadón con los dientes. Luego se levantó toda encendida y me mandó que abriese la ventana. Le puse alguna objeción, porque estábamos en pleno invierno y el viento del nordeste soplaba con fuerza. Pero la expresión de su cara y sus bruscos cambios me alarmaron mucho. Recordé las indicaciones del doctor respecto a que no debíamos contrariarla. Un minuto antes estaba furiosa, y, en cambio ahora, sin darse cuenta de que no le había hecho caso, se había apoyado sobre mi brazo y se entretenía en sacar las plumas de la almohada por los desgarrones que había hecho con los dientes. Luego colocaba las plumas sobre la sábana y las agrupaba según sus diferentes clases y tamaños.

—Ésta es de pavo —murmuraba para sí—, y ésta de pato salvaje, y ésta de pichón. ¡Claro, cómo no voy a morirme si me ponen plumas de pichón en las almohadas! Las tiraré antes de meterme otra vez en la cama. Ésta es de cerceta, y ésta de avefría. La reconocería entre mil: este pájaro solía revolotear sobre nuestras chozas cuando íbamos por los pantanos. Buscaba su nido porque las nubes bajas le hacían presentir la lluvia. Esta pluma ha sido cogida en los matorrales. En invierno encontramos una vez su nido lleno de pequeños esqueletos. Heathcliff había puesto junto a él una trampa y los pájaros adultos no se atrevieron a entrar. Desde entonces le hice prometer que no volvería a matar ninguna avefría, y me obedeció. ¡Aquí hay más! ¿Habrá disparado sobre mis avefrías, Ellen? ¿No están manchadas de sangre algunas de estas plumas? Déjame que lo vea...

—Vamos, deje ya esta tarea infantil —le dije, mientras le daba la vuelta al almohadón, ya que por encima estaba lleno de agujeros—. Acuéstese y cierre los ojos. Está usted delirando. ¡Menuda la que ha armado! Las plumas vuelan como copos de nieve.

Empecé a recogerlas.

—Me pareces una vieja, Ellen —dijo ella, en su delirio—. Tienes el pelo gris y estás encorvada. Esta cama es la cueva encantada que hay al pie de la colina de Penistone, y tú andas cogiendo piedras para tirárselas a los novillos. Me aseguras que son copos de nieve. Dentro de cincuenta años serás así, aunque ahora no lo seas. Te engañas, no estoy delirando. Si delirara, me hubiera figurado que eras, en efecto, una bruja y hubiera creído que estaba realmente en la cueva de la colina de Penistone. Sé perfectamente que ahora es de noche y que en la mesa hay dos velas que hacen brillar ese armario tan negro como el azabache.

—¿Qué armario negro? —pregunté—. ¿Está usted soñando?

—El armario está apoyado en la pared, como siempre —replicó—. ¡Qué raro es! Distingo en él una cara.

—En este cuarto no ha habido nunca un armario —respondí. Y levanté las cortinas de la cama para poder vigilarla mejor.

—Pero ¿no ves aquella cara? —me dijo, señalando a la suya propia, que se reflejaba en el espejo.

En vista de que no me era posible hacerle comprender que el rostro que veía era el suyo, me levanté y tapé el espejo con un chal.

—La cara sigue estando detrás —dijo, anhelante— y se ha movido. ¿Quién será? Tengo miedo de que aparezca cuando te vayas. ¡Ellen, este cuarto está embrujado! Me da miedo quedarme sola.

Le cogí las manos y traté de calmarla. Se estremecía entre convulsiones y miraba el espejo fijamente.

—No hay nadie en el cuarto, señora —repetí—. Ése era su propio rostro, como sabe usted muy bien.

—¡Yo misma! —exclamó suspirando—. Y el reloj da las doce... ¡Es horrible!

Tiró de las sábanas hasta taparse los ojos. Traté de acercarme a la puerta para avisar a su marido, pero me detuvo un penetrante grito de Catherine. El chal acababa de caer al suelo.

—¡Vamos! —exclamé—. ¿Qué sucede? ¿Quién es el cobarde ahora? ¿No ve usted, señora, que es su cara la que se refleja en el espejo?

Se agarró a mí, y poco después su semblante se había serenado y a la palidez le siguió el rubor.

—¡Oh, querida! —dijo—. Pensaba que estaba en mi casa, en mi cuarto de Cumbres Borrascosas. Como estoy tan débil, me he trastornado y he gritado sin darme cuenta. No se lo digas a nadie y siéntate a mi lado. Tengo miedo de volver a sufrir estas horribles pesadillas.

—Le convendría dormir, señora —le aconsejé—. Estas visiones le enseñarán a no volver a intentar morirse de hambre.

—¡Ojalá estuviera en mi cama, en mi vieja casa! —suspiró amargamente, retorciéndose las manos—. ¡Oh, aquel viento que sopla entre los abetos, bajo las ventanas! Abre para que pueda notarlo, viene directo desde los pantanos.

Para tranquilizarla abrí la ventana unos minutos, y una bocanada de aire helado penetró en la habitación. Cerré la ventana y me volví a mi lugar. La joven yacía inmóvil, con el rostro cubierto de lágrimas, abatida y agotada por la debilidad. Nuestra orgullosa Catherine ya no era más que una niña deshecha en llanto.

—¿Cuánto tiempo hace que me encerré aquí? —me preguntó, de repente.

—Está usted aquí desde el lunes por la tarde —repuse— y ahora estamos en la noche del jueves, o más exactamente, en la madrugada del viernes.

—¿De la misma semana? —comentó con extrañeza— ¿Es posible que haya pasado tan poco tiempo?

—Es demasiado si uno sólo se alimenta de agua y de mal humor —contesté.

—Las horas se me han hecho interminables —dijo ella, dubitativa—. Debe de haber transcurrido más tiempo. Recuerdo que después de la pelea yo me fui al salón, que Edgar estuvo muy cruel y muy provocativo y que llegué a mi habitación desesperada. En cuanto eché el cerrojo se me nubló la cabeza y me caí al suelo. No pude ni advertir a Edgar de que estaba segura de sufrir un arrebato de locura si persistía en su actitud, porque perdí el uso de la palabra y del pensamiento. Sólo quería huir de él. Antes de reponerme, empezó a oscurecer, y te diré lo que pensé y lo que he seguido imaginándome, hasta el punto de que creí que me volvía loca. Mientras estaba tendida al pie de la mesa, distinguiendo confusamente el marco gris de la ventana, me parecía que estaba en mi cama de tablas de Cumbres Borrascosas y mi corazón sentía un dolor agudo. Traté de comprender lo que me sucedía, pensé y me pareció como si los siete últimos años de mi vida no hubieran existido. Yo era aún una niña, papá acababa de morir, y el disgusto que sentía se debía al mandato de Hindley de que me separase de Heathcliff. Me encontraba sola por primera vez, y al despertar tras una noche de llanto, alcé la mano para separar las tablas de la cama. Tropecé con la mesa, pasé la mano por la alfombra y entonces recuperé la memoria. Y aquella angustia se anuló ante una mayor desesperación... No comprendo por qué me sentía tan desdichada... Pero imagínate que a los doce años de edad me hubieran sacado de Cumbres Borrascosas y me hubieran traído a la Granja de los Tordos para ser la esposa de Edgar Linton, y tendrás una idea del profundo abismo al que me sentí lanzada... Mueve la cabeza cuanto quieras, que no por ello dejarás de tener parte de culpa. Si le hubieras hablado a Edgar cómo debías, habrías conseguido que me dejara tranquila. ¡Estoy ardiendo! Quisiera estar al aire libre, ser una niña fuerte y salvaje, reírme de las injurias en lugar de volverme loca cuando las recibo. ¡Estoy segura de que volvería a ser la de siempre si me hallase de nuevo entre los matorrales y los pantanos! Abre otra vez la ventana de par en par y déjala abierta. ¿Qué haces? ¿Por qué no me obedeces?

—Porque no quiero matarla de frío —contesté.

—Di más bien que lo que no quieres es darme una probabilidad de revivir —dijo ella, con rencor—. Pero aún no estoy impedida, y yo misma la abriré.

Saltó de la cama, y, antes de que yo pudiera oponerme, atravesó la habitación y abrió la ventana, sin protegerse del aire glacial que cortaba como un cuchillo. Le pedí que se retirara, se negó y quise obligarla a la fuerza. Pero el delirio le daba más fuerza que la que yo tenía. No había luna y una oscura bruma lo invadía todo. No brillaba una sola luz. En Cumbres Borrascosas no se veía resplandor alguno, pero ella aseguraba que distinguía las luces de la casa.

—¡Mira! —gritó—. Aquella luz es la de mi cuarto, y aquella otra la del desván donde duerme Joseph. Sin duda está esperando que yo vuelva a casa para cerrar la verja. Aún tendrá que esperar un buen rato. Es un mal camino para andarlo cuando se está triste. Hay que pasar por la iglesia de Gimmerton. Muchas veces nos desafiábamos a quedarnos entre las tumbas llamando a los muertos. Heathcliff, si te reto ahora, ¿te atreverás? Podrán enterrarme, si quieren, a doce pies de profundidad y hasta ponerme la iglesia encima, pero yo no tendré reposo hasta que tú no estés conmigo. ¡Nunca!

Hizo una pausa, y dijo luego, con una extraña sonrisa:

—Estás pensando en que sería mejor que fuese yo a buscarte... Bueno, pues encuéntrame un camino que no pase por el cementerio. ¡Qué despacio vas! Cálmate, tú me seguirás siempre.

Comprendiendo que era inútil razonar con ella, ya que evidentemente tenía la razón alterada, busqué algo con que cubrirla. Entonces sentí rechinar el picaporte, y entró el señor Linton, para mi gran consternación. Andaba por el pasillo y, al oírnos hablar, la curiosidad o el temor de que sucediera algo le impulsaron a entrar en la habitación.

—¡Oh, señor! —exclamé, ahogando así la exclamación que le asomaba a los labios ante el espectáculo que veía en la habitación—. La señora está enferma y no puedo con ella. Haga el favor de venir y convénzala de que se acueste. Olvide su enfado, ya sabe que no hay manera de convencerla de que haga nada si ella no quiere.

—¿Está enferma? —dijo él, corriendo hacia nosotras—. Cierra la ventana, Ellen. ¿Qué te sucede Catherine?

Se interrumpió. El aspecto de la señora le dejó horrorosamente sorprendido, y me miró con asombro.

—Lleva consumiéndose aquí varios días —dije—, negándose a comer y sin quejarse de nada. Hasta hoy no ha dejado pasar a nadie, y no le hemos hablado a usted del estado en que se encuentra porque nosotros mismos lo ignorábamos. No creo que sea nada de gravedad...

Yo misma comprendí que mi explicación era pobre. Mi amo frunció las cejas.

—¿Nada de gravedad, Ellen Dean? Tendrás que explicarme mejor por qué yo no sabía nada sobre esto —dijo con severidad.

Cogió en brazos a su mujer y la miró angustiado. Al principio ella no daba señales de reconocerle. Pero el delirio que la embargaba no era permanente todavía. Sus ojos, un momento velados por la contemplación de la oscuridad del exterior, acabaron reparando en el hombre que la tenía entre sus brazos.

—¿A qué vienes ahora, Edgar Linton? —dijo con una irritada animación—. Eres de esos que siempre llegan cuando no hacen falta, y nunca cuando interesa que lleguen. Ya veo que vas a empezar ahora con lamentaciones, pero no por ello conseguirás que deje de irme a mi morada definitiva antes de que acabe la primavera. Y no reposaré en el panteón de los Linton, sino en una fosa al aire libre, con una simple losa encima. Tú, por tu parte, haz lo que quieras: vete con los Linton o ven conmigo.

—¿Qué dices, Catherine? —comenzó el amo—. ¿Es que ya no significo nada para ti? ¿Acaso estás enamorada de ese miserable Heath...?

—¡Silencio! —gritó la señora—. ¡Cállate, o me tiro ahora mismo por la ventana! Y tú podrás entonces tener mi cuerpo, pero mi alma estará allí, en las colinas antes de que puedas volver a tocarme. No te necesito, Edgar. Vuelve a ocuparte de tus libros. Te vendrá bien para consolarte, porque yo no voy a volver a servirte de consuelo.

—Señor —interrumpí—: está delirando. Ha estado desvariando toda la tarde. Vamos a cuidarla bien, procuremos que esté tranquila, y pronto se restablecerá. En lo sucesivo debemos tener cuidado de no disgustarla.

—No sigas dándome consejos —interrumpió el señor—. Conocías el modo de ser de la señora, y sin embargo me has incitado a contrariarla. ¡Parece mentira que no me hayas dicho nada de su estado durante estos tres días!

¡Qué crueldad! ¡Oh, Catherine está desfigurada como si hubiese padecido una enfermedad de muchos meses!

Me defendí de aquellas acusaciones. ¿Qué culpa tenía yo de la perversa inclinación de Catherine?

—Me constaba —dije— que la señora era terca y dominante, pero ignoraba que usted desease fomentar su mal carácter. No sabía que debiese tolerar los abusos del señor Heathcliff por no contrariar a la señora. ¡Así me paga usted el haber cumplido mis deberes de sirvienta leal! Aprenderé para otra vez. En lo sucesivo, usted se informará de las cosas por sus propios ojos.

—Si vuelves a venirme con chismes, prescindiré de tus servicios —repuso él.

—Ya comprendo —repuse—. Por lo visto el señor Heathcliff está autorizado para cortejar a la señorita y para predisponer a la señora contra el señor cuando usted está ausente.

Catherine conservaba la suficiente lucidez como para darse cuenta de nuestra conversación.

—¡Oh, Ellen traidora! —exclamó—. Ella es mi solapada enemiga. ¡Bruja! ¡Déjame, Edgar, yo voy a hacer que se arrepienta!

Sus ojos brillaron con furia, y trató de soltarse de los brazos de Linton. Yo decidí ir a buscar al médico por mi propia iniciativa, y salí de la estancia. Al atravesar el jardín, distinguí, colgado de un garfio de la pared, un objeto blanco que se movía extrañamente. Quise cerciorarme de que no era un fantasma, y, a pesar de mi prisa, me paré a averiguar de qué se trataba. Quedé estupefacta al reconocer al galgo de la señorita Isabella que, colgado con un pañuelo al cuello, estaba a punto de morir ahogado. Solté al animal y lo dejé libre. Cuando Isabella se había ido a acostar, yo vi subir el galgo detrás de ella, y no me podía explicar quién había sido el malvado que quería matarlo. Mientras lo desataba, creí sentir el galope lejano de un

caballo, un ruido poco habitual a las dos de la madrugada. Pero yo tenía tanta prisa que casi no reparé en ello.

Encontré al señor Kenneth saliendo de su casa para
visitar a un enfermo, y lo que le relaté sobre Catherine le
indujo a acompañarme inmediatamente. Como Kenneth
es un hombre sencillo y franco, me confesó que dudaba
mucho de que Catherine sobreviviera a aquel segundo
ataque.

—Esto debe de tener alguna causa especial, Ellen —me
dijo—. ¿Qué ha sucedido? Una mujer tan fuerte como
Catherine no enferma por tonterías. Las personas como ella no se ponen malas con facilidad, pero cuando ello
sucede es difícil librarles de sus males. ¿Qué ha pasado
esta vez?

—El amo le informará —contesté—. Usted conoce el
carácter violento de los Earnshaw, y no ignora que la señorita Catherine les supera a todos. Lo único que puedo
decirle es que todo comenzó por una pelea, y que, después de una explosión de ira, sufrió un ataque. Ella lo ha
explicado así; nosotros no lo vimos, porque se encerró en
su habitación. Luego se negó a comer, y ahora delira y se
entrega a sueños fantásticos. Aún nos reconoce, pero su
cabeza está llena de ideas muy extrañas.

—El señor Linton estará muy disgustado.

—Tanto que se le destrozaría el corazón si pasase algo.
Procure no alarmarle más de lo conveniente.

—Ya le advertí de que se anduviera con cuidado, y
ahora hay que atenerse a las consecuencias de no haberme
hecho caso —repuso el médico—. ¿No había hecho amistad el señor Linton con Heathcliff últimamente?

—Heathcliff iba a la Granja de los Tordos con frecuencia —reconocí—, pero esto no le gustaba al amo.
Heathcliff aprovechaba su amistad de la infancia con la
señora. Ahora se le han negado sus visitas, como conse-
cuencia de ciertas intolerables aspiraciones que manifestó

respecto a la señorita Isabella. No creo que vuelva otra vez por casa.

—¿Le ha rechazado la señorita Linton? —preguntó el médico.

—Ella no me hace confidencias —respondí.

—Sí, Isabella hace lo que le parece —dijo él—, pero actúa como una inconsciente. Me consta que anoche (¡qué hermosa noche hacía, por cierto!) estuvo paseando con Heathcliff por el jardín, y que él la quiso convencer de que huyeran juntos. Ella se negó, pero accedió a hacerlo el próximo día que se vieran. Lo sé de buena tinta. Lo que no sé es a qué día se referían.

Las noticias que acababa de darme me llenaron de nuevos temores, y eché a correr para adelantarme a Kenneth. En el jardín encontré al perrito ladrando. Cuando abrí la verja, empezó a correr de un lado a otro, olfateando la hierba, y hasta hubiera salido al camino si yo no se lo hubiera impedido. Subí al cuarto de Isabella: estaba vacío. Aunque hubiera sabido a tiempo la enfermedad de la señora, ello hubiera evitado que realizara su loca determinación. Pero ya no había nada que hacer. No era posible alcanzar a los fugitivos. Yo no iba a perseguirles, ni era cosa de aumentar con una angustia más la zozobra que ya padecía mi amo. No me quedaba más remedio que callar y dejar correr las cosas. Me apresuré a anunciar al señor la llegada del médico. Catherine se había dormido con un sueño agitado. Su marido había logrado tranquilizarla un poco, y permanecía inclinado sobre ella examinando cualquier alteración de su rostro.

El médico, después de reconocer a la enferma, nos dio esperanzas sobre su estado, siempre que le procuráramos una tranquilidad completa. Yo creí entender que, más que un peligro mortal, temía la locura incurable.

Ni el señor Linton ni yo pudimos dormir en toda la noche. No nos acostamos siquiera. Los criados se levantaron más pronto que de costumbre y se les veía hacer comentarios en voz baja. Al notar que la señorita Isabella no estaba levantada aún, comentaron también el caso. Su hermano pareció ofenderse del poco interés que Isabella demostraba por su cuñada. Yo no quería ser la primera en avisar de la fuga. Esto corrió a cargo de una doncella que había ido a Gimmerton a hacer un recado, y que al regresar corrió hacia nosotros llena de excitación y gritando:

—¡Oh, señor! ¡Amo, la señorita...!

—¡No alborotes tanto! —exclamé.

—Habla bajo, Mary —dijo el señor—. ¿Qué pasa?

—¡La señorita ha huido con Heathcliff! —exclamó la muchacha.

—No es verdad —exclamó Linton, agitadísimo—. ¡No puede ser verdad! ¿Cómo se te ha ocurrido eso? ¡Ve a buscarla, Ellen! ¡Es increíble!

Mientras hablaba, se llevó a la criada hasta la puerta, y allí le preguntó qué motivos tenía para hacer aquella afirmación.

—Por el camino me encontré al mozo que trae la leche a la Granja, y me preguntó si estábamos disgustados. Yo creí que se refería a la enfermedad de la señora, y le dije que sí. Entonces me contestó: «¿Habrán enviado a alguien en su busca?». Me quedé asombrada. Él, al darse cuenta de que yo no sabía nada, me dijo que una señora y un caballero se habían detenido a la puerta de un herrador para clavar la herradura de un caballo, cerca de Gimmerton. La hija del herrador se asomó a la puerta y vio que el hombre era Heathcliff. Él entregó una moneda de oro para pagar. La señora tenía el rostro cubierto con un manto, pero, al beber un vaso de agua que había pedido, se quitó el pañuelo, y entonces pudieron verla. Luego Heathcliff y la señora huyeron. La moza lo había contado ya por todo el pueblo.

Yo, por cubrir el expediente, me asomé al cuarto de

Isabella, y al volver confirmé el relato de la sirvienta. El señor estaba otra vez junto a la cabecera de la cama, y cuando me vio entrar comprendió por mi aspecto lo sucedido.

—¿Qué hacemos? —pregunté.

—Isabella se ha ido voluntariamente —me respondió el señor—. Era libre de hacerlo. No me menciones más su nombre. Ha renegado de mí.

No habló más sobre el asunto. No realizó busca alguna, y se limitó a ordenarme que, cuando se supiese dónde estaba, le enviase a Isabella todas sus pertenencias.

Capítulo XIII

Dos meses permanecieron ausentes los fugitivos. Durante aquel tiempo la señora sufrió y dominó lo más agudo de una fiebre cerebral, nombre con el que diagnosticaron su dolencia. Ninguna madre hubiera cuidado a su hijo con más devoción que Edgar cuidó a su esposa. Día y noche estuvo a su lado, soportando las molestias de la enfermedad. Kenneth no ignoraba que aquello que él salvaba de la tumba sólo serviría para aumentar los desvelos de Linton con un nuevo manantial de preocupaciones. Edgar sacrificaba su salud y sus energías para conservar la vida de una ruina humana. No obstante, su gratitud y su alegría fueron inmensas cuando Catherine estuvo fuera de peligro. Durante horas enteras permanecía sentado a su lado, vigilando los progresos de su salud, y esperando en el fondo que su esposa recobrase también el equilibrio mental y volviera a ser lo que había sido antes.

La primera vez que ella salió de su habitación fue a principios de marzo. El señor, por la mañana, había puesto en su almohada un ramillete de flores de azafrán. Los ojos de Catherine las contemplaron con ansiedad.

—Son las primeras flores que brotan en Cumbres Borrascosas —exclamó—. Me recuerdan los vientos templados que funden los hielos, el cálido sol y las últimas nieves. Edgar, ¿sopla el viento del sur? ¿Se ha fundido la nieve?

—Aquí ya no hay nieve, querida —contestó su marido—. Sólo se divisan dos manchas blancas en toda la extensión de los pantanos. El cielo está azul, las alondras cantan y los riachuelos llevan mucha agua. La primavera del año pasado, Catherine, yo temblaba de impaciencia por tenerte conmigo bajo este techo. Ahora, en cambio, quisiera verte en aquellas colinas. El aire de allí es tan puro que te curaría.

—Sólo iré a aquel sitio una vez más —dijo ella—. Me dejarás allí, y allí me quedaré para siempre. Así, dentro de un año, volverás a suspirar por tenerme aquí contigo, recordarás este día y pensarás que ahora eres feliz.

Linton la acarició y le prodigó las más dulces palabras. Pero Catherine, al contemplar las flores, rompió a llorar sin querer. Como nos parecía que en realidad estaba mejor, llegamos a la conclusión de que la larga reclusión en aquel cuarto era la causa de su abatimiento, así que podía remediarse parcialmente cambiándola de lugar.

El amo me mandó que encendiera la chimenea del salón, que hacía tanto tiempo que estaba abandonado, y que colocara en él un sillón junto a la ventana. Catherine pasó un largo rato en esa habitación disfrutando del agradable calor. Tal como esperábamos, se reanimó al contemplar de nuevo los objetos que la rodeaban, que, aunque le eran familiares, eran muy diferentes de los que veía a diario y ella asociaba con sus delirios. Por la tarde, como no pudimos convencerla de volver a su cuarto, al que se negó a ir de nuevo, le convertí el sofá en una cama, mientras preparábamos otra habitación. Este cuarto donde está ahora usted fue el que arreglamos. Poco después, Catherine ya estaba lo bastante fuerte como para andar por la casa apoyándose en el brazo de Edgar. Yo estaba segura de que se curaría. De ello dependería también que el señor encontrase un nuevo consuelo en sus pesares, ya que todos esperábamos el próximo nacimiento de un heredero.

Isabella, seis semanas después de su fuga, envió a su hermano una nota notificándole su matrimonio con Heathcliff. Era una carta muy seca, pero llevaba una posdata a lápiz que dejaba entrever el remoto deseo de una reconciliación, y en la que añadía que no había podido actuar de otra manera, y que ahora ya no tenía remedio. Creo que Linton no le contestó. Quince días después, yo recibí una larga carta, increíble en una recién casada que debía de estar aún en plena luna de miel. Voy a leerla, porque la conservo.

Todo recuerdo de un difunto es precioso, si se le sigue estimando como cuando estaba vivo.

Querida Ellen:

Llegué anoche a Cumbres Borrascosas, y me acabo de enterar de que Catherine ha estado y está todavía muy enferma. No creo oportuno escribirle. Me parece que mi hermano está muy disgustado conmigo, puesto que no me escribe. Como, no obstante, siento la necesidad de dirigirme a alguien, te escribo a ti.

Dile a Edgar que deseo, con todo mi corazón, volverle a ver, que mi alma volvió a la Granja de los Tordos a las veinticuatro horas de haber salido de ella, y que en ella está en este momento. Dile que siento el mayor cariño hacia él y hacia Catherine y que *mi cuerpo no puede hacer lo que hace mi alma* (estas palabras están subrayadas en la carta), aunque creo que tampoco nadie en esa casa tiene por qué esperarme. Pero que Edgar no piense que es por olvido o por falta de afecto. Que imagine lo que le parezca más acertado.

El resto de esta carta va dirigido a ti. Contéstame, ante todo, a dos preguntas.

La primera es ésta: ¿cómo te las arreglabas para llevarte bien con todos cuando vivías aquí? Porque yo no encuentro el modo de entenderme con los que me rodean.

La segunda pregunta me interesa mucho. ¿Heathcliff es un ser humano? Y si lo es, ¿está loco? ¿O es un demonio? No hace falta que te explique los motivos de estas preguntas. Explícame tú, si puedes, cuando vengas a verme, qué clase de ser es éste con el que me he casado. No me escribas, pero cuando vengas procura que Edgar te dé algún recado para mí.

Te voy a contar la acogida que me han hecho en Cumbres Borrascosas, mi nueva casa, al parecer. Te lo cuento por entretenerme, no para quejarme de las incomodidades. Si esto fuera lo único que hubiera de malo y lo demás no existiera, creo que me pondría a bailar de alegría.

Cuando terminábamos de cruzar los pantanos, ya se ponía el sol: debían de ser sobre las seis. Heathcliff perdió media hora en inspeccionar el parque y los jardines, con lo cual era ya de noche cuando llegamos al patio enlosado de la quinta. Vuestro antiguo criado, Joseph, salió a recibirnos con esa amabilidad por la que es conocido. Lo primero que hizo fue levantar hasta la altura de mi rostro la vela que llevaba en la mano, esbozó un guiño maligno, echó hacia delante el labio inferior y nos volvió la espalda. Después se hizo cargo de los caballos, los llevó a la cuadra, y reapareció para cerrar la puerta exterior, como si viviéramos en un castillo antiguo.

Heathcliff habló un rato con él, y yo entré en la cocina, que es una especie de sucia cueva que probablemente no conocerías si volvieras a verla, pues ha cambiado mucho. Cerca del fuego había un niño robusto, con aspecto de pilluelo, que se parece a Catherine en los ojos y en la boca.

«Debe de ser el sobrino de Edgar —pensé—, y por tanto, es pariente mío, hasta cierto punto. Así que debo darle la mano y besarle. Procuremos establecer desde el principio relaciones amistosas en esta casa.»

Me acerqué a él y, tratando de cogerle la mano, le dije:

—¿Cómo estás, pequeño?

Él me replicó unas palabras ininteligibles.

—¿Vamos a ser amigos, Hareton? —agregué.

Me contestó con una maldición, y me amenazó con decirle a *Throttler* que me atacara, si no me marchaba.

—¡Arriba, *Throttler*! —gritó el niño, azuzando a un perro que había en un rincón. Y añadió mirándome—: ¿Qué? ¿Te vas ya?

El instinto de conservación hizo que le obedeciera. Salí de allí y esperé a que llegaran los demás. Pero Heathcliff no aparecía por ninguna parte, y Joseph, a quien le pedí que me acompañase a mi cuarto, contestó:

—¡Cha, cha, cha...! ¿Ha oído a un cristiano hablar de esa manera? ¡Se come usted la mitad de las palabra, hable más despacio! ¡Cualquiera la entiende!

—¡Le estoy diciendo que me acompañe a la casa! —grité, creyendo que era sordo, y bastante enojada de su grosería.

—¡Ni hablar! Tengo cosas más importantes que hacer.

Y continuó ocupándose de sus cosas, moviendo las mandíbulas y mirando con desprecio mi elegante vestido y mi apenado rostro. Di la vuelta al patio, y llegué a otra puerta, a la que llamé, esperando que apareciese algún criado más servicial. Al poco rato abrió un hombre alto y delgado. No llevaba corbata y tenía un terrible aspecto de abandono. Una maraña de pelo que caía hasta sus hombros desfiguraba su rostro. Sus ojos parecían una copia de los de Catherine.

—¿Qué quiere? —me preguntó—. ¿Quién es usted?

—Mi nombre de soltera era Isabella Linton —repuse—. Ya me conoce usted. Me he casado hace poco con el señor Heathcliff, que es quien me ha traído aquí, supongo que con el consentimiento de usted.

—¿De manera que él ha vuelto? —preguntó el hombre, con un repentino fulgor de lobo hambriento.

—Sí —dije—, pero me dejó en la puerta de la cocina y, cuando quise entrar, su hijo me echó de allí azuzando un perro contra mí.

—¡Veo que el maldito villano ha cumplido su palabra! —gruñó el hombre, mirando por detrás de mí como si buscase a Heathcliff.

Ya me arrepentía de haber llamado a aquella puerta, y me disponía a marcharme cuando él me mandó pasar y cerró la puerta con llave. En la habitación había un gran fuego, que constituía la única iluminación de la estancia. El suelo era de un tono gris y los platos, que cuando yo era pequeña me llamaban tanto la atención por su brillo, estaban cubiertos de polvo y de moho. Pregunté si podía llamar a la doncella para que me llevase a mi habitación. Earnshaw no se dignó contestarme. Se paseaba con las manos en los bolsillos, completamente ajeno a mi presencia. Y su aspecto parecía tan absorto y tan misantrópico que no me atreví a importunarle ni una vez más.

No te asombrarás, Ellen, de que te diga que me sentí muy triste en aquel hogar inhospitalario, mil veces peor que la soledad, y, sin embargo, situado sólo a cuatro millas de mi antigua y agradable casa, donde habitan las únicas personas a quienes quiero en el mundo. Pero era lo mismo que si en lugar de cuatro millas nos separara un océano. Un abismo infranqueable, en todo caso...

La pena que más me angustiaba era la de no tener a quién recurrir para encontrar a un amigo o a un aliado contra Heathcliff. Por un lado, me alegraba de haber ido a vivir a Cumbres Borrascosas para no tener que estar sola con él, pero él sabía ya cómo era la gente de esta casa, y no temía que interviniese en nuestros asuntos.

Durante un largo y angustioso rato permanecí entregada a mis reflexiones. Sonaron las ocho, las nueve, y mi acompañante continuaba yendo y viniendo de punta a punta de la estancia, inclinando la cabeza sobre el pecho y guardando absoluto silencio. Sólo alguna amarga exclamación que se le escapaba de vez en cuando. Procuré estar atenta con la esperanza de oír en la casa la voz de alguna mujer, y me sentí embargada de tantas angustias y dolorosos pensamientos que al final no pude contener el llanto. Ni yo misma me di cuenta de cuánta era mi aflicción hasta que Earnshaw, sorprendido, se paró ante mí. Aprovechando aquel momento, exclamé:

—Estoy rendida y quisiera descansar. ¿Puede decirme dónde está la doncella para ir a buscarla, ya que ella no viene buscarme a mí?

—No tenemos doncella —repuso—. Tendrá usted que cuidarse a sí misma.

—¿Y dónde voy a dormir? —dije, sollozando.

La fatiga y la pena me habían hecho perder ya hasta la dignidad.

—Joseph le enseñará el cuarto de Heathcliff —contestó—. Abra la puerta, y ahí le encontrará.

Cuando iba a obedecerle, añadió con un tono extraño:

—Cierre la puerta con llave y pestillo. No lo olvide.

—¿Por qué, señor Earnshaw? —inquirí, ya que la idea de encerrarme con Heathcliff a solas no me seducía.

—¡Mire esto! —contestó, sacando del bolsillo una pistola con una navaja de muelles de doble hoja unida al arma—. ¿Verdad que resulta una tentación para un hombre desesperado? Pues no hay ni una sola noche que pueda dominar el deseo de ir a probarla a la puerta de Heathcliff. El día que la encuentre abierta, estará perdido. Todas las noches lo hago inevitablemente, aunque antes no dejo de pensar en multitud de razones que me aconsejan no hacerlo. Hay sin duda algún demonio que quiere que le mate para desbaratar mis propios planes. Procure usted, si ama a Heathcliff, luchar contra este demonio, porque, cuando le llegue la hora, ni todos los ángeles del cielo reunidos podrían salvarle.

Examiné el arma con curiosidad, y un horrible pensamiento vino a mi mente: lo fuerte que yo me sentiría si tuviese semejante artefacto en mi poder. La expresión, no de asombro sino de codicia, que mi cara adoptó durante un segundo asombró a aquel hombre. Me arrebató de las manos la pistola, que yo había cogido para examinarla, cerró la navaja y escondió el arma.

—No me importa que le hable de esto —dijo—. Puede ponerle en guardia y velar por él. Ya veo que sabe usted las relaciones que nos unen, puesto que no se asusta del peligro que él corre.

—¿Qué le ha hecho Heathcliff para justificar ese odio terrible? —pregunté—. ¿No sería más razonable decirle que se fuera?

—¡No! —gritó Earnshaw—. Si trata de irse, le mato. Intente usted persuadirle de hacerlo y será usted responsable de su asesinato. ¿Cree usted que voy a perder todo lo mío sin esperanza de recuperarlo? ¿Cree que voy a consentir que Hareton sea un mendigo? ¡Maldita sea! Haré que Heathcliff me lo devuelva todo, y luego le quitaré también su sangre, y después el diablo se apoderará de su alma. ¡Cuando vaya al infierno, se volverá un lugar mil veces más horrible con su presencia!

Yo sabía por ti, Ellen, que tu amo está al borde de la locura. Lo estaba, por lo menos, la noche pasada. Estar cerca de él me daba tanto miedo que hasta la aspereza de Joseph me parecía agradable en comparación.

Él reemprendió sus silenciosos paseos, y yo entonces salí de la habitación y corrí a la cocina. Joseph estaba junto al fuego, sobre el que había colgado una olla, y tenía a su lado un cuenco de madera con sopa de avena. El contenido de la olla empezaba a hervir, y él dio media vuelta con el fin de hundir las manos en el cazo. Suponiendo que todo aquello estaba destinado a la cena, decidí cocinar algo que resultara comestible, ya que tenía hambre, y exclamé:

—Yo haré la sopa.

Le quité la vasija y me quité la ropa de montar.

—El señor Earnshaw —añadí— me ha dicho que debo cuidarme yo misma. No voy a andar aquí con remilgos, porque seguro que me moriría de hambre.

—¡Dios mío! —profirió—. ¡Si ahora que he conseguido acostumbrarme a los dos amos voy a tener que empezar a soportar otras órdenes y a tener que obedecer a una señora, creo que me largo! Yo pensaba que no tendría que irme nunca de esta casa, pero no habrá más remedio que hacerlo.

Me puse manos a la obra ignorando sus lamentaciones, y no pude por menos que suspirar al recordar las épocas en que esa tarea hubiera sido un entretenimiento para mí. El recuerdo de la felicidad perdida me angustiaba, y a más angustia, con más fuerza agitaba el batidor, y más deprisa caían en el agua los puñados de harina. Joseph contemplaba furioso mi modo de cocinar.

—¡Qué barbaridad! —comentaba—. Te quedas sin sopa esta noche, Hareton. ¡Otra vez! En su lugar, yo echaría cazo y todo. Vamos, eche usted de una vez toda esa porquería, y así acabará antes. ¡Sí, hombre, sí! ¡Plaf! No sé cómo no ha roto el puchero.

El preparado que vertí en los tazones era, en verdad lo confieso, una auténtica bazofia. En la mesa había cuatro tazones y una jarra de leche. Hareton cogió la jarra, se la llevó a la boca y comenzó a beber dejando caer parte del líquido por las comisuras de los labios. Yo le reñí y le dije que la leche se bebía en vaso, y que yo no me la iba a tomar después de llevarse él la jarra a la boca. El viejo rufián se enfadó mucho con mis escrúpulos, y me aseguró con insistencia que el chico valía tanto como yo y que estaba sano. El chiquillo continuaba sorbiendo y babeando y me miraba con el ceño fruncido, como si me desafiara.

—Me voy a cenar a otro sitio —dije—. ¿No hay aquí algo parecido a un salón?

—¿Salón? —se mofó Joseph—. No, no hay salón. Si nuestra compañía no le gusta, tiene la de los amos, y si no le gusta la de los amos, aquí tiene la nuestra.

—Me voy arriba —repuse—. Dígame dónde hay una habitación.

Puse mi tazón en una bandeja, y me fui a buscar más leche yo misma. El hombre se levantó a regañadientes y me acompañó al piso superior. Llegamos al desván y me fue mostrando sus distintas divisiones.

—Aquí hay un cuarto que no está mal para comer en él una sopa —dijo—. En aquel rincón hay un montón de trigo limpio. De todos modos, ponga encima el pañuelo si no quiere estropearse su elegante vestido.

Aquel cuarto era una buhardilla que olía a cebada y a trigo, y en cuyas paredes se apilaban sacos de cereales.

—¡Vaya! —dije molesta—. No voy a dormir aquí. Enséñeme una alcoba.

—¡Una alcoba! Ahora le enseñaré todas las que hay. Aquélla es la mía.

Y me señaló otro desván que sólo se diferenciaba del primero porque había en él una cama baja y grande, sin cortinas y con una colcha de color azul oscuro.

—Su alcoba no me interesa —dije—. Enséñeme la alcoba del señor Heathcliff.

—Haberlo dicho antes —replicó, como si le hubiese hablado de algo extraordinario—. Le hubiera contestado que no perdiera el tiempo, pues seguro que allí no le dejará entrar. Heathcliff no permite el paso a nadie.

—¡Bonita casa y encantadoras personas las que habitan en ella! —repuse—. Ya veo que la quintaesencia de la locura humana invadió mi alma el día que me casé con ese hombre. En fin, no importa; otras habitaciones habrá. ¡Dese prisa, y enséñeme algún sitio donde poder instalarme!

Bajó sin contestar y me llevó a una habitación que, por su aspecto, debía de ser la mejor. Había una buena alfombra, aunque cubierta de polvo, una chimenea con una orla de papel pintado que se caía a pedazos, una excelente cama de roble con cortinas rojas modernas y caras... Pero todo tenía el aspecto de haber sido muy maltratado. Las cortinas colgaban de cualquier manera, medio arrancadas de sus anillas, y la varilla metálica que las sustentaba estaba tan torcida que los cortinajes arrastraban por el suelo. Las sillas estaban estropeadas y el papel de las paredes tenía muchos desperfectos.

Cuando iba a entrar en la alcoba, oí que mi guía me decía:

—Ésta es la habitación del amo.

Mientras tanto, la cena se me había enfriado, el apetito se me había disipado, y se me había agotado la paciencia. Insistí violentamente en que se me diese un sitio donde descansar.

—¿Dónde demonios...? —comenzó el bendito viejo—. ¡Dios me perdone! ¿Dónde demonios quiere instalarse usted? ¡Vaya una lata! Ya le he enseñado todo, menos el cuchitril de Hareton. En toda la casa no hay otro sitio donde dormir.

Me sentía tan furiosa que tiré al suelo la bandeja y lo que contenía. Después me senté en el rellano de la escalera y rompí a llorar.

—¡Muy bien, señorita, muy bien! —dijo Joseph—. Ahora, cuando el amo encuentre los restos de los cacharros, verá la que se arma. ¡Qué mujer tan necia! Merece usted no comer hasta Navidad, ha tirado al suelo el pan nuestro de cada

día. Pero me parece que no le durarán mucho esos arrebatos. ¿Se piensa usted que Heathcliff le va a aguantar semejantes modales? Me habría gustado que la hubiera visto en
este momento. Ya lo creo que me habría gustado.

Mientras me reñía, cogió la vela, se dirigió a su cuchitril
y me dejó completamente a oscuras.

Después de mi arranque de cólera, medité y comprendí
que era preciso dominar mi orgullo y procurar no excitar-
me. Encontré un auxilio imprevisto en *Throttler*, al que no
tardé en reconocer como hijo de nuestro viejo *Skulker*. De
cachorrillo había estado en la Granja y mi padre se lo había
regalado al señor Hindley. Debió de reconocerme, porque
me frotó la nariz con su hocico a modo de saludo, y luego
empezó a comerse la sopa derramada, mientras yo andaba
por los peldaños cogiendo los cacharros que había tirado y
limpiando con el pañuelo las manchas de leche de la barandilla.

Estábamos terminando la faena cuando oímos los pasos
de Earnshaw en el pasillo. El perro encogió el rabo y se acu-
rrucó contra la pared. Yo me deslicé por la puerta más cercana. El ruido de una caída escaleras abajo y varios aullidos
lastimeros me hicieron comprender que el perro no había
podido esquivar el encuentro. Earnshaw no me vio a mí; fui
más afortunada. Pero un momento después llegó Joseph
con Hareton, en cuyo cuarto yo me había refugiado, y me
dijo:

—Creo que ya está la casa vacía. Queda sitio para las
dos: usted y su soberbia. Ocúpelo y permanezca con el que
todo lo ve y todo lo sabe y no desprecia ni siquiera a las
malas compañías.

Me acomodé en una silla al lado del fuego, y me dormí
profundamente. Pero mi sueño, aunque agradable, duró
muy poco. Heathcliff al llegar me despertó y me preguntó
«amablemente» que qué hacia allí. Le dije que no me había
acostado todavía porque él tenía en el bolsillo la llave de
nuestro cuarto. La expresión «nuestro» le ofendió inmensa-
mente. Juró que no era ni sería jamás mi cuarto, y dijo...
Pero no quiero reproducir sus palabras ni su comporta-

miento habitual. Él procura excitar mi odio por todos los medios. Su manera de actuar me produce a veces una estupefacción que me hace olvidar el temor que siento. Y eso que un tigre o una serpiente venenosa no me darían más miedo que él. Me habló de la enfermedad de Catherine y culpó a mi hermano de ser el causante de todos sus males, y añadió que me considerase como si yo fuese el propio Edgar a efectos de vengarse...

¡Le odio! ¡Qué desgraciada soy y qué tonta he sido! Pero no hables en casa de todo esto. Te espero con afán. No faltes.

ISABELLA

Capítulo XIV

En cuanto leí aquella carta fui a ver al amo y le dije que su hermana estaba en Cumbres Borrascosas y que me había escrito interesándose por Catherine, diciéndome que tenía interés en verle a él y que deseaba saber si había sido perdonada.

—No tengo nada que perdonarle —repuso Linton—. Vete a verla si quieres, y dile que no estoy enfadado, sino entristecido, porque pienso, además, que es imposible que sea feliz. Pero que no piense que voy a ir a verla. Nos hemos separado para siempre. Sólo me haría rectificar si el villano con quien se ha casado se marchara de aquí.

—¿Por qué no le escribe unas líneas? —insinué, suplicante.

—Porque no quiero tener nada que ver con la familia de Heathcliff —respondió.

Aquella frialdad me deprimió infinitamente. En todo el tiempo que duró mi camino hacia Cumbres Borrascosas no hice más que pensar en la manera de repetirle, suavizadas, a Isabella las palabras de su hermano. Me pareció que ella había estado esperando mi visita desde primera hora. Al subir por la senda del jardín la vi detrás de una persiana y le hice una señal con la cabeza, pero ella desapareció, como si desease que no se la viera. Entré sin llamar. Aquella casa, antes tan alegre, ofrecía un lúgubre aspecto de desolación. Creo que si yo hubiera estado en el lugar de mi señora, hubiese procurado limpiar un poco la cocina y quitar el polvo de los muebles, pero el ambiente se había apoderado de ella. Su hermoso rostro estaba descuidado y pálido, y estaba despeinada. Al parecer, no se había cambiado de ropa desde el día anterior.

Hindley no estaba. Heathcliff se hallaba sentado ante una mesa revolviendo unos papeles de su cartera. Al verme me saludó con amabilidad y me ofreció una silla. Era el único que tenía buen aspecto en aquella casa; creo que mejor aspecto que nunca. Tanto había cambiado la decoración que cualquier forastero le habría tomado a él por un caballero y a su esposa por una pordiosera.

Isabella se adelantó con impaciencia hacia mí, alargando la mano como si esperase recibir la carta que aguardaba que le escribiese su hermano. Moví la cabeza negativamente. A pesar de todo, me siguió hasta el mueble donde fui a poner mi sombrero, y me preguntó en voz baja si no traía algo para ella.

Heathcliff comprendió lo que ella pretendía, y dijo:

—Si tienes algo para Isabella, dáselo, Ellen. Entre nosotros no hay secretos.

—No traigo nada —repuse, suponiendo que lo mejor era decir la verdad—. Mi amo me ha encargado que le diga a su hermana que por el momento no espere visitas ni cartas suyas. Le envía todo su afecto, le desea que sea muy feliz y le perdona el dolor que le causó. Pero entiende que debe evitarse toda relación que, según dice, no valdría para nada.

La señora de Heathcliff volvió a sentarse junto a la ventana. Sus labios temblaban ligeramente. Su esposo se sentó a mi lado y comenzó a hacerme preguntas sobre Catherine. Traté de contarle sólo lo que me pareció oportuno, pero él logró averiguar casi todo lo relativo al origen de la enfermedad. Censuré a Catherine como culpable de su propio mal, y acabé manifestando mi opinión de que el propio Heathcliff debería seguir el ejemplo de Linton y evitar todo contacto con la familia.

—La señora Linton ha mejorado —terminé—, pero aunque su vida no corre peligro, no volverá nunca a ser la Catherine de antes. Si usted le tiene afecto, no debe interponerse más en su camino. Le diré más: creo que debería usted marcharse de la comarca. La Catherine Linton de ahora se parece a la Catherine Earnshaw de antes como yo. Ha cambiado tanto que el hombre que vive con ella sólo podrá hacerlo recordando lo que fue anteriormente y en nombre del deber.

—Es posible —respondió Heathcliff— que tu amo no sienta otros impulsos que los del deber hacia su esposa. Pero ¿crees que dejaré a Catherine entregada a esos sentimientos? ¿Crees que mi cariño por Catherine es comparable al suyo? Antes de salir de esta casa tienes que prometerme que me proporcionarás una entrevista con ella. De todos modos, la veré, quieras o no.

—Ni usted debe hacerlo —contesté— ni podrá nunca contar conmigo para ello. La señora no resistirá otra pelea entre usted y el señor.

—Tú puedes evitarlo —repuso él— y, en último extremo, si fuera así, me parece que habría motivos para apelar a un último recurso. ¿Crees que Catherine sufriría mucho si perdiese a su marido? Sólo me contiene el temor de la pena que ello pudiera causarle. Ya ves lo diferentes que son nuestros sentimientos. De haber estado él en mi lugar y yo en el suyo, jamás hubiera osado alzar mi mano contra él. Mírame con toda la incredulidad que quieras, pero es así. Jamás le hubiera quitado su compañía mientras ella le recibiera con satisfacción. Sin embargo, en cuanto hubiera dejado de mostrarle afecto, ¡le habría arrancado el corazón y me habría bebido su sangre! Pero hasta ese momento, me hubiera dejado descuartizar antes que ponerle un dedo encima.

—Sí —le interrumpí—, pero a usted le tiene sin cuidado deshacer toda esperanza de curación volviendo a producirle nuevos disgustos con su presencia.

—Bien sabes, Ellen —contestó—, que no me ha olvidado. Te consta que por cada pensamiento que dedica a Linton, me dedica mil a mí. En la peor etapa de mi vida tuve ese miedo, también cuando volví aquí este verano. Pero sólo si Catherine me dijese que era verdad lo admitiría. Y en ese caso, no existirían ya, ni Linton, ni Hindley, ni nada... Mi existencia se resumiría en dos frases: condenación y muerte. La existencia sin ella sería un infierno. Pero fui un estúpido al suponer, aunque fuese por un solo momento, que ella preferiría el afecto de Edgar Linton al mío. Si él la amase con toda la fuerza de su alma mezquina, no la amaría en ochenta años tanto como yo en un día. Y Catherine tiene un corazón como el mío. Es tan imposible meter el mar en un cubo como que el amor de ella pueda reducirse solo a él. Le quiere poco más que a su perro o a su caballo. No le amará nunca como a mí. ¿Cómo va a amar en él lo que él no tiene?

—Catherine y Edgar se quieren tanto como cualquier otro matrimonio —exclamó bruscamente Isabella—. Nadie tiene derecho a hablar así, y no te consentiré que desprecies de esa forma a mi hermano en mi presencia.

—También te quiere a ti mucho tu hermano, ¿no? —comentó Heathcliff con desprecio—. Mira cómo se da prisa en venir a ayudarte.

—Él no sabe cuánto sufro —dijo ella—. No se lo he contado.

—Eso quiere decir que le has contado algo.

—Le escribí para anunciarle que me casaba. Tú mismo viste la carta.

—¿No has vuelto a escribirle?

—No.

—Me duele ver lo desmejorada que está la señorita

—intervine yo—. Se ve que le falta el amor de alguien, aunque no esté yo autorizada para decir de quién.

—Me parece —repuso Heathcliff— que el amor que le falta es el amor propio. ¡Está convertida en una verdadera fregona! Se ha cansado enseguida de complacerme. Aunque te parezca mentira, el mismo día de nuestra boda ya estaba llorando por volver a su casa. Pero, precisamente por lo poco limpia que es, se sentirá a sus anchas en esta casa, y ya me preocuparé yo de que no me haga quedar en ridículo escapándose de ella.

—Debería usted pensar, señor —repliqué—, que la señora Heathcliff está acostumbrada a que la atiendan y la cuiden, ya que la educaron, como hija única que era, entre mimos y regalos. Usted debe proporcionarle una doncella y debe tratarla con cariño. Piense usted lo que piense sobre Edgar, no tiene derecho a dudar del amor de la señorita, ya que, si no, ella no hubiese abandonado las comodidades en las que vivía, ni hubiese dejado a los suyos para acompañarle en este horrible desierto.

—Si abandonó su casa —argumentó él— fue porque creyó que yo era un héroe de novela y esperaba toda clase de cortesías hacia sus encantos. Se comporta conmigo de una forma y se ha formado unas ideas sobre mí que dudo que esté dotada de razón. Pero empieza a conocerme ya. Ha prescindido de las estúpidas sonrisas y de las muecas extravagantes con que quería fascinarme al principio y noto que disminuye la incapacidad que padecía de comprender que yo hablaba en serio cuando expresaba mis opiniones sobre su estupidez. Para darse cuenta de que no la amaba tuvo que hacer un inmenso esfuerzo de imaginación. Hasta temí que no hubiera modo humano de hacérselo comprender. Pero, en fin, lo ha comprendido mal o bien, puesto que esta mañana me dio la admirable prueba de talento al manifestarme que he logrado conseguir que ella me aborrezca. ¡Te garantizo que ha sido un trabajo digno de Hércules! Si cumple lo que me ha dicho, se lo agradeceré en el alma. Vaya, Isabella: ¿has dicho la verdad? ¿Estás segura de que me odias? Sospecho que ella hubiera preferido que yo me comportara delante ti con dulzura, porque la verdad desnuda ofende su soberbia. Me tiene sin cuidado. Ella sabe que el amor no era mutuo. Jamás la engañé a este respecto. No podrá decir que yo le haya dado nunca ni una prueba de amor. Lo primero que hice cuando salimos de la Granja juntos fue ahorcar a su perro, y cuando quiso defenderle, me oyó expresar claramente mi deseo de ahorcar a todo cuanto tuviera relación con los Linton, excepto un solo ser. Quizá creyó que la excepción se refería a ella misma, y le tuvo sin cuidado que le hiciera daño a todos los demás, con tal de que su valiosa persona quedase exenta de perjucio. Y dime: ¿no es el colmo del absurdo que esta despreciable mujer suponga que yo podría llegar a amarla? Puedes decirle a tu amo, Ellen, que jamás he tropezado con nadie más abyecto que su hermana. Deshonra hasta el propio nombre de los Linton. Alguna vez he intentado suavizar mis experimentos para probar hasta dónde llegaba su paciencia, y siempre he visto que se apresuraba a arrastrarse vergonzosamente ante mí. Añade a eso, para tranquilidad de su fraternal corazón, que me mantengo estrictamente dentro de los límites que me permite la ley. Hasta hoy he evitado cualquier pretexto que le valiera para pedir la separación, aunque, si quiere irse, no seré yo quien me oponga a ello. La satisfacción de poderla atormentar no compensa el disgusto de tener que soportar su presencia.

—Habla usted como un loco, señor Heathcliff —le dije—. Su mujer está, sin duda, convencida de ello y por esa causa le ha aguantado tanto. Pero, ya que usted dice que se puede marchar, supongo que aprovechará la ocasión. Señora, ¿no estará usted tan loca como para quedarse voluntariamente con él?

—Ellen —replicó Isabella, mostrando en sus ojos que, en efecto, el éxito de su marido en hacerse odiar había sido absoluto—: no creas ni una palabra de cuanto dice. Es un diablo, un monstruo, y no un ser humano. Ya he probado antes a irme y no me han quedado ganas de repetir la experiencia. Te ruego, Ellen, que no menciones esta vil conversación ni a mi hermano ni a Catherine. Que diga lo que quiera, lo que en realidad se propone es desesperar a Edgar. Asegura que se ha casado conmigo para cobrar ascendiente sobre mi hermano, pero antes de darle el placer de conseguirlo preferiré que me mate. ¡Ojalá lo haga! No aspiro a otra felicidad que a la de morir yo o verle muerto a él.

—Todo eso es magnífico —dijo Heathcliff—. Si alguna vez te citan como testigo, ya sabes lo que piensa Isabella, Ellen. Anota lo que me dice: me conviene. No, Isabella, no... si no estás en condiciones de cuidar de ti misma, yo, como protector tuyo según la ley, debo ser el encargado de tenerte bajo mi custodia. Y ahora, sube. Tengo que decirle a Ellen una cosa en secreto. Por allí no: te he dicho que arriba. ¿No ves que ése es el camino de la escalera?

La tomó de un brazo, la echó fuera de la habitación, y al volver exclamó:

—No puedo ser compasivo, no puedo... Cuanto más veo retorcerse a los gusanos, más ganas tengo de aplastarlos, cuanto más los pisoteo, más aumenta el dolor...

—Pero ¿sabe usted lo que es ser compasivo? —respondí, mientras cogía precipitadamente el sombrero—. ¿Lo ha sido alguna vez en toda su vida?

—No te vayas aún —dijo, al notar que me marchaba—. Escucha un momento. O te persuado para que me ayudes a ver Catherine, o te obligo a ello. E inmediatamente. No me propongo hacer ningún daño. Ni siquiera molestar a Linton. Sólo quiero que ella misma me diga cómo se encuentra, y preguntarle si puedo hacer algo por ella. Anoche pasé seis horas rondando el jardín de la Granja, y hoy volveré, y así siempre, hasta que logre entrar. Si me encuentro con Edgar, no dudaré en golpearle hasta dejarle incapacitado para impedirme la entrada. Y si sus criados acuden, ya me los quitaré de encima con estas pistolas. ¿Verdad que será mejor que no me encuentre con ellos o con tu amo? Y a ti te es tan fácil. Yo te diría cuándo me propongo ir, tú podrías facilitarme la entrada, vigilar y después verme marchar sin que tu conciencia tuviese nada que reprocharse. Así se evitarían males mayores.

Yo me negué a desempeñar aquel papel tan traicionero y le censuré su intención de volver a destruir la tranquilidad de la señora Linton.

—Cualquier cosa le causa un trastorno inmenso —le aseguré—. Está hecha un verdadero manojo de nervios. No resistirá la sorpresa; estoy segura de que no... ¡Y no insista, señor, porque tendré que avisar de ello a mi amo, y él tomará disposiciones para impedir lo que usted se propone!

—Pues yo tomaré medidas para asegurarme de ti —repuso Heathcliff—. No saldrás de Cumbres Borrascosas hasta mañana por la mañana. ¿Qué es eso de que Catherine no podrá resistir la sorpresa de volver a verme? Además, no me propongo sorprenderla. Tú la puedes preparar y preguntarle si me permite ir. Me has dicho que no le hablan de mí ni menciona nunca mi nombre... ¡Cómo lo va a hacer si está prohibido pronunciarlo en vuestra casa! Se imagina que todos vosotros sois espías de su marido. Tengo la evidencia de que estáis haciéndole la vida imposible. El simple hecho de que guarde silencio respecto a mí me revela una prueba de lo que siente. ¡Menuda demostración de sosiego es que se sienta angustiada y preocupada! ¿Cómo diablos va a dejar de sentirse trastornada viviendo en ese horrible aislamiento? Y luego, ese despreciable ser que la cuida «porque es su deber»... «¡Su deber!» Antes germinaría en un tiesto una semilla de roble que él logre restablecer a su esposa con ese tipo de cuidados. Acabemos ya. ¿Quieres quedarte aquí mientras yo me abro paso a la fuerza, entre Linton y sus criados, hasta poder ver Catherine? ¿O prefieres hacer las cosas por las buenas, como hasta ahora? Decídete pronto. Porque, si continúas encerrada en tu obstinación, no tengo ni un minuto que perder.

Por más que argumenté y me negué, acabé teniendo que ceder. Consentí en llevar a mi señora una carta de Heathcliff, y en avisarle si ella accedía a verle aprovechando la primera ocasión en que Linton estuviera fuera de casa. Yo procuraría quedarme aparte y me las ingeniaría para que la servidumbre no se diese cuenta de la visita.

No sé si actué bien o mal. Quizá lo segundo. Pero yo me proponía con ello evitar males mayores, y hasta pensé que a lo mejor el encuentro produjese una reacción favorable en la dolencia de Catherine. Después, al recordar los reproches que el señor Linton me hizo por contarle historias, como él decía, me tranquilicé algo más, y me prometí finalmente que aquella traición, si así podía llamarse, sería la última. Pero, a pesar de todo, volví a casa más triste de lo que había salido de ella, y antes de entregarle la carta de Heathcliff a la señora Linton dudé mucho.

Allí veo venir al médico. Voy a bajar a decirle que se encuentra usted mejor, señor Lockwood. Este relato es largo y detallado en exceso, y todavía nos hará gastar una mañana más en contarlo entero.

Largo, detallado y lúgubre —pensé, mientras la buena señora bajaba a recibir al médico—. No es del estilo que yo hubiera elegido para entretenerme. En fin, ¡qué le vamos a hacer! Convertiré las amargas hierbas que me da la señora Dean en remedios saludables, y procuraré no dejarme fascinar por los brillantes ojos de Catherine Heathcliff. ¡Sería gracioso que se me ocurriera enamorarme de esa joven y la hija resultase ser una segunda edición de su madre!

Capítulo XV

Ha transcurrido una semana más. Y aquí estoy, más cerca de la salud y de la primavera. Ya he escuchado toda la historia de mi vecino, de boca de la señora Dean, cuyo relato reproduciré, aunque procurando resumirlo un poco. Pero conservaré su estilo, porque creo que ella narra muy bien y no me siento lo bastante fuerte para mejorarlo.

La tarde que fui a Cumbres Borrascosas —siguió contándome— estaba tan segura como si lo hubiera visto de que Heathcliff rondaba por los alrededores. Así que procuré no salir de casa, ya que llevaba su carta en el bolsillo y no quería exponerme a sus reproches y amenazas por no haberla entregado. Pero yo había decidido no dársela a Catherine hasta que el amo no se hubiera ido, pues no sabía cómo reaccionaría la señora. De modo que no se la entregué hasta tres días más tarde. Al cuarto, que era domingo, se la llevé a su habitación cuando todos se marcharon para ir a la iglesia. En la casa sólo qudábamos otro criado y yo. Era habitual dejar cerradas las puertas, pero aquel día era tan agradable que las dejamos abiertas. Y para poder cumplir mi misión encargué al criado que fuese a comprar naranjas al pueblo para la señora. El criado se fue, y yo subí.

La señora Linton estaba sentada junto a la ventana abierta. Vestía de blanco y llevaba un chal sobre los hombros. Su espeso y largo cabello, cortado al comienzo de su enfermedad, estaba recogido en trenzas que caían sobre sus hombros. Había cambiado mucho, como ya le dije a Heathcliff, pero, no obstante, cuando estaba serena, poseía una especie de belleza sobrenatural. En lugar de su antiguo fulgor, sus ojos estaban llenos ahora de una melancólica dulzura. No parecía que mirase lo que la rodeaba, sino que contemplase cosas muy lejanas, algo que no fuera ya de este mundo. Su rostro aún estaba pálido, pero no tan demacrado como antes, y el aspecto que le daba su estado mental, aunque impresionaba dolorosamente, despertaba todavía más interés hacia ella en los que la veían. Creo que aquel aspecto suyo indicaba de modo claro que estaba condenada a morir...

Sobre el alféizar de la ventana había un libro, y el viento agitaba sus páginas. Debió de ser Linton quien lo puso allí, ya que ella no se preocupaba jamás de leer ni de hacer nada, a pesar de que él intentaba distraerla por todos los medios. Catherine se daba cuenta de ello, y lo soportaba con serenidad cuando estaba de buen humor, aunque a veces dejaba escapar un suspiro reprimido, y otras, con besos y sonrisas tristes, le impedía continuar haciendo aquello que él pensaba que la distraía. En ocasiones parecía enojada, ocultaba la cara entre las manos, y entonces hasta empujaba a su marido para que saliese, lo que él se apresuraba a hacer, pues creía que era lo mejor en esos casos.

Sonaban a lo lejos las campanas de Gimmerton y el melodioso rumor del arroyo que regaba el valle acariciaba dulcemente los oídos. Cuando los árboles estaban poblados de hojas, el rumor de la fronda agitada por el viento apagaba ruido del arroyo. En Cumbres Borrascosas se escuchaba con gran intensidad durante los días que seguían a un gran deshielo o a una temporada de lluvias. Evidentemente, oyendo el ruido del arroyo, Catherine debía de estar pensando en Cumbres Borrascosas, en el supuesto de que pensara y oyera algo, puesto que su mirada vaga y errática parecía mostrar que estaba ausente de toda clase de cosas materiales.

—Me han dado una carta para usted, señora —le dije, depositándola en su mano, que tenía apoyada en la rodilla—. Conviene que la lea enseguida, porque espera contestación. ¿La abro?

—Sí —repuso Catherine sin alterar la expresión de su mirada.

La abrí. Era brevísima.

—Léala usted —proseguí.

Ella dejó caer el pliego. Volví a colocarlo en su regazo, y esperé, pero viendo que no prestaba ninguna atención, le dije:

—¿Quiere que la lea yo? Es del señor Heathcliff.

Se sobresaltó y cruzó por sus ojos un relámpago que indicaba que luchaba para coordinar las ideas. Cogió la carta, la repasó superficialmente y suspiró al leer la firma. Pero no se había dado cuenta de su contenido, porque al preguntarle qué respuesta debía dar, me miró con una expresión interrogativa y angustiada.

—Quiere verla —repuse, adivinando que ella necesitaba que me explicase—. Está esperando en el jardín, impaciente.

Mientras yo hablaba, noté que el perro que estaba en el jardín se erguía, estiraba las orejas, y luego, desistiendo de ladrar y meneando la cola, daba a entender que quien se acercaba le era conocido. La señora Linton se asomó a la ventana, y escuchó conteniendo la respiración. Un minuto después sentimos pasos en el vestíbulo. La puerta abierta representaba una tentación demasiado fuerte para Heathcliff. Sin duda pensó que yo no había cumplido mi promesa y decidió confiar en su propia audacia.

Catherine miraba con ansiedad hacia la entrada de la

habitación. Heathcliff, al principio, no encontraba el cuarto, y la señora me hizo una señal para que fuera a recibirle, pero él apareció antes de que yo llegase a la puerta, y un momento después ambos se estrechaban en un apretado abrazo.

Durante cinco minutos él no le habló, y se limitó a abrazarla. Le dio más besos de los que había dado juntos en toda su vida. En otra situación, quizá hubiera sido mi señora la primera en besarle. En cuanto él la vio me di cuenta de que tuvo la misma convicción que yo misma tenía; estaba convencido de que Catherine no recobraría más la salud.

—¡Oh, querida Catherine! ¡No podré resistirlo! —dijo, al fin, en tono de desesperación. Y la miró con tal intensidad, que creí que aquella mirada le haría deshacerse en lágrimas. Pero sus ojos, aunque ardían de angustia, permanecían secos.

—Me habéis desgarrado el corazón entre tú y Edgar, Heathcliff —dijo Catherine, mirándole ceñuda—. Y ahora os lamentáis como si fuerais vosotros los dignos de lástima. No te compadezco. Has conseguido tu propósito: me has matado. Tú eres muy fuerte. ¿Cuántos años piensas vivir después de que yo me muera?

Heathcliff se había puesto de rodillas para abrazarla. Fue a levantarse, pero ella le sujetó por el pelo y le hizo permanecer en aquella postura.

—Quisiera tenerte así —dijo— hasta que ambos muriéramos. No me importa nada que sufras. ¿Por qué no has de sufrir? También sufro yo. ¿Me olvidarás Heathcliff? ¿Serás capaz de ser feliz después de que me entierren? Dentro de veinte años dirás quizá: «Aquí está la tumba de Catherine Earnshaw. La he amado mucho, pero la perdí, y ya ha pasado todo. Luego he amado a otras muchas. Quiero más a mis hijos que lo que la quise a ella, y me dará más pena morir y dejarles que sentir la alegría de reunirme con la mujer que quise». ¿Verdad que dirás esto, Heathcliff?

—No me atormentes, Catherine, que voy a volverme loco como tú —gritó él. Se había liberado de las manos de su amiga, y le rechinaban los dientes.

El cuadro que ambos presentaban era singular y terrible. Catherine tenía razones para creer que el cielo sería un destierro para ella, si su mal carácter no quedaba sepultado también con su cuerpo. En sus pálidas mejillas, sus labios blancos y sus brillantes ojos, se reflejaba una expresión de rencor. Apretaba entre sus crispados dedos un mechón de pelo de Heathcliff, que había arrancado al aferrarle. Él, por su parte, la había cogido ahora por el brazo, y la apretaba con tanta fuerza que, cuando la soltó, distinguí cuatro amoratadas huellas en los brazos de Catherine.

—Sin duda estás poseída por el demonio —dijo él con ferocidad— al hablarme de esa manera cuando te estás muriendo. ¿No comprendes que tus palabras se grabarán en mi memoria como con un hierro ardiendo, y que seguiré acordándome de ellas cuando tú ya no existas? Sabes que yo no te he matado, y te consta también que yo no podré olvidarte, como no puedo olvidar mi propia existencia. ¿No tiene suficiente tu diabólico egoísmo con pensar que, cuando tú descanses en paz, yo me retorceré entre todas las torturas del infierno?

—Es que no descansaré en paz —dijo lastimeramente Catherine.

Y cayó otra vez en un estado de abatimiento. Su corazón latía con violencia e irregularidad. Cuando pudo dominar la excitación, dijo, con mucha más suavidad:

—No te deseo penas más grandes que las que he padecido yo, Heathcliff. Sólo quisiera que no nos separáramos nunca. Si una sola palabra mía te doliera, piensa que yo sentiré tu mismo dolor cuando esté bajo tierra. ¡Perdóname, ven! Arrodíllate. Tú nunca me has hecho daño. Si estás ofendido, me dolerán a mí más que a ti mis palabras duras. ¡Ven! ¿No quieres acercarte a mí?

Heathcliff se recostó en el respaldo de la silla de Catherine y volvió el rostro. Ella se ladeó para poder verle, pero él, para impedirlo, se volvió de espaldas, se acercó a la chimenea y permaneció en silencio.

La señora Linton le siguió con la mirada. Sentimientos encontrados nacían en su alma. Al final, tras una prolongada pausa, exclamó, dirigiéndose a mí:

—¿Ves, Ellen? No es capaz de ceder ni un solo instante, ni siquiera para retrasar el momento de mi muerte. ¡Qué forma de amarme! Me da igual... Pero éste no es mi Heathcliff. Yo seguiré amándole como si lo fuera, y será esa imagen la que llevaré conmigo, ya que es ésa la que habita en mi alma. Esta prisión en que me encuentro es lo que me fatiga —añadió—. Estoy harta de este encierro. Tengo ansias de volar al mundo esplendoroso que hay más allá. Lo vislumbro entre lágrimas y sufrimientos y, sin embargo, Ellen, me parece tan glorioso que siento pena de ti, que te consideras satisfecha de estar fuerte y sana... Dentro de poco me habré remontado sobre todos vosotros. ¡Y pienso que él no estará conmigo entonces! —continuó como si hablase consigo misma—. Yo creía que él quería estar también conmigo en el más allá. Heathcliff, querido mío, no quiero que te enfades... ¡Ven a mi lado, Heathcliff!

Se incorporó y se apoyó en uno de los brazos del sillón. Heathcliff se volvió hacia ella con la mirada llena de desesperanza. Sus ojos, ahora húmedos, brillaban al contemplarla, y su pecho se agitaba convulsivamente. Estuvieron separados un instante; luego Catherine se precipitó hacia él, y él la abrazó de tal modo que temí que mi señora no saliera con vida de sus brazos. Cuando se separaron ella había perdido el conocimiento y cayó sin aliento sobre la silla. Heathcliff se desplomó en otra que había al lado. Me acerqué a ver si la señora se había desmayado, y él, rechinando los dientes y, echando espuma por la boca, me separó con furia. Me pareció que no estaba en compañía de seres humanos. Traté de hablarle, pero no parecía entenderme, y acabé apartándome echa un manojo de nervios.

Al momento, Catherine hizo un movimiento, y esto me tranquilizó. Levantó la mano, cogió la cabeza de Heathcliff, y acercó su mejilla a la suya. Heathcliff la cubrió de frenéticas caricias y le dijo, con un acento feroz:

—Ahora me demuestras lo cruel y falsa que has sido conmigo. ¿Por qué me rechazaste? ¿Por qué traicionaste a tu propia alma? No sé decirte ni una palabra de consuelo, no te la mereces. Bésame y llora todo lo que quieras, arráncame besos y lágrimas, que ellas te abrasarán y serán tu condenación. Tú misma te has matado. Si me querías, ¿con qué derecho me abandonaste? ¡Y por un mezquino capricho que sentiste hacia Linton! Ni la miseria, ni la bajeza, ni siquiera la muerte nos hubieran separado, y tú, sin embargo, nos separaste por tu propia voluntad. No soy yo quien ha desgarrado tu corazón. Te lo has desgarrado tú, y al desgarrártelo has desgarrado el mío. Y si yo soy más fuerte, ¡peor para mí! ¿Para qué quiero vivir cuando tú...? ¡Oh, Dios quisiera que yo pudiese estar contigo en la tumba!

—¡Déjame! —contestó Catherine, sollozando—. Si he hecho algún daño, lo pago con mi muerte. Basta. También tú me abandonaste, pero no te lo reprocho y te he perdonado. ¡Perdóname tú también!

—¡Perdonarte cuando veo esos ojos, y toco esas manos delgadas, que parecen no tener carne! Bésame, pero no me mires. Sí, te perdono. ¡Amo a quien me mata! Pero ¿cómo puedo perdonar a quien te mata a ti?

Callaron, juntaron sus rostros y mutuamente se bañaron en lágrimas. No sé si me equivoqué al suponer que Heathcliff lloraba también, pero la situación no era para menos.

Yo me sentía inquieta. Caía la tarde y se veía salir ya a la gente de la iglesia de Gimmerton. El criado que mandé al pueblo estaba de regreso.

—El oficio religioso ha concluido —anuncié— y el señor volverá antes de media hora.

Heathcliff profirió una maldición y abrazó con más fuerza aún a Catherine, que permaneció inmóvil. Al poco rato, vi de lejos a los criados, que avanzaban en grupo por el camino. El señor Linton les seguía a corta distancia. Abrió él mismo la verja. Parecía extasiado por la belleza de la tarde estival y sus suaves perfumes.

—Ya ha llegado —exclamé—. ¡Baje enseguida, por Dios! No encontrará usted a nadie en la escalera principal. Escóndase entre los árboles hasta que el señor haya entrado.

—Debo irme, Catherine —dijo Heathcliff, separándose de sus brazos—. Pero, si no me muero, te volveré a ver antes de que te hayas dormido... No me separaré ni cinco yardas de tu ventana.

—No te irás —repuso ella, sujetándole con todas sus fuerzas—. No tienes por qué irte.

—Vuelvo antes de una hora —aseguró él.

—No te irás ni siquiera por un minuto —insistió la señora.

—Es preciso que me vaya —repitió, alarmado, Heathcliff—. Linton estará aquí dentro de un momento.

De ser por él, se hubiera levantado y se habría desprendido de ella por la fuerza, pero Catherine le sujetó firmemente, mientras pronunciaba expresiones entrecortadas. En su rostro se reflejaba una decidida resolución.

—¡No! —gritó—. ¡No te vayas! Edgar no nos hará nada. ¡Es la última vez, Heathcliff: me muero!

—¡Maldito imbécil! Ya ha llegado —exclamó Heathcliff, dejándose caer otra vez en la silla—. ¡Calla, Catherine! ¡Calla, alma mía! Si me matase ahora, moriría bendiciéndole.

Y volvieron a unirse en un estrecho abrazo. Sentí subir a mi amo por la escalera. Un sudor frío bañaba mi frente. Estaba horrorizada.

—¿Pero es que va usted a hacer caso de sus delirios? —dije a Heathcliff fuera de mí—. No sabe lo que dice. ¿Es que se propone usted perderla aprovechando que le falta la razón? Levántese y márchese inmediatamente. Este crimen sería el más odioso de cuantos haya cometido usted. Todos nos perderemos exclusivamente por su culpa: el señor, la señora y yo.

Grité y me retorcí las manos con desesperación. Al oírme gritar, el señor Linton se apresuró más aún. Mi nerviosismo se alivió al ver que los brazos de Catherine dejaban de oprimir a Heathcliff y caían lánguidamente, y su cabeza se inclinaba con laxitud.

«Se ha desmayado o se ha muerto —pensé—. Mejor. Vale más que muera a que siga siendo una causa de desgracias para todos los que la rodean.»

Edgar, pálido de estupor y de ira al ver al inesperado visitante, se lanzó hacia él. No sé lo que se proponía. Pero Heathcliff le detuvo en seco poniéndole entre los brazos el cuerpo inmóvil de su esposa.

—Si no es usted un demonio —dijo Linton—, ayúdeme primero a atenderla, y ya hablaremos después.

Heathcliff se marchó al salón y permaneció sentado. Con grandes esfuerzos, el señor Linton y yo logramos reanimar a Catherine. Pero había perdido por completo la razón: suspiraba, emitía quejidos inarticulados y no reconocía a nadie. Edgar, debido a su ansiedad, se olvidó de su odiado rival. Aproveché la primera oportunidad que tuve para rogarle que se fuese, afirmándole que Catherine estaba más repuesta y que a la mañana siguiente le llevaría noticias suyas.

—Saldré de la casa —dijo él—, pero me quedaré en el jardín. No te olvides de cumplir tu palabra mañana, Ellen.

Estaré bajo aquellos pinos, tenlo en cuenta. De lo contrario, volveré, esté Linton o no.

Echó una rápida mirada por la puerta entreabierta de la habitación, y al comprobar que, al parecer, yo le había dicho la verdad, se fue, librando la casa de su perniciosa presencia.

Capítulo XVI

A las doce de aquella noche, nació la Catherine que usted ha conocido en Cumbres Borrascosas: una niña de siete meses. Dos horas después moría su madre, sin haber llegado a recobrar el sentido suficiente para reconocer a Edgar o para echar de menos a Heathcliff. El señor Linton estaba desesperado de dolor por la pérdida de su esposa. No quiero hablar de ello, es demasiado penoso. Su disgusto era aún mayor, según creo yo, por la pena de no tener un heredero varón. A mí me daba mucha pena aquella pobre huerfanita, y maldecía mentalmente al viejo Linton por querer asegurar la fortuna de su hija Isabella en caso de que su hijo no tuviese descendencia masculina, sin prevenir, claro, la suerte de su nieta en este caso.

Aquella niña llegó en el momento más inoportuno. Si la pobrecita se hubiese muerto llorando en las primeras horas de su existencia, a todos en aquel momento nos hubiera tenido sin cuidado. Más tarde rectificamos, pero el principio de su vida fue tan lamentable como probablemente lo será su fin.

La mañana siguiente amaneció alegre y clara. La luz del sol se filtraba a través de las persianas, e iluminaba el lecho y a su ocupante con un dulce resplandor. Edgar tenía los ojos cerrados y la cabeza apoyada en la almohada. Sus hermosas facciones estaban tan pálidas como las del cuerpo que yacía a su lado. Su rostro reflejaba una gran angustia, y en cambio, el rostro de la muerta, una paz infinita. Tenía los párpados cerrados y los labios ligeramente sonrientes. Creo que un ángel no hubiera estado más bello que ella. Aquella serenidad que emanaba de la difunta me contagió. Jamás sentí más serena mi alma que mientras estuve contemplando aquella imagen del reposo eterno. Me acordé, y hasta repetí las palabras que Catherine pronunció poco antes: se había remontado sobre todos nosotros. Aunque su espíritu se encontrara en la tierra todavía, o ya en el cielo, indudablemente estaba con Dios...

Tal vez sea una cosa peculiar mía, pero el caso es que muy pocas veces dejo de sentir una impresión interna de beatitud cuando velo a un muerto, salvo si algún afligido allegado suyo me acompaña. Me parece apreciar en el muerto un reposo que ni el infierno ni la tierra son capaces de quebrantar, y me invade la sensación de un futuro eterno y sin sombras. Sí, la Eternidad. Allí donde la vida no tiene límite en su duración, el amor es desinteresado, y la felicidad es plena. Y entonces comprendí el egoísmo que encerraba un amor como el de Linton, que de una forma tan amarga lamentaba la liberación de Catherine.

Claro está que, en rigor, teniendo en cuenta la agitada y rebelde vida que había llevado, había motivos para dudar de si entraría o no en el reino de los cielos, pero la contemplación de aquel cadáver con su aspecto sereno despejaba las dudas.

—¿Usted cree —preguntó la señora Dean— que personas así pueden ser felices en el otro mundo? Daría lo que fuera por saberlo.

No contesté a la pregunta de mi ama de llaves, porque me pareció poco ortodoxa. Y ella continuó:

—Temo, al pensar en la vida de Catherine Linton, que no es muy dichosa en el otro mundo. Pero, en fin, dejémosla tranquila, en presencia de su Creador...

Como el amo parecía dormir, me fui de la habitación

poco después de salir el sol. Los criados se imaginaron que yo salía para despejarme, después de la larga vela, pero en realidad lo que me proponía era hablar con el señor Heathcliff, que había pasado la noche entre los pinos, y no debía de haber sentido el movimiento de la Granja, a no ser que hubiese oído el galope del caballo del criado que enviamos a Gimmerton. Si hubiera estado más cerca, el movimiento de puertas y luces probablemente le habría hecho comprender que pasaba algo grave. Yo sentía a la vez deseo y temor de encontrarle. Por un lado, sentía la urgencia de comunicarle la terrible noticia, y por otro no sabía de qué modo hacerlo para no irritarle.

Le vi en el parque, apoyado en un fresno, sin sombrero, con el cabello empapado por el rocío que iba cayendo desde las ramas, y le mojaba lentamente. Debía de llevar mucho tiempo en aquella postura, porque me di cuenta de que una pareja de mirlos iban y venían a menos de tres pies de distancia de él, construyendo su nido, y tan ajenos a la presencia de Heathcliff como si fuera un tronco de árbol. Al acercarme, echaron a volar, y él levantando los ojos, me dijo:

—¡Ha muerto! ¡Tanto esperar para acabar recibiendo esa noticia! Vamos, fuera ese pañuelo; no me vengas con llantos... ¡Idos todos al diablo! ¿De qué le valdrán ahora vuestras lágrimas?

Yo lloraba tanto por él como por ella. Es frecuente compadecer a personas que son incapaces de experimentar ese sentimiento hacia el prójimo e incluso hacia uno mismo. Al verle se me ocurrió que quizá sabía ya lo sucedido y que se había resignado y rezaba, porque movía los labios y bajaba la vista.

—Ha muerto —contesté, enjugando mi llanto— y está en el cielo, adonde todos iríamos a reunirnos con ella si aprovecháramos la lección y dejáramos el mal camino para seguir el bueno.

—¿Acaso ha muerto como una santa? —preguntó sarcásticamente Heathcliff—. Vaya. Dime. ¿Cómo ha muerto...?

Quiso pronunciar el nombre de la señora, pero se calló y se mordió los labios. Se notaba en él una silenciosa lucha interna.

—¿Cómo ha muerto? —volvió a preguntar.

Noté que, a pesar de su audacia insolente, se sentía más tranquilo teniendo a alguien a su lado. Un profundo temblor recorría todo su cuerpo.

«¡Desdichado! —pensé—. Tienes corazón y nervios como cualquiera. ¿Por qué ese empeño en ocultarlos? ¡Tu soberbia no engañará a Dios! Le estás tentando para que te atormente y te humille hasta hacerte estallar.»

—Murió mansa como un cordero —repuse—. Suspiró, hizo un movimiento como un niño al despertar y cayó en un letargo. A los cinco minutos, sentí que su corazón latía muy fuerte... Y luego, nada...

—¿Habló de mí? —preguntó él, vacilante, como si temiera oír los detalles que me pedía.

—Desde que usted se separó de ella, no volvió en sí ni reconoció a nadie. Sus ideas eran confusas y había retrocedido, en sus pensamientos, a los años de su infancia. Su vida ha concluido en un sueño dulce. ¡Ojalá despierte de la misma manera en el otro mundo!

—¡Ojalá despierte entre mil tormentos! —gritó él con espantosa vehemencia, pateando y vociferando en un brusco ataque de ira—. Ha sido falsa hasta el final. ¿Dónde estás? En la vida imperecedera del cielo, no. ¿Dónde estás? Me has dicho que no te importan mis sufrimientos. Pero yo no repetiré más que una plegaria: «¡Catherine! ¡Dios quiera que no reposes mientras yo viva!». Si es cierto que yo te maté, persígueme. Dicen que la víctima persigue a su asesino. Hazlo, pues, sígueme, hasta que me vuelva loco. Pero no me dejes solo en este abismo.

¡Oh! ¡No puedo vivir sin mi vida! ¡No puedo vivir sin mi alma!

Apoyó la cabeza contra el árbol y cerró los ojos. No parecía un hombre que sufre, sino una fiera acosada cuyas carnes desgarran las armas de los cazadores. En el tronco del árbol distinguí varias manchas de sangre y sus manos y su frente estaban manchadas también. Escenas idénticas a aquélla debían de haber sucedido durante la noche. Más que compasión, sentí miedo, pero me daba pena dejarle en aquel estado. Él fue quien, al darse cuenta de que yo seguía allí, me gritó que me fuera, lo que hice enseguida, puesto que no podía consolarle ni devolverle la tranquilidad. El funeral de la señora Linton se fijó para el viernes siguiente y hasta ese día Catherine permaneció en su ataúd, colocado en el salón y cubierto de plantas y flores. Nadie supo, excepto yo, que Linton pasó allí todo aquel tiempo sin descansar apenas un momento. Heathcliff pasaba fuera también, por lo menos, las noches, sin reposar tampoco ni un minuto. El martes, aprovechando un instante en que el amo, rendido de cansancio, se había retirado para dormir un par de horas, abrí una de las ventanas, para que Heathcliff pudiera dar a su amada un último adiós. Aprovechó la oportunidad, y entró sin hacer el menor ruido. Yo misma no me habría dado cuenta de que había estado allí si no hubiera notado lo desordenadas que estaban las ropas alrededor del rostro del cadáver y no hubiera encontrado en el suelo un rizo de pelo rubio. Al examinarlo, comprobé que había sido arrancado de un medallón que Catherine llevaba al cuello, y sustituido por un rizo negro del pelo de Heathcliff. Yo uní los dos mechones y los guardé en el medallón.

Se invitó al señor Earnshaw a que acudiese al entierro de su hermana, pero no apareció, y ni siquiera se excusó. A Isabella nadie la avisó. De modo que, aparte de mi amo, el duelo estuvo compuesto solamente de criados y arrendatarios.

Con gran extrañeza de los aldeanos, Catherine no fue enterrada en el panteón de la familia Linton, ni entre las tumbas de los Earnshaw. La fosa se abrió en un verde rincón del cementerio. El muro es tan bajo por aquel lado que los brezos y los arándanos trepan sobre él y se inclinan sobre la tumba. Su esposo yace ahora en el mismo sitio, y una sencilla lápida con una piedra gris al pie cubre la sepultura de cada uno.

Capítulo XVII

El día del entierro fue el único bueno que tuvimos aquel mes. Al anochecer empezó el mal tiempo. El viento cambió de dirección y empezó a llover y luego a nevar. Al otro día resultaba increíble que hubiéramos disfrutado ya tres semanas de buena temperatura. Las flores quedaron ocultas bajo la nieve, las alondras dejaron de cantar, y las hojas tempranas de los árboles se volvieron negras, como si hubieran sido heridas de muerte. ¡Aquella mañana fue muy triste y muy lúgubre! El señor no salió de su habitación. Yo me instalé en la solitaria sala, con la niña en brazos, y mientras la mecía miraba caer la nieve a través de la ventana. De pronto, la puerta se abrió y entró una mujer jadeando y riéndose. Me enfurecí y me asombré. Al principio pensé que era una de las criadas, y grité:

—¡Silencio! ¿Qué diría el señor Linton si te oyese reír?

—Perdona —contestó una voz que me era conocida—, pero sé que Edgar está acostado y no he podido contenerme.

Mientras hablaba se acercó al fuego, apretándose los costados con las manos.

—He volado más que corrido desde Cumbres Borrascosas hasta aquí —continuó—, y me he caído no sé cuántas veces. Ya te lo explicaré todo. Únicamente quiero que ordenes que enganchen el coche para irme a Gimmerton y que me busquen algunos vestidos en el armario.

La recién llegada era la esposa de Heathcliff. El pelo le

caía sobre los hombros y estaba empapada. Llevaba el vestido que solía usar de soltera, uno escotado, con manga corta, y no llevaba collar ni sombrero. En los pies solo calzaba unas frágiles sandalias. Para colmo, tenía una herida junto a una oreja, aunque no sangraba porque el frío congelaba la sangre, y su rostro estaba blanco como el papel, y lleno de arañazos y contusiones.

—¡Oh, señorita! —exclamé—. No haré nada hasta que no se haya cambiado esa ropa mojada. Además, esta noche no irá usted a Gimmerton. De modo que no hace falta enganchar el coche.

—Me iré aunque sea a pie —repuso—. Pero está bien, me cambiaré de ropa. Mira cómo sangro ahora por el cuello. Con el calor me duele.

Hasta que no mandé disponer el carruaje y encargué a una criada que preparase ropa limpia, se negó a que la atendiese y le curase la herida. Cuando todo estuvo hecho, se sentó al fuego ante una taza de té, y dijo:

—Siéntate, Ellen. Quítame de delante la niña de Catherine. No quiero verla. No creas que no me ha afectado la muerte de mi cuñada. He llorado por ella como el que más. Nos separamos enfadadas, y no me lo perdono. Esto sería suficiente para no querer a ese hombre odioso. Mira lo que hago con lo único que llevo de él.

Arrancó de sus dedos un anillo de oro y lo tiró.

—Quiero pisotear el anillo y luego quemarlo —dijo con rabia infantil.

Y arrojó la sortija al fuego.

—¡Así! Ya me comprará otro si logra encontrarme. Es capaz de venir con tal de volver loco a Edgar. No me atrevo a quedarme por temor a que se le ocurra esa idea. Además, Edgar no se ha portado bien, ¿no es cierto? Sólo por absoluta necesidad me he refugiado aquí. Si me hubieran dicho que estaba levantado, me habría quedado en la cocina, para calentarme y pedirte que me llevaras lo más necesario para poder huir de mi... ¡de ese maldito demonio hecho hombre! ¡Estaba furioso! ¡Si llega a cogerme! Es una lástima que Earnshaw no sea más fuerte que él, porque, en ese caso, no me hubiera marchado hasta ver cómo le vencía.

—Hable más despacio, señorita —interrumpí—. Se le va a caer el pañuelo que le he puesto y va a volver a sangrarle ese corte. Tómese el té, respire y no se ría tanto. Esa risa no cuadra ni con su estado ni con lo que ha ocurrido en esta casa.

—Tienes razón —repuso—. Pero oye cómo llora esa niña. Haz que se la lleven por lo menos una hora. Yo no estaré aquí más tiempo.

Llamé a una criada, le entregué a la pequeña, y pregunté a Isabella qué era lo que la había decidido a abandonar Cumbres Borrascosas en una noche como aquella, y por qué no quería quedarse.

—Debería y querría quedarme para atender y consolar a Edgar y cuidar de la niña, ya que ésta es mi verdadera casa. Pero Heathcliff no me dejaría. ¿Crees que soportaría saber que yo estoy tranquila, y que aquí reina la paz? ¡Se apresuraría a venir a perturbar nuestra paz! Estoy segura de que me odia tanto que no puede tolerar mi presencia. Cada vez que me ve, los músculos de su cara se contraen en una expresión de odio. Sin embargo, como no puede soportarme, estoy segura de que no va a perseguirme a través de toda Inglaterra. Y yo debo aprovechar para irme muy lejos. Ya no deseo que me mate, prefiero que se mate él. Ha conseguido matar mi amor. Ahora me siento libre. Sólo puedo recordar cómo le amaba, pero de un modo vago, e imaginar cómo le amaría si... Pero no, aunque me hubiese adorado, no habría dejado de mostrarme su carácter infernal. Sólo un gusto tan pervertido como el de Catherine podía llegar a tenerle afecto. Para mí está totalmente borrado del mundo y de mi recuerdo.

—Vamos, calle —le dije—. Sea más compasiva. Es un ser humano, al fin y al cabo. Hay otros peores que él.

—No es un ser humano —repuso— y no se merece mi compasión. Le entregué mi corazón y después de desgarrármelo me lo ha tirado a la cara. Los humanos sentimos con el corazón, Ellen, y desde que destrozó el mío, no puedo sentir nada hacia él, ni sentiría nada, mientras él no muera, aunque llorase lágrimas de sangre. ¡No, no soy capaz de sentir nada!

Isabella rompió a llorar. Pero se secó las lágrimas inmediatamente y continuó:

—Te diré por qué tuve que huir. Llegué a excitar su ira hasta tal extremo que sobrepasó su infernal prudencia y su violencia se volvió contra mí. Al ver que había logrado exasperarle, sentí cierta satisfacción, luego despertó en mí el instinto de supervivencia, y salí huyendo. ¡Ojalá no vuelva a caer en sus manos de nuevo!

»Como supondrás —continuó—, el señor Earnshaw se proponía ir al entierro. No bebió (quiero decir que sólo se emborrachó a medias) y así estuvo hasta las seis, en que se acostó. A las doce se levantó con lo que se llama la resaca de la borrachera, de un humor de perros y con tantas ganas de ir a la iglesia como de ir al baile. De modo que se sentó junto al fuego y empezó a beber. Heathcliff (¡me da escalofríos pronunciar su nombre!) casi no apareció por casa desde el domingo. No sé si le daban de comer los ángeles o quién. Pero con nosotros no come hace una semana. Al apuntar el alba se encerraba en su habitación (¡como si temiese que alguien buscara su agradable compañía!) y allí se entregaba a fervientes plegarias. Pero te advierto que el Dios que invocaba es sólo polvo y ceniza, y al invocarle lo confundía de una manera extraña con el propio demonio que le engendró a él. Cuando acababa las magníficas oraciones, que duraban hasta perder la voz, se iba inmediatamente camino de la Granja. ¡Si hasta me extraña que Edgar no le haya hecho vigilar por un alguacil! Yo, aunque lo de Catherine me entristecía mucho, me sentía como si estuviese en una fiesta al disfrutar de toda esa libertad. Así que recuperé mis energías hasta el punto de poder escuchar los sermones de Joseph sin echarme a llorar y de poder andar por la casa con más seguridad de la habitual. Joseph y Hareton son tan odiosos que hasta la horrible conversación de Hindley resulta mejor que estar con ellos.

»Cuando Heathcliff está en casa —siguió diciendo Isabella— muchas veces tengo que reunirme con los dos en la cocina, para no morirme de hambre y para no tener que vagar a solas por las lóbregas y solitarias habitaciones. En cambio, esos dían en que no estaba, pude permanecer tranquilamente sentada ante una mesa al lado del hogar, sin ocuparme del señor Earnshaw, que a su vez no se preocupa de mí. Ahora está más tranquilo que antes, aunque más huraño aún, y no se enfurece si no se le provoca. Joseph asegura que Dios le ha tocado en el corazón y que se ha salvado como por la prueba del fuego. Pero, en fin, eso no me importa. Anoche estuve en mi rincón leyendo hasta cerca de las doce. Me asustaba irme arriba. Fuera se sentía caer la nieve a torbellinos. Yo pensaba en el cementerio y en la fosa recién abierta. En cuanto separaba los ojos del libro, la escena acudía a mi imaginación. Hindley estaba sentado delante de mí, y a lo mejor pensaba en lo mismo. Cuando estuvo suficientemente borracho, dejó de beber, y permaneció dos o tres horas sin despegar los labios. En la casa no se oía otro ruido que el del viento batiendo en las ventanas, el chirrido de la lumbre, y el chasquido que yo hacía a veces al cortar el pabilo de la vela. Hareton y Joseph debían de estar durmiendo. Yo me sentía muy triste, y de cuando en cuando suspiraba profundamente. De pronto, en medio del silencio, se sintió el ruido del picaporte de la cocina. Sin duda la tempestad había hecho regresar a Heathcliff más pronto de lo habitual. Pero, como aquella puerta estaba cerrada con llave, desistió, y le oímos dar la vuelta para entrar por la otra. Me levanté, casi sin poder sofocar la exclamación que acudía a mis labios, lo que hizo que Hindley se volviera para mirarme.

»—Si no tiene usted nada que objetar —me dijo—, haré esperar a Heathcliff cinco minutos.

»—Por mí puede usted hacerle esperar toda la noche —repuse—. ¡Eche la llave y corra el cerrojo!

Earnshaw así lo hizo antes de que el otro llegase a la puerta principal. Luego acercó su silla a la mesa, y me miró como si quisiese hallar en mis ojos un reflejo del ardiente odio que llameaba en los suyos. Como él en aquel momento tenía la expresión y los sentimientos de un asesino, no encontró una completa correspondencia en mi mirada, pero aun así vio en ella lo suficiente para animarle.

»—Usted y yo —expuso— tenemos cuentas que arreglar con el hombre que está ahí afuera. Si no fuésemos cobardes, podríamos ponernos de acuerdo para la venganza. ¿Es usted tan mansa como su hermano y está dispuesta a sufrir eternamente sin intentar vengarse?

»—Estoy harta de aguantarle —repliqué—, pero emplear la traición y la violencia es exponerse a emplear un arma de dos filos con la que puede herirse el mismo que la maneja.

»—¡La traición y la violencia son los medios que han de utilizarse con quien emplea violencia y traición! —gritó Hindley—. Señora Heathcliff, no la necesito, pero no intervenga ni grite. ¿Se siente capaz de hacerlo? Creo que usted debería experimentar tanto placer como yo en asistir a la muerte de ese demonio. De lo contrario, él acarreará la muerte de usted y mi ruina. ¡Maldito sea! ¡Está llamando a la puerta como si fuera el amo! Prométame que estará callada, y antes de que aquel reloj dé la una (y sólo faltan tres minutos) habrá quedado usted libre de ese hombre.

Hablando así, sacó el instrumento que te he descrito alguna otra vez, Ellen, y se dispuso a apagar la vela, pero yo se lo impedí.

»—No callaré —le dije—. No le toque. ¡Deje la puerta cerrada, pero no le haga nada!

»—¡Estoy decidido y cumpliré lo que me propongo! —exclamó Hindley—. Haré justicia a Hareton y le haré un favor a usted misma, aunque no quiera. Y ni siquiera tiene usted que preocuparse de salvarme. Catherine ya no vive, y nadie tiene por qué avergonzarse de mí. Ha llegado el momento de acabar.

Me hubiese sido tan fácil luchar con él como pelearme con un oso o razonar con un perturbado. Sólo me quedaba una solución. Correr a la ventana y avisar a la presunta víctima.

»—Mejor será que no insistas en entrar —le dije desde la ventana—. Si lo haces, el señor Earnshaw está dispuesto a pegarte un tiro.

»—Más te valdría abrirme la puerta —replicó Heathcliff, añadiendo algunas «galantes» expresiones que más vale no repetir.

»—Bien, pues allá tú —repliqué—. Yo he hecho lo que debía. Ahora, entra y que te mate si quiere.

Cerré la ventana y me volví junto al fuego, sin mostrar por su vida una hipócrita ansiedad que estaba muy lejos de sentir. Earnshaw, furioso, me increpó con violencia, acusándome de cobarde y diciéndome que aún amaba al villano. Pero en lo que yo pensaba en el fondo, sin sentir remordimiento alguno de conciencia, era en lo conveniente que sería para Earnshaw que Heathcliff le librara del peso de la vida y en lo conveniente que sería para mí que Hindley me librase de Heathcliff. Mientras yo reflexionaba sobre estos temas, el cristal de la ventana saltó en pedazos, y a través del agujero apareció el negro rostro de aquel hombre. Pero como el batiente era demasiado estrecho para que pasase, sonreí pensando que estaba a salvo de él. Heathcliff tenía el pelo y la ropa cubiertos de nieve, y sus dientes agudos como los de un caníbal brillaban en la oscuridad.

»—Ábreme, Isabella, o te arrepentirás —rugió él, bufando, como decía Joseph.

»—No quiero cometer un crimen —repuse—. El señor Hindley te espera con un cuchillo y una pistola.

»—Ábreme la puerta de la cocina —respondió.

»—Hindley llegará antes que yo —alegué—. ¡Poco vale ese amor que tienes hacia Catherine si no puedes soportar una tempestad de nieve! En tu lugar, Heathcliff, yo iría a tenderme sobre su tumba como un perro fiel. ¿No es verdad que ahora te parece que no vale la pena vivir? Me has hecho comprender que Catherine era la única alegría de tu vida. No sé cómo vas a poder seguir viviendo sin ella.

»—¡Ah! —exclamó Hindley, dirigiéndose hacia mí—. ¿Está ahí Heathcliff? Si logro sacar el brazo, podré...

No sé si me consideras mala, Ellen. El caso en que yo no hubiera contribuido a que atentaran contra la vida de aquel hombre por nada del mundo. Pero confieso que experimenté una desilusión cuando alargó el brazo hacia Earnshaw a través de la ventana y le arrancó el arma.

Al hacerlo, la pistola se disparó y el cuchillo se cerró, clavándose en la mano de su propio dueño. Heathcliff se lo quitó de un tirón brusco, sin tener en cuenta que estaba desgarrando la carne de Hindley. Después, con una piedra rompió las maderas de la ventana y pudo pasar. Su adversario, agotado por el dolor y por la pérdida de sangre, había caído desvanecido. El miserable le pateó, le pisoteó y le golpeó con fuerza la cabeza contra el suelo, mientras me sujetaba con la otra mano para impedir que yo llamara a Joseph. Le costó un verdadero esfuerzo no rematar a su enemigo. Al final, ya sin aliento, lo arrastró y comenzó a vendarle la herida con movimientos brutales, maldiciéndole y escupiéndole a la vez con tanta violencia como antes lo había pateado. Entonces, al soltarme, corrí a buscar al viejo, que comprendió enseguida lo que ocurría y bajó las escaleras de dos en dos.

»—¿Qué pasa? —preguntó.

»—Pasa que tu amo está loco —respondió Heathcliff—, y que como siga así haré que lo encierren en un manicomio. Y tú, perro, ¿cómo es que me has cerrado la puerta? ¿Qué murmuras? Venga, no voy a ser yo quien le cure. Lávale eso, y ten cuidado con las chispas de la vela. Ten en cuenta que la mitad de la sangre de este hombre es aguardiente.

»—¿Usted le ha asesinado? —exclamó Joseph.— ¡Y que yo tenga que asistir a semejante cosa! ¡Dios quiera que...!

Heathcliff lo empujó hacia el herido, y le arrojó una toalla, pero Joseph, en vez de ocuparse de curarle, comenzó a recitar una oración tan extravagante que no pude contener la risa. Yo me encontraba en tal estado de insensibilidad que nada me conmovía. Me pasaba lo que a algunos condenados al pie de la horca.

»—¡Me había olvidado de ti! —dijo el tirano—. ¡Venga, tú eres la que va a limpiar el suelo! Así que tú también conspiras con él contra mí, ¿eh, víbora? ¡Cúrale!

Me zarandeó hasta que me castañetearon los dientes, y me empujó junto a Joseph. El criado, sin perder la serenidad, terminó de rezar y después se levantó anunciando su decisión de dirigirse a la Granja. Decía que el señor Linton, como magistrado que era, intervendría en aquel asunto, aunque se le hubiesen muerto cincuenta mujeres.

Se mostró tan empeñado en su resolución que a Heath-cliff le pareció que era oportuno que yo relatase lo sucedi-do, y a fuerza de insidiosas preguntas me hizo explicar cómo se habían desarrollado las cosas. No obstante, costó mucho convencer al viejo de que el agresor no había sido Heathcliff. Al final, cuando se dio cuenta de que el señor Earnshaw no había muerto, le dio un trago de aguardien-te, y entonces Hindley recobró el conocimiento. Heath-cliff, al comprender que su adversario no había notado los malos tratos de que había sido objeto mientras estaba des-mayado, le increpó llamándole alcoholizado, le dijo que olvidaría la atroz agresión que había perpetrado contra él, y le recomendó que se fuese a dormir. Después, nos dejó solos, y yo me fui a mi habitación, encantada de haber salido tan bien librada de aquellos sucesos.

Cuando bajé esta mañana, a cosa de las once, el señor Earnshaw estaba sentado junto al fuego, aparentemente muy enfermo. Su ángel malo estaba a su lado, y parecía tan decaído como el propio Hindley. Comí con apetito a pesar de todo, sin dejar de experimentar cierta sensación de superioridad, que me daba el tener la conciencia tran-quila, cada vez que miraba a uno de los dos. Al acabar, me tomé la libertad de acercarme al fuego dando la vuel-ta por detrás del señor Earnshaw, y me acurruqué en un rincón detrás de su silla.

Heathcliff no me miraba, y yo pude entonces exami-narle con detalle. Tenía contraída la frente, esa frente que antes me pareció tan varonil y ahora me parece tan diabólica. Sus ojos habían perdido el brillo como conse-cuencia del insomnio y quizá del llanto. Sus labios cerra-dos, que ya no mostraban su habitual expresión sarcásti-ca, delataban una profunda tristeza. Aquel dolor, en otro, me hubiera impresionado. Pero se trataba de él, y no pude resistir el deseo de lanzarle una flecha al enemi-go caído. Sólo en aquel momento de debilidad podía permitirme la satisfacción de devolverle parte del mal que me había hecho.

—¡Oh, qué vergüenza, señorita! —interrumpí—. Cualquiera pensaría que no ha abierto usted la Biblia en su vida. Le debía bastar con ver cómo Dios castiga a sus enemigos. No está bien añadir el castigo propio al enviado por Dios.

—En principio estoy de acuerdo, Ellen —me contestó—, pero en aquel caso, el mal de Heathcliff no me satisfacía si yo no intervenía en él. Hubiera preferido que sufriera menos, pero que sus sufrimientos fueran por mi causa. Sólo llegaría a perdonarle si lograba devolverle todos los pesares que él me ha producido, uno a uno. Ya que fue él el primero en ofenderme, que fuera él el primero en pedirme perdón. Y entonces quizá pudiera mostrarme generosa. Pero como no me puedo vengar por mí misma, tampoco me será posible concederle el perdón.

Hindley pidió agua, y al dársela le pregunté cómo se encontraba.

—No tan mal como yo quisiera —repuso—. Pero, aparte del brazo, me duele todo el cuerpo como si hubiese luchado con una legión de demonios.

—No me asombra —contesté—. Catherine solía decir que ella mediaba entre usted y Heathcliff para impedir cualquier daño físico. Afortunadamente, los muertos no se levantan de sus tumbas, porque, si no, ella hubiese asistido ayer a una escena que la hubiese repugnado bastante. ¿No se siente usted molido como si le hubieran magullado todo el cuerpo?

—¿Qué quiere usted decir? —inquirió Hindley—. ¿Es posible que ese hombre me golpeara cuando yo perdí el conocimiento?

—Le pateó, le pisoteó y le golpeó contra el suelo —respondí—. Le hubiera desgarrado con sus propios dientes. Sólo es hombre en apariencia. En lo demás es un demonio.

Los dos miramos el rostro de nuestro enemigo. Pero él, abstraído en su dolor, no reparaba en nada. En su cara se pintaban sus siniestros pensamientos.

—¡Iría al infierno gustoso con tal de que Dios me diese fuerzas para estrangularlo antes de morir! —gimió Earnshaw, intentando levantarse y volviendo a desplomarse enseguida, desesperado al comprender su impotencia para atacarle.

—Ya hay bastante con que haya matado a uno de ustedes —comenté yo en voz alta—. Todos en la Granja saben que su hermana viviría aún a no ser por Heathcliff. En fin de cuentas, su odio vale más que su amor. Cuando me acuerdo de lo felices que éramos Catherine y todos nosotros antes de que él apareciera, siento deseos de maldecir aquel día.

Seguramente Heathcliff reconoció lo cierto que era lo que yo decía, sin reparar en el hecho de que fuera yo misma quien lo asegurara. Un raudal de lágrimas cayó de sus ojos, y después suspiró ruidosamente. Yo le miré y me eché a reír con desdén. Sus ojos, esos ojos que parecen ventanas del infierno, me miraron durante un instante, pero estaba tan abatido que volví a reírme.

—Ponle fuera de mi vista —me dijo, o más bien creí que decía, puesto que hablaba de modo ininteligible.

—Perdona —repliqué—, pero yo quería a Catherine, y ahora que ya no vive debo ocuparme de su hermano... Hindley tiene sus mismos ojos, que tú has amoratado a golpes, y...

—¡Levántate, imbécil, si no quieres que te mate a pisotones! —gritó él, moviendo la pierna. Yo me preparé por si tenía que huir.

—Si la pobre Catherine —seguí diciendo, sin dejar de mantenerme alerta— se hubiese casado contigo y hubiese adoptado el grotesco y degradante nombre de señora de Heathcliff, pronto la hubieras puesto como a su hermano. Sólo que ella no lo hubiera soportado, y te habría dado de ello pruebas palpables...

Como Earnshaw estaba entre él y yo, no intentó cogerme. Pero agarró un cuchillo que había en la mesa y me lo tiró a la cara. Me dio cerca de la oreja. Le contesté con una ofensa que debió de llegarle más adentro que a mí el cuchillo, y alcancé la puerta. Lo último que vi fue a Earnshaw intentando detenerle y a ambos cayendo al suelo enlazados delante de la chimenea. Al pasar por la cocina, dije a Joseph que fuera a auxiliar a su amo. Tropecé con Hareton, que jugaba en una silla con unos cachorrillos y me lancé, feliz como un alma que huye del purgatorio, cuesta abajo por el áspero camino. Después corrí atravesando los campos hacia la luz que brillaba en la Granja. Preferiría ir al infierno para toda la eternidad antes que volver a Cumbres Borrascosas.

Isabella calló, se tomó el té, se levantó, se puso un chal y un sombrero que le trajimos, se subió a una silla, besó los retratos de Catherine y de Edgar y, sin atender mis súplicas de que se quedase siquiera una hora más, se fue en el coche, acompañada de Fanny, que estaba feliz de haber vuelto a reunirse con su dueña. No volvió más, pero desde entonces se escribió periódicamente con el señor. Creo que se instaló en el sur, cerca de Londres. A los pocos meses dio a luz un niño, al que puso el nombre de Linton y que, según nos comunicó, era una criatura caprichosa y enfermiza.

El señor Heathcliff me encontró un día en el pueblo, y quiso saber dónde vivía Isabella. Yo me negué a decírselo y él no se preocupó mucho de insistirme, aunque me advirtió que procurase no volver con su hermano, porque no la dejaría vivir con él. No obstante, probablemente por algún otro criado, logró descubrir el domicilio de su esposa, aunque no la molestó, lo que ella achacaría probablemente al odio que le inspiraba. Solía preguntarme por el niño cuando me veía y al saber el nombre que le había puesto, exclamó:

—Por lo visto se proponen que yo odie al chico también...

—Creo que lo único que desean es que usted no se ocupe de él para nada —respondí.

—Pues que no se olviden de que, cuando yo quiera, le traeré conmigo.

Afortunadamente, aquello no sucedió, pero Isabella murió cuando el muchacho tenía unos doce años de edad.

El día que siguió a la inesperada visita de Isabella, no tuve ocasión de hablar con el amo. Él eludía toda conversación y yo no me sentía con humor de hablar. Cuando por fin le conté la fuga de su hermana, manifestó alegría, porque odiaba a Heathcliff tanto como se lo permitía la dulzura de su carácter. Tanta aversión sentía hacia su enemigo que dejaba de acudir a los sitios donde existía la posibilidad de verle o de oír hablar de él. Dimitió de su cargo de magistrado, no iba a la iglesia, no pasaba por el pueblo y vivía recluido en casa, sin salir más que para pasear por el parque, acercarse hasta los pantanos o visitar la tumba de su esposa. E incluso esto lo hacía a horas en que no fuera fácil encontrarse con nadie. Pero era tan bueno que no podía ser siempre desgraciado. Con el tiempo se resignó, y hasta le invadió una melancolía dulce. Conservaba celosamente el recuerdo de Catherine y esperaba reunirse con ella en el mundo mejor al que no dudaba de que había ido.

No dejó de encontrar consuelo en su hija. Aunque los primeros días pareció indiferente a ella, esa frialdad acabó fundiéndose como la nieve en abril, y aun antes de que la niña supiese andar y hablar, reinaba en su corazón despóticamente. Se la bautizó con el nombre de Catherine, pero él nunca la llamó así, sino Cathy. En cambio, a su esposa nunca se le había dirigido de esa manera, tal vez porque era Heathcliff quien lo hacía. Creo que quería más a su hija por el hecho de que le recordaba a su esposa que por ser su propia hija.

Al comparar su caso con el de Hindley, yo no lograba comprender bien cómo ambos en un mismo caso habían seguido caminos tan opuestos. Hindley, que parecía más fuerte, había manifestado ser más débil. Al hundirse el barco que capitaneaba, abandonó su puesto, dejándolo entregado a la confusión, mientras Linton, por el contrario, había confiado en Dios y había demostrado el valor de un corazón leal y fiel. Éste esperó, y el otro había desesperado. Cada cual eligió su propia suerte y recibió la justa recompensa de sus respectivas actitudes. En fin, señor Lockwood: no creo que necesite para nada mis deducciones morales, que usted sabrá sacar por cuenta propia.

Earnshaw acabó como era de suponer. A los seis meses de morir su hermana, falleció él. En la Granja supimos muy poco de su estado. Fue el señor Kenneth quien nos lo comunicó.

—Ellen —dijo una mañana temprano, entrando en el patio a caballo—: ¿a que no te imaginas quién ha muerto?

—¿Quién? —exclamé temblando.

—Adivina —contestó—, y coge la punta de tu delantal: te va a hacer falta.

—Seguramente no se trata del señor Heathcliff —repuse.

—¿Ibas a llorar por él? No, Heathcliff está robusto y fuerte, en apariencia al menos. Le he visto ahora mismo. Por cierto que ha engordado mucho desde que perdió a su amiga.

—Pues ¿quién, señor Kenneth? —dije, impaciente.

—¡Hindley Earnshaw! Tu viejo amigo y mi malvado compañero Hindley. No se ha portado bien conmigo últimamente, pero... Ya te dije que llorarías. ¡Pobre muchacho! Murió, según era de esperar, borracho como una cuba. Lo he sentido de verdad. Siempre se lamenta la falta de un camarada... ¡Aunque me haya hecho muchas más perrerías de las que puedas imaginarte! Y el caso es que sólo tenía tu edad: veintisiete años. ¡Cualquiera lo diría!

Ese golpe me impresionó más que la muerte de Catherine. Antiguos recuerdos se agolpaban en mi corazón. Me senté en el umbral de la puerta, dije al señor Kenneth que buscase otro criado que le anunciase, y rompí a llorar. Me preocupaba mucho pensar si Hindley habría fallecido de muerte natural o no, y a tanto llegó mi inquietud sobre ello que pedí permiso al amo para ir a Cumbres Borrascosas. El señor Linton no quería, pero yo le hice comprender que mi hermano de leche tenía tanto derecho como el propio señor a recibir mi asistencia póstuma, y que Hareton era sobrino de su esposa, por lo que él debía instituirse como su tutor a falta de más parientes cercanos, examinar la herencia y ver cómo andaban los asuntos de su difunto cuñado. Al final me encargó que viese a su abogado y me dio permiso para ir. El abogado había sido también el de Earnshaw. Cuando le hablé de aquello y le pedí que me acompañase, me contestó que lo mejor sería dejar en paz a Heathcliff, y que la situación de Hareton era poco más o menos la de un mendigo.

—El padre ha muerto cargado de deudas —me explicó—. Toda la herencia está hipotecada, y la mejor solución para Hareton será que procure ganarse el cariño del acreedor de su padre.

Al llegar a Cumbres Borrascosas encontré a Joseph muy afectado, y me dijo que se alegraba de verme. El señor Heathcliff apuntó que mi presencia no era necesaria, pero que me quedase, si me parecía bien, y que ordenase lo necesario para el sepelio.

—En realidad, ese loco debería ser enterrado sin ceremonia alguna al borde de un camino —dijo—. Ayer le dejé solo diez minutos por casualidad, y en ese intervalo me cerró la puerta y se pasó la noche bebiendo hasta que se mató. Esta mañana, al oír que resoplaba como un caballo, tuvimos que hacer saltar la cerradura. Estaba tendido sobre el banco, y no hubiera despertado aunque le desollásemos. Envié a buscar a Kenneth, pero antes de que viniera, la bestia ya se había convertido en carroña. Estaba muerto, rígido y helado, y no se podía hacer nada por él.

El viejo criado confirmó el relato, pero agregó:

—Hubiera sido mejor que él hubiese ido a buscar al médico. Yo habría atendido mejor al amo. Cuando me fui no había muerto aún.

Insistí en que el entierro debía ser solemne. Heathcliff me autorizó a organizarlo como yo quisiera, aunque recordándome que tuviera en cuenta que el dinero que se gastara iba a salir de su bolsillo. Se mostraba indiferente y duro. Podría apreciarse en él algo como la satisfacción de quien ha terminado un trabajo con éxito. En un momento dado, incluso creí notar en él un principio de exaltación. Fue cuando sacaban el ataúd de la casa. Acompañó al duelo. ¡Hasta ese punto llevó su hipocresía! Le vi sentar a Hareton a la mesa, y le oí murmurar como complacido:

—¡Vaya chiquito, ya eres mío! Si la rama crece tan torcida como el tronco, con el mismo viento la derribaremos.

El pequeño pareció alegrarse de aquellas palabras, agarró las patillas de Heathcliff y le dio palmaditas en la cara. Pero yo comprendí bien lo que Heathcliff quería decir, y advertí:

—Este niño debe venir conmigo a la Granja de los Tordos. No hay cosa en el mundo sobre la que tenga usted menos derechos que sobre este pequeño.

—¿Lo ha dicho Linton? —me preguntó.

—Sí, me ha ordenado que me lo lleve —repuse.

—Bueno —respondió el villano—. No quiero discusiones sobre el asunto. Pero tengo ganas de comprobar qué tal se me da educar a un niño. Así que si os lleváis a éste, haré venir conmigo al mío. Díselo a tu amo.

Con esto nos dejó imposibilitados para actuar. Le repetí sus palabras a Edgar Linton, y éste, que por su parte no sentía gran interés en ello, no volvió a hablar del tema para nada. Ahora, el antiguo huésped de Cumbres Borrascosas se había convertido en su dueño. Tomó posesión definitiva, probando legalmente que la finca estaba hipotecada, ya que Hindley había ido estableciendo hipotecas sucesivas sobre toda la propiedad. El acreedor era el propio Heathcliff. Y por eso Hareton, que debería ser el hombre más acomodado de la región, está sometido ahora al enemigo de su padre, y vive como un criado en su propia casa, aunque sin recibir salario alguno; y está completamente incapacitado para reclamar sus derechos, ya que ignora el atropello del que ha sido víctima.

Capítulo XVIII

Los doce años que siguieron a aquella triste época —prosiguió diciendo la señora Dean— fueron los más dichosos de toda mi vida. Mis únicas preocupaciones consistían en las pequeñas dolencias que sufría la niña, como todo niño sufre, sea rico o pobre. A los seis meses empezó a crecer como un pino y, antes de que las plantas crecieran dos veces sobre la tumba de la señora Linton, andaba y hasta hablaba a su manera. Era la persona más seductora que haya alegrado jamás una casa desolada. Tenía los negros ojos de los Earnshaw, y la piel blanca y el pelo rubio de los Linton. Su carácter era altivo, pero no brusco; y su corazón, sensible y afectuoso en extremo. No se parecía a su madre. Era dulce y mansa como una paloma. Tenía la voz suave y la expresión pensativa. Jamás se enfadaba por nada. Sin embargo, es preciso confesar que también tenía algunos defectos. Ante todo, su tendencia a mostrarse insolente y la terquedad propia de todo niño mimado, sea bueno o malo. Si alguien la contrariaba, salía siempre con lo mismo: «Se lo diré a papá». Cuando él la reprendía, aunque sólo fuese con un gesto, ella consideraba el suceso como una terrible desgracia. Pero me parece que el señor no le dirigió jamás una palabra áspera. Él mismo se ocupó de su educación. Afortunadamente, era inteligente y curiosa, y aprendió muy deprisa.

A los trece años de edad, aún no había cruzado ni una sola vez el recinto del parque sin ir acompañada. En alguna ocasión el señor Linton se la llevaba a pasear a una o dos millas de distancia, pero no la confiaba a nadie más. Para los oídos de la niña, la palabra Gimmerton no quería decir nada. No había entrado en otra casa que en la suya, a excepción de la iglesia. Para ella no existían ni Cumbres Borrascosas ni el señor Heathcliff. Vivía en perfecta reclusión, y parecía contenta de su estado. A veces, mientras miraba el paisaje desde la ventana, me preguntaba:

—Ellen, ¿cuánto se tardaría en llegar a lo alto de aquellos montes? ¿Tú sabes qué hay al otro lado? ¿El mar?

—No, señorita —contestaba yo—. Hay otros montes iguales.

—¿Qué aspecto tienen esas rocas doradas cuando se está junto a ellas? —me preguntó un día.

El despeñadero del risco de Penistone atraía mucho su atención, sobre todo cuando el sol se ponía y bañaba su cima dejando en penumbra el resto del panorama. Yo le dije que eran áridas masas de piedra, entre cuyas grietas crecía algún que otro árbol raquítico.

—¿Y cómo brillan tanto después de oscurecer? —siguió preguntando.

—Porque están mucho más altas que nosotros —repuse—. Usted no podría subir a esas rocas porque son demasiado abruptas y altas. En invierno, es el primer sitio en que cae la nieve cae. Hasta en pleno verano he encontrado nieve en una grieta que hay al nordeste.

—Si tú has estado —dijo con alegría—, también yo podré ir cuando sea mayor. ¿Papá ha estado allí, Ellen?

—Su papá le diría —me apresuré a contestar— que ese sitio no merece la pena de visitarlo. El campo por donde pasea usted con él es mucho más hermoso y el parque de esta casa es el sitio más bonito del mundo.

—Pero yo conozco el parque, y ese sitio no —murmuró ella como para sí—. ¡Cuánto me gustaría mirar desde lo alto de aquella cumbre! Tengo que ir alguna vez en mi jaca *Minny*.

Una de las criadas le habló un día de la Cueva Encantada. Esto le interesó tanto que no hizo más que marear al señor Linton con su insistencia en ir a visitarla. Él le prometió que la complacería cuando fuera mayor. Pero la niña contaba su edad de mes en mes y con frecuencia preguntaba:

—¿Soy bastante mayor?

Pero Edgar no tenía ningún deseo de ir, porque el camino pasaba cerca de Cumbres Borrascosas, y esto no le gustaba. Entonces solía contestar:

—Aún no, querida, aún no.

Como dije, la señora Heathcliff solo vivió doce años más después de haber abandonado a su esposo. Su débil constitución era un mal congénito en la familia. Ni ella ni su hermano disfrutaban de la robustez que es común en la comarca. No sé de qué murió, pero creo que los dos de lo mismo: una especie de fiebre lenta, que en un momento dado consumía las energías rápidamente. Así que llegó un momento en que escribió a su hermano para advertirle del probable desenlace funesto a que la abocaba una enfermedad que venía padeciendo desde hacía cuatro meses, y le rogaba que fuese a verla, ya que tenían que arreglar muchas cosas y deseaba entregarle a Linton antes de morir. Esperaba que Heathcliff dejase vivir a Linton con su hermano de igual manera que había vivido con ella, y trataba de convencerse de que su padre no deseaba ocuparse del niño. El amo se apresuró a cumplir su deseo. Al irse dejó a Cathy a mi custodia, con la recomendación de que no la dejase salir del parque ni siquiera en mi compañía. Ni se le ocurría la idea de que pudiese andar sola por ninguna parte.

Tres semanas estuvo fuera. La niña al principio pasaba el tiempo en un rincón de la biblioteca, y estaba tan triste que no jugaba ni leía. Pero a esta tranquilidad se sucedió una etapa de inquietud. Y como yo estaba ya algo mayor y muy ocupada en mis tareas como para corretear por el monte, encontré un medio de que se divirtiese, sin que me molestase. La enviaba a pasear por la finca, a caballo o a pie, y cuando volvía escuchaba pacientemente el relato de sus reales o imaginarias aventuras.

Empezó el verano, y tanto se aficionó Cathy a aquellas solitarias excursiones que muchas veces salía después de desayunar y no volvía hasta la hora de la cena. Luego se pasaba las veladas contándome fantásticas historias. Yo no temía que saliera del parque, porque la verja estaba cerrada, y aunque hubiese estado abierta, siempre creí que ella no se arriesgaría a salir sola. Pero desgraciadamente me equivoqué. Una mañana, a las ocho, Cathy vino a buscarme y me dijo que aquel día ella era un mercader árabe que iba a atravesar el desierto, y que necesitaba muchas provisiones para ella y para su caravana, formada por un caballo y tres camellos. Los camellos eran un gran sabueso y dos perros pachones. Preparé un paquete de golosinas y lo metí en una cesta que colgué de la silla de montar. Saltó ligera como una sílfide sobre la jaca, y partió alegremente al trote, con su sombrero de alas anchas que la defendían contra el sol de julio, riendo y burlándose de mis advertencias de que volviera pronto y no galopara. Pero a la hora del té no volvió. El sabueso, que era un perro viejo, poco amigo ya de tales andanzas, regresó, pero ni ella ni los dos pachones. Envié a buscarla, y al final, viendo que nadie la encontraba, fui yo misma. Junto a los límites de la finca vi a un viejo campesino y le pregunté si había visto por casualidad a la señorita.

—La vi por la mañana —respondió—. Me pidió que cortara una vara de avellano, y luego hizo saltar a su jaca por encima del seto.

Imagínese cómo me puse al oír aquello. Inmediatamente pensé que se había dirigido al risco de Penistone. Me precipité a través de un agujero del seto que el hombre estaba arreglando, y corrí hacia la carretera. Anduve millas y millas hasta que divisé Cumbres Borrascosas. Y como Penistone está a milla y media de la casa de Heathcliff, y por tanto a cuatro de la Granja, empecé a temer que se haría de noche antes de que yo llegase al risco.

«A lo mejor ha resbalado trepando por las rocas —imaginé— y se ha matado o se ha roto un hueso.»

Mi ansiedad disminuyó un poco cuando, al pasar junto a Cumbres Borrascosas, distinguí a *Charlie*, el más fiero de los perros que acompañaban a Cathy, tendido bajo la ventana, con la cabeza hinchada y sangrando por una oreja. Me dirigí a la puerta y llamé con fuerza. Me abrió una mujer que yo conocía de Gimmerton y que había ido a las Cumbres como sirvienta al morir Earnshaw.

—¿Viene usted a buscar a la señorita? —dijo—. Está aquí y no le ha pasado nada. Pero me alegro de que el amo no haya venido.

—¿Así que no está en la casa? —dije, casi sin poder respirar por el cansancio de la carrera y por la inquietud que sentía un momento antes.

—Él y Joseph están fuera —repuso— y volverán dentro de una hora poco más o menos. Pase y descanse un poco.

Entré y vi a mi oveja descarriada sentada junto al hogar en una sillita que había pertenecido a su madre cuando era niña. Había colgado su sombrero en la pared y al parecer estaba a sus anchas. Reía y hablaba animadamente con Hareton —que era entonces un arrogante muchacho de dieciocho años— y él la miraba sin comprender casi nada de aquel chorro de palabras con que le abrumaba.

—Está bien, señorita —exclamé, disimulando mi satisfacción bajo una máscara de enfado—. Éste será el último paseo que dé hasta que vuelva su papá. No volveré a dejarla salir de casa sola. Es usted una niña traviesa.

—¡Ay, Ellen! —gritó ella alegremente, corriendo hacia mí—. ¡Qué bonita historia tengo que contarte esta noche! ¿Cómo me has encontrado? ¿Has estado aquí alguna vez?

—Póngase el sombrero y vámonos enseguida —dije—. Estoy muy enfadada con usted, señorita Cathy. No, no haga pucheros, que con esto no me quita usted el susto que me ha dado. ¡Y pensar que el señor Linton me recomendó tanto que no saliera usted de casa! ¡Y cómo se me ha escapado usted! No nos fiaremos de usted nunca más.

—Pero ¿qué he hecho? —repuso ella, reprimiendo un sollozo—. Papá no te dijo nada de eso. Él no se enfada nunca como tú.

—¡Venga, venga! —exclamé—. ¡Qué vergüenza! ¡Con trece años que tiene ya y hacer estas chiquilladas!

Le dije eso porque ella se había vuelto a quitar el sombrero y se había escapado fuera de mi alcance

—No riña a la nena, señora Dean —dijo la criada—. Fuimos nosotros los que la entretuvimos. Ella quería seguir su camino para no preocuparla. Hareton se ofreció a acompañarla, y a mí me pareció bien, porque el camino es muy malo y difícil.

Entretanto, Hareton estaba en pie, con las manos en los bolsillos, y no parecía muy satisfecho de mi aparición.

—Vamos —dije—, no me haga esperar más. Dentro de diez minutos será ya de noche. ¿Y la jaca? ¿Y *Phenix*? Le advierto que si no se da prisa me marcho y la dejo a usted aquí. ¡Vamos!

—La jaca está en el patio —respondió— y *Phenix* encerrado. Le han mordido a él y a *Charlie*. Iba a decírtelo, pero no te contaré nada, por haberte enfadado.

Me acerqué a ponerle el sombrero, pero ella, viendo que los demás se ponían de su parte, empezó a correr de un sitio a otro, escondiéndose detrás de los muebles. Todos se reían de mí, hasta que me hicieron gritar, muy enfadada:

—¡Si usted supiera a quién pertenece esta casa, señorita Cathy, no volvería a poner los pies en ella!

—Es de su padre, ¿verdad? —preguntó ella a Hareton.

—No —replicó él, ruborizándose y apartando la vista.

No se atrevía a mirarla frente a frente. Los ojos de ambos tenían un parecido asombroso.

—¿Entonces de su amo? —insistió ella.

Él se ruborizó más aún y soltó una maldición en voz baja.

—¿Quién es el amo de la casa? —preguntó la muchacha dirigiéndose a mí—. Este joven me ha hablado como si fuera el hijo del propietario. No me ha llamado señorita. Y, si es un criado, debiera haberlo hecho.

Hareton se entristeció al oír aquella observación infantil. Yo logré que ella se decidiese al fin a acompañarme.

—Tráigame el caballo —dijo la joven, hablando a su pariente como lo hubiera hecho a un mozo de cuadra—. Y luego puede usted acompañarme. Quiero ver aparecer al cazador fantasma del pantano, y a las hadas de que me ha hablado, pero dese prisa. ¡Vamos, tráigame el caballo!

—Primero te veré condenada que ser tu criado —respondió él.

—¿Cómo? —exclamó Cathy, sorprendida.

—Condenada he dicho, bruja insolente.

—Vea con qué buena compañía ha venido usted a encontrarse, señorita Cathy —interrumpí yo—. Va, no discuta con él. Cojamos a *Minny* nosotras mismas, y vayámonos.

—¿Cómo se atreve a hablarme así, Ellen? —preguntó ella, con las lágrimas a punto de brotar. Y agregó—: ¿Por qué no hace lo que le digo? ¡Malvado! Le contaré a papá lo que me ha dicho.

Hareton se preocupó muy poco de la amenaza. Cathy se volvió hacia la mujer.

—Tráigame la jaca —dijo— y suelte a mi perro inmediatamente.

—No hay que tener tantos humos, señorita —repuso la criada—. No perdería usted nada con ser más atenta. Yo no soy su sirvienta, y el señor Hareton, aunque no sea hijo del amo, es primo de usted.

—¡Mi primo! —exclamó Cathy con desdén.

—Sí, su primo.

—¿Cómo les permites que digan estas cosas, Ellen? —me interpeló Cathy—. A mi primo, papá ha ido a buscarle a Londres. ¡Vaya! ¡Así que éste es mi primo! —exclamó disgustada ante la idea de que pudiese ser primo suyo semejante patán.

—Uno puede tener muchos primos de todas clases, señorita —contesté yo— y no valer menos por ello. Con no buscar su compañía si no le agrada, está resuelto todo.

—No, Ellen, no puede ser mi primo —insistió la joven. Y, como si aquella idea la asustase, se refugió en mis brazos.

Yo estaba muy disgustada con ella y con la criada por lo que mutuamente se habían descubierto. Comprendía que Heathcliff sería informado enseguida del regreso de Linton con el hijo de Isabella y comprendía también que la joven no dejaría de preguntar a su padre acerca de aquel primo tan tosco. En cuanto a Hareton, que ya se había repuesto del disgusto que le produjo ser tomado por un criado, pareció lamentar la pena de su prima, se dirigió a ella, después de haber sacado la jaca a la puerta, y le quiso regalar un cachorrillo de los que había en la perrera. Ella le contempló horrorizada y dejó de llorar.

Al ver la antipatía que mostraba hacia el joven sonreí. Él, en realidad, era un muchacho de facciones agradables, apuesto y robusto, aunque vistiera la ropa propia de los trabajos que hacía en la finca. Yo creía notar en su rostro mejores cualidades que las que tuvo su padre, cualidades que sin duda hubieran crecido copiosamente si se hubiesen desarrollado en un ambiente más apropiado. Me parece que Heathcliff no le había maltratado físicamente, ya que era contrario a esa clase de vejaciones. En cambio, parecía haber aplicado su maldad en hacer de Hareton un bruto. No le había enseñado a leer ni a escribir, ni le corregía nunca ninguno de sus actos, excepto aquellos que le molestaban personalmente. Nunca le ayudó a guiarse hacia el bien, ni a separarse del mal. Y Joseph, con las adulaciones que le dedicaba en concepto de jefe de la familia, acabó de estropearle. Y, así como cuando Heathcliff y Catherine Earnshaw eran niños, cargaba sobre ellos todas las culpas, hasta agotar la paciencia del señor, ahora acusaba de todos los defectos de Hareton al usurpador de su herencia.

Cuando Hareton maldecía, Joseph no le reñía. Podría decirse que le complacía verle seguir el mal camino. Creía que su alma estaba condenada, pero el hecho de pensar que Heathcliff tendría que responder de ello ante el Tribunal divino le consolaba. Había infundido en el joven el orgullo de su nombre y de su alcurnia. Y le hubiera gustado despertar en él un odio visceral hacia Heathcliff, pero se lo impedía el temor que sentía hacia él, por lo cual se limitaba a dirigirle vagas amenazas que profería entre gruñidos. No es que yo crea estar bien informada de cómo se vivía entonces en Cumbres Borrascosas, ya que hablo de oídas. Los colonos aseguraban que el señor Heathcliff era más cruel y duro para sus arrendatarios que todos los años anteriores, pero la casa ahora, administrada por una mujer, tenía mejor aspecto, y los desenfrenos de los tiempos de Hindley habían dejado de existir. El nuevo amo era demasiado lúgubre para gozar de compañía, ni buena ni mala, y ha seguido siendo igual hasta ahora.

En fin, con todo esto no adelanto nada en mi historia. La señorita Cathy rechazó el regalo del cachorro y pidió que le devolvieran sus perros. Ambos aparecieron renqueando, y nosotras dos volvimos a casa muy tristes. No pude obtener de la joven otra explicación de sus andanzas, sólo que se había dirigido a la peña de Penistone, como yo supuse, y que al pasar junto a Cumbres Borrascosas sus perros habían sido atacados por los perros de Hareton. El combate duró bastante, hasta que sus amos respectivos lograron imponerse. Así se conocieron los primos. Cathy le contó a Hareton adónde iba y él le sirvió de guía, mostrándole todos los secretos de la Cueva Encantada. Pero como yo me enfadé tanto por su huida, no tuve la suerte de saber lo que Cathy vio en aquellos prodigiosos lugares. Pero sí noté que su improvisado guía había sido su favorito hasta el instante en que ella le ofendió llamándole criado, cuando la criada de Heathcliff le comunicó que era primo suyo. El lenguaje que Earnshaw había usado con ella la tenía profundamente disgustada. Ella, que en la Granja era siempre «querida», «amor mío», «ángel» y «reina», había sido injuriada por un extraño... No podía comprenderlo, y me costó mucho arrancarle la promesa de que no se lo contaría a su padre. Le dije que éste tenía mucha aversión hacia los habitantes de Cumbres Borrascosas y que se disgustaría si supiese que ella había estado allí. Insistí, sobre todo, en que si su papá se enteraba de mi negligencia, que era el origen de su excursión, me despediría. A Cathy la asustó esta perspectiva, y no dijo nada. Era, en el fondo, una muchachita muy buena.

Capítulo XIX

Una carta con orla negra nos anunció el retorno del amo. En ella estaban las instrucciones para preparar el luto de su hermana y la llegada de su sobrino. Cathy estaba encantada con la idea de volver a ver a su padre, y no hacía más que hablar de su verdadero primo, como ella decía. Por fin, llegó la tarde en que el amo debía regresar. Desde por la mañana, la joven se había ocupado en sus pequeños quehaceres, y en vestirse de negro (aunque la pobre no sentía dolor alguno por la muerte de su desconocida tía). Finalmente me obligó a que fuera con ella hasta la entrada de la finca para recibir a los viajeros.

—Linton tiene seis meses justos menos que yo —me decía mientras pisábamos el verde césped de las praderas, bajo la sombra de los árboles—. ¡Qué ilusión me hace tener un compañero para jugar! La tía Isabella envió una vez a papá un rizo del pelo de Linton: era tan fino como el mío, pero más rubio. Lo tengo guardado en una cajita de cristal, y siempre he pensado que me gustaría mucho ver a su dueño. ¡Y papá viene también! ¡Querido papá! ¡Vamos deprisa, Ellen!

Se adelantó corriendo y se volvió atrás muchas veces antes de que yo llegara lentamente a la verja. Nos sentamos en un recodo del camino cubierto de hierba, pero Cathy no estaba quieta ni un solo momento.

—¡Cuánto tardan! ¡Ay, mira, una nube de polvo en la carretera! ¡Ya llegan! ¡Ah, no! ¿Por qué no nos adelantamos media milla, Ellen? Sólo hasta aquellos árboles, ¿ves? Allí...

Pero yo me negué. Por fin apareció el carruaje. Cathy empezó a gritar en cuanto vio el rostro de su padre en la ventanilla. Él se bajó tan ansioso como ella misma, y ambos se abrazaron, sin ocuparse de nadie más. Entretanto, yo miré dentro del coche. Linton venía dormido en un rincón, envuelto en un abrigo de piel como si estuviéramos en invierno. Era un muchacho pálido y delicado, con un gran parecido al señor, pero con un aspecto enfermizo que éste no tenía. Edgar, al ver que yo miraba a su sobrino, me mandó cerrar la portezuela, para que el niño no se enfriase. Cathy quería verle, pero su padre se obstinó en que le acompañara, y los dos subieron a pie por el parque, mientras yo me adelantaba para prevenir a los criados.

—Querida —dijo el señor—, tu primo no está tan fuerte como tú, y hace poco que ha perdido a su madre. Así que por ahora no podrá jugar mucho contigo. Tampoco le hables demasiado. Déjale que duerma esta noche, ¿quieres?

—Sí, sí, papá —respondió Catherine—, pero quiero verle, y él no ha asomado la cabeza siquiera.

El coche se paró, el tío despertó al muchacho, le cogió y le bajó al suelo.

—Linton, ésta es tu prima Cathy —le dijo, haciéndoles que se diesen la mano—. Te quiere mucho, así que procura no disgustarla llorando, ¿eh? Alégrate, el viaje se ha acabado, y sólo tienes que pasártelo bien y divertirte.

—Entonces deje que me vaya a la cama —contestó el niño soltando la mano de Cathy y llevándosela a los ojos para secarse las lágrimas que le asomaban.

—Vaya, hay que ser un niño bueno —murmuré yo, mientras lo conducía adentro—. Va a hacer usted que llore también su primita. Mire qué triste se ha puesto viéndole llorar.

214

Sería por él o no, pero su prima había puesto efectivamente una expresión tan triste como la suya. Subieron los tres a la biblioteca y se sirvió el té. Yo le quité a Linton el abrigo y la gorra. Le senté en una silla, pero en cuanto estuvo sentado empezó a llorar otra vez. El señor le preguntó que qué le pasaba.

—Estoy mal en esta silla —repuso el muchacho.

—Pues siéntate en el sofá y Ellen te llevará allí el té —repuso pacientemente el señor.

Yo comprendí que su buen carácter había sido puesto a prueba durante el viaje. Linton se dirigió al sofá. Cathy se sentó a su lado en un taburete, sosteniendo la taza en la mano. Al principio guardó silencio, pero luego empezó a hacerle caricias a su primo, a besarle en las mejillas y a ofrecerle té en un plato como si fuera un bebé. A él le gustó aquello y en su rostro se dibujó una sonrisa de complacencia.

—Esto le sentará bien —dijo el amo—. Si podemos tenerle con nosotros, la presencia de una niña de su misma edad le animará, y si pone su empeño en fortalecerse, lo conseguirá.

«Eso será, en efecto, si podemos tenerle con nosotros», pensé bastante preocupada. Y me imaginé la suerte que podía correr aquel muchacho viviendo entre su padre y Hareton. Pero nuestras dudas se resolvieron pronto. Después del té, llevé a los niños a sus habitaciones y me quedé con Linton mientras se quedaba dormido. Estaba en el vestíbulo encendiendo una vela para la alcoba del señor cuando apareció una criada y me dijo que Joseph, el criado de Heathcliff, deseaba hablar inmediatamente con el amo.

—¡Qué horas tan intempestivas, y más sabiendo que el señor regresa de un largo viaje! —dije—. Voy a hablar yo primero con él.

Joseph, entretanto, había cruzado ya la cocina y entraba en el vestíbulo. Iba vestido con el traje de los días de fiesta, tenía en su rostro la más agria de sus expresiones, y mientras sostenía en una mano el sombrero y en la otra el bastón, se limpiaba las botas en la alfombrilla.

—Buenas noches, Joseph —le dije—. ¿Qué te trae por aquí?

—Tengo que hablar con el señor Linton —repuso.

—El señor Linton se está acostando ya, y a no ser que tengas que decirle algo muy urgente, no podrá recibirte... Será mejor que te sientes y me digas lo que sea.

—¿Cuál es el cuarto del señor? —contestó él mirando todas las puertas cerradas.

En vista de su insistencia, subí a la habitación de mala gana y anuncié al señor la presencia del inoportuno visitante; le aconsejé a mi amo que le mandara volver al día siguiente. Pero Joseph me había seguido, entró, se plantó allí apoyado en su bastón, y empezó a hablar con voz fuerte, como quien se prepara a discutir:

—Heathcliff me envía a buscar a su chico y no me iré sin él.

Edgar Linton permaneció silencioso un momento. Una expresión de pena se pintó en su rostro. Se compadecía del niño y recordaba las angustiosas recomendaciones de Isabella para que le tomase a su cargo. Pero por más que buscó, no encontró pretexto alguno para una negativa. Cualquier intento por hacer que se quedase hubiera dado más derechos al reclamante. Tenía, pues, que ceder. No obstante, no quiso despertar al muchacho.

—Diga al señor Heathcliff —respondió con serenidad— que su hijo irá mañana a Cumbres Borrascosas. Pero ahora no, porque está acostado ya. Dígale también que su madre le confió a mis cuidados.

—No —insistió Joseph, golpeando el suelo con el bastón—. Todo eso no conduce a nada. A Heathcliff no le importan nada ni la madre del niño ni usted. Lo que quiere es el chico, y ahora mismo.

—Esta noche no —repitió mi amo—. Váyase y transmita a su amo lo que le he dicho. Acompáñale, Ellen. ¡Váyase...!

Y como el viejo insistía en no irse, le cogió de un brazo y le sacó a la fuerza, cerrando la puerta tras él.

—¡Está bien! —gritó Joseph mientras se iba—. Mañana vendrá mi amo y veremos si se atreve a echarle también.

Capítulo XX

Para evitar la posibilidad de que se cumpliese aquella amenaza, al día siguiente, muy temprano, el señor Linton me encargó que llevase al niño a casa de su padre en la jaca de Cathy, y me advirtió:

—Como ahora no vamos a poder intervenir en el destino que le espera, sea bueno o malo, di únicamente a mi hija que el padre de Linton ha enviado a buscarle; pero no le digas dónde está, para impedir que sienta deseos de visitar Cumbres Borrascosas.

Linton no quería levantarse a las cinco de la mañana, y menos al saber que se trataba de continuar el viaje. Pero yo le dije que era sólo cuestión de ir a pasar una temporada con su padre, el señor Heathcliff, que tenía muchos deseos de conocerle.

—¿Mi padre? —contestó—. Mamá nunca me habló de mi padre. Prefiero quedarme con el tío. ¿Dónde vive mi padre?

—Vive cerca de aquí —contesté—. Cuando esté usted fuerte puede venir andando. Debe usted alegrarse de verle y de estar con él, y debe procurar quererle como ha querido usted a su mamá.

—¿Cómo es que mamá no me hablaba de él? ¿Y por qué no vivían juntos? —preguntó Linton.

—Porque él tenía que estar aquí por sus asuntos —alegué— y a su mamá su mala salud la obligaba a vivir en el sur.

—¿Y por qué no me habló nunca de mi padre? Del tío me hablaba mucho, y yo hace mucho que empecé a quererle. Pero ¿cómo voy a querer a papá si no le conozco?

—Todos los niños quieren a sus padres —contesté—. Su madre no le hablaría para evitar que usted quisiese irse con él. Vamos. Un paseíto a caballo en una mañana tan hermosa sienta mejor que dormir una hora más.

—¿Vendrá con nosotros la niña de ayer? —me preguntó Linton.

—Ahora no —repuse.

—¿Y el tío?

—No. Yo le acompañaré.

Linton, triste y asombrado, se hundió en la almohada.

—No me iré sin el tío —acabó diciendo—. No comprendo por qué se empeña usted en llevarme de aquí.

Yo quise convencerle, pero se resistió tanto que tuve que apelar a la ayuda del señor. Al final, el pobre niño salió, después de recibir muchas falsas promesas de que su ausencia sería breve y de que Edgar y Cathy le visitarían con frecuencia. El aire, el sol y la marcha reposada de *Minny* contribuyeron a alegrarle un poco. Comenzó a hacerme preguntas sobre la nueva casa.

—¿Cumbres Borrascosas es un sitio tan hermoso como la Granja de los Tordos? —me interrogó, mientras se volvía para lanzar una última mirada al valle, bañado entonces por una leve neblina hacia el azul.

—No tiene tantos árboles —contesté— y no es tan grande, pero tiene unas preciosas vistas y el aire es más puro y fresco. Puede que le parezca una casa algo antigua y lóbrega, pero es la segunda de la comarca. Y podrá usted dar paseos por los campos de los alrededores. Hareton Earnshaw, que es primo de la señorita Cathy y hasta cierto punto de usted, le enseñará todo lo que hay por allí. Cuando haga buen tiempo, puede usted coger un libro y marcharse a leer al campo. Se encontrará a veces con su tío, que suele pasearse por las colinas.

—¿Cómo es mi padre? ¿Es tan joven y tan guapo como el tío?

—Es tan joven como el tío —respondí—, pero tiene el pelo y los ojos negros. Es más alto y más fuerte también, y a primera vista aparenta ser severo. Quizá no le parezca a usted cariñoso ni afable, pero trátele con cariño, y él le querrá a usted más que su tío, porque al fin y al cabo es usted su hijo, naturalmente.

—¿De modo que no me parezco a él? —siguió preguntando Linton—. Porque, si tiene el pelo y los ojos negros...

—No se le parece mucho —repuse. Y pensé para mí que nada.

—¡Qué raro que él no fuera nunca a ver a mamá! Y a mí ¿me ha visto alguna vez cuando era pequeño? Yo no me acuerdo.

—Trescientas millas son mucha distancia —le dije— y diez años no son para una persona mayor lo mismo que para usted. El señor Heathcliff se propondría seguramente ir de un momento a otro, y nunca llegaba la ocasión. Será mejor que no le haga usted preguntas sobre ello.

El muchacho calló durante el resto del camino, hasta que llegamos a la puerta de la casa. Allí miró atentamente la fachada labrada, las ventanas, los árboles torcidos y los groselleros. Hizo un movimiento con la cabeza con el que expresaba su disgusto, pero no dijo nada. Yo me dirigí a abrir la puerta antes de que él se apease. Eran las seis y media y en la casa acababan de desayunar. La criada estaba limpiando la mesa. Joseph explicaba a su amo algo sobre su caballo, y Hareton se disponía a salir en aquel momento.

—¡Hola, Ellen! —me dijo Heathcliff al verme—. Ya pensaba que tendría que ir en persona a buscar lo que es mío. Me lo has traído, ¿no? Vamos a ver qué tal es.

Se levantó y se dirigió a la puerta, seguido por Joseph y por Hareton. El pobre Linton les miró a los tres.

—¡Qué aspecto tiene! —dijo Joseph, después de una detenida inspección—. Me parece, señor, que le han echado a perder a su hijo.

Heathcliff, que miraba al niño fijamente, soltó una carcajada de desprecio.

—¡Dios mío, qué encanto de niño! Parece que le han criado con caracoles y con leche agria. El diablo me lleve, si no es aún peor de lo que yo esperaba, y eso que no me hacía muchas ilusiones.

Mandé al niño que se bajara y entrase. Él no había comprendido bien las palabras de su padre, ni siquiera estaba seguro de que aquel extraño fuera su padre. Me miraba con creciente temor, y cuando Heathcliff se sentó y le mandó acercarse, él se agarró a mi falda y empezó a llorar.

—¡Bueno, basta ya! —dijo Heathcliff. Le cogió, le atrajo hacia él, y cogiéndole por la barbilla, añadió—: Nada de tonterías. No vamos a hacerte nada, Linton, ¿No te llamas así? Verdaderamente, eres el retrato de tu madre. ¿En qué te pareces a mí, pollito?

Le quitó el sombrero y le echó hacia atrás los rizos. Le palpó los brazos y las manos. Linton dejó de llorar y contempló a su vez al hombre con sus grandes ojos azules.

—¿Me conoces? —preguntó Heathcliff, después de cerciorarse de la fragilidad de los miembros de su hijo.

—No —dijo Linton, mirándole con temor.

—¿Ni te han hablado de mí?

—No.

—No, ¿eh? Tu madre debería haber sentido vergüenza de no despertar tu cariño hacia mí. Bueno, pues entérate, eres mi hijo, y tu madre fue una malvada bribona al no explicarte qué clase de padre tienes. ¡Vamos, te ruborizas! Vale la pena que te convenzas de que no tienes blanca la sangre. Ahora, a ser buen chico. Ellen, siéntate si estás cansada, y si no, vuelve a tu casa. Ya supongo que contarás en la Granja todo lo que estás viendo y oyendo. Y el chico no se hará al ambiente mientras no se quede solo con nosotros.

—Espero, señor Heathcliff —contesté— que se porte bien con el niño, porque de lo contrario no le tendrá mucho tiempo a su lado. Piense que es el único familiar que le queda.

—Seré buenísimo con él, no tengas miedo —repuso—. Ahora, que nadie más lo será. Procuraré monopolizar su afecto. Y para empezar mis bondades, ¡Joseph, trae algo de desayunar al niño! Hareton, cachorro del diablo, vete a trabajar. —Y cuando ambos se fueron, añadió—: Sí, Ellen, mi hijo es el futuro propietario de tu casa, y no quiero que muera hasta estar seguro de que yo seré su heredero. Además, es hijo mío, y quiero ver a mi descendiente como dueño exclusivo de los bienes de los Linton y a éstos o a sus descendientes cultivando las tierras de sus padres a las órdenes de mi hijo. Es lo único que me interesa de este chico. Le odio por lo que me evoca, y le desprecio por lo que es. Pero lo que te he dicho basta para que le cuide y le atienda tanto como tu amo pueda atender y cuidar a su hija. He preparado para él una habitación perfectamente amueblada, y he encargado a un maestro que venga, desde una distancia de veinte millas, a darle clases tres veces a la semana. A Hareton le he mandado que le obedezca, y, en fin, he hecho todo lo necesario para que Linton se sienta superior a los demás de la casa. Pero me disgusta que valga tan poco. Lo único que me hubiera consolado es que fuese digno de mí, y he experimentado una desilusión viendo que es un pobre infeliz que no sabe hacer otra cosa que llorar.

Joseph volvió con un tazón de sopas de leche. Linton, después de dar muchas vueltas al cacharro, dijo que no lo quería. El viejo criado, según pude observar, sentía hacia el niño el mismo desprecio que su padre, pero procuraba disimularlo, teniendo en cuenta el deseo de Heathcliff de que le respetaran.

—¿Así que no lo quiere? —dijo Joseph en voz muy baja para que no le oyesen—. Pues el señorito Hareton no comía otra cosa cuando era pequeño, y lo que era bueno para él tiene que ser bueno de sobra para usted.

—Llévatelo —repuso Linton—. No lo quiero.

Joseph, indignado, cogió el tazón y se lo presentó a Heathcliff.

—¿Qué hay de malo en esto? —preguntó.

—No creo que haya nada malo —dijo Heathcliff.

—Pues su hijo no quiere comérselo —respondió Joseph—. ¡Y se saldrá con la suya! Su madre era igual. Pensaba que todos éramos unos asquerosos y que nuestro contacto ensuciaba el trigo con que se hacía su pan.

—No menciones a su madre —gruñó Heathcliff, enojado—. Trae algo que le guste, y basta. ¿Qué suele comer, Ellen?

Indiqué que le convendría té o leche hervida, y la criada recibió orden de prepararlo. Yo me di cuenta de que el egoísmo de su padre contribuiría a su bienestar. Heathcliff veía que su delicada salud exigía que se le tratase con cuidado. Y pensé que el señor se consolaría cuando se lo dijese. Entretanto, como ya no tenía pretexto para quedarme, salí al patio, aprovechando un momento en que Linton estaba ocupado en rechazar tímidamente las muestras de amistad que le quería prodigar un mastín. Pero él se dio cuenta de mi marcha. Al cerrar la puerta le oí gritar repetidamente:

—¡No se vaya! ¡No quiero quedarme aquí!

Se cerró la puerta, y le impidieron salir. Monté en *Minny*, y así concluyó mi breve custodia del muchacho.

Capítulo XXI

Pasamos el día ocupados en consolar a la pequeña Cathy.

Se levantó muy temprano, impaciente por ver a su primo, y lloró tanto al saber que se había marchado que Edgar tuvo que consolarla prometiéndole que el niño volvería en breve, aunque añadió: «Si lo consigo». Esta promesa la calmó un poco. Sin embargo, la fuerza del paso del tiempo fue más poderosa hasta el punto de que cuando volvió a ver a Linton le había olvidado y no le reconoció.

Cuando yo me encontraba a la criada de Cumbres Borrascosas, le preguntaba por el niño, y ella me contestaba que vivía casi tan encerrado como Cathy, y que rara vez se le veía. Su salud seguía siendo delicada y resultaba un huésped bastante molesto. El señor Heathcliff le quería cada vez menos, a pesar de que trataba de disimularlo. Le molestaba su voz y apenas aguantaba su presencia. Hablaba poco con él. Linton estudiaba y pasaba las tardes en una salita, cuando no se quedaba en cama, ya que era muy frecuente que sufriese catarros, accesos de tos y todo género de dolencias.

—No he visto en mi vida una persona más delicada ni más apocada —decía la criada—. Si dejo la ventana un poco abierta por la tarde, se pone fuera de sí, como si fuese a entrar la muerte por ella. En pleno verano necesita estar junto al fuego, y le incomoda el humo de la pipa de Joseph, y hay que tenerle siempre preparados bombones y golosinas, y leche y más leche. Se pasa el tiempo al lado de la lumbre, envuelto en un abrigo de pieles, y solo le preocupa tener al alcance de su mano unas tostadas y algo para beber. Y si alguna vez Hareton, que no es malo a pesar de su tosquedad, va a entretenerle, siempre acaban mal, uno renegando y el otro llorando. Me parece que al amo le gustaría que Earnshaw moliese al niño a palos, si no se tratara de su hijo, y creo que sería capaz de echarle de casa si supiera la cantidad de mimos que el niño se prodiga a sí mismo. Pero el señor no entra nunca en la salita, y si Linton empieza a hacer tonterías de esas en el salón, le manda enseguida a su cuarto.

Estas explicaciones me hicieron comprender que el joven, en medio de un ambiente donde no encontraba simpatía alguna, se había hecho egoísta e ingrato, si es que no lo era ya de nacimiento, y dejé de interesarme por él, a pesar de lamentar que no le hubieran permitido estar con nosotros. Pero el señor Linton me estimulaba a que me informase sobre él, y creo que le hubiera gustado verle, porque una vez incluso me mandó preguntar a la criada si el muchacho no solía ir al pueblo. Ella me contestó que había ido con su padre a caballo dos o tres veces, y que siempre había vuelto rendido para varios días. La criada a que me refiero se marchó dos años después de llegar el niño.

En la Granja el tiempo transcurría plácidamente. Llegó el momento en que la señorita Cathy cumplió los dieciséis años. No celebrábamos nunca el día de su cumpleaños porque era también el aniversario de la muerte de su madre. Su padre pasaba aquellos días en la biblioteca, y al oscurecer se iba al cementerio de Gimmerton, donde se quedaba a veces hasta medianoche. Catherine tenía que echar mano de sus propios recursos para distraerse. Aquel año, el 20 de marzo hizo un tiempo excelente, y después de que su padre salió, la señorita bajó vestida y me dijo que había pedido permiso al señor para que paseáramos juntas por el borde de los pantanos, con tal de que no tardáramos en volver más de una hora.

—¡Anda, Ellen! —me dijo—. Quiero ir allí, ¿ves? Por donde suelen ir las bandadas de pájaros. Quiero ver si han hecho ya sus nidos.

—Eso debe de estar lejos —respondí—, porque no suelen anidar junto a los pantanos.

—No, no está lejos —me aseguró—. He ido con papá muy cerca de allí.

Me puse el sombrero y salimos. Cathy corría delante de mí, yendo y viniendo como un perrito juguetón. Al principio lo pasé bien. Cantaban las alondras, y mi niña mimada estaba encantadora, con sus dorados bucles colgando por la espalda, y sus mejillas, tan puras y encendidas como una rosa silvestre. Era un ángel entonces. Verdaderamente, era imposible no darle todas las alegrías que ella pidiese.

—Pero, señorita —dije, después de un buen rato—, ¿dónde están los pájaros? Estamos lejos de casa.

—Es un poco más allá, sólo un poco —repetía invariablemente—. Ahora sube esa colina, bordea esa orilla, y verás qué pronto hago que los pájaros echen a volar.

Pero tantas colinas había que subir y tantas orillas que bordear que al fin me cansé y le grité que era necesario volverse ya. Pero no me oyó, porque se había adelantado mucho, y no tuve más remedio que seguirla. Entonces desapareció en una hondonada. En aquel momento estábamos más cerca de Cumbres Borrascosas que de casa. Cuando volví a verla de nuevo, observé que la habían abordado dos personas, y una de ellas estaba convencida de que era el propio Heathcliff.

Habían sorprendido a Cathy cuando cogía o al menos dispersaba unos nidos de aves. Aquellas tierras pertenecían a Heathcliff y él estaba amonestando a la cazadora furtiva.

226

—No he cogido ningún pájaro —dijo ella enseñando sus manos para demostrarlo—. Papá me dijo que anidaban aquí y quería ver cómo son sus huevos.

Yo llegaba en aquel momento. Heathcliff me miró maliciosamente, y le preguntó:

—¿Quién es su papá?

—El señor Linton, de la Granja de los Tordos —repuso ella—. Ya he supuesto que usted no me conocía, pues de lo contrario no me hubiera hablado de esa forma.

—¿Así que usted supone que su papá es digno de mucha estimación y respeto? —le preguntó él con evidente y clara ironía.

—¿Quién es usted? —repuso ella mirando a Heathcliff con curiosidad—. A ese hombre ya le he visto otra vez. ¿Es hijo suyo?

Ella señalaba a Hareton, a quien los dos años transcurridos desde que se vieron le habían hecho ganar en fuerza y estatura, aunque continuaba por lo demás tan torpe como antes.

—Señorita Cathy —intervine—, tenemos que volver. Hace tres horas que salimos de casa.

—No, no es mi hijo —contestó Heathcliff—. Pero tengo uno, al que usted también conoce. Aunque su aya tenga prisa, creo que sería mejor que vinieran a descansar un poco a casa. Sólo con dar la vuelta a esta colina, ya estamos allí. Será usted bien recibida, descansará un poco y volverá a la Granja en cuanto quiera.

Yo insistí a Cathy para que no aceptáramos la invitación, pero ella respondió:

—¿Por qué no? Estoy cansada, y no vamos a sentarnos aquí. El suelo está húmedo. ¡Anda, Ellen! Dice, además, que conozco a su hijo. Yo creo que se equivoca. Vive en aquella casa donde estuve cuando volví de la peña de Penistone, ¿no?

—Exactamente —dijo Heathcliff—. Cállate, Ellen. Le

gustará ver nuestra casa. Hareton, vete delante con la muchacha. Tú ven conmigo, Ellen.

—No irá a semejante sitio —grité. Y traté de soltarme de Heathcliff, que me había cogido por un brazo. Pero ella había echado a correr y estaba ya casi en Cumbres Borrascosas. Hareton había desaparecido por un lado del camino.

—Esto es un atropello, señor Heathcliff —le reproché—. Ella verá a Linton, cuando volvamos se lo contará a su padre y todas las culpas me las cargaré yo.

—Deseo que vea a Linton —repuso él—. Estos días tiene mejor aspecto. No será difícil conseguir que la muchacha no diga nada de la visita... ¿Qué mal hay en ello?

—Hay el mal de que su padre me odiaría si supiese que la he dejado entrar en su casa. Además, estoy segura de que usted tiene malas intenciones —repliqué.

—Mis intenciones son buenas —dijo— y te las voy a revelar. Quiero que los dos primos se enamoren y se casen. Ya ves que soy generoso con tu amo. La chica no tiene otras perspectivas, puesto que está descartada en la sucesión. Si ella se casara con Linton, la designaría como coheredera y participaría inmediatamente en los derechos de la herencia.

—Sería la heredera de todos modos si Linton muriese —repuse—, y ya sabe usted que la salud del muchacho es muy precaria.

—No, no lo sería —replicó—, porque ninguna cláusula del testamento lo menciona, y yo sería el heredero. Pero para evitar pleitos, quiero que se casen.

—Y yo no quiero que ella entre en esa casa nunca más —respondí.

Catherine había llegado ya a la verja. Heathcliff me aconsejó que me tranquilizase y nos adelantó por el sendero. La señorita le miraba como si quisiera darse cuenta de qué clase de hombre era, pero él la correspondía con sonrisas y al hablarle suavizaba su voz. Llegué a imaginar que el recuerdo de la madre le hacía simpatizar con la joven. Encontramos a Linton junto al fuego. Venía de pasear por el campo, tenía aún puesta la gorra y en aquel momento estaba pidiéndole a Joseph unos zapatos secos. Le faltaban pocos meses para cumplir los dieciséis años y estaba muy crecido para su edad. Seguía teniendo unas bellas facciones, y en sus ojos y su piel se notaban los saludables efectos del aire y el sol que acababa de tomar durante su paseo.

—¿Le conoce? —preguntó Heathcliff a Cathy.

—¿Es su hijo? —dijo ella, mientras miraba, dudosa, a los dos.

—Sí, pero ¿cree que es la primera vez que le ve? Haga memoria. Linton, ¿no te acuerdas de tu prima?

—¿Linton? —exclamó Catherine, agradablemente sorprendida—. ¿Éste es el pequeño Linton? ¡Pero si está más alto que yo!

Él se acercó a ella, se besaron y ambos se miraron asombrados del cambio que habían experimentado. Cathy se había hecho una mujer. Era a la vez robusta y esbelta, flexible como el acero y rebosante de animación y salud. En cuanto a Linton, tenía las miradas y los ademanes lánguidos y era muy endeble de complexión, pero la gracia de sus modales compensaba aquellos defectos. Después de haberse intercambiado muchas pruebas de afecto, Cathy se dirigió al señor Heathcliff, que estaba junto a la puerta fingiendo no prestar atención, aunque en realidad observaba exclusivamente lo que pasaba allí dentro.

—¿Así que es usted mi tío? —dijo la joven abrazándole—. ¿Y por qué no va a vernos a la Granja de los Tordos? Es raro que vivamos tan cerca y no nos visitemos nunca. ¿Por qué?

—Antes de que tú nacieras, yo iba por allí algunas veces. Anda, déjate de besos... Dáselos a Linton. Dármelos a mí es perder el tiempo.

—¡Qué mala eres, Ellen! —exclamó Cathy, viniendo hacia mí para adularme también con sus zalamerías—. ¡Mira que no dejarme entrar! A partir de hoy vendré todas las mañanas. ¿Puedo venir, tío? ¿Y puede acompañarme papá? ¿No le hace ilusión?

—Claro que sí —repuso él disimulando la mueca de aversión que le inspiraban los dos presuntos visitantes—. Pero será mejor que te diga que tu padre y yo tuvimos una discusión terrible una vez, y si le cuentas que me visitas, es muy fácil que te lo prohíba. Así que si quieres seguir viendo a tu primo, vale más que no se lo digas a tu padre.

—¿Por qué discutieron? —preguntó Catherine, disgustada.

—Porque él creyó que era demasiado pobre para casarme con su hermana —explicó Heathcliff—. Se disgustó conmigo cuando nos casamos y no quiso perdonarme jamás.

—Eso no está bien —dijo la muchacha—. Pero Linton y yo no tenemos la culpa. En vez de venir yo, es mejor que él venga a la Granja.

—Está demasiado lejos para mí, Cathy —respondió su primo—. Andar cuatro millas me mataría. Ven tú cuando puedas; por lo menos, una vez a la semana.

Heathcliff miró con desprecio a su hijo.

—Me temo que voy a perder el tiempo, Ellen —rezongó—. Catherine se dará cuenta de que su primo es tonto, y le mandará al diablo. ¡Si fuera Hareton! Te aseguro que me lamento continuamente de que no sea como él, a pesar de su degradación social. Si el chico fuera otro, yo le querría. Pero no creo que ella se enamore de él, ni que pase de los dieciocho años. ¡Maldito bobo! No se ocupa más que de secarse los pies, y ni mira a su prima. ¡Linton!

—¿Qué, papá?

—¿No hay nada que puedas enseñarle a tu prima? ¿Ni un mal conejo o un nido de comadrejas? Anda, hombre, deja de cambiarte los zapatos, llévala al jardín y enséñale tu caballo.

—¿No prefieres sentarte aquí? —preguntó él a Cathy, dando a entender las pocas ganas que tenía de moverse.

—No sé... —contestó ella, mirando hacia la puerta como indicando claramente que prefería hacer algo antes que sentarse.

Pero él se acomodó en su silla y se acercó más al fuego. Heathcliff se fue a buscar a Hareton. Se notaba que el joven acababa de lavarse porque tenía el pelo mojado y las mejillas brillantes.

—Quiero hacerle una pregunta, tío —dijo Catherine—. Éste no es primo mío, ¿verdad?

—Sí —contestó él—. Es sobrino de tu madre. ¿No te gusta?

Catherine le miró con extrañeza.

—¿No es un muchacho apuesto? —siguió Heathcliff.

La joven se alzó sobre las puntas de los pies y le habló a Heathcliff al oído. Él se echó a reír. Hareton se puso triste, y yo me di cuenta de que era muy suspicaz para algunas cosas. Pero Heathcliff le tranquilizó al decirle:

—¡Venga, Hareton, te preferiremos a ti! Me ha dicho que eres un... ¿un qué? Bueno, no me acuerdo... Una cosa muy agradable. Acompáñala a dar una vuelta y pórtate como un caballero. No digas palabrotas, no la mires cuando ella no te mire a ti, ruborízate cuando se ruborice ella, háblale con dulzura y no te lleves las manos en los bolsillos. Anda, trátala todo lo mejor que puedas.

Y miró a la pareja cuando pasaron ante la ventana. Hareton no miraba a su compañera y parecía tan atento al paisaje como un pintor o un turista. Cathy le miró a su vez mostrando poca admiración. Después se dedicó a buscar objetos que atrajesen su interés y, a falta de conversación, se puso a canturrear.

—Con lo que le he dicho —indicó Heathcliff— verás

como no pronuncia ni una palabra. Ellen, cuando yo tenía su edad o poco menos, ¿era tan estúpido como él?

—Era usted peor —precisé—, porque era usted aún más huraño.

—¡Cuánto me satisface verle así! —siguió Heathcliff, expresando sus pensamientos en voz alta—. Ha colmado mis esperanzas. Si hubiese sido un tonto de nacimiento, no me haría tan feliz. Pero no es tonto, no, y yo comprendo todos sus sentimientos, porque yo mismo los he experimentado antes que él. Ahora mismo me hago cargo de lo que sufre, aunque no es, por supuesto, más que un principio de lo que sufrirá después. Y no logrará desprenderse jamás de su tosquedad y su ignorancia. Le he hecho todavía más vil de lo que su miserable padre quiso hacerme a mí. Le he acostumbrado a despreciar todo lo que no es brutal, y llega al extremo de presumir de su rudeza. ¿Qué pensaría Hindley de su hijo si pudiera verle? ¡Estaría tan orgulloso de él como yo del mío! Con la diferencia de que Hareton es oro en bruto que hace el papel de ladrillo, y este otro es latón que hace el servicio de vajilla de plata. El mío no vale nada, y sin embargo le haré que prospere todo cuanto se lo permitan sus cualidades. El otro tiene excelentes cualidades, que le he hecho despreciar. ¡Y lo más grande es que Hareton me quiere como un condenado! En esto he vencido a Hindley. ¡Si el granuja pudiera levantarse de su sepultura para venir a echarme en cara el mal que he hecho a su hijo, éste sería el primero en venir a defenderme, ya que me considera como el mejor amigo que pudiera tener en el mundo!

Esta idea hizo soltar a Heathcliff una carcajada diabólica. No le repliqué, ni él lo esperaba. Mientras tanto, Linton, que estaba sentado demasiado lejos de nosotros para poder oír nuestra conversación, empezó a inquietarse y a dar muestras de que lamentaba no haber salido con Cathy.

Su padre se dio cuenta de que miraba hacia la ventana y hacía torpes ademanes para coger su gorra.

—¡Vamos, perezoso, levántate! —dijo con fingida bonachonería—. Vete con ellos. Están junto a las colmenas.

Linton hizo acopio de todas sus energías y abandonó el hogar. Cuando salía, oí por la ventana, que estaba abierta, cómo Cathy le preguntaba a Hareton el significado de la inscripción que había sobre la puerta. Pero Hareton levantó los ojos y se rascó la cabeza como hubiera hecho un verdadero campesino.

—No sé leer ese condenado escrito —contestó.

—¿Que no puedes leerlo? —respondió Cathy—. Yo sí que lo leo, pero lo que quiero es saber por qué está ahí.

Linton soltó una risotada. Era su primera manifestación de alegría.

—No sabe leer —comunicó a su prima—. Supongo que te asombrará saber lo burro que es.

—¿Está bien de la cabeza? —preguntó Catherine seriamente—. Sólo le he hecho dos preguntas, pero creo que no me entiende, y además me habla de un modo que yo tampoco le entiendo.

Linton se volvió a reír, y miró con desprecio a Hareton, que no pareció ofenderse por ello.

—¿Verdad que todo es cuestión de pereza, Hareton? —dijo—. Mi prima se imagina que eres un idiota. Entérate de a lo que conduce despreciar los libracos, como tú dices. ¿Has oído cómo pronuncia, Cathy?

—¿Y *pa* qué diablos necesito yo pronunciar bien? —respondió Hareton. Y siguió hablando a su manera, para gran diversión de mi señorita.

—¿Y *pa* qué diablos necesitas mencionar el diablo en cada frase? —dijo Linton, burlándose—. Papá te ha ordenado hablar correctamente, y no dices dos palabras sin cometer una incorrección. Procura portarte como un caballero.

—Si no tuvieras más de chica que de chico, te tumbaba de un puñetazo —contestó el otro, marchándose con el rostro encendido, ya que se dio cuenta de que le habían ofendido y no era capaz de reaccionar de otra manera.

Heathcliff, que lo había oído todo tan bien como yo, sonrió, pero enseguida miró con odio a la pareja, que se había quedado hablando en el portal. El muchacho se animaba al contar anécdotas relativas a Hareton. Y ella se mostraba muy divertida con sus comentarios sin darse cuenta de que denotaban un espíritu perverso. Con todo ello, yo empecé a aborrecer a Linton y a entender el desprecio que sentía su padre hacia él.

Estuvimos allí hasta la tarde. El señor no salió de su habitación, y esta feliz circunstancia impidió que notara nuestra larga ausencia. Mientras volvíamos intenté explicar a la joven quiénes eran aquellos con los que habíamos estado, pero a ella le parecía que mis medidas de prevención eran injustas.

—Ya veo que le das la razón a papá —me dijo—. No eres imparcial. La prueba es que me has tenido engañada todos estos años asegurándome que Linton vivía lejos de aquí. Estoy muy enfadada, pero como por otro lado me siento muy contenta, no te mostraré mi enfado. Pero no hables mal de mi tío. Ten en cuenta que es mi pariente. Voy a reñir a papá por no tener trato con él.

Tuve que renunciar a mis intentos de disuadirla de su equivocación. No habló de la visita aquella noche, porque no vio al señor Linton. Pero al día siguiente lo soltó todo, y aunque por un lado esto me disgustaba, por otro me complacía pensar que el señor podría aconsejarla mejor que yo.

—Papá —dijo Cathy, después de saludarle—, adivina a quién vi ayer cuando salí de paseo. ¿Por qué te estremeces? Claro, como no actué bien... Escúchame, y sabrás cómo he descubierto que tú y Ellen me estabais engañando, diciéndome que Linton vivía muy lejos, y me compadecíais cuando yo seguía hablando de él.

Contó todo lo sucedido. El señor no dijo nada hasta que ella terminó, y sólo de vez en cuando me miraba con expresión de reproche. Al final le preguntó si conocía las razones por las que le había ocultado que Linton vivía tan cerca.

—Porque no quieres al señor Heathcliff —contestó ella.

—¿De modo que piensas, Cathy, que me preocupan más mis sentimientos que los tuyos? No es que yo no quiera al señor Heathcliff, sino que él no me quiere a mí. Además, es el hombre más diabólico que ha existido, y disfruta haciendo daño y arruinando a los que odia aunque no le den motivos para ello. Yo sabía que no podías tratar a tu primo sin tratarle a él, y me constaba que él te odiaría por ser hija mía. Por eso y por tu propio bien procuré impedir que le vieses. Me proponía explicártelo cuando fueras mayor, y lamento no habértelo dicho antes.

—El señor Heathcliff fue muy atento conmigo —contestó Cathy, recalcitrante—. Me dijo que puedo ver a mi primo cuando quiera, y que eres tú quien no le ha perdonado que él se casara con la tía Isabella. El tío está dispuesto a permitir que vea a Linton, y en cambio tú no.

Entonces el amo le explicó brevemente lo que había sucedido con Isabella y cómo Heathcliff se había apropiado de Cumbres Borrascosas. No se extendió en muchos detalles, pero debido al odio con que los expresó, bastaron para ilustrar a Cathy. El señor seguía odiando a su enemigo pues lo consideraba el causante de la muerte de la señora, y este sentimiento no le abandonaba jamás. La señorita Cathy, que era incapaz de hacer mal a nadie y cuyas únicas faltas eran pequeños actos de desobediencia, se quedó asombrada al escuchar la descripción del carácter de aquel hombre capaz de prolongar durante años enteros sus planes de venganza sin sentir ningún remordimiento. Nos pareció que estaba tan conmovida y afectada que el señor creyó inútil seguir hablando más. Y sólo añadió:

—Ya te diré más adelante, hija mía, por qué deseo que no vayas a su casa. Ahora ocúpate de tus cosas, y no pienses más en eso.

Cathy dio un beso a su padre, y luego dedicó, como siempre, dos horas a sus lecciones. Dimos una vuelta por el parque y no hubo otra novedad. Pero a la noche, mientras yo la ayudaba a desnudarse, empezó a llorar.

—¿No le da vergüenza, niña? —le increpé—. Si tuviera usted penas de verdad no lloraría por algo tan insignificante. Imagínese que su padre y yo faltáramos y que usted se quedara sola en el mundo. ¿Qué sentiría usted entonces? Compare lo que sufriría en un caso así con esta pequeña contrariedad, y dará usted gracias a Dios, que le concede suficientes amigos lo bastante buenos para no tener que suspirar por otros.

—No lloro por mí, Ellen —respondió—. Lloro por Linton, que me espera, y que tendrá mañana el desengaño de no verme llegar.

—No crea —repuse— que él piensa en usted tanto como usted en él. Ya tiene a Hareton para hacerle compañía. Nadie en el mundo lloraría por dejar de tratar a un pariente al que ha visto dos veces en toda su vida. Linton comprenderá lo que ha pasado y no se acordará más de usted.

—Podía escribirle una nota explicándole por qué no voy y mandarle unos libros que le he prometido que le dejaría. ¿Por qué no, Ellen?

—No —respondí con decisión—, porque él entonces le contestaría a usted y sería el cuento de nunca acabar. Hay que cortar las cosas de raíz, como lo ha mandado su papá.

—Pero una notita... —dijo suplicante.

—Nada de notitas —interrumpí—. Acuéstese.

Me miró de una forma que ni la besé después de desearle buenas noches. Sólo la arropé y salí muy disgustada. Pero me arrepentí de mi dureza, volví para darle un beso, y la encontré sentada a la mesa escribiendo con un lápiz una nota que escondió al verme entrar.

—Voy a apagar la vela —dije—. Y si le escribe usted, no encontrará quien le lleve la carta.

Apagué la llama y recibí un golpe en la mano y varias recriminaciones violentas, tras las cuales Cathy se encerró con llave en su cuarto. A pesar de todo, terminó de escribir la carta, y la envió a través de un lechero que iba al pueblo. Pero yo no me enteré hasta más adelante. Transcurrieron varias semanas, y Catherine abandonó su actitud violenta. Tomó entonces la costumbre de ocultarse por los rincones. Si, cuando estaba leyendo, me acercaba a ella, se sobresaltaba y procuraba esconder el libro, pero no lo suficiente para que yo no viese que tenía papeles sucios entre las hojas. Solía bajar temprano a la cocina y andaba por allí como esperando algo. Cogió la costumbre de echar la llave a un cajoncito que tenía en la biblioteca para su uso.

Un día observé que en el cajoncito, que en aquel momento estaba ella ordenando, en lugar de las fruslerías y los juguetes habituales, había muchas hojas de papel. La curiosidad y la sospecha me decidieron a echar una ojeada a sus misteriosos tesoros. Aprovechando una noche en que ella y el señor se habían acostado pronto, busqué entre mis llaves hasta hallar una que valía para abrir aquel cajón, saqué todo lo que había en él y me lo llevé a mi cuarto. Como había supuesto, eran unas cartas escritas por Linton Heathcliff. Las que tenían la fecha más antigua eran tímidas y breves, pero las sucesivas contenían encendidas frases de amor, que por su exaltada insensatez parecían propias de un colegial, pero me mostraban ciertos rasgos que me parecieron de una mano más experta. Algunas empezaban expresando enérgicos sentimientos, y luego concluían de un modo afectado, igual que el que emplearía un estudiante para dirigirse a una figura amorosa inexistente. No sé lo que aquello le parecería a Cathy, pero a mí me dio la impresión de una cosa ridícula. Finalmente, las até juntas y volví a cerrar el cajón, pero no las dejé allí.

Como tenía por costumbre, la señorita bajó a la cocina muy temprano. Al llegar el muchacho que traía la leche, mientras la criada la vertía en el jarro, la señorita salió y deslizó un papel en el bolsillo del abrigo del chico a la vez que él le entregaba algo a ella. Dando un rodeo, atajé al muchacho, quien defendió esforzadamente la integridad de su carta. Pero al fin logré arrebatársela, y le dije que si no se iba aquello le acarrearía terribles consecuencias. Leí la carta de amor de Cathy. Era mucho más sencilla y más expresiva que las de su primo. Moví la cabeza y me volví pensativa a casa. Como llovía, Catherine no bajó aquel día al parque. Al terminar de estudiar, acudió a su cajón. Su padre estaba sentado a la mesa, leyendo. Yo, a propósito, estaba arreglando unos flecos descosidos de la cortina de la ventana.

Un pájaro que hubiese hallado su nido vacío no hubiera manifestado más angustia que la de Cathy cuando exclamó:

—¡Oh!

Y su rostro, que un momento antes expresaba una perfecta felicidad, se alteró completamente. El señor Linton levantó los ojos.

—¿Qué te pasa, hija? ¿Te has hecho daño?

Ella comprendió que su padre no era el descubridor del tesoro escondido.

—No —repuso—. Ellen, ven arriba conmigo. Me encuentro indispuesta.

La acompañé.

—Tú las has cogido, Ellen —me dijo, cayendo arrodillada delante de mí—. Devuélvemelas y no volveré a hacerlo. Y no se lo digas a papá. ¿Se lo has dicho ya, Ellen?

—Ha ido usted muy lejos, señorita Cathy —dije severamente—. ¡Debería darle vergüenza! ¡Y vaya simplezas que lee usted en sus ratos de ocio! ¡Si parecen cuartillas destinadas a publicarse! ¡Qué dirá el señor cuando se lo enseñe! No lo he hecho aún, pero no piense que guardaré el secreto. Y el colmo es que seguro que fue usted la que empezó, porque a él creo que no se le hubiera ocurrido nunca.

—No es verdad —respondió Cathy llorando con desconsuelo—. No había pensado en amarle hasta que...

—¡Amarle! —exclamé, subrayando la palabra con tanto desdén como me fue posible—. Es como si yo amase al molinero que una vez al año viene a comprar el trigo. ¡Si no ha visto usted a Linton ni cuatro horas sumando las dos veces! Venga, voy a llevarle a su padre estas chiquilladas, y ya veremos lo que él opina de ese amor.

Ella dio un salto para coger sus cartas, pero yo las mantuve levantadas sobre mi cabeza. Entonces me suplicó frenéticamente que las quemase o hiciera con ellas lo que quisiera menos enseñárselas a su padre. Como a mí todo aquello me parecía una niñería, y estaba más cerca de reírme que de reprochárselo, cedí, pero antes le pregunté:

—Si las quemo, ¿me promete usted no volver a mandar ni a recibir cartas, ni libros, ni rizos de pelo, ni sortijas, ni juguetes?

—No nos enviamos juguetes —exclamó Cathy.

—Ni nada, señorita. Si no me lo promete, voy a hablar con su papá.

—Te lo prometo, Ellen —me dijo—. Échalas al fuego...

Sin embargo, el gesto le resultó tan doloroso que me

rogó que guardase una o dos por lo menos. Yo comencé a echarlas a la lumbre.

—¡Oh, qué cruel eres! Quiero al menos una —dijo, metiendo la mano entre las llamas, y sacando un pliego medio chamuscado, quemándose un poco dedos.

—Entonces, también yo quiero algunas para enseñárselas a su padre —repliqué, envolviendo las demás en el pañuelo, y dirigiéndome a la puerta.

Lanzó al fuego los trozos medio quemados, y me indicó con un gesto que acabase con el sacrificio. Cuando se quemaron por completo, removí las cenizas y las sepulté bajo una paletada de carbón. Se fue ofendidísima a su cuarto sin decir palabra. Bajé y dije al amo que la señorita estaba mejor, pero que era preferible que reposase un poco. Cathy no bajó a comer, ni volvió a aparecer hasta la hora del té. Estaba pálida y tenía los ojos enrojecidos, pero se mantenía serena. Cuando a la mañana siguiente llegó la carta diaria, la contesté con un trozo de papel en el que escribí: «Se ruega al señor Linton que no envíe más cartas a la señorita Cathy, porque ella no las recibirá». Y desde aquel momento el muchachito venía siempre con los bolsillos vacíos.

Capítulo XXII

Transcurrió el verano y comenzó el otoño. Pasó el día de San Miguel y algunos de nuestros campos aún no estaban segados. El señor Linton solía ir a presenciar la siega con su hija. Un día permaneció en el campo hasta muy tarde, y como hacía frío y humedad, cogió un catarro que le tuvo recluido en casa casi todo el invierno.

La pobre Cathy estaba triste y sombría desde que su novela de amor llegó al desenlace. Su padre dijo que le convenía leer menos y moverse más. Ya que él no podía acompañarla, decidí sustituirle yo en todo lo posible. Pero sólo podía destinar a ello dos horas o tres al día y, además, mi compañía no le agradaba tanto como la de su padre.

Una tarde —era a finales de octubre o principios de noviembre y las hojas caídas alfombraban los caminos, mientras el frío cielo azul se cubría de nubes que auguraban una fuerte lluvia— le rogué a mi señorita que aquel día no diésemos el paseo. Pero no quiso, y tuve que acompañarla hasta el fondo del parque en el paseo casi maquinal que solía dar cuando se sentía de mal humor. Esto sucedía siempre que su padre se encontraba algo peor, aunque nunca nos lo confesaba. Pero nosotras lo notábamos en su aspecto. Ella andaba triste, y no saltaba ni corría de la manera habitual. A veces se pasaba la mano por la mejilla, como si se limpiase algo. Yo buscaba a mi alrededor alguna cosa que la distrajera. A un lado del camino se erguía una pendiente donde crecían varios avellanos y robles cuyas raíces salían al exterior. Como el suelo apenas podía resistir su peso, algunos se habían inclinado de tal modo por efecto del viento que estaban en posición casi horizontal. Se sentaba en las ramas, y se columpiaba en ellas a más de veinte pies por encima del suelo. Yo la reñía siempre que la veía así, pero sin insistir en hacerla bajar. Allí permanecía largas horas, mecida por la brisa, cantando antiguas canciones que yo le había enseñado y observando cómo los pájaros, que tenían el nido en las mismas ramas, alimentaban a sus polluelos y les animaban a volar. Y así, la muchacha se sentía feliz.

—Mire, señorita —dije—, debajo de las raíces de ese árbol hay aún una campánula azul. Es la última que queda de tantas como había en julio, cuando las praderas estaban cubiertas como si fuera una nube de color violáceo. ¿Quiere usted cogerla para enseñársela a su papá?

Cathy miró mucho rato la solitaria flor y, después repuso:

—No, no quiero arrancarla. Parece que está triste, ¿verdad, Ellen?

—Sí —contesté—. Tan triste como usted. Tiene las mejillas pálidas. Deme la mano y echemos a correr. ¡Pero qué despacio anda, señorita! Casi voy más deprisa yo que usted.

Ella continuó andando lentamente. A veces se paraba a contemplar el césped, o algún hongo que se destacaba, amarillento, entre la hierba. Y en ocasiones se pasaba la mano por el rostro.

—¡Oh, querida Catherine! ¿Está usted llorando? —dije acercándome a ella y poniéndole la mano en un hombro—. No se disguste usted. Su padre ya está mejor de su resfriado. Debe agradecer a Dios que no sea algo peor.

—Ya verás como será algo peor —contestó—. ¿Qué haré cuando papá y tú me abandonéis y me encuentre sola? No he olvidado aquellas palabras que me dijiste una vez, Ellen. ¡Qué triste me parecerá el mundo cuando papá y tú hayáis muerto!

—No se puede asegurar que eso no le suceda antes a usted —aduje—. No se debe predecir la desgracia. Supongo que pasarán muchos años antes de que faltemos los dos. Su papá es joven, y yo no tengo más que cuarenta y cinco años. Mi madre vivió hasta los ochenta. Suponga que el señor viva hasta los sesenta años, y ya ve si quedan años, señorita. Es una tontería lamentarse de una desgracia con veinte años de anticipación.

—La tía Isabella era más joven que papá —respondió, con la esperanza de que yo la consolase otra vez.

—A la tía Isabella no pudimos asistirla nosotros —repliqué—. Además, no fue tan feliz como el señor, y no tenía tantos motivos para vivir. Lo que usted debe hacer es cuidar a su padre y evitarle cualquier disgusto. No le voy a ocultar que conseguiría usted matarle si actuase como una insensata y siguiera enamorada del hijo de un hombre que desea ver al amo en la tumba, y se disgustase por una separación que él impuso con plena y total razón.

—Lo único en el mundo que me disgusta es la enfermedad de papá —dijo Cathy—. Es lo único que me interesa. Mientras yo tenga uso de razón no haré ni diré nunca nada que pueda disgustarle. Le quiero más que a mí misma, Ellen, y todas las noches rezo para no morir antes que él, por no darle ese disgusto. Ya ves si le quiero.

—Habla usted muy bien —le dije—. Pero procure demostrarlo con hechos, y cuando él se haya restablecido, no olvide la decisión que usted ha tomado en este momento en que está preocupada por su salud.

Según íbamos hablando, nos acercábamos a una puerta que comunicaba con el exterior de la finca. Mi señorita trepó alegremente a lo alto del muro para coger algunos rojos escaramujos que adornaban los rosales silvestres que daban sombra al camino. Al inclinarse para alcanzarlos, se le cayó el sombrero. Como la puerta estaba cerrada, saltó ágilmente. Pero al intentar volver a subir no fue tan sencillo. Las piedras eran lisas y no había hendidura entre ellas, y las zarzas dificultaban la subida. Yo no me acordé de ello hasta que le oí decir, entre risas:

—Ellen, no puedo subir. Vete a buscar la llave, o tendré que dar la vuelta a toda la tapia.

—Espere un momento —dije—, que voy a probar las llaves de un manojo que llevo en el bolsillo. Si no, iré por la llave a casa.

Mientras yo probaba todas las llaves sin resultado, Catherine bailaba y saltaba delante de la puerta. Me estaba preparando para ir a buscar la llave a casa cuando sentí el trote de un caballo. Cathy dejó de saltar, y yo sentí que el caballo se detenía.

—¿Quién es? —pregunté.

—Te ruego que abras la puerta, Ellen —murmuró Cathy con ansiedad.

Una voz grave, que supuse era la del jinete, dijo:

—Me alegro de encontrarla, señorita Linton. Tengo que hablar con usted. Quiero pedirle una explicación.

—No quiero hablar con usted, señor Heathcliff —contestó Cathy—. Papá dice que es usted un hombre malo y que nos odia a él y a mí, y Ellen opina lo mismo.

—Eso no tiene nada que ver —oí decir a Heathcliff—. Sea como sea, yo no odio a mi hijo, y es de él de quien quiero hablar. ¿No solía usted escribirse con él hace unos meses? De modo que jugaban a los enamorados. Merecen ustedes una buena zurra, y en especial usted, que es la de más edad y la menos sensible de ambos. Yo he cogido sus cartas, y si comete una sola insolencia se las mandaré a su padre. Usted se cansó del juego y abandonó a Linton, ¿eh? Pues entérese de que le abandonó en plena desesperación. Él tomó aquello en serio, está enamorado de usted y, por mi vida, que le aseguro que se muere, y no metafóricamente, sino muy en realidad. ¡Ni Hareton tomándole el pelo seis semanas seguidas ni yo con las medidas más enérgicas que pueda usted imaginarse hemos logrado nada! Como usted no le cure, antes del verano habrá muerto.

—No engañe tan descaradamente a la pobrecita —grité yo desde dentro—. Haga el favor de seguir su camino. ¿Cómo puede mentir así? Espere, señorita Cathy, que voy a saltar la cerradura con una piedra. No crea todos esos disparates. Es imposible que nadie se muera de amor por una desconocida.

—No sabía que hubiera escuchas —murmuró el villano al sentirse descubierto—. Mi querida Ellen, ya sabes que te aprecio, pero no puedo con tus chismorreos. ¿Cómo te atreves a engañar a esta pobre niña diciendo que la odio e inventando cuentos de miedo para alejarla de mi casa? Vaya allí, Catherine Linton, bonita, aproveche que toda esta semana estaré fuera de casa, y vaya a ver si he mentido o no. Póngase en su lugar y piense lo que sentiría si su indiferente enamorado rehusara consolarla por no darse un pequeño paseo. No cometa ese error. ¡Le juro que va derecho a la tumba, y que sólo usted puede salvarle! ¡Se lo aseguro por mi salvación eterna!

La cerradura saltó, y yo salí.

—Te juro que Linton se está muriendo —dijo Heathcliff mirándome con dureza—. Y el dolor y la decepción están apresurando su muerte, Ellen. Si no quieres dejar ir a la muchacha, ve tú y lo verás. Yo no vuelvo hasta la semana que viene. Ni siquiera tu amo se opondrá a lo que digo.

—¡Entre! —dije a Cathy, cogiéndola por un brazo. Ella le miraba con gran intranquilidad, incapaz de discernir la falsedad de su interlocutor a través de la severidad de sus facciones.

Él se acercó a ella y dijo:

—Si he de ser sincero, señorita Catherine, yo cuido muy mal a Linton, y Joseph y Hareton peor aún. No tenemos paciencia... Él está ansioso de ternura y cariño y sus dulces palabras serían la mejor medicina. No haga caso de los crueles consejos de la señora Dean. Sea generosa y procure ir a verle. Él se pasa el día y la noche soñando con usted y creyendo que le odia puesto que se niega a visitarle.

Yo cerré la puerta, apoyé una gruesa piedra contra ella, abrí mi paraguas porque la lluvia arreciaba y cubrí con él a la señorita. Volvimos tan deprisa a casa que no tuvimos ni tiempo de hablar de Heathcliff. Pero adiviné que el alma de Cathy quedó sumida en la tristeza. En su cara se notaba que se había creído cuanto él había dicho.

Antes de que llegáramos, el señor se había retirado a descansar. Cathy entró en su habitación y vio que dormía profundamente. Entonces volvió y me pidió que la acompañara a la biblioteca. Tomamos juntas el té, luego ella se sentó en la alfombra y me rogó que no le hablase, porque se sentía agotada. Cogí un libro y fingí que lo leía. En cuanto ella creyó que yo estaba entregada a la lectura empezó a llorar. La dejé que se desahogara un poco, y luego le reproché que se tomara en serio las afirmaciones de Heathcliff. Pero no tuve la suerte de convencerla, ni de contrarrestar en nada las palabras de aquel hombre.

—Puede que tengas razón, Ellen —dijo la joven—, pero no me sentiré tranquila hasta cerciorarme de ello. Es necesario que Linton sepa que si no le escribo no es por culpa mía, y que no han cambiado mis sentimientos hacia él.

Hubiera sido inútil insistir. Aquella noche nos separamos enfadadas, pero al otro día ambas caminábamos hacia Cumbres Borrascosas. Yo me había decidido a ceder, con la remota esperanza de que el propio Linton nos manifestaría que aquella estúpida historia no era cierta.

Capítulo XXIII

A la noche de lluvia siguió una mañana brumosa, con escarcha y una ligera llovizna. Se oía el murmullo de los arroyos que descendían de las colinas, dificultando nuestro camino. Yo, mojada y furiosa, estaba dispuesta a sacar partido de cualquier circunstancia que favoreciese mi opinión. Entramos por la cocina para asegurarnos de que era verdad que el señor Heathcliff estaba ausente, pues yo no creía nada de cuanto me decía.

Joseph estaba sentado ante la mesa y había organizado un paraíso para su satisfacción personal; a su lado crepitaba el fuego, sobre la mesa había un enorme vaso de cerveza rodeado de gruesas rebanadas de torta de avena, y en la boca tenía su negra pipa. Cathy se acercó a la lumbre para calentarse. Cuando pregunté al viejo si estaba el amo, tardó tanto en responderme que tuve que repetírselo, temiendo que se hubiera quedado sordo.

—¡No está! —masculló—. Así que te puedes volver por donde has venido.

—¡Joseph! —gritó una voz desde dentro—. Llevo un siglo llamándote. Vamos, ven, no queda fuego.

Joseph se limitó a aspirar con más vigor el humo de su pipa y a contemplar insistentemente la lumbre. La criada y Hareton no aparecían por ninguna parte. Al reconocer la voz de Linton, entramos en su habitación.

—¡Ojalá te mueras abandonado en un desván! —prorrumpió el muchacho, creyendo, al oír que nos acercábamos, que nuestros pasos eran los de Joseph.

Y al ver que se había confundido, se puso nervioso. Cathy corrió hacia él.

—¿Eres tú, Cathy? —dijo, levantando la cabeza del respaldo del sillón en que estaba sentado—. No me abraces tan fuerte, porque me ahogas. Papá me dijo que vendrías a verme. Cierra la puerta, haz el favor. Esas odiosas gentes no quieren traer carbón para el fuego. ¡Y hace tanto frío!

Yo misma llevé el carbón y revolví el fuego. Él se quejó de que le cubría de ceniza, pero tosía de tal modo y parecía tan enfermo que no me atreví a reprenderle por su ingratitud.

—¿Te gusta que haya venido, Linton? ¿Puedo ayudarte en algo? —preguntó Cathy.

—¿Por qué no viniste antes? —repuso él—. Debiste venir en vez de escribirme. No sabes cuánto me cansaba escribiendo aquellas largas cartas. Hubiera preferido hablar contigo. Ahora ya no estoy ni para hablar ni para nada. ¿Y Zillah? Ellen, ¿puede ir a ver si está en la cocina?

Yo no me sentía muy dispuesta a obedecerle, y mucho menos cuando ni siquiera me había agradecido que le arreglase el fuego; así que respondí:

—Allí sólo está Joseph.

—Tengo sed —dijo Linton—. Zillah no hace más que escaparse a Gimmerton desde que mi padre se fue. ¡Es una miserable! Y tengo que bajar aquí, porque si estoy arriba no me hacen caso cuando les llamo.

—¿Su padre cuida de usted, señorito? —pregunté.

—Por lo menos hace que los demás me atiendan —contestó—. ¿Sabes, Cathy?, aquel animal de Hareton se burla de mí. Cómo les odio, a él y a todos los demás.

Cathy cogió una jarra de agua que había en el aparador y llenó un vaso. Él le rogó que añadiese una cucharada de vino de una botella que había encima de la mesa, y después de beber se mostró más amable.

—¿Estás contento de verme? —volvió a preguntar la

joven, animándose al ver en el rostro de su primo un esbozo de sonrisa.

—Sí. Es agradable oír una voz como la tuya. Pero papá me aseguraba que no venías porque no querías, y esto me disgustaba. Él me acusaba de ser un hombre despreciable, y me decía que, si él hubiese estado en mi lugar, a estas horas sería el amo de la Granja... Pero ¿verdad que no me desprecias, Cathy?

—¿Yo? —repuso ella—. Después de a papá y a Ellen, te quiero más que a nada en el mundo. Pero el señor Heathcliff no es de mi agrado, y cuando él esté aquí no vendré. ¿Pasará fuera muchos días?

—Muchos, no... Pero suele irse a los pantanos desde que empezó la temporada de caza, y tú podrás estar conmigo una hora o dos cuando esté ausente. Anda, prométemelo. Procuraré no molestarte. Tú no me disgustarás, y no te importará atenderme, ¿verdad, Cathy?

—No —afirmó la joven, acariciándole el cabello—. Si papá me lo permitiera, pasaría la mitad del tiempo contigo. ¡Qué guapo eres! Me encantaría que fueras mi hermano.

—¿Me querrías entonces tanto como a tu padre? —dijo él, más animado—. El mío me dice que si fueras mi esposa me amarías más que a nadie en el mundo, y por eso quisiera que estuviésemos casados.

—Más que a mi padre, no es posible —aseguró ella seriamente—. A veces los hombres odian a sus mujeres, pero nunca a sus padres y hermanos. Así que si fueras mi hermano vivirías siempre con nosotros y papá te querría tanto como a mí misma.

Linton negó que los esposos odien a sus mujeres, pero ella insistió en que sí, y como prueba citó la antipatía que el padre de Linton había mostrado hacia Isabella. Yo intenté cambiar la conversación, pero, antes de conseguirlo, ya Catherine había soltado todo lo que sabía al respecto. Linton, enfadado, aseguró que aquello no era cierto.

—Mi padre me lo contó, y él no miente —contestó ella.

—Mi padre desprecia al tuyo y asegura que es un imbécil —replicó Linton.

—El tuyo es un malvado —aseveró Cathy a su vez—. No sé cómo eres capaz de repetir sus palabras. ¡Muy malo debe de haber sido cuando obligó a tía Isabella a abandonarle!

—No me contradigas. Ella no le abandonó.

—¡Sí le abandonó! —insistió la joven.

—Pues mira —dijo Linton—, tu madre no quería a tu padre, para que te enteres.

—¡Oh! —exclamó Cathy, furiosa.

—¡Amaba al mío!

—¡Embustero! ¡Te odio! —gritó ella, encolerizada.

—¡Le amaba! —repitió Linton, acomodándose en su sillón y gozando complacido de la agitación de su prima.

—Cállese, señorito —intervine—. ¡Eso es una mentira que le ha contado su padre!

—No es mentira —replicó él—. Sí, Cathy, le amaba, le amaba, le amaba...

Cathy, fuera de sí, dio un violento empujón a la silla, y él cayó sobre su propio brazo. Entonces le dio un acceso de tos, que duró tanto que me asustó a mí misma. Cathy rompió a llorar amargamente, pero no dijo nada. Linton, cuando dejó de toser, se quedó en silencio mirando a la lumbre. Cathy, a su vez, dejó de llorar, y se sentó al lado de su primo.

—¿Cómo se encuentra, señorito? —le pregunté, pasado un rato.

—¡Ojalá se encontrara ella como yo! ¡Es cruel e implacable! Hareton no me pegó nunca. Y precisamente hoy, que yo me encontraba mejor... —replicó él, acabando por llorar.

—No te he pegado —contestó Catherine, mordiéndose los labios para no volver a exaltarse.

Él gimió y suspiró, y se notaba que lo hacía adrede para alimentar la aflicción de su prima.

—Lamento haberte hecho daño, Linton —dijo ella, al fin, sin poder contenerse más—, pero a mí un empujón como ése no me hubiera lastimado, y creí que a ti tampoco. ¿Te duele? No quiero volver a casa pensando que te he hecho daño. ¡Contéstame!

—No puedo —respondió el joven—. Tú no sabes lo que es esta tos, porque no la tienes. No me dejará dormir en toda la noche. Mientras tú descanses tranquilamente yo me ahogaré, aquí solo. No sabes las noches que paso.

Y el muchacho empezó a gemir como si le diese pena de sí mismo.

—No será la señorita quien vuelva a molestarle —dije yo—. Si no hubiese venido, no habría perdido usted nada. Pero no volverá a importunarle, quédese tranquilo...

—¿Quieres que me vaya, Linton? —preguntó Catherine.

—No puedes rectificar el mal que me has hecho —replicó él—. ¡A no ser que quieras seguir molestándome hasta producirme fiebre!

—Entonces, ¿me voy?

—Por lo menos, déjame solo. Ahora no puedo hablar contigo.

Ella se resistía a marcharse; pero, al final, como él no le contestaba, me obedeció, y se dirigió hacia la puerta seguida por mí. Antes de salir oímos un grito que nos hizo volver. Linton se había dejado caer de su silla y se retorcía en el suelo. Era una simple chiquillada de niño mal educado, que quiere molestar todo lo posible. Comprendí por este detalle cuál era su verdadero carácter y la locura que sería tratar de complacerle. En cambio, la señorita se aterrorizó y, deshecha en llanto, trató de consolarle. Aunque él no dejó de gritar hasta que le faltó por completo el aliento.

—Mire —le dije—, voy a levantarle y a sentarle, y allí retuérzase cuanto quiera. No podemos hacer otra cosa. Ya se habrá convencido, señorita, de que no se convienen ustedes mutuamente, y que no es por su ausencia por lo que está enfermo su primo. Venga, ya está... Ahora, cuando él sepa que no hay nadie para hacer caso de sus caprichos, se tranquilizará solo.

Cathy le puso una almohada bajo la cabeza y le ofreció agua. Él la rechazó, y empezó a hacer movimientos sobre la almohada, como si ésta fuese incómoda como una piedra. Cathy quiso arreglársela bien.

—Ésta no es bastante alta —dijo el muchacho—. No me sirve.

Cathy puso otra sobre la primera.

—¡Ahora queda demasiado alta! —murmuró el caprichoso joven.

—Entonces, ¿qué hago? —dijo ella, desesperada.

Linton se inclinó hacia Cathy, que se había arrodillado a su lado, y descansó la cabeza sobre el hombro de la joven.

—No, eso no es posible —intervine yo—. Conténtese con la almohada, señorito Heathcliff. No podemos entretenemos más con usted.

—Sí, podemos —repuso la joven—. Ahora él se va a portar bien. Estoy pensando que me sentiré más desdichada que él esta noche si me voy con la idea de haberle perjudicado. Dime la verdad, Linton. Si mi visita te ha perjudicado, no debo volver.

—Ahora debes venir para curarme —alegó él—, ya que me has puesto peor de lo que estaba cuando viniste.

—Yo no he sido la única culpable —contestó la muchacha—. Has sido tú con tus arrebatos y tus llantos. Venga, seamos amigos. ¿Quieres de verdad volver a verme?

—¡Ya te he dicho que sí! —replicó el muchacho con impaciencia—. Siéntate y déjame que me recueste en tu regazo. Mamá lo hacía así cuando estábamos juntos. Estate quieta y no hables, pero canta o recítame algún poema, o cuéntame un cuento. Anda.

Cathy recitó el poema más largo que recordaba. Aquello les gustó mucho a los dos. Linton le pidió luego que recitara otro, y después otro, y así siguió la cosa hasta que el reloj dio las doce, y oímos regresar a Hareton, que venía a comer.

—¿Vendrás mañana, Cathy? —preguntó él, cuando la joven, contra su voluntad, empezaba a levantarse para irse.

—No —repuse yo—; ni mañana ni pasado.

Pero ella opinaba lo contrario, sin duda, a juzgar por la expresión que puso Linton cuando ella se inclinó para hablarle al oído.

—No volverá usted, señorita —le dije—. Ni se le ocurra. Mandaré arreglar la cerradura para que no pueda usted escaparse.

—Puedo saltar por el muro —repuso ella en broma—. Ellen, la Granja no es una prisión, ni tú un carcelero. Tengo ya casi diecisiete años y soy una mujer. Y Linton se repondría seguramente si yo le cuidara. Tengo más edad y más juicio que él, no soy tan niña. Él hará lo que yo le diga si le mimo un poco. Cuando se porta bien es adorable. ¡Cuánto me gustaría que viviera en casa! Cuando nos acostumbráramos el uno al otro no discutiríamos nunca. ¿No te gusta Linton, Ellen?

—¿Gustarme? ¡Es el chico más insoportable que he visto en mi vida! Menos mal que no llegará a cumplir veinte años, según dijo el mismo señor Heathcliff. Dudo mucho de que llegue a la primavera. Y no creo que su familia pierda nada porque se muera. Hemos tenido suerte de que no se quedara en casa. Cuanto mejor le hubiéramos tratado, más pesado y más egoísta se hubiera vuelto. Celebro mucho, señorita, que no haya ninguna posibilidad de que él llegue a ser su esposo.

Mi compañera se puso sería al oírme, ofendida de que hablase con tanta frialdad de la muerte de su primo.

—Es más joven que yo —repuso—, y lógicamente debería vivir más, o por lo menos tanto como yo. Ahora está tan fuerte como cuando vino. No tiene más que un resfriado, igual que papá. Y tú dices que él se pondrá bueno, ¿por qué no va a ponerse bueno Linton?

—No hablemos más —dije—. Si usted se propone volver a Cumbres Borrascosas, se lo diré al señor y si él lo autoriza, de acuerdo. Si no da su permiso, usted no reanudará la amistad con su primo.

—Ya se ha reanudado —argumentó Cathy, ásperamente.

—Pero no continuará —aseguré.

—Ya veremos —replicó. Y espoleando a la jaca, partió al galope, obligándome a darme prisa para alcanzarla.

Llegamos un poco antes de comer. El señor, creyendo que veníamos de pasear por el parque, no nos pidió explicaciones. En cuanto entré me cambié de zapatos y de medias, ya que tenía los pies empapados, pero aquello tuvo su efecto, y a la mañana siguiente tuve que quedarme en la cama, en la que permanecí tres semanas seguidas, lo que no me había ocurrido antes, ni, gracias a Dios, me ha vuelto a suceder.

Mi señorita me cuidó tan solícita y cariñosa como un ángel. El catarro me debilitó mucho. Cathy repartía su tiempo entre el cuarto del señor y el mío. No concedía ni un minuto a sus diversiones, no estudiaba, apenas comía, y estaba consagrada a cuidarnos como la más abnegada enfermera. ¡Se portó muy bien con los dos! Como el amo se acostaba temprano, a Cathy le sobraban las horas siguientes al té. Yo no adiviné lo que la pobrecita hacía después de esa hora. Cuando venía a darme las buenas noches, y yo notaba el color rojo de sus mejillas, nunca se me ocurrió que la causa de ello no fuera el fuego de la biblioteca, como me suponía, sino una larga carrera a través de los campos.

Capítulo XXIV

Pasadas tres semanas, empecé a salir de mi cuarto y a andar por la casa. La primera noche pedí a Cathy que me leyese alguna cosa, porque yo me notaba la vista cansada después de la dolencia. Estábamos en la biblioteca, y el señor se había acostado ya. Al darme cuenta de que Cathy cogía mis libros como a disgusto, le dije que eligiese ella misma entre los suyos el que quisiese. Cogió mis libros y leyó durante una hora, pero después empezó a interrumpir la lectura con frecuentes preguntas:

—¿No estás cansada, Ellen? ¿No sería mejor que te acostaras ya? Vas a recaer si estás tanto tiempo fuera de la cama.

—No estoy cansada, querida —contestaba yo.

Cuando se dio cuenta de que mostraba imperturbable, recurrió a otro método para hacerme comprender que no tenía ganas de leerme nada. Bostezó y me dijo:

—Estoy agotada, Ellen.

—No lea más. Podemos hablar un rato —respondí.

Pero el remedio fue aún peor. La joven estaba impaciente y no hacía más que mirar el reloj. Al final, a las ocho, se fue a su habitación, rendida de sueño, según me dijo. A la noche siguiente la escena se repitió, aumentada, y al tercer día me dejó diciendo que tenía dolor de cabeza. Empezó a extrañarme aquello, y decidí ir a buscarla a su cuarto para decirle que me hiciese compañía, ya que si se sentía cansada podía tenderse en el sofá. Pero ella no estaba en su habitación. Los criados me dijeron que no la habían visto. Escuché tras la puerta del señor. El silencio era absoluto. Volví a su habitación, apagué la luz y me senté junto a la ventana.

Había una luna espléndida. Una ligera capa de nieve cubría el suelo. Pensé que quizá la joven habría decidido bajar a tomar el aire al jardín. Al ver una figura que se deslizaba junto a la tapia creí que era la señorita, pero cuando salió de la sombra reconocí a uno de los criados. Durante un trecho observó la carretera, después salió de la finca, y volvió a aparecer llevando de las riendas a *Minny*. La señorita iba a su lado. El criado llevó la jaca a la cuadra con cautela. Cathy entró por la ventana del salón y subió sigilosamente a su cuarto. Cerró la puerta y se quitó el sombrero. Cuando se estaba quitando el abrigo, yo me levanté de pronto. Al verme, se quedó paralizada por la sorpresa.

—Mi querida señorita Catherine —le dije, aunque me sentía tan agradecida por lo bien que me había cuidado que me faltaban las fuerzas para reñirla—. ¿Adónde ha ido usted a estas horas? ¿Por qué me ha engañado? Dígame dónde ha estado.

—Sólo he ido hasta el final del parque —me aseguró.

—¿No ha ido a otro sitio?

—No.

—¡Oh, Catherine! —exclamé disgustada—. Bien sabe usted que ha obrado mal, porque de lo contrario no me diría esa mentira. No sabe cuánto me afecta. Preferiría estar tres meses enferma a oírle decir una falsedad.

Se acercó a mí y me abrazó.

—No te enfades, Ellen —me dijo—. Te lo contaré todo. No sé mentir.

Le prometí que no la reñiría, y nos sentamos junto a la ventana. Ella empezó su relato.

—Desde que te pusiste enferma, Ellen, he ido diariamente a Cumbres Borrascosas, excepto tres días antes y dos después de haber salido tú de tu cuarto. A Michael le soborné para que me sacase a *Minny* de la cuadra todas las noches, dándole estampas y libros. No le reñirás a él tampoco, ¿verdad? Solía llegar a Cumbres Borrascosas a las seis y media y me estaba allí dos horas. Luego volvía a casa galopando. No creas que era una diversión, más bien me he sentido desgraciada allí en muchas ocasiones. Si me he sentido feliz una vez cada semana, ha sido lo más. Como el primer día que te quedaste en cama yo había quedado con Linton en volver a verle, aproveché la oportunidad. Pedí a Michael la llave del parque, asegurándole que tenía que visitar a mi primo, ya que él no podía venir porque eso a papá no le gustaba. Después hablamos de lo de la jaca, y le ofrecí libros, ya que yo sabía que es aficionado a leer. No puso muchas dificultades en complacerme, porque, además, piensa despedirse pronto para casarse.

»Cuando llegué a Cumbres Borrascosas, Linton se alegró. Zillah, la criada, arregló la habitación y encendió un buen fuego. Nos dijo que Joseph estaba en la iglesia y que Hareton se dedicaba a andar con los perros por los bosques (y, según me enteré después, a apoderarse de nuestros faisanes), de modo que estábamos libres de estorbos. Zillah me trajo vino y tortas. Linton y yo nos sentamos junto al fuego y pasamos el tiempo riendo y charlando. Estuvimos planeando los sitios a los que iríamos en verano, y... Bueno, no te hablo de esto, porque dirás que son tonterías.

»Por poco reñimos a propósito de nuestras distintas opiniones. Él me aseguró que lo mejor para pasar un día de julio era estar tumbado de la mañana a la noche entre los matorrales del campo, mientras las abejas zumban alrededor, las alondras cantan y el sol brilla en el cielo. Eso constituye para él el ideal de la felicidad. El mío consiste en columpiarse en un árbol florido, mientras sopla el viento de poniente, y por el cielo corren nubes blancas, y cantan, además de las alondras, los mirlos, los jilgueros y los cuclillos. A lo lejos se ven los pantanos, entre los que se destacan arboledas umbrías, y la hierba ondulada bajo el soplo de la brisa, y los árboles y las aguas murmuran, y la alegría reina por doquier. Él aspiraba a verlo todo sumido en la paz, yo en una explosión de júbilo. Le argumenté que su cielo parecería medio dormido, y él respondió que el mío medio borrado. Le dije que yo me dormiría en su paraíso, y él respondió que se marearía en el mío. Al final decidimos que probaríamos ambos sistemas, y nos besamos y quedamos como amigos.

»Estuvimos sentados cosa de una hora, y luego, pensando yo que podíamos jugar en aquel salón tan amplio si quitábamos la mesa, se lo dije a Linton, y le propuse jugar a la gallina ciega (como he hecho contigo a veces, ¿te acuerdas, Ellen?) y llamar a Zillah para que se divirtiese con nosotros. Él no quiso, pero accedió a que jugásemos a la pelota. En un armario lleno de juguetes viejos, encontramos dos. Una tenía marcada una C y otra una H, y yo quería la C, porque significaba Catherine, pero él no quiso la otra porque se le salía todo el relleno por las costuras. Le gané siempre, se puso de mal humor y volvió a sentarse. Le canté dos o tres canciones de las que tú me has enseñado y recuperó el buen humor. Al irme me rogó que volviese al día siguiente, y se lo prometí. Monté en *Minny* y regresamos veloces como el viento. Pasé la noche soñando con Cumbres Borrascosas y con mi querido primo.

»Al día siguiente me encontré algo triste porque estabas enferma, pero también porque me hubiese gustado que papá supiese que yo iba a Cumbres Borrascosas y lo consintiera. La tristeza se disipó en cuanto me monté en el caballo.

»Esta noche me sentiré feliz también —pensaba yo—, y Linton, mi hermoso Linton, también.

»Cuando subía trotando por el jardín de Cumbres Borrascosas salió a mi encuentro Earnshaw, cogió las bridas, y acarició el cuello de *Minny*, diciéndome que era un bonito animal. Parecía que esperaba que le hablase. Yo le dije que tuviera cuidado con que la jaca no le diese una coz. Él contestó, con su tosco acento habitual, que no le haría mucho daño aunque le cocease, y echó una ojeada a las patas, sonriendo. Fue a abrir la puerta, y mientras lo hacía, me dijo, señalando la inscripción, y con una estúpida muestra de satisfacción:

»—Señorita Catherine, ya sé leer aquello.

»—¡Qué bien! —dije—. Ya veo que usted se está instruyendo.

»Él deletreó las sílabas de la inscripción: «Hareton Earnshaw».

»—¿Y las cifras? —le pregunté, al ver que se paraba.

»—Eso no lo he aprendido aún —respondió.

»—¡Qué torpe! —dije, riendo.

»El muy zafio me miró con asombro, como si no supiese si reírse también. No sabía distinguir si se trataba de una muestra de amistad o de una burla, pero yo le saqué de dudas aconsejándole que se fuera, ya que venía a ver a Linton y no a él. A la luz de la luna pude ver cómo se ruborizaba. Se separó de la puerta y desapareció. Era la auténtica imagen del orgullo ofendido. Sin duda pensaba que se había elevado a la altura de Linton para aprender a deletrear su nombre, y quedó estupefacto al ver que yo no lo apreciaba así.

—Un momento, señorita —interrumpí—. No seré yo quien la riña, pero no me gusta su manera de actuar. Si hubiera pensado que Hareton es tan primo de usted como Linton, habría comprendido que se comportaba usted injustamente. Por lo menos, la intención de Hareton al procurar ponerse al nivel de Linton ya dice mucho en su favor. Y piense que no aprendió para lucirse con ello, sino porque antes le había humillado usted por su ignorancia y él, al rectificarla, quiso que usted le mirase con buenos ojos. Usted no actuó bien burlándose de él. Si a usted la hubieran criado en las condiciones en que él ha crecido, sería igual de torpe. Él era un niño inteligente y despierto, y me duele que se le desprecie sólo porque el villano de Heathcliff le haya rebajado de tal manera.

—Supongo, Ellen, que no vas a ponerte a llorar por esto —exclamó la joven sorprendida—. Espera y verás... Cuando entré, Linton estaba medio tumbado. Se levantó un poco y me saludó.

»—Esta noche no me encuentro bien, querida Catherine —dijo—. Habla tú y yo te escucharé. Antes de irte tienes que prometerme que volverás de nuevo.

»Al saber que estaba enfermo, le hablé tan dulcemente como pude, procurando no incomodarle ni preguntarle nada. Yo había llevado un libro y él me pidió que le leyera algo. Iba a hacerlo cuando Earnshaw entró de repente dando un portazo. Cogió a Linton por un brazo y le sacó con violencia del asiento.

»—¡Lárgate a tu habitación! —profirió, con la voz desfigurada por la ira y el rostro contraído de rabia—. Llévatela contigo, y si viene a verte, no volváis a aparecer por aquí. ¡Fuera los dos!

»Y obligó a Linton a irse a la cocina. A mí me amenazó con el puño. Dejé caer el libro, muy asustada, y él me lo tiró de una patada, y cerró la puerta al salir nosotros. Oí una risa maligna, y al volverme distinguí junto al fuego a ese odioso Joseph, que se frotaba las manos y decía:

»—¡Ya sabía yo que acabaría echándolos fuera! ¡Es todo un hombre, sí! Y se va espabilando... Él sabe muy bien quién debería ser el verdadero amo aquí. ¡Ja, ja, ja! Les ha hecho levantar el campamento, ¿eh?

»—¿Adónde vamos? —pregunté a mi primo, sin hacer caso al viejo.

»Linton se había puesto pálido y estaba temblando. Te aseguro, Ellen, que no estaba nada guapo en aquel momento. Daba miedo mirarle. Su delgado rostro y sus grandes ojos ardían de impotente cólera. Cogió el pomo de la puerta y lo movió, pero no pudo abrirla, porque estaba cerrada por dentro.

»Joseph se echó a reír burlonamente.

»—¡Ábreme o te mato! —rugió Linton—. ¡Te mato, demonio!

—¡Mira, mira! —dijo el criado—. Ahora es el genio del padre el que habla por su boca. ¡Claro, todos tenemos parte del padre y parte de la madre! Pero no temas, muchacho, no te hará nada...

»Le cogí las manos a Linton y quise separarle de la puerta, pero gritó de tal modo que no me atreví a insistir. De pronto, sufrió un terrible ataque de tos, arrojó una bocanada de sangre y cayó al suelo. Salí corriendo al patio, asustadísima, y llamé a voces a Zillah. Ella abandonó las vacas que estaba ordeñando y vino hacia mí. Mientras le explicaba lo sucedido, procuré arrastrarla junto a Linton. Earnshaw había salido, y en aquel momento se llevaba a su cuarto al pobre muchacho. Zillah y yo le seguimos, pero Hareton se volvió y me ordenó que me fuese a casa.

»Yo le contesté que él había matado a Linton y quise entrar. Pero Joseph cerró la puerta con llave y me preguntó si me había vuelto tan loca como mi primo. En fin, yo me quedé allí llorando, hasta que volvió la criada diciéndome que dentro de poco Linton estaría mejor y que no había por qué llorar de aquel modo. Luego me hizo ir al salón a la fuerza.

»Yo estaba a punto de arrancarme el pelo de desesperación, Ellen. Lloré hasta que los ojos me quemaron. Y ese rufián que te inspira tantas simpatías se atrevió a enfrentarse conmigo varias veces y hasta me mandó callar. Yo le dije que iba a contárselo todo a papá, y que a él le llevarían a la cárcel y le ahorcarían, lo que le asustó mucho. Salió para ocultar su miedo. Me convencieron por fin de que me fuera. Cuando estaba yo a unas cien yardas de la casa, él apareció de pronto y detuvo a *Minny*.

»—Estoy muy disgustado, señorita Catherine —empezó a decir—, pero es que...

»Yo, temiendo que quisiera asesinarme, le di un latigazo. Me soltó y profirió unas horribles maldiciones. Volví a casa al galope, casi fuera de mí.

»Aquella noche no te vine a saludar, y al día siguiente no volví a Cumbres Borrascosas, aunque lo deseaba vivamente. Temía que me dijeran que Linton había muerto, y me asustaba la idea de encontrarme con Hareton. En fin, al tercer día reuní fuerzas y me atreví otra vez a escaparme. Fui a pie creyendo que podría deslizarme sin que me vieran hasta el cuarto de Linton. Pero los perros me delataron con sus ladridos. Zillah me recibió diciéndome que el muchacho estaba mucho mejor, y me llevó a su cuartito limpio y bien alfombrado, donde encontré a Linton leyendo el libro que le llevé. Pero tenía tan mal humor que se pasó una hora sin abrir la boca, y cuando al fin lo hizo fue para decirme que yo era la culpable de todo, y no Hareton. Entonces me levanté y sin contestarle me fui. Me llamó, pero no hice caso y volví aquí decidida a no visitarle más. Pero al otro día me resultaba tan penoso irme a la cama sin saber de él que mi resolución se esfumó antes de que llegase a madurar. Cuando Michael me preguntó si ensillaba a *Minny* le dije que sí, y al momento galopaba hacia las colinas. Como para entrar en el patio tenía que pasar por delante la fachada, no era oportuno ocultar mi presencia.

»—El señorito está en el salón —me dijo Zillah.

»Earnshaw estaba también allí, pero se fue al entrar yo. Linton estaba medio dormido en un sillón. Le hablé con seriedad y sinceridad.

»—Mira, Linton, como no me aprecias y piensas que vengo para perjudicarte, no pienso volver más. Ésta es la última vez. Me despido de ti, y dile al señor Heathcliff que eres tú quien no me quiere ver, para que él no invente nada más...

»—Siéntate y quítate el sombrero, Cathy —repuso—. Debes de ser más buena que yo, porque eres más feliz. Papá habla tanto de mis defectos que no te debe extrañar que yo mismo dude de mí. Cuando pienso en ello, siento tanto dolor, y tanta decepción, que odio a todo el mundo. Verdaderamente, soy tan despreciable y tengo un carácter tan malo que creo que harás bien en no volver, Cathy. Sin embargo, yo quisiera ser tan bueno y tan amable como tú. Seguramente lo sería si tuviera buena salud. Te has portado tan bien que te amo tanto como si fuera digno de tu amor. No puedo impedir mostrarte como soy, pero lo siento de verdad, me arrepiento de ello, y me arrepentiré mientras viva.

»Yo comprendí que decía lo que sentía, y que debía perdonarle, aunque fuera para pelearnos un instante después. A pesar de la reconciliación, los dos nos pasamos el tiempo llorando. Me dolía pensar en el mal carácter de Linton, porque me hacía cargo de que incomodaría siempre a sus amigos e incluso a sí mismo.

»A partir de aquella noche le visité siempre en su habitación. Su padre regresó al día siguiente. Que yo recuerde, sólo tres días hemos estado sin discutir y hemos sido felices; el resto del tiempo, todas las visitas han sido angustiosas, ya sea por el egoísmo que Linton demuestra o por lo que dice que sufre. Pero me he acostumbrado, y ya no me disgusto. En cuanto al señor Heathcliff, procura deliberadamente no encontrarse conmigo. El domingo, al llegar, le oí insultar a Linton por cómo se había comportado conmigo el día anterior. No sé cómo lo sabría, a no ser que estuviera escuchando. Linton, en efecto, me había molestado. Yo entré y le dije a Heathcliff que eso era cosa mía exclusivamente. Él se echó a reír y me contestó que se alegraba de que yo me lo tomase así. Recomendé a Linton que a partir de entonces me dijera en voz baja las cosas que pudieran hacer creer a los demás que discutíamos.

»Lo has oído bien, Ellen. Si dejo de ir a Cumbres Borrascosas habrá dos personas que sufren. Si no se lo dices a papá y sigo yendo, nadie sufrirá nada. ¿Verdad que no se lo dirás? Sería una crueldad muy grande.

—Ya lo pensaré, señorita —repuse—. No quiero contestarle sin pensarlo.

Y lo pensé en presencia de mi amo, a quien relaté todo lo sucedido, menos el detalle de las charlas de Linton con Cathy, y sin aludir a Hareton. El señor se disgustó mucho más de lo que demostró. A la mañana siguiente, Cathy se enteró de que yo había traicionado su secreto y también que las visitas se habían terminado. Lloró y rogó a su padre que se compadeciese de Linton. Lo más que pudo conseguir fue que su padre escribiera al muchacho diciéndole que podía venir a la Granja si le apetecía, pero que Cathy no volvería a Cumbres Borrascosas. Y creo que si hubiese sabido cuál era el carácter y el verdadero estado de salud de su sobrino, ni siquiera hubiera accedido a darle aquel pequeño consuelo.

Capítulo XXV

—Todo esto, señor —dijo la señora Dean—, sucedió el invierno pasado. Nunca se me hubiera ocurrido pensar que, un año más tarde, yo iba a distraer con este relato a un forastero ajeno a la familia. Ahora que, ¿quién sabe si seguirá usted siendo un extraño durante mucho tiempo? Dudo mucho de que sea posible ver a Cathy Linton sin enamorarse de ella. Sí, sonría, sonría, pero lo cierto es que se anima usted cada vez que se la menciono. Además, ¿por qué me ha pedido que cuelgue su retrato sobre la chimenea, y...?

—¡Bueno, bueno, amiga mía! —repuse—. Suponga incluso que yo me enamorase de ella. ¿Cree usted que ella se enamoraría de mí? Lo dudo, y no quiero arriesgarme. Además, yo pertenezco al mundo activo, y debo volver a él. Vamos, siga contándome...

—Catherine —continuó la señora Dean— obedeció a su padre, porque el cariño que sentía por él era más fuerte que todo lo demás. El amo le habló sin enfadarse, pero con la natural inquietud de quien siente que está dejando abandonado lo que más quiere en medio de riesgos y enemigos; y en esas circunstancias, el objeto de su afecto sólo podría tener como guía el recuerdo de sus palabras.

A mí me dijo pocos días después:

—Me hubiera gustado que mi sobrino escribiera o viniese. Dime sinceramente tu opinión sobre él, Ellen. ¿Ha mejorado? ¿Puede esperarse que mejore cuando crezca y se haga un hombre?

—Está muy enfermo, señor, y es posible que no viva mucho tiempo. Puedo asegurarle que no se parece a su padre. Si la señorita Cathy se casase con él, el muchacho se dejaría controlar por ella, siempre que la señorita no llevase su indulgencia hasta los extremos de la tontería. Pero ya tendrá usted tiempo de conocerle y de pensar si conviene o no... Le faltan cuatro años para ser mayor de edad.

Edgar suspiró, y a través de la ventana miró hacia la iglesia de Gimmerton. El sol de febrero iluminaba débilmente la tarde neblinosa y bajo su luz distinguimos confusamente los abetos y las lápidas del cementerio.

—A pesar de lo mucho que he rogado a Dios para que ello sucediera, ahora me da miedo —murmuró como para sí mismo—. Creía que el recuerdo de la hora en que bajé a aquella iglesia para casarme no sería tan feliz como el presentimiento del momento en que había de yacer en la fosa. Cathy me ha hecho muy feliz, Ellen. He pasado felizmente a su lado las veladas de invierno y los días de verano. Pero no he sido menos feliz cuando erraba entre aquellas lápidas, al lado de la vieja iglesia, en las tardes de junio en que me sentaba junto a la tumba de su madre y pensaba en la hora en que me reuniría con ella... Y ahora, ¿qué puedo hacer por Cathy? Que Linton sea hijo de Heathcliff y se la lleve no me importaría nada, si ello pudiera consolarla de mi falta. ¡Ni siquiera me importa que Heathcliff se considere vencedor! Pero si Linton es un instrumento de su padre, no puedo abandonarla en sus manos. Me duele mucho hacer sufrir a Catherine, pero es preferible. ¡Hija mía! ¡Preferiría llevarla yo mismo a la tumba!

—Si usted faltase, Dios no lo permita —contesté—, yo seguiré siendo la amiga y la consejera de Cathy. Pero ella es una buena muchacha, y no se empeñará en seguir el mal camino.

Avanzaba la primavera, pero mi amo no se reponía. A veces paseaba por el parque con su hija, que consideraba aquello como una señal de que su padre estaba mejor. Y pensaba que se curaría al ver sus mejillas encendidas y sus ojos brillantes.

El día en que la señorita cumplía diecisiete años, el señor no fue al cementerio. Llovía. Yo le dije:

—¿No irá usted esta tarde, verdad?

—Este año iré más adelante —respondió.

Escribió de nuevo a Linton expresándole su deseo de verle, y estoy segura de que si el aspecto del chico no hubiera sido una auténtica calamidad, habría ido. Contestó, sin duda aconsejado por Heathcliff, diciendo que su padre no estaba de acuerdo con que visitase la Granja, pero que podía encontrarse con su tío alguna vez que éste saliese de paseo, ya que también deseaba verle. Asimismo le rogaba que no se obstinase en separarle por más tiempo de Catherine.

No pretendo —decía con sencilla elocuencia— que Cathy me visite aquí, pero le suplico que la acompañe usted alguna vez paseando hacia Cumbres Borrascosas y que nos permita hablar un poco en su presencia. No hemos hecho nada que justifique esta separación, y usted mismo lo reconoce. Querido tío, mándeme una nota mañana diciéndome en qué sitio que no sea la Granja de los Tordos quiere que nos encontremos. Espero que usted se convenza de que no tengo el carácter de mi padre. Él afirma que tengo más de sobrino de usted que de hijo suyo. Aunque mis defectos me hagan indigno de Cathy, ya que ella me los perdona, usted debería seguir su ejemplo. Mi salud está mejorando, pero ¿cómo voy a curarme mientras esté rodeado de seres que no me han querido ni me querrán nunca?

A Edgar le hubiera complacido acceder a la petición, pero no se sentía con fuerzas para acompañar a su hija.

Escribió a su sobrino diciéndole que aplazasen las entrevistas para el verano, y que entretanto no dejase de escribirle, y que él le aconsejaría y haría por él cuanto pudiese. Linton, de por sí, tal vez lo hubiera echado todo a perder con sus quejas, pero sin duda le vigilaba su padre, ya que el muchacho lo aceptó todo. En sus cartas se limitaba a decir que le angustiaba mucho no poder ver a su prima, y que deseaba que su padre les procurase una entrevista lo antes posible, pues, si no, pensaría que pretendía entretenerle con vanas esperanzas.

En nuestra casa tenía una poderosa aliada: Cathy. Así que entre los dos acabaron convenciendo al señor de que una vez a la semana les dejase dar un paseo a caballo por los pantanos, bajo mi vigilancia. Cuando llegó junio, el señor se encontraba peor aún. Cada año guardaba una parte de sus rentas para aumentar los bienes de su hija, pero quería que ella, cuando él faltase, no tuviese que abandonar la casa paterna. El mejor medio para conseguirlo era que se casase con el heredero legal. No podía suponer que el joven Linton se consumía casi tan rápido como él, porque como ningún médico iba a Cumbres Borrascosas, no había posibilidad de saber nada sobre el verdadero estado del muchacho. Yo misma, viendo que él hablaba de pasear a caballo por los pantanos con tanta seguridad, creí que me estaba equivocando en mis suposiciones. No me cabía en la cabeza que un padre tratase con tanta crueldad a un hijo moribundo, como luego averigüé que Heathcliff le había tratado, empeñándose en que sus planes se realizaran antes de que la muerte del muchacho los impidiera.

Capítulo XXVI

A principios de verano, Edgar accedió de mala gana a que los primos se viesen. Salimos Cathy y yo. El día era bochornoso y sin sol, pero no amenazaba lluvia. Nos habíamos citado en la piedra que había en el cruce de los caminos. Pero no encontramos a nadie allí. Al poco rato, llegó un muchachito y nos dijo que el señorito Linton estaba un poco más allá y que nos agradecería muchísimo que nos acercásemos hasta allí.

—El señor Linton —repuse— ha olvidado que su tío puso como condición que las citas fueran en los terrenos de la Granja.

—Y será así —dijo Cathy—. Volveremos hacia aquí cuando nos encontremos.

Pero cuando le alcanzamos estaba a un cuarto de milla de su casa, tumbado sobre los matorrales. No se levantó hasta que estuvimos muy cerca de él. Nos bajamos de los caballos y él dio unos pasos hacia nosotras. Estaba tan pálido y parecía tan débil que sólo pude exclamar:

—¡Pero, señorito Linton, usted no está hoy en condiciones para pasear! Me parece que se encuentra usted muy enfermo.

Cathy le miró asombrada y entristecida, y en vez de darle la bienvenida que le tenía preparada le preguntó si estaba peor que otras veces.

—Estoy mejor —respondió él, entre temblores y jadeos, mientras le cogía la mano como en busca de apoyo y fijaba en ella sus ojos azules.

—Entonces es que has empeorado desde la última vez que te vi —insistió su prima—. Estás más delgado, y...

—Es que estoy cansado —repuso el joven—. Vamos a sentarnos, hace demasiado calor para pasear. Suelo encontrarme mal por las mañanas. Papá dice que estoy creciendo muy deprisa.

Cathy se sentó, no muy satisfecha, y él se acomodó a su lado.

—Esto se parece al paraíso que tú anhelabas —dijo la joven, esforzándose en bromear—. ¿No te acuerdas de que quedamos en pasar dos días, uno como a ti te gusta y otro como me gusta a mí? Lo de hoy es tu ideal, lástima que hay nubes, aunque eso resulta aún más bonito que el sol... Si la semana que viene te encuentras bien, iremos a caballo al parque de la Granja y pondremos en práctica mi concepto del paraíso.

Se notaba que Linton no recordaba nada de lo que ella le decía, y que le costaba mucho trabajo mantener una conversación. Demostraba tal falta de interés hacia lo que ella le decía que Cathy no podía ocultar su desilusión. El carácter inconstante del joven que, con mimos y caricias solía dejar lugar al afecto, se había convertido ahora en una apática dejadez. En lugar de su desgana infantil de antes, se apreciaba en él el pesimismo amargo del enfermo incurable que no quiere ser consolado y que considera insultante la alegría de los demás. Catherine se dio cuenta de que él consideraba nuestra compañía más como un castigo que como un placer, y no dudó en proponer que nos marcháramos. Linton, al oírlo, cayó en una extraña agitación. Miró horrorizado en dirección a Cumbres Borrascosas y nos rogó que nos quedáramos con él media hora más.

—Yo creo —dijo Cathy— que en tu casa te encuentras mejor que aquí. Hoy no te entretienen mi conversación, ni mis canciones, ni nada... En estos seis meses te has hecho más formal que yo. Aunque si creyese que eso te divierte, me quedaría contigo con mucho gusto.

—Quédate un poco más, Cathy —dijo el joven—. No digas que estoy mal, ni lo pienses. Son el calor y el bochorno que me agobian. Antes de llegar tú, he andado mucho. No le digas al tío que me encuentro mal. Dile que estoy bastante bien. ¿De acuerdo?

—Le diré lo que me has dicho, Linton. Pero no puedo asegurarle que estés bien —dijo, extrañada, la señorita.

—Vuelve a verme el jueves, Cathy —murmuró él, esquivando su mirada—. Y dale las gracias al tío por haberte dejado venir. Y, mira... Si te encuentras a mi padre, no le digas que he estado triste, porque se enfadaría...

—No me importa que se enfade —repuso Cathy, creyendo que el enfado sería hacia ella.

—Pero a mí sí —contestó su primo, estremeciéndose—. No hagas que se enfade conmigo, Cathy, porque le tengo miedo.

—¿Así que es severo con usted, señorito? —intervine yo—. ¿Se ha cansado de ser tolerante?

Linton me miró y guardó silencio. Inclinó la cabeza sobre el pecho y durante diez minutos le oímos suspirar. Cathy se entretenía en coger arándanos y los compartía conmigo, sin ofrecerle a él por no incomodarle.

—¿Ha pasado ya la media hora, Ellen? —me preguntó Cathy al oído—. Yo creo que no debemos quedarnos más. Linton se ha dormido, y papá nos espera.

—Espere a que se despierte —respondí—. ¡Qué prisa tiene en irse! Tanta como impaciencia tenía por encontrarle.

—¿Para qué quería verme Linton? —contestó Catherine—. Yo preferiría que estuviese como antes, a pesar de su mal humor. Me da la impresión de que quiere verme únicamente por complacer a su padre. Y no me gusta venir por complacer al señor Heathcliff. Me alegro de que

Linton esté mejor, pero no me gusta que se haya vuelto menos afectuoso conmigo.

—¿Usted cree que está mejor? —pregunté.

—Me parece que sí —repuso— porque ya sabes cuánto le gustaba exhibir sus propios sufrimientos. No es que esté tan bien como me ha dicho que le diga a papá, pero debe de estar mejor.

—A mí me parece, señorita —contesté—, que está mucho peor.

En aquel momento Linton despertó sobresaltado y preguntó si alguien le había llamado por su nombre.

—No —dijo Cathy—. Debes de haberlo soñado. No comprendo cómo puedes dormirte en el campo por la mañana.

—Me pareció oír a mi padre —dijo él—. ¿Estás segura de que no me ha llamado nadie?

—Segurísima —dijo su prima—. Ellen y yo hablábamos de ti. Dime, Linton, ¿estás realmente mejor que en invierno? Porque si lo estás, es bien seguro que me quieres menos... Anda, dime, ¿estás mejor?

Linton rompió a llorar y contestó:

—Sí...

Y seguía mirando a un lado y a otro, obsesionado por la voz de su padre.

Cathy se puso en pie.

—Tenemos que marcharnos —afirmó—, y me voy muy decepcionada. Pero no se lo diré a nadie. Y no pienses que es por miedo al señor Heathcliff.

—¡Cállate! —murmuró Linton—. Mira, allí está.

Cogió a Cathy del brazo y quiso retenerla, pero ella se soltó y llamó a *Minny*, que acudió enseguida.

—El jueves volveré, Linton —gritó—. ¡Adiós! ¡Vamos, Ellen!

Y nos fuimos. Él casi no se dio cuenta de nuestra marcha debido a la preocupación que le producía la llegada de su padre.

Durante la vuelta Cathy sintió, en lugar del disgusto que la había invadido, una especie de compasión, combinada con dudas sobre las verdaderas circunstancias mentales y físicas en que se hallaba Linton. Yo compartía sus dudas, pero le aconsejé que esperásemos para juzgarlo hasta la siguiente cita.

El señor nos pidió que le contáramos lo sucedido. Cathy se limitó a darle las gracias de parte de su sobrino, y sobre lo demás contó pocos detalles. Yo hice lo mismo, porque en realidad no sabía qué decir.

Capítulo XXVII

Pasaron otros siete días y el estado de salud de Edgar Linton fue empeorando cada vez más. La enfermedad progresaba de hora en hora. Tratábamos de engañar a Cathy, pero no lo conseguíamos. Ella adivinaba la terrible probabilidad que de minuto en minuto se convertía en realidad. El jueves siguiente no se atrevió a hablar a su padre de la cita, y lo hice yo. El mundo de Cathy se reducía a la biblioteca y a la habitación de su padre. Su rostro había palidecido con tantos disgustos. Así que el señor nos autorizó gustoso a hacer aquella excursión que, según él, ofrecería un cambio en la vida habitual de su hija. El señor se consolaba esperando que después de su muerte, ella no se quedaría sola del todo.

Según yo entendí, el señor Linton creía que su sobrino se le parecía tanto en lo moral como en lo físico. Naturalmente, las cartas de Linton no hacían referencia alguna a sus propios defectos. Y yo tenía la debilidad, creo que disculpable, de no sacarle de su error, pues de nada hubiera servido amargarle sus últimos momentos con cosas que no podían remediarse.

En aquella ocasión salimos por la tarde, una dorada tarde de agosto. La brisa de las colinas era tan saludable que parecía tener el poder de hacer revivir a un moribundo. En el rostro de Cathy se reflejaba el paisaje, sombra y luz brillaban a intervalos en él, pero el sol se disipaba pronto, y se notaba que su pobre corazoncito se reprochaba el haber abandonado, aunque fuese por poco tiempo, el cuidado de su querido padre.

Vimos a Linton esperando donde la otra vez. Cathy se bajó del caballo y me dijo que, como se proponía estar allí poco tiempo, era mejor que yo no me bajase siquiera y que me quedase allí mismo al cuidado de la jaca. Pero yo la acompañé, porque no quería alejarme ni un momento del tesoro que estaba confiado a mi custodia. Linton nos recibió con más animación que la otra vez, aunque no revelaba ni energía ni satisfacción, sino más bien miedo.

—¡Cuánto has tardado! —dijo—. Creí que no ibas a venir... ¿Está mejor tu padre?

—Deberías ser sincero conmigo —indicó Catherine— y decirme con franqueza que no te hago falta. ¿Por qué me haces venir si sabes que esto solo sirve para que nos disgustemos?

Linton tembló de pies a cabeza y la miró suplicante y avergonzado, pero ella no estaba de humor de soportar su extraña conducta.

—Mi padre está muy enfermo —siguió Cathy—. Si no tenías ganas de que te viniese a ver debiste haberme avisado, y así yo no habría tenido que separarme de papá. Explícate con claridad, vamos a dejarnos de tonterías. No voy a andar de la ceca a la meca por culpa de tus delicadezas.

—¡Mis delicadezas! —murmuró el muchacho—. ¿A qué delicadezas te refieres, Cathy? No te enfades, por Dios... Despréciame si quieres, porque verdaderamente soy despreciable, pero no me odies. Reserva el odio para mi padre. A mí solo tienes que despreciarme.

—¡Qué tonterías estás diciendo, muchacho! —exclamó Cathy, excitada—. ¡Pero si estás temblando! ¡Cualquiera diría que tienes miedo de que te pegue! Anda, vete... Es una barbaridad hacerte salir de casa con el propósito de que... ¿De qué? ¿Qué nos proponemos? ¡Suéltame el vestido! Deberías haber rechazado la compasión que yo sentía hacia ti cuando te veía llorando. Ellen, dile tú que su comportamiento es vergonzoso. ¡Levántate! ¡No te arrastres como un reptil!

Linton, sollozante, se había dejado caer en el suelo, y parecía sentir un terror convulsivo.

—¡Oh, Cathy! —exclamó llorando—. Me estoy comportando como un traidor, sí; pero, si tú me dejas, ellos me matarán. Querida Cathy, mi vida depende de ti. ¡Y tú has dicho que me amabas! ¡No te vayas, mi buena, mi dulce y amada Cathy! ¡Si tú quisieras... él me dejaría morir a tu lado!

Viéndole tan acongojado, la señorita se compadeció.

—¿Si yo quisiera el qué? —preguntó—. ¿Quedarme? Explícate y te complaceré. Me vuelves loca con todo lo que dices. Ábreme tu corazón, Linton. ¿Verdad que no te propones ofenderme? ¿Verdad que evitarías que me hiciesen daño si estuviera en tu mano? Yo creo que eres cobarde incluso para ti mismo, pero que no serías capaz de traicionar a tu mejor amiga.

—Mi padre me ha amenazado —declaró el muchacho— y le tengo miedo... ¡No, no me atrevo a decírtelo!

—Pues, guárdatelo —contestó Cathy desdeñosamente—. Yo no soy una cobarde. Ocúpate de ti. Yo por mí no tengo miedo.

Él se echó a llorar y comenzó a besar las manos de la joven, pero no dijo nada más. Yo, por mi parte, meditaba sobre aquel misterio y había tomado la decisión de que ella no sufriese ni por Linton ni por nadie. Entonces oí un ruido entre los matorrales y vi al señor Heathcliff que se dirigía hacia nosotros. Aunque oía sin duda los sollozos de Linton, no miró a la pareja, sino que me habló a mí, empleando el tono casi amistoso con que siempre me trataba, creo que sinceramente, y me dijo:

—Me alegro de verte, Ellen. ¿Cómo os va? —Y agregó

en voz baja—: Me han dicho que Edgar Linton se está muriendo. ¿Es cierto?

—Es absolutamente cierto —repuse— y si para nosotros es muy triste, creo que para él es una bendición.

—¿Cuánto tiempo crees que vivirá? —me preguntó.

—No lo sé.

—Es que —prosiguió, mirando a Linton, que no se atrevía ni a levantar la cabeza (y la propia Cathy parecía estar en el mismo estado bajo el poder de su mirada)— creo que este muchacho va a darme mucho que hacer aún, y sería de desear que su tío se largase de este mundo antes que él. ¿Cuánto hace que este cachorro está llorando? Ya le he dado algunas lecciones de llanto. ¿Está a gusto con la muchacha?

—¿A gusto? Lo que se muestra es angustiadísimo. Creo que en vez de pasear por el campo con su novia debería estar en la cama atendido por un médico.

—Así será dentro de dos días —respondió Heathcliff—. ¡Linton, levántate! ¡No te arrastres por el suelo!

Linton había vuelto a dejarse caer, sin duda asustado por la mirada de su padre. Trató de obedecerle, pero sus escasas fuerzas se habían agotado, y volvió a caer lanzando un gemido. Su padre le incorporó y le hizo recostarse sobre un ribazo cubierto de césped.

—Ponte en pie, maldito —dijo brutalmente, aunque procuraba reprimirse.

—Lo intentaré, padre —respondió él, jadeando—, pero déjeme solo. Cathy, dame la mano. Ella te podrá decir que... estuve alegre, como tú querías.

—Cógete a mi mano —respondió Heathcliff—. Ella te dará el brazo ahora. ¡Así! Sin duda pensará usted, joven, que soy el diablo cuando tanto miedo le doy. ¿Quiere usted acompañarle hasta casa? En cuanto le toco, se echa a temblar...

—Querido Linton —manifestó Catherine—, no puedo acompañarte hasta Cumbres Borrascosas, porque papá no me lo permite. Pero tu padre no te hará nada. ¿Por qué le tienes miedo?

—No entraré más en esa casa —aseguró él— si no me acompañas tú.

—¡Silencio! —gritó su padre—. Es preciso respetar los escrúpulos de Catherine. Ellen, acompáñale tú. Creo que seguiré tus consejos y llamaremos al médico.

—Hará usted bien —contesté—, pero no puedo acompañar a su hijo. Tengo que quedarme con mi señorita.

—Sigues tan altanera como de costumbre —comentó Heathcliff—. Ya que no te compadeces del chiquito, vas a hacer que le pellizque para que grite y se despierte tu compasión. Vamos, valiente, ven acá. ¿Quieres volver conmigo a casa?

Hizo ademán de sujetar al joven, pero él se apartó, se cogió a su prima y le suplicó, frenético, que le acompañase.

Verdaderamente, resultaba difícil negarse a aquella petición. Las causas de su terror permanecían ocultas, pero lo cierto es que el muchacho estaba asustado y tenía el aspecto de volverse loco si el ataque de nervios aumentaba. Llegamos, pues, a la casa. Cathy entró y yo permanecí fuera esperándola, pero el señor Heathcliff me empujó y me forzó a entrar, diciéndome:

—Mi casa no está infectada de la peste, Ellen. Y hoy me siento hospitalario. Pasa. Con tu permiso, voy a cerrar la puerta.

Y echó la llave. A mí me dio un vuelco el corazón.

—Tomaréis el té antes de volver —siguió diciendo—. Hoy estoy solo. Hareton ha salido con el ganado, y Zillah y Joseph se han ido a divertirse. Yo estoy acostumbrado a la soledad, pero cuando encuentro buena compañía, lo prefiero. Siéntese junto al muchacho, señorita Linton. Ya ve que le ofrezco lo que tengo (me refiero a Linton) y si no es gran cosa, lo lamento mucho. ¡Cómo me mira usted! Es curioso que siempre me siento atraído hacia los que me tienen miedo. Si viviera en un país menos escrupuloso y donde la ley fuera menos rígida, creo que me dedicaría a hacer la vivisección de esos dos como entretenimiento vespertino. —Dio un puñetazo en la mesa y exclamó—: ¡Por todos los demonios...! ¡Les odio!

—No le tengo miedo —dijo Cathy, que no había percibido la última parte de la charla de Heathcliff.

Y se acercó a él. Sus ojos brillaban.

—¡Venga, la llave! —exigió—. No comeré aquí aunque me muera de hambre.

Heathcliff cogió la llave, y se quedó mirando a Cathy sorprendido. La joven se precipitó sobre él y casi logró arrancársela. Heathcliff reaccionó rápidamente y cogió la llave con fuerza.

—Apártese de mí, Catherine Linton —ordenó— o la tiro al suelo de un puñetazo por mucho que altere a la señora Dean.

Pero ella, sin atenderle, volvió a agarrarse a la llave.

—¡Nos vamos! —exclamó.

Y viendo que con las manos y las uñas no lograba abrir la mano cerrada de Heathcliff, le clavó los dientes. Heathcliff me lanzó una mirada que me paralizó momentáneamente. Cathy, atenta a sus dedos, no le veía la cara. Entonces él abrió la mano y soltó la llave, pero a la vez cogió a Cathy por el pelo, la puso de rodillas y le golpeó violentamente la cabeza. Aquella diabólica brutalidad me puso fuera de mí. Me lancé hacia él gritando:

—¡Maldito miserable!

Un golpe en el centro del pecho me hizo enmudecer. Como soy gruesa, me fatigo enseguida, y entre la rabia que me dominaba y una cosa y otra, sentí que el vértigo me ahogaba como si se me hubiera roto una vena. Todo concluyó en dos minutos. Cathy, al quedar suelta, se llevó las manos a las sienes como si creyese que ya no tenía la cabeza en su sitio. Temblando como un junco, la pobrecita fue a apoyarse en la mesa.

—Ya ves —dijo el malvado, agachándose para coger la llave que se había caído al suelo— que sé castigar a los niños traviesos. Ahora vete con Linton y llora todo lo que quieras. Dentro de poco seré tu padre, tu único padre, además, y cosas como las de hoy te las encontrarás con frecuencia, puesto que no eres débil y estás en condiciones de aguantar lo que sea... ¡Como vuelva a aparecer ese mal genio, tendrás todos los días una ración como la de hoy!

Cathy corrió hacia mí, apoyó la cabeza sobre mi regazo y rompió a llorar. Su primo permanecía silencioso en un rincón, contento, al parecer, de que la tormenta hubiera descargado sobre una cabeza distinta a la suya. Heathcliff se levantó y él mismo preparó el té. El servicio ya estaba dispuesto. Y vertió la infusión en las tazas.

—Fuera esa tristeza —me dijo, ofreciéndome una taza— y sirve a esos niños traviesos. No tengas miedo, no está envenenado. Me voy a buscar vuestros caballos.

En cuanto se fue comenzamos a buscar una salida. Pero la puerta de la cocina estaba cerrada, y las ventanas eran demasiado estrechas, incluso para la delgadez de Cathy.

—Señorito Linton —dije yo—, ahora va usted a decirnos qué es lo que su padre se propone, o de lo contrario yo le vapulearé a usted como él ha hecho con su prima.

—Sí, Linton, dínoslo —añadió Catherine—. Todo ha sucedido por venir a verte, y si te niegas a hablar te comportarás como un desagradecido.

—Dame el té, y luego te lo diré —repuso el joven—. Señora Dean, márchese un momento. Me molesta tenerla siempre delante. Cathy, te están cayendo las lágrimas en mi taza. No quiero ésa. Dame otra.

Cathy le entregó otra y se limpió las lágrimas. Me molestó la serenidad del muchacho. Me di cuenta de que había sido amenazado por su padre con un castigo si no lograba llevarnos hasta aquella encerrona, y que, una vez conseguido, ya no tenía miedo de nada.

—Papá quiere que nos casemos —dijo, después de beber un sorbo de té—. Y como sabe que tu padre no lo permitiría ahora, y el mío tiene miedo de que yo me muera antes, es preciso que nos casemos mañana por la mañana. Así que tienes que quedarte toda la noche aquí, y después de hacer lo que él quiere, venir a buscarme al día siguiente, y llevarme contigo.

—¿Llevarle con ella? —exclamé—. ¿Ese hombre está loco o cree que los demás somos idiotas? Pero ¿es posible que usted se imagine que esta robusta y hermosa joven se va a casar con un miserable desdichado como usted? ¿Piensa que nadie en el mundo le aceptaría a usted por marido? Se merece usted una buena zurra por habernos hecho venir con sus cobardes tretas, y... ¡No me mire así, porque tengo ganas de darle una paliza por su maldad y su estupidez!

Le di un empujón, y sufrió un ataque de tos. Enseguida empezó a llorar y a gimotear. Cathy me impidió que le tocase.

—¡Quedarme aquí toda la noche! —dijo—. ¡Si es preciso, quemaré la puerta para salir!

Iba a poner en práctica su amenaza cuando Linton, asustado por las consecuencias que aquello le acarrearía, se incorporó, la sujetó entre sus débiles brazos, y dijo, entre lágrimas:

—¿No quieres salvarme, Cathy? ¿No quieres llevarme contigo a la Granja? No me abandones, Catherine. Debes obedecer a mi padre.

—Debo obedecer al mío —replicó ella—. ¿Qué ocurriría si yo pasase toda la noche fuera de casa? Ya debe de estar angustiado viendo que no vuelvo. Tengo que salir de aquí a toda costa. Tranquilízate, no te pasará nada. Pero no me pongas trabas, Linton. A mi padre le quiero más que a ti.

El muchacho tenía tanto miedo de Heathcliff que se sintió hasta elocuente. Cathy, a punto de enloquecer, le rogó que dominase su miedo. Y mientras tanto, nuestro carcelero volvió a entrar.

—Vuestros caballos se han escapado —anunció—. ¡Pero Linton! ¿Estás llorando otra vez? ¿Qué te ha hecho tu prima? Anda, vete a la cama. Dentro de poco podrás devolverle a tu prima todos sus desdenes. Suspiras de amor, ¿eh? ¡Claro, no hay nada mejor en el mundo! Bueno, acuéstate. Zillah no está hoy aquí, así que tendrás que arreglártelas solo. ¡Silencio! Y no tengas miedo, no voy a acercarme a tu cama. Has tenido la suerte de hacer bastante bien las cosas. Yo me ocuparé del resto.

Mientras hablaba, había abierto la puerta de la habitación de su hijo, y éste entró por ella con el aspecto de un perro que tiene miedo de que le den una patada. Cuando la puerta cerró tras él, Heathcliff se acercó al fuego junto al cual nosotras permanecíamos silenciosas. Cathy levantó la mirada, y al ver que Heathcliff se acercaba, de un modo instintivo se llevó la mano a la mejilla. Él la miró con dureza, y dijo:

—Así que no me temías, ¿eh? Pues tu valentía está ahora bien escondida. Me parece que estás condenadamente asustada.

—Lo estoy ahora —respondió la joven— porque, si me quedo aquí, papá se llevará un disgusto horrible. ¡Y no quiero causárselo cuando él está como está!... Señor Heathcliff, déjeme marcharme. Me casaré con Linton. Papá está de acuerdo. ¿Para qué obligarme a algo que ya estoy dispuesta a hacer?

—¡Que la obligue si se atreve! —grité—. Hay leyes, gracias a Dios. ¡Las hay, hasta en este rincón del mundo!

¡Yo misma lo denunciaría! ¡Lo haría aunque fuese mi propio hijo! ¡Qué canallada!

—¡Silencio! —ordenó el malvado—. ¡Menudo alboroto! No me interesa oíros. Catherine, no sabes cuánto me alegrará saber que tu padre está desconsolado. La satisfacción no me dejará dormir. No podías haber encontrado un medio mejor para persuadirme de que te retenga veinticuatro horas en mi casa. Y respecto a casarte con Linton, estoy seguro de que sucederá, puesto que no saldrás de aquí hasta haberlo hecho.

—Entonces envíe a Ellen a decir que no me pasa nada, o cáseme ahora mismo —dijo Catherine llorando con desconsuelo—. ¡Pobre papá! Va a pensar que nos hemos perdido. ¿Qué vamos a hacer, Ellen?

—Tu padre pensará que te has cansado de cuidarle y que has ido a divertirte un rato —contestó Heathcliff—. No negarás que has entrado en mi casa voluntariamente, aunque él te lo había prohibido. Y es muy natural que te aburras de cuidar a un enfermo que no es más que tu padre. Mira, Catherine, cuando naciste, tu padre había dejado ya de ser feliz. Probablemente te maldijo por venir al mundo (y yo lo hice también, desde luego). Es justo, entonces, que te maldiga al salir de él. Yo le imitaré. Puedes estar segura de que no te quiero en absoluto. Llora, llora, ésta será en adelante tu principal distracción. ¡A no ser que Linton te consuele, como parecía esperar tu previsor padre! Me divertí de verdad leyendo sus cartas a Linton, animándolo con sus consejos. En su última carta le pedía a mi joya que cuidase de la suya cuando la tuviera en su poder. ¡Qué cariñoso y qué paternal! Pero Linton necesita de toda su capacidad de afecto para dedicársela a sí mismo. Y sabrá muy bien hacer el papel de tiranuelo doméstico. Es muy capaz de atormentar a todos los gatos que se le pongan por delante, siempre y cuando se les limen los dientes y se les corten las uñas. ¡Cuando vuelvas a tu casa podrás contarle a tu padre todas sus bondades!

—Tiene usted razón —dije—. Explíquele a Cathy que el carácter de su hijo se parece al de usted, y supongo que la señorita Catherine lo pensará otra vez antes de consentir en contraer matrimonio con semejante reptil...

—Por ahora no tengo ganas de hablar de sus buenas cualidades —repuso él—. O le acepta o se queda encerrada aquí, y tú con ella, hasta que se muera tu amo. Puedo teneros aquí ocultas tanto tiempo como haga falta. ¡Y si lo dudas, anímala a que rectifique y verás!

—No rectificaré —intervino Cathy—. Si es preciso, me casaré ahora mismo, con tal de poder ir enseguida a la Granja. Señor Heathcliff, es usted un hombre cruel, pero no un demonio, y creo que no se propondrá, por maldad, destrozar mi felicidad de un modo irreparable. Si papá cree que he huido de su lado y muere antes de que yo vuelva, no podré soportar la vida. Mire, ya no estoy llorando, pero me arrodillo ante usted, y no me levantaré ni apartaré mi vista de su rostro hasta que usted me mire a mí. ¡Míreme, no vuelva la cara! No me ofende que me haya pegado. ¿Es que usted no ha amado nunca a nadie, tío? ¿Nunca? Míreme, y si me ve tan desdichada, solo podrá compadecerme.

—¡Suéltame y apártate, o te machacaré a patadas! —gritó Heathcliff—. ¡Ni se te ocurra halagarme! ¡Te odio!

Y una sacudida recorrió su cuerpo, como si, en efecto, el contacto de Catherine le repugnase. Me puse en pie y me preparé para lanzarle un torrente de insultos, pero al primero que solté me amenazó con encerrarme en una habitación a mí sola, y tuve que callarme. Mientras tanto empezaba a oscurecer. En la puerta sentimos unas voces. Heathcliff salió afuera. Conservaba su perspicacia, al contrario que nosotras. Le oímos hablar con alguien dos o tres minutos. Volvió solo al cabo de un rato.

—Creí —dije a Cathy— que sería su primo Hareton. ¡Si nos viese, tal vez se pondría de nuestra parte!

—Eran tres criados de la Granja —replicó Heathcliff, que me oyó—. Podías haber abierto la ventana y chillar. Pero estoy seguro de que esta muchacha celebra que no lo hayas hecho. En el fondo se alegra de tener que quedarse.

Ambas comenzamos a lamentarnos de la ocasión que habíamos perdido. A las nueve nos mandó que subiésemos al cuarto de Zillah. Yo aconsejé a mi compañera que obedeciésemos, pues tal vez desde allí podríamos salir por la ventana o por una claraboya. Pero la ventana era muy estrecha y una trampilla que daba al desván estaba bien cerrada, de modo que nuestros intentos fueron inútiles. Ninguna de las dos nos acostamos. Cathy se sentó junto a la ventana esperando que llegase la aurora, y sólo respondía con suspiros a mis ruegos de que descansase un poco. Yo me senté en una silla, y empecé a hacer un severo examen de conciencia sobre mis faltas, de las que me imaginaba que provenían todas las desventuras de mis amos.

Heathcliff vino a las siete y preguntó si la señorita estaba levantada. Ella misma corrió a la puerta y contestó afirmativamente.

—Vamos, pues —dijo Heathcliff, llevándosela fuera.

Quise seguirla, pero cerró la puerta con llave. Le rogué que me soltase.

—Ten un poco de paciencia —contestó—. Dentro de un rato te traerán el desayuno.

Golpeé la puerta furiosamente y sacudí con fuerza el picaporte. Cathy preguntó los motivos de prolongar mi encierro. Él repuso que duraría una hora más. Y los dos se fueron. Al cabo de dos o tres horas oí pasos, y una voz que no era la de Heathcliff me dijo:

—Te traigo la comida.

Se abrió la puerta y vi a Hareton, que me traía provisiones para todo el día.

—Toma —dijo, entregándomelas.

—Atiende un minuto —comencé a decir.

—No —respondió, marchándose sin hacer caso de mis súplicas.

Todo el día y la noche siguientes permanecí encerrada. Pero mi prisión se prolongó más aún, cinco noches y cuatro días en total. Sólo veía a Hareton, que venía todas las mañanas. Su papel de carcelero le iba muy bien, ya que era insensible, sordo y mudo a cualquier intento de despertar sus instintos de justicia o de compasión.

Capítulo XXVIII

La mañana —mejor dicho, la tarde— del quinto día oí que se acercaban a la habitación unos pasos breves y ligeros, y Zillah entró en el cuarto, ataviada con su chal rojo y su sombrero de seda negra. Llevaba una cesta colgada del brazo.

—¡Oh, querida señora Dean! —exclamó al verme—. ¿No sabe usted que en Gimmerton la gente cree que usted se ha ahogado en el pantano del Caballo Negro, con la señorita? Yo también lo pensaba hasta que el amo me dijo que las había encontrado y las había traído aquí. ¿Cómo está usted? ¿Qué les pasó? Encontraron ustedes algún islote en el fango, ¿verdad? ¿Las salvó el amo, señora Dean? En fin, lo importante es que no ha sufrido mucho, por lo que se ve.

—Su amo es un canalla —contesté— y esto le costará caro. Haber inventado esa historia no le servirá de nada. ¡Ya se sabrá la verdad!

—¿Qué quiere usted decir? —exclamó Zillah—. En todo el pueblo no se hablaba de otra cosa. Como que al entrar le dije a Hareton: «¡Qué lástima de aquella muchacha y de la señora Dean, señorito! ¡Qué cosas pasan!». Hareton me miró asombrado, y entonces le conté lo que se rumoreaba en el pueblo. El amo estaba oyéndonos, y me dijo: «Sí, Zillah se cayeron al pantano, pero se salvaron. Ellen Dean está instalada en tu cuarto. Cuando vayas dile que ya se puede ir, toma la llave. El agua del pantano

287

se le subió a la cabeza, y hubiera vuelto a su casa delirando. Así que la traje aquí, y ya está bien. Dile que si quiere se vaya corriendo a la Granja y diga de mi parte que la señorita llegará a tiempo para asistir al funeral del señor».

—¡Oh, Zillah! —exclamé—. ¿Ha muerto el señor Linton?

—Cálmese, amiga mía, todavía no. Siéntese, aún no está usted bien. He encontrado al doctor Kenneth en el camino, y me ha dicho que el enfermo quizá resista un día más.

Pero en vez de sentarme salí corriendo. En el salón busqué a alguien que pudiese decirme algo de Cathy. La habitación tenía las ventanas abiertas y el sol entraba a raudales, pero no había nadie. No sabía dónde dirigirme, y dudaba sobre lo que debía hacer cuando una tos que venía de la chimenea llamó mi atención. Entonces vi a Linton junto a la chimenea, chupando un terrón de azúcar y mirándome con indiferencia.

—¿Y la señorita Catherine? —pregunté, creyendo que, al encontrarle solo, podría atemorizarle y hacerle hablar.

Pero él siguió chupando como un tonto.

—¿Se ha marchado? —pregunté.

—No —me contestó—. Está arriba. No se irá, no la dejaríamos.

—¿Que no la dejarían? ¡Idiota! Dígame dónde está o verá usted lo que es bueno.

—Papá sí que te hará ver lo que es bueno como intentes subir —contestó Linton—. Él me ha dicho que no tengo por qué andarme con contemplaciones con Cathy. Es mi mujer, y es vergonzoso que quiera marcharse de mi lado. Papá asegura que ella desea que yo muera para quedarse con mi dinero, pero no lo tendrá, ni se irá a su casa, por mucho que llore y patalee.

Y siguió con lo que estaba haciendo, mientras entornaba los ojos como si fuera a quedarse dormido.

—Señorito —le dije—, ¿ha olvidado lo bien que ella se portó con usted el invierno pasado, cuando usted le aseguraba que la quería y ella venía a diario para traerle libros y cantarle canciones, lloviera o nevara? ¡Pobre Cathy! Cuando no podía venir lloraba pensando en que usted se pondría triste, y usted entonces afirmaba que ella era demasiado buena para usted. Ahora, en cambio, usted finge creer en las mentiras que le dice su padre, y se pone de acuerdo con él, a pesar de saber que les engaña a los dos... ¡Bonito modo de demostrar gratitud!

Linton contrajo los labios y dejó de chupar el terrón de azúcar.

—¿Venía a Cumbres Borrascosas porque le odiaba? —proseguí—. ¡Sea razonable! Y por su dinero... Ella no sabe siquiera si tiene usted poco o mucho. ¡Y usted la abandona, la deja sola ahí arriba, en una casa extraña! ¡Usted, que tanto se lamentaba de su soledad! Cuando se quejaba de sus penas, ella se compadecía de usted, y ahora usted no se apiada de ella. Yo, que no soy más que una antigua criada suya, he llorado por Cathy, como puede ver, y usted, que ha asegurado quererla y que tiene motivos para adorarla, se reserva sus lágrimas para usted mismo y se queda ahí sentado tranquilamente... ¡Es usted una persona cruel y egoísta!

—No puedo con ella —dijo él—. No quiero estar a su lado. Llora de un modo inaguantable. Y no deja de llorar aunque la amenace con llamar a mi padre. Ya le llamé una vez y él la amenazó con ahogarla si no se callaba, pero en cuanto él salió, ella empezó otra vez con sus gemidos, a pesar de las muchas veces que le grité que me estaba molestando y no me dejaba dormir.

—¿Ha salido el señor Heathcliff? —me limité a preguntar, viendo que aquel cretino era incapaz de comprender el dolor de su prima.

—Está hablando en el patio con el doctor Kenneth

—contestó—. Creo que el tío, por fin, se está muriendo. Yo lo celebro, porque de ese modo yo seré dueño de su casa. Cathy dice siempre «mi casa», pero en realidad es mía. Papá asegura que todo lo que hay en ella es mío. Sus libros, sus pájaros, su jaca *Minny*, todo es mío. Y así se lo dije cuando ella me prometió regalármelo todo si le daba la llave y la dejaba salir. Entonces se echó a llorar, se quitó un colgante que llevaba al cuello con un retrato de su madre y otro del tío cuando eran jóvenes, y me lo ofreció si yo la dejaba escaparse. Esto sucedió ayer. Le dije que también me pertenecían y fui a quitárselos, pero entonces esa vengativa mujer me dio un empujón y me hizo daño. Yo grité (cosa que la asusta bastante) y acudió papá. Al oír que venía, rompió en dos el medallón, y me dio el retrato de su madre mientras intentaba esconder el otro, pero cuando papá llegó y yo le conté lo que sucedía, me quitó el que ella me había dado y le mandó que me entregase el otro. Ella no quiso y él la tumbó en el suelo, le arrancó el retrato y lo pisoteó.

—¿Y qué le pareció a usted el espectáculo? —interrogué para llevar la conversación a donde me convenía.

—Yo cerré los ojos —respondió—. Siempre los cierro cuando mi padre pega a un perro o a un caballo, porque lo hace con mucha dureza. Al principio me alegré de que la castigara. También ella me había hecho daño al empujarme. Cuando papá se fue, ella me enseñó cómo le sangraba la boca, porque se había mordido cuando papá le pegó. Después recogió los restos del retrato, se sentó mirando a la pared y no ha vuelto a dirigirme la palabra. Creo a veces que la pena no la deja hablar. Pero es mala, no hace más que llorar y está tan pálida y tan huraña que me da miedo.

—¿Puede usted coger la llave cuando quiere? —pregunté.

—Cuando estoy arriba, sí —contestó—, pero ahora no puedo subir.

—¿Dónde está? —volví a preguntar.

—Es un secreto y no te lo diré —respondió—. No lo saben ni siquiera Hareton ni Zillah. Bueno, ya estoy cansado de hablar contigo. Vete.

Apoyó la cara en un brazo y cerró los ojos.

Yo pensé que lo mejor era ir a la Granja sin ver a Heathcliff y en ella buscar ayuda para la señorita. El asombro de la servidumbre al verme llegar fue tan grande como su alegría. Cuando supieron que la señorita estaba sana y salva también, varios criados fueron corriendo a anunciárselo al señor, pero yo me anticipé a todos ellos. Cuánto había cambiado en tan pocos días. Esperaba, resignado, la muerte. Parecía mucho más joven. Tenía treinta y nueve años, pero aparentaba diez menos. Al verme entrar, pronunció el nombre de Cathy. Me incliné hacia él y le dije:

—Luego vendrá Catherine, señor. Está bien, y creo que estará aquí esta noche.

Al principio temí que la alegría le perjudicase, y, en efecto, se incorporó en el lecho, miró a su alrededor y se desmayó. Pero se recobró enseguida, y entonces le conté lo que había ocurrido, y le aseguré que Heathcliff me había obligado a entrar en la casa, lo cual no era totalmente cierto. De Linton hablé lo menos que pude y no le di detalles de las brutalidades de su padre para no causar al señor una amargura más grande que la que ya sentía. Él comprendió que uno de los propósitos de su enemigo era apoderarse de su fortuna y de sus propiedades para dárselos a su hijo, pero no alcanzaba a adivinar por qué no había querido esperar hasta su muerte. Lo que el señor Linton ignoraba era que él y su sobrino abandonarían este mundo casi al mismo tiempo. En todo caso, decidió modificar su testamento, y en lugar de dejar su fortuna de forma que Cathy pudiese disponer de ella, la herencia pasase a ser custodiada por albaceas que le hiciesen percibir el usufructo y la entregasen luego a sus hijos, si los tenía. Por ese procedimiento la fortuna y los bienes de Cathy no caerían en manos de Heathcliff a la muerte de su hijo Linton.

De acuerdo con sus instrucciones, envié a un hombre en busca del notario, y a otros cuatro, bien armados, a buscar a la señorita. El primero de ellos volvió anunciando que había tenido que estar dos horas esperando al señor Green, y que éste vendría al siguiente día, ya que tenía cosas que hacer en el pueblo. Los otros regresaron sin cumplir su misión, y dijeron que Cathy estaba tan enferma que no podía salir de su cuarto, y que Heathcliff no había permitido que la vieran. Les reñí como se merecían, y no quise decirle nada a mi amo. Había decidido presentarme en Cumbres Borrascosas en cuanto amaneciera, llevando una tropa entera, si era necesario, para tomar al asalto aquella casa si no me entregaban a la prisionera. Me juré varias veces que su padre tenía que verla, aunque aquel endemoniado villano encontrara la muerte en su casa intentando impedirlo.

Afortunadamente, no fue necesario emplear esos recursos. Sobre las tres, yo había bajado a buscar una jarra de agua cuando, al atravesar el vestíbulo, oí un golpe en la puerta. Me sobresalté.

«Debe de ser el señor Green», pensé, sosegándome.

Y seguí, con la intención de mandar que abrieran. Pero el golpe se repitió, y entonces dejé la jarra y fui a abrir yo misma. Fuera, brillaba la luna. El que venía no era el notario. La señorita me saltó al cuello, y exclamó:

—¿Papá todavía está vivo?

—Sí, ángel mío —respondí—. ¡Gracias a Dios que ha vuelto usted con nosotros!

Ella quería ir rápidamente al cuarto del señor, pero yo la hice sentarse un momento para que descansara, le di agua y le froté el rostro con el delantal para que le salieran los colores. Luego añadí que convenía que entrara yo primero para anunciar su llegada, y le rogué que dijese que era feliz con el joven Heathcliff. Al principio me miró con asombro, pero luego lo comprendió.

No tuve valor para estar presente en la conversación entre ella y su padre, así que me quedé fuera, y esperé un cuarto de hora. Luego me atreví a entrar y me acerqué al enfermo. Todo estaba tranquilo. La desesperación de Cathy era tan silenciosa como el placer que su padre experimentaba. Con los ojos extasiados contemplaba el rostro de su hija.

Murió feliz, señor Lockwood... Besó a Cathy en las mejillas, y dijo:

—Me voy a su lado, y tú, querida hija, vendrás después con nosotros...

Y no hizo ni un movimiento ni dijo una palabra más. El pulso fue bajando gradualmente, hasta que su alma le abandonó. Murió tan apaciblemente que nadie se dio cuenta del momento exacto en que ello había sucedido.

Catherine estuvo sentada allí hasta que salió el sol. Sus ojos estaban secos, quizá porque ya no le quedaban más lágrimas, o quizá por la intensidad de su dolor. A mediodía seguía allí, y me costó trabajo lograr que descansase un rato. Entonces apareció el notario, que ya había pasado primero por Cumbres Borrascosas para recibir instrucciones. El señor Heathcliff le había sobornado, y por ello tardó tanto en llegar a casa de mi amo. El señor Linton no se había vuelto a preocupar de aquellos asuntos desde que llegó su hija.

El señor Green asumió inmediatamente el mando de la casa. Despidió a todos los criados excepto a mí. Y llegó a exigir que no enterraran a Edgar Linton en el panteón familiar, junto a su esposa. Sin embargo, por suerte, el testamento dictaba lo contrario y hubo que cumplir estrictamente sus disposiciones. Además, yo protesté enérgicamente para que no hubiese ninguna infracción.

El sepelio se aceleró todo lo posible. A Catherine, que

era ya la señora Heathcliff, le dieron permiso para estar en la Granja hasta que sacaron el cuerpo de su padre. Según me contó ella misma, su dolor había inducido a Linton a ponerla en libertad. Oyó a Heathcliff discutir en la puerta con los hombres que yo había enviado, y entendió lo que él les decía. Entonces su desesperación tocó el límite. Linton, que estaba en la salita en aquel momento, se aterrorizó, cogió la llave antes de que su padre volviera, abrió, dejó la puerta abierta, bajó y pidió que le dejaran dormir en la misma habitación que Hareton. Catherine se escapó antes del amanecer. No se atrevió a salir por la puerta por miedo a que los perros ladrasen, y buscó otra salida. Cuando encontró la habitación de su madre, se descolgó por el abeto que rozaba la ventana. Estas precauciones no evitaron que su cómplice sufriera el correspondiente castigo.

Capítulo XXIX

El día del entierro, por la tarde, la señorita y yo nos sentamos en la biblioteca y empezamos a hablar del sombrío porvenir que se nos presentaba.

Pensábamos que lo mejor sería conseguir que Catherine fuese autorizada a seguir viviendo en la Granja de los Tordos, al menos mientras Linton estuviera vivo. Yo me quedaría a su lado en calidad de ama de llaves. Este arreglo nos parecía tan bueno que dudábamos de poder conseguirlo. No obstante, yo tenía esperanzas. De pronto, un criado de los que estaban despedidos, pero que aún no se había marchado, vino a advertirnos de que «aquel diablo de Heathcliff» había entrado en el patio. El muchacho quería saber si le daba con la puerta en las narices.

No estábamos tan locas como para mandar que lo hiciese, pero tampoco nos dio tiempo a ponerlo en práctica. Heathcliff entró sin llamar ni pedir permiso; ya era el amo y utilizó sus privilegios. Llegó a la biblioteca, mandó salir al criado y cerró la puerta. Estaba en la misma habitación donde dieciocho años atrás entró para hacer una visita. A través de la ventana brillaba la misma luna y se divisaba el mismo paisaje otoñal. No habíamos encendido la luz aún, pero había bastante claridad en la sala, y se distinguían bien los retratos de la señora Linton y de su esposo. Heathcliff se acercó a la chimenea. Él no había cambiado mucho desde entonces. El mismo semblante, algo más pálido y sereno tal vez, y el cuerpo un tanto más pesado. No había más diferencia que ésta.

—¡Basta! —dijo agarrando a Catherine, que se había levantado y se disponía a escaparse—. ¿Adónde vas? He venido para llevarte a casa. Espero que te comportarás como una hija disciplinada y que no inducirás a mi hijo a desobedecerme. No supe cómo castigarle cuando descubrí lo que había hecho. ¡Como es tan enclenque! Pero ya notarás en su aspecto que ha recibido su merecido. Mandé que le bajasen, le hice sentarse en una silla, ordené que saliesen Joseph y Hareton, y durante dos horas estuvimos los dos solos en el cuarto. A las dos horas le dije a Joseph que volviese a llevárselo, y desde entonces cada vez que me ve se asusta más que si viese a un fantasma. Según Hareton, se despierta por la noche chillando y pidiéndote que le defiendas. De modo que, quieras o no, tienes que venir a ver a tu cónyuge. Te lo cedo para ti sola, preocúpate tú de él.

—Podría usted dejar que Cathy viviera aquí con Linton —intercedí yo—. Ya que usted les detesta, no les echará de menos. Así evitará que le atormenten con su presencia.

—Pienso alquilar la Granja —respondió—, y además deseo que mis hijos estén a mi lado, y que esta muchacha trabaje para ganarse su pan. No voy a mantenerla como una holgazana ahora que Linton ha muerto. Vamos, date prisa, y no me obligues a usar la fuerza.

—Iré —dijo Cathy—. Aunque usted ha hecho todo lo posible para que nos aborrezcamos el uno al otro, Linton es el único cariño que me queda en el mundo, y cuando yo esté presente usted no le hará sufrir.

—Aunque tú te conviertas en su defensora a ultranza —respondió Heathcliff—, no te quiero lo bastante como para hacerle el daño a él. Los tormentos serán todos para ti. Y no seré yo quien te hará aborrecerle. Su dulce carácter ya se encargará de ello. Como resultado de tu fuga y de las consecuencias que tuvo para él, te lo encontrarás tan agrio como el vinagre. Le oí mientras le contaba a Zillah lo que haría si fuese tan fuerte como yo: el cuadro era admirable. Mala idea no le falta, y su misma debilidad le hará encontrar algún medio con que sustituir la fuerza que no tiene.

—Al fin y al cabo es su hijo —dijo Cathy—. Sería milagroso que no tuviera mal carácter. Y celebro que el mío sea mejor y me permita perdonarle. Además, sé que me ama y por eso yo también le quiero. En cambio, señor Heathcliff, a usted no le quiere nadie, y por muy desgraciados que nos haga, nos desquitaremos pensando que su crueldad procede de su desgracia. ¿Verdad que es usted desgraciado? Está usted tan solo como el demonio y es tan envidioso como él. Nadie le ama y nadie le llorará cuando muera. ¡Me da usted pena!

Catherine habló en tono siniestro y triunfal. Parecía dispuesta a amoldarse al ambiente de su futura familia y a disfrutar, como ellos, de las penas de sus enemigos.

—Sentirás pena de ti misma —replicó su suegro— si sigues aquí un minuto más. Coge tus cosas, bruja, y vete.

Ella se fue. Yo le rogué que me permitiera ir a Cumbres Borrascosas para hacer las tareas de Zillah, mientras ella se encargaba de mi puesto en la Granja, pero él se negó rotundamente. Después de hacerme callar, examinó los objetos que había en el cuarto. Al ver los retratos, dijo:

—Voy a llevarme a casa el de Catherine. No es que me haga falta, pero...

Se acercó al fuego y con una mueca que llamaré sonrisa, porque no habría palabras con que definirla, dijo:

—Te voy a contar lo que hice ayer. Ordené al sepulturero que cavaba la fosa de Linton que quitase la tierra que cubría el ataúd de Catherine, e hice que lo abriera. Creí que no podría separarme de allí cuando vi su cara.

¡Sigue siendo la misma! El enterrador me dijo que se alteraría si seguía expuesta al aire. Arranqué entonces una de las tablas laterales del ataúd, cubrí el hueco con tierra (no el lado del maldito Linton, que ojalá estuviera soldado con plomo, sino el otro), y he sobornado al sepulturero para que cuando me entierren a mí quite también el lado correspondiente de mi féretro. Así nos confundiremos en una sola tumba, y si Linton nos busca no sabrá distinguirnos.

—Es usted un malvado —le dije—. ¿No le da vergüenza turbar el reposo de los muertos?

—No he turbado a nadie, Ellen, y en cambio, yo me he desahogado un poco. Me siento mucho más tranquilo, y así es más fácil que podáis contar con que no saldré de mi tumba cuando me llegue la hora. ¡Turbarla! Dieciocho años lleva ella turbándome, dieciocho años, hasta anoche mismo... Pero desde ayer me he tranquilizado. He soñado que dormía a su lado mi último sueño, con mi mejilla apoyada en la suya.

—¿Y qué habría usted soñado si ella se hubiera desintegrado bajo tierra o algo todavía peor?

—¡Que me desintegraba con ella y entonces me hubiera sentido aún más feliz! ¿Crees que me asustan esas transformaciones? Esperaba que se hubiera descompuesto cuando mandé abrir la caja, pero me alegro de que no se haya reducido a polvo hasta que yo esté con ella. Luego tú no sabes lo que me sucede... Todo empezó de un modo extraño. Yo creo en los espíritus, y estoy convencido de que existen y viven entre nosotros. Y desde que ella murió no hice más que invocar al suyo para que me visitase. El día que la enterraron, nevó. Cuando se hizo de noche me fui al cementerio. Soplaba un viento helado y todo estaba desierto. Yo no temí que el simple de su marido visitase su tumba a esas horas, y no era probable que nadie merodease por allí. Al pensar que sólo me separaban de ella dos yardas de tierra blanda, me dije: «Quiero volver a tenerla entre mis brazos. Si está fría, pensaré que es el viento del norte, y si está inmóvil, pensaré que duerme».

»Cogí una azada y cavé con ella hasta que encontré el ataúd. Entonces quité la tierra con las manos, y la madera crujía cuando me pareció percibir un suspiro que sonaba al mismo borde de la tumba. «¡Si pudiese quitar la tapa», pensaba, «y luego nos enterraran a los dos...!» Y me esforzaba en hacerlo. Pero sentí otro suspiro. Y me pareció notar un tibio aliento que caldeaba la frialdad del aire helado. Sabía perfectamente que allí no había nadie vivo, pero tan cierto como se siente un cuerpo en la oscuridad aunque no se le vea, tuve la sensación de que Catherine estaba allí, y no en el ataúd, sino a mi lado. Experimenté un alivio inmediato. Suspendí mi trabajo y me sentí consolado. Ríete si quieres, pero después, cuando volví a cubrir la fosa otra vez, tuve la impresión de que ella me acompañaba hasta casa. Estaba seguro de que estaba conmigo y hasta le hablé. Cuando llegué a Cumbres Borrascosas recuerdo que aquel condenado Earnshaw y mi mujer me cerraron la puerta. Me contuve para no romperles el alma a golpes, y después subí precipitadamente a nuestro cuarto. Miré a mi alrededor con impaciencia. ¡La sentía a mi lado, casi la veía, y, sin embargo, no lograba divisarla! Creo que sudé sangre de tanto como rogué que se me apareciese, al menos un instante. Pero no lo conseguí. Fue tan diabólica para mí como lo había sido siempre durante su vida. Desde entonces, unas veces más y otras veces menos, he sido víctima de esa misma tortura. Esos pensamientos me han sometido a una tensión nerviosa tan grande que, si mis nervios no estuviesen tan templados como las cuerdas de un violín, no habría resistido sin hacerme un desgraciado como Linton.

»Si estaba en el salón con Hareton, me parecía que la vería cuando saliese. Cuando paseaba por los pantanos, creía que la encontraría al volver. En cuanto salía de casa, regresaba creyendo que ella debía de andar por allí. Y si se me ocurría pasar la noche en su habitación me parecía que me golpeaban. Dormir allí me resultaba imposible. En cuanto cerraba los ojos, la sentía fuera, en la ventana, o la oía entrar en el cuarto, correr las tablas y hasta descansar su adorada cabeza en la misma almohada donde la ponía cuando era niña. Entonces yo abría los ojos para verla, y cien veces los cerraba y los volvía a abrir y cada vez sufría una desilusión más. Esto me aniquilaba hasta tal punto que a veces gritaba, y el viejo astuto de Joseph creía que me había poseído el demonio. Pero ahora que la he visto estoy más sosegado. ¡Bien que me ha atormentado durante dieciocho años, no pulgada a pulgada, sino por fracciones del espesor de un cabello, engañándome año tras año con una esperanza que no se realizaba nunca!

Heathcliff calló y se secó la frente, húmeda de sudor. Sus ojos contemplaban las rojas brasas del fuego. Tenía las cejas levantadas hacia las sienes y aquella apariencia de dolorosa tensión cerebral le daba un aspecto inquieto y angustiado. Al hablar se dirigía a mí vagamente. Yo callaba. No me gustaba cómo se expresaba.

Después de una breve pausa, descolgó el retrato de la señora Linton, lo puso sobre el sofá y lo contempló fijamente.

Cathy entró en aquel momento y dijo que se iba en cuanto ensillasen el caballo.

—Envíame eso mañana —me dijo Heathcliff. Y añadió, dirigiéndose a ella—: Hace una tarde muy buena y no necesitas caballo. Cuando estés en Cumbres Borrascosas tendrás de sobra con los pies.

—¡Adiós, Ellen! —dijo mi señorita, besándome con sus fríos labios—. No dejes de ir a verme.

—Ni se te ocurra —me advirtió su suegro—. Cuando

te necesite para algo, ya vendré yo a visitarte. No quiero que curiosees en mi casa.

Hizo una señal a Cathy para que le siguiera, y ella le obedeció, lanzando una mirada hacia atrás que me desgarró el corazón. Les vi por la ventana descender por el jardín. Heathcliff cogió del brazo a Catherine, a pesar de que ella se negaba, y con paso rápido desaparecieron bajo los árboles del camino.

Capítulo XXX

Una vez fui a Cumbres Borrascosas, pero no he vuelto a verla más desde que se marchó. Joseph no me dejó pasar. Me dijo que la señora estaba bien y que el amo había salido. De no ser por Zillah, que me ha contado algunas cosas, yo no sabría nada de ellos, si están vivos o muertos. Zillah no aprecia a Cathy y la considera muy orgullosa. Al principio, la señorita le pidió que la ayudara en algunas tareas, pero el amo se lo prohibió y Zillah se alegró de ello, porque es una mujer muy holgazana y tiene una mentalidad muy cerrada. Esto causó a Cathy una indignación pueril, y ha incluido a Zillah en la lista de sus enemigos. Hace seis semanas, poco antes de llegar usted, mantuve una larga conversación con Zillah, y me contó lo siguiente:

—Al llegar a Cumbres Borrascosas la señora, sin saludarnos siquiera, corrió al cuarto de Linton y se encerró con él. Por la mañana, mientras Hareton y el amo estaban desayunando, entró en el salón temblando de pies a cabeza, y preguntó si se podía ir a buscar al médico, ya que su marido estaba muy enfermo.

»—Ya lo sé —respondió Heathcliff—, pero su vida no vale ni un céntimo, y no me gastaré mi dinero con él.

»—Pues si no se recibe ayuda, se morirá, porque yo no sé qué hacer —dijo la joven.

»—¡Sal de aquí —gritó el amo— y no me hables más de él! No nos importa nada de lo que le ocurra. Si quieres, cuídale tú, y si no enciérrale y déjale.

»Ella entonces me pidió ayuda, pero yo le contesté que el muchacho ya me había dado bastante trabajo, y que ahora era ella quien debía cuidarle, tal y como había ordenado el amo.

»No puedo decir cómo se las apañaron. Supongo que él debía pasarse el día y la noche quejándose, sin dejarla descansar, como se deducía por sus ojeras. Algunas veces venía a la cocina como si quisiera pedir socorro, pero yo no estaba dispuesta a desobedecer al señor. No me atrevo a contrariarle en nada, señora Dean, y aunque me daba cuenta de que tendría que haberse llamado al médico, yo no era nadie para tomar la iniciativa, y no intervine en ello para nada. Una o dos veces, después de acostarnos, se me ocurría ir a la escalera y veía a la señora llorando, sentada en los escalones, de modo que enseguida me daba la vuelta, temiendo que me pidiese ayuda. Aunque sentía pena por ella, ya supondrá usted que no era cosa de arriesgarme a perder mi empleo. Por fin una noche entró en mi cuarto con decisión, y me dijo:

»—Avisa al señor Heathcliff de que su hijo se muere. Estoy segura de ello.

»Y se fue. Un cuarto de hora permanecí en la cama, escuchando y temblando. Pero no oí nada.

»"Debe haberse equivocado", pensé. "Linton se habrá puesto mejor; no hay por qué molestar a nadie."

»Y volví a dormirme. Pero el sonido de la campanilla que tenía Linton para su servicio me despertó y el amo me ordenó que fuera a decirles que no quería volver a oír aquel ruido.

»Entonces le comuniqué el recado de la señorita. Empezó a maldecir, y luego encendió una vela y subió al cuarto de su hijo. Le seguí y vi a la señora sentada junto a la cama, con las manos cruzadas sobre las rodillas. Su suegro acercó la vela al rostro de Linton, le miró, le tocó y dijo a la señora:

»—¿Qué te parece esto, Catherine?

»Ella callaba.

»—Digo que qué te parece, Catherine —repitió él.

»—Me parece —contestó ella— que él se ha salvado y que yo he recuperado mi libertad... Seguramente, debería parecerme muy bien, pero —prosiguió con amargura— me ha dejado usted luchando sola durante tanto tiempo contra la muerte, que sólo veo muerte a mi alrededor, y hasta me parece que yo misma estoy muerta.

»Y lo parecía, en realidad. Yo le hice beber un poco de vino. Hareton y Joseph, que también se habían despertado, entraron entonces. Me parece que Joseph se alegró de la muerte del muchacho. Pero Hareton estaba confuso, y se preocupaba más de mirar a Catherine que de pensar en Linton. El señor hizo que se volviese a acostar. Mandó a Joseph que llevara el cadáver a su habitación y a mí me dijo que volviera a la mía. La señora se quedó sola.

»Por la mañana me ordenó que la llamara para desayunar. Catherine se había desnudado y estaba a punto de acostarse. Me anunció que se encontraba mal, lo que no me extrañó, y se lo indiqué al señor Heathcliff. Éste me dijo:

»—Bueno, déjala que descanse. Sube de vez en cuando a llevarle lo que necesite, y después del entierro, cuando creas que está mejor, dímelo.

Zillah siguió contándome que Catherine se pasó metida en su cuarto quince días. Ella la visitaba dos veces diarias y procuraba mostrarse amable con la señorita, pero ésta la rechazaba violentamente. Heathcliff subió a verla una vez para enseñarle el testamento de Linton. Cedía a su padre todos sus bienes y también todo lo que había pertenecido a su esposa. Le habían obligado a firmar aquello mientras Cathy estaba con su padre el día que éste falleció. La herencia se refería a los bienes muebles, ya que las tierras Linton no tenía derecho a legarlas, por ser menor de edad. Pero Heathcliff ha hecho valer también sus derechos sobre ellas en nombre de su difunta mujer y en el suyo propio. Creo que legalmente tiene razón; pero, en todo caso, como Catherine no tiene dinero ni amigos, no ha podido disputárselas.

—Sólo yo —siguió diciéndome Zillah— iba a visitarla a su cuarto, excepto esa vez que subió el amo. Nadie se ocupaba de ella. El primer día que bajó al salón fue un domingo por la tarde. Al llevarle la comida me dijo que no podía soportar el frío que hacía arriba. Le contesté que el amo iba a ir a la Granja de los Tordos y que Hareton y yo no la molestaríamos. Así que en cuanto oyó el trote del caballo de Heathcliff, bajó vestida de negro, con su pelo rubio y liso cayéndole por detrás de las orejas.

»Joseph y yo solemos ir los domingos a la iglesia (se refieren a la capilla de los metodistas o baptistas, ya que la iglesia ahora no tiene pastor —aclaró la señora Dean). Joseph había ido a la iglesia, pero yo creí que debía quedarme en casa —continuó Zillah— porque no está de más que una persona de edad vigile a los jóvenes. Y Hareton, a pesar de su timidez, no es precisamente un chico modelo. Yo le había advertido que su prima bajaría seguramente a hacernos compañía, y que, como ella solía guardar la fiesta dominical, valía más que él no trabajase ni estuviese limpiando las escopetas mientras ella estuviera abajo. Se ruborizó al oírme, se miró la ropa y las manos y se limpió el aceite y la pólvora que había en ellas. Me di cuenta de que quería ofrecerle su mejor cara y que deseaba presentarse ante ella con mejor aspecto, así que le dije si quería que le ayudase. Se puso muy nervioso y empezó a soltar maldiciones.

»Señora Dean —dijo Zillah, dándose cuenta de que su conducta me desagradaba—, usted podrá pensar que la señorita es demasiado fina para Hareton, y puede que esté usted en lo cierto, pero le aseguro que me gustaría rebajar un poco su orgullo. Además, ahora es tan pobre como usted y como yo. Mejor dicho, más aún, porque seguramente usted tiene sus ahorros, y yo hago lo posible para juntar los míos. Así que no está la señorita como para andar con tonterías.

Hareton aceptó la ayuda de Zillah, y hasta se puso de buen humor, y cuando Catherine bajó intentó ser amable con ella.

—La señorita —siguió contándome Zillah— entró tan fría como el hielo y tan altanera como una princesa. Yo le ofrecí mi asiento, y Hareton también, diciéndole que debía estar muerta de frío.

»—Hace un mes que lo estoy —contestó ella con gran desprecio.

»Cogió una silla y se sentó separada de nosotros. Cuando entró en calor, miró a su alrededor y al divisar unos libros en el aparador intentó cogerlos. Pero estaban demasiado altos y no podía. Al ver que sus inútiles esfuerzos no daban resultado, su primo se decidió a ayudarla. Comenzó a tirarle uno por uno todos los libros según los iba alcanzando y ella los recogía en su falda extendida.

»El muchacho se sintió satisfecho con esto. Es verdad que la señora no le dio las gracias, pero a él le bastaba con haberle sido útil, y hasta se aventuró a mirar los libros con ella, señalando algunas páginas ilustradas que le llamaban la atención. No se desanimó por el desprecio con que Catherine le quitaba las láminas de los dedos, pero se separó un poco y en vez de mirar los libros la miró a ella. Catherine siguió leyendo o intentando leer. Hareton, mientras tanto, se conformaba con mirarle el pelo. De pronto, casi inconsciente de lo que hacía, y más bien como un niño que se decide a tocar lo que está mirando, se le ocurrió alargar la mano y acariciarle uno de sus rizos, con más suavidad que lo hubiera hecho un pájaro. Ella dio un salto como si le hubieran clavado un cuchillo en la garganta.

»—¡Vete! ¿Cómo te atreves a tocarme? —gritó disgustadísima—. ¿Qué haces ahí plantado? ¡No puedo soportarte! Si te acercas, me voy.

»El señor Hareton retrocedió, se sentó y permaneció inmóvil. Ella siguió absorta en los libros. Al cabo de media hora, Hareton me dijo por lo bajo:

»—Pídele que nos lea algo en voz alta, Zillah... Estoy aburrido de no hacer nada, y me gustaría oírla. No digas que soy yo quien se lo pide. Hazlo como si fuese cosa tuya.

»—El señor Hareton quisiera que usted nos leyese algo, señorita —me apresuré a decir—. Se lo agradecería mucho.

»Ella frunció las cejas, y contestó:

»—Pues di al señor Hareton que no acepto ninguna de las amabilidades hipócritas que me hagáis. ¡Os desprecio y no quiero saber nada de vosotros! Cuando yo hubiera dado hasta la vida por una palabra de cariño, os mantuvisteis apartados de mí. No me quejo. He bajado porque arriba hacía mucho frío, pero no para entreteneros ni para disfrutar de vuestra compañía.

»—Yo no te hecho nada —comenzó a decir Earnshaw—. No tengo culpa de nada...

»—Tú eres una cosa aparte —respondió la señora—, y no se me ha ocurrido pensar en ti...

»—Pues yo —contestó él— más de una vez le he rogado al señor Heathcliff que me permitiera ayudarte.

»—Cállate —ordenó ella—. Me iré por esa puerta, no sé adónde, antes que seguir oyendo tu desagradable voz.

»Hareton musitó que, por él, podía irse aunque fuera al infierno, descolgó su escopeta y se marchó a cazar. Y ahora él ya habla sin ninguna vergüenza delante de ella, y ella se ha retirado otra vez a su soledad. Pero a veces el frío de las heladas la hace bajar y buscar nuestra compañía. Yo me mantengo tan altiva como ella. Ninguno de nosotros la quiere, ni ella se gana nuestro afecto. En cuanto se le dice la menor cosa, ya salta y replica sin respetar nada. Se atreve a insultar hasta al amo, y cuando más la castiga él, más mala se vuelve ella.

Al principio mientras escuchaba a Zillah —siguió la señora Dean— decidí dejar este empleo, alquilar una casa y llevarme a Cathy conmigo. Pero el señor Heathcliff no lo hubiera permitido. Así que no veo solución al asunto, a no ser que la señorita se case, y ésa es una cosa que no está en mi mano conseguir.

De esta manera concluyó su historia la señora Dean. Yo, a pesar de los vaticinios del doctor, me voy reponiendo muy rápidamente. Sólo estamos a mediados del mes de enero, pero dentro de un par de días me propongo montar a caballo, ir a Cumbres Borrascosas y notificar a mi casero que pasaré en Londres los próximos seis meses, y que se busque otro inquilino para la Granja cuando llegue octubre. No quiero, de ninguna manera, pasar otro invierno aquí.

Capítulo XXXI

El día de ayer fue claro, frío y sereno. Como me había propuesto, fui a Cumbres Borrascosas. La señora Dean me pidió que le llevase una nota a la señorita, a lo que accedí, ya que no creo que haya en ello mala intención. La puerta principal estaba abierta, pero la verja no. Llamé a Earnshaw, que estaba en el jardín, y me abrió. El muchacho es tan apuesto que no se hallaría en la comarca otro parecido. Le miré atentamente. Cualquiera diría que él se empeña en deslucir sus cualidades con su grosería y tosquedad.

Pregunté si estaba en casa el señor Heathcliff, y me dijo que no, pero que volvería a la hora de comer. Eran las once, y le contesté que le esperaría. Él entonces soltó los utensilios de trabajo y me acompañó, pero en calidad de perro guardián y no para sustituir al dueño de la casa.

Entramos. Vi a Cathy cocinando unas legumbres. Me pareció aún más hosca y menos animada que la vez anterior. Casi no levantó la vista para mirarme, y continuó su faena sin saludarme ni siquiera con un gesto.

«No veo que sea tan afable —reflexioné yo— como se empeña en hacérmelo creer la señora Dean. Es una belleza, pero no un ángel.»

Hareton le dijo con aspereza que le llevase sus cosas a la cocina.

—Llévalas tú —contestó la joven.

Y se sentó en un taburete al lado de la ventana, mientras se entretenía en recortar figuras de pájaros y animales con las mondaduras de nabos que tenía a un lado. Yo me acerqué, con el pretexto de contemplar el jardín, y dejé caer en su falda la nota de la señora Dean.

—¿Qué es eso? —preguntó en voz alta, tirándola al suelo.

—Una carta de su amiga, el ama de llaves de la Granja —contesté, incomodado por la publicidad que daba a mi discreta acción, y temiendo que creyera que el papel era mío.

Entonces quiso cogerla, pero Hareton ya se había adelantado, y se la guardó en el bolsillo del chaleco, diciendo que primero tenía que examinarla el señor Heathcliff. Cathy volvió la cara silenciosamente, sacó un pañuelo y se lo llevó a los ojos. Su primo luchó un momento contra sus buenos instintos, y al final sacó la carta y se la tiró con un ademán lleno de desprecio. Cathy la recogió, la leyó, me hizo algunas preguntas sobre los habitantes, tanto personas como animales de la Granja, y murmuró, como para sí misma:

—¡Cuánto me gustaría ir montada en *Minny*! ¡Cuánto me gustaría volver allí! Estoy cansada y hastiada, Hareton. —Apoyó su linda cabeza en el alféizar de la ventana, y dejó escapar no sé si un bostezo o un suspiro, sin preocuparse de si la mirábamos o no.

—Señora Heathcliff —dije al cabo de un rato—, usted piensa que yo no la conozco, y, sin embargo, creo conocerla profundamente, hasta el punto de que me extraña que no me hable usted de sus cosas. La señora Dean no se cansa de alabarla, y sufrirá una desilusión si me vuelvo sin llevarle noticias suyas, o si le digo que al entregarle su carta, usted no dijo nada.

Me preguntó, extrañada:

—¿Ellen le aprecia mucho a usted?

—Mucho —balbuceé.

—Pues entonces dígale que le contestaría gustosamente, pero que no tengo con qué. Ni siquiera poseo un libro del que poder arrancar una hoja.

—¿Y cómo puede usted vivir aquí sin libros? —dije—. Yo, que tengo una gran biblioteca, me aburro en la Granja, así que sin ellos la vida aquí debe de ser desesperante.

—Antes yo tenía libros y me pasaba el día leyendo —me contestó—, pero como el señor Heathcliff no lee nunca, los destruyó todos. Hace varias semanas que no veo ni sombra de ellos. Una vez revolví los libros de religión de Joseph y él se indignó mucho, y otra vez, Hareton, encontré un buen montón en tu cuarto: libros latinos y griegos, cuentos y poesías... Todos, antiguos conocidos míos... Me los traje aquí, y tú me los has robado, como las urracas, por el gusto de robar, ya que no puedes sacar partido de ellos. ¡Hasta puede que aconsejaras al señor Heathcliff, por envidia, que me arrebatase mis tesoros! Pero la mayor parte de ellos los retengo en la memoria, y de eso sí que no podéis privarme.

Hareton se ruborizó cuando su prima reveló el robo de sus riquezas literarias y desmintió enérgicamente sus acusaciones.

—Quizá el señor Hareton siente deseos de emular su saber, señora —dije yo, acudiendo en socorro del joven—, y se prepara para ser un sabio dentro de algunos años mediante la lectura.

—¡Sí, y mientras tanto que yo me embrutezca! —alegó Cathy—. Es verdad, a veces le oigo cuando intenta deletrear, ¡y dice cada tontería! ¿Por qué no repites aquel disparate que dijiste ayer? Me di cuenta de cuando buscabas en el diccionario para comprender el significado de aquella palabra, y te oí maldecir cuando no entendiste nada.

Noté que el joven pensaba que era injusto burlarse de su ignorancia y, a la vez, de sus intentos de rectificarla. Yo compartí su sentimiento, y recordando lo que me contó la señora Dean sobre el primer intento que hizo Hareton para disipar las tinieblas en que le habían educado, comenté:

—Todos hemos tenido que empezar alguna vez, señora, y todos hemos tropezado en el umbral del conocimiento. Si entonces nuestros maestros se hubiesen burlado de nosotros, aún seguiríamos dando tropezones.

—Yo no me propongo limitar su derecho a instruirse —repuso ella—, pero él no tiene derecho a apoderarse de lo que me pertenece, y a profanarlo con sus errores y sus faltas de pronunciación. Mis libros de poesía y de prosa eran sagrados para mí porque me recordaban muchas cosas, y no puedo soportar verlos mancillados cuando los repite su boca. Además, ha elegido para aprender mis obras favoritas, como si lo hiciera a propósito para molestarme...

Durante unos instantes el pecho de Hareton se agitó en silencio. Estaba colérico, se sentía mortificado y le costó mucho dominarse. Yo me puse en pie y me asomé a la puerta. Él salió de la habitación y a los pocos minutos volvió cargado con media docena de libros. Se los echó a Cathy en el regazo, y dijo:

—Ahí los tienes. No quiero volver a verlos más, ni a leerlos, ni a ocuparme para nada de lo que dicen.

—Ya no los quiero —contestó ella—. Harían que me acordase de ti, y los odiaría.

Sin embargo, abrió uno, que parecía haber sido manoseado muchas veces, y comenzó a leer un pasaje con la pronunciación lenta y dificultosa de alguien que estuviera aprendiendo a leer. Después se echó a reír y lo tiró.

—¡Escuchen! —dijo después. Y comenzó a recitar de la misma manera los versos de un antiguo poema.

Él no pudo aguantar más. Oí —sin censurarlo del todo— que le daba un bofetón a la insolente muchacha. Ella había hecho todo lo posible para exasperar los incultos pero susceptibles sentimientos de amor propio de su primo, y a éste no se le ocurría otro argumento que aquél tan contundente para saldar la cuenta. Después él cogió los libros y los arrojó al fuego. Me di cuenta de que este holocausto que hacía en aras de su rencor le daba pena. Supuse que mientras los veía arder recordaba el placer que su lectura le había producido, y también pensé en el entusiasmo con que había empezado secretamente a estudiar. Él se había limitado a trabajar y a hacer una vida vegetativa hasta que Cathy se cruzó en su camino. El desprecio que ella le demostraba y la esperanza de que algún día le felicitase habían sido los motores de su afán de aprender, y por el contrario, ella premiaba sus esfuerzos con burlas.

—¡Mira para lo que le valen a un bruto como tú! —gimió Catherine, chupándose el labio lastimado y asistiendo al auto de fe con ojos indignados.

—Mejor será que te calles —repuso él furiosamente.

Y se dirigió muy agitado hacia la puerta. Me aparté para dejarle pasar, pero en el mismo umbral se tropezó con el señor Heathcliff, que llegaba en aquel momento, y que le preguntó, poniéndole una mano en el hombro:

—¿Qué te pasa, muchacho?

—Nada —contestó el joven. Y se alejó para devorar a solas su pena.

Heathcliff le miró, y murmuró, ignorando que yo estaba allí al lado:

—Sería extraordinario que yo me rectificase. Pero cada vez que me propongo ver en su cara el rostro de su padre veo el de ella. Me resulta insoportable mirarle.

Bajó la vista, y entró. Estaba pensativo. Noté en su rostro una expresión de inquietud que no había observado las otras veces, y me pareció que estaba más delgado. Su nuera, al verle entrar, huyó a la cocina.

—Me alegro de que ya pueda salir de casa, señor Lockwood —dijo Heathcliff, respondiendo a mi saludo—, aunque hasta cierto punto es por egoísmo, ya que no me sería fácil encontrar otro inquilino como usted en esta soledad. No crea que no me he preguntado algunas veces cómo se le ha ocurrido venir aquí.

—Sospecho que por un capricho tonto, como también es un capricho tonto el que ahora me aconseja marchar —contesté—. Me vuelvo a Londres la semana próxima y creo oportuno decirle que no renovaré el contrato de la Granja de los Tordos cuando venza. No pienso volver a vivir allí.

—¿Se ha cansado usted de aislarse del mundo? Bueno, pero si espera usted que le perdone el alquiler de los meses que faltan, pierde usted el tiempo. No renuncio jamás a mis derechos.

—No he venido a pedirle que renuncie a nada —respondí incomodado. Y, sacando la cartera del bolsillo, añadí—: Si quiere, liquidaremos la deuda ahora mismo.

—No es necesario —respondió con frialdad—. Seguramente usted dejará objetos suficientes para cubrir lo que me debe, en el supuesto de que no vuelva. No me corre prisa. Tome asiento y quédese a comer con nosotros. ¡Cathy! Sirve la mesa.

Cathy apareció trayendo los cubiertos.

—Tú puedes comer con Joseph en la cocina —le dijo Heathcliff aparte— y estarte allí hasta que éste se vaya.

Ella le obedeció, y quizá ni se le había ocurrido hacer lo contrario. Viviendo como vivía entre palurdos y misántropos es muy fácil que no pudiese apreciar a otra clase mejor de gente cuando por casualidad la encontraba.

La comida —con Heathcliff, melancólico y huraño, a un lado y Hareton, mudo, a otro— transcurrió muy poco alegremente. Me despedí en cuanto pude. Me hubiese gustado salir por la puerta de atrás para ver otra vez a Cathy y para molestar al viejo Joseph, pero no pude hacer lo que me proponía, porque mi anfitrión mandó a Hareton que me trajese el caballo y él mismo me acompañó hasta la salida.

—¡Con cuánta tristeza viven en esta casa! —medité mientras bajaba por el camino—. ¡Y qué hermoso y romántico cuento de hadas hubiese sido para la señora Linton Heathcliff que nos hubiésemos enamorado, como su bondadosa aya quería, y que nos hubiéramos marchado juntos a la bulliciosa ciudad!

Capítulo XXXII

1802. En septiembre del año pasado, un amigo me invitó a hacer estragos con él en los cotos de caza que poseía en el norte y, de camino, pasé inesperadamente a poca distancia de Gimmerton. El mozo de cuadra de la posada en la que me había parado para que mis caballos bebiesen dijo, al ver un carro cargado de avena recién segada:

—Ése viene de Gimmerton. Siempre siegan tres semanas después que en los demás sitios.

—¿Gimmerton? —dije.

El recuerdo de mi estancia en aquel lugar casi se había esfumado en mi memoria.

—¡Ah, ya! —comenté—. ¿Está lejos de aquí?

—A unas catorce millas de mal camino —me contestó el mozo.

Sentí un repentino deseo de visitar la Granja de los Tordos. No era mediodía aún y pensé que pasaría la noche bajo el techo de la que todavía era mi casa tan bien por lo menos como en una posada. Y, de paso, podía arreglar mis cuentas con el dueño, lo que me evitaría más adelante hacer un viaje expresamente para ello. Así que, después de descansar un rato, encargué a mi criado que averiguase el camino de la aldea y, tras fatigar mucho nuestras cabalgaduras, llegamos a Gimmerton al cabo de tres horas.

Dejé al criado en el pueblo y comencé a andar a través del valle. La iglesia gris me pareció aún más gris, y el desolado cementerio más desolado aún. Una oveja pacía en el escaso césped que cubría las tumbas. El aire, demasiado caluroso, no me impidió gozar del bello panorama. Si no hubiera estado la estación tan avanzada, creo que me hubiese sentido tentado a quedarme una temporada allí.

En invierno no había nada más sombrío, pero en verano nada más agradable que aquellos bosquecillos escondidos entre los montes y aquellas extensiones cubiertas de matorrales.

Llegué a la Granja antes de ponerse el sol y llamé a la puerta. Pero sus habitantes estaban en la parte trasera, a juzgar por la ligera humareda que salía por la chimenea de la cocina, y no me oyeron. Entonces entré en el patio. En la puerta una niña de nueve o diez años se entretenía haciendo punto y una vieja fumaba en pipa.

—¿Está la señora Dean? —pregunté a la anciana.

—¿La señora Dean? No. Vive en Cumbres Borrascosas.

—¿Es usted la guardiana de la casa?

—Sí —contestó.

—Pues yo soy Lockwood, el inquilino de la casa. Quiero pasar aquí la noche. ¿Hay alguna habitación preparada para mí?

—¡El inquilino! —exclamó estupefacta—. ¿Cómo no nos avisó de su llegada? Señor, no hay en toda la casa ni siquiera un cuarto en condiciones.

Se quitó la pipa de la boca y entró en la casa con rapidez. La niña la siguió y yo la imité. Pude comprobar que la anciana no había faltado a la verdad, y, además, que mi presencia la había sacado de sus casillas. Procuré calmarla diciéndole que iría a dar un paseo y que, mientras tanto, me arreglase una alcoba para dormir y un rincón en la sala para cenar. No hacía falta hacer una limpieza a fondo. Un buen fuego y unas sábanas limpias serían suficientes. Ella mostró el deseo de hacer todo lo posible para que las cosas estuvieran a punto. Y aunque metió la escoba en la lumbre confundiéndola con el atizador, y cometió algunas otras equivocaciones durante el ajetreo, me marché con la confianza de que al volver encontraría dónde instalarme. El objetivo de mi paseo era Cumbres Borrascosas, pero antes de salir del patio se me ocurrió una idea que me hizo volverme.

—¿Están todos bien en Cumbres Borrascosas? —pregunté a la anciana.

—Que yo sepa, sí —me contestó, mientras salía llevando en la mano un cacharro lleno de ceniza.

Me hubiese gustado preguntarle por qué la señora Dean no estaba ya en la Granja, pero comprendiendo que no era oportuno interrumpirla en sus faenas, me di la vuelta y me fui lentamente. A mi espalda, brillaba aún el sol y ante mí se levantaba la luna. Salí del parque y escalé el pedregoso sendero que conducía a la casa de Heathcliff. Cuando llegué a ella, del día sólo quedaba una leve luz ambarina. Pero una espléndida luna permitía divisar cada piedra del camino y cada brizna de hierba. No tuve que llamar a la verja, puesto que cedió al empujarla. Aquello me agradó. Y aún me esperaba algo más: una fragancia de enredaderas que inundaba el aire.

Las puertas y las ventanas estaban abiertas. Como es frecuente ver en aquellas regiones, un gran fuego brillaba en la chimenea, a pesar del calor. El salón de Cumbres Borrascosas es tan grande que queda sitio de sobra para poder separarse del hogar. Las personas que había allí estaban sentadas junto a las ventanas. Antes de entrar, las vi y las oí hablar, y me fijé en ellas con un sentimiento de curiosidad que, a medida que fui avanzando, se convirtió en envidia.

—Con-tra-rio —dijo una voz que sonaba tan dulce como una campanilla de plata—. ¡Ya van tres veces, torpón! No te lo volveré a repetir. ¡Acuérdate, o te tiro de los pelos!

—Contrario —pronunció otra voz, que procuraba suavizar su aspereza—. Ahora dame un beso como recompensa por haberlo dicho bien.

—No, no te lo daré hasta que no lo pronuncies correctamente.

El locutor masculino volvió a reanudar su lectura. Era un hombre joven, correctamente vestido, que estaba sentado a la mesa y tenía un libro delante. Sus hermosas facciones brillaban de satisfacción, y sus ojos abandonaban con frecuencia la página para fijarse en una blanca y pequeña mano que se apoyaba en su hombro y le asestaba un cariñoso golpecito cada vez que su poseedora descubría semejantes faltas de atención. La dueña de la mano estaba de pie detrás del joven, y a veces su pelo rubio se mezclaba con el castaño de su compañero. Y su cara... Era una suerte que él no pudiese verle la cara, porque no hubiera podido conservar la serenidad. En cambio, yo sí la veía, y me mordí los labios de rabia pensando en la ocasión que había desperdiciado de hacer algo más que limitarme a mirar aquella sorprendente belleza.

Terminada la lección, en la que no faltaron algunos tropezones más, el alumno reclamó el premio ofrecido y lo recibió en forma de cinco besos que tuvo la generosidad de devolver. A continuación se acercaron a la puerta y, según deduje por lo que oí, salieron a pasear por los pantanos. Pensé que el corazón de Hareton Earnshaw, por muy callado que él se quedase, me desearía los más crueles tormentos del infierno si en aquel instante yo me presentaba ante ellos, así que me refugié en la cocina. Allí, sentada a la puerta, distinguí a mi antigua amiga Ellen, cosiendo y cantando una canción que interrumpía con frecuencia con palabras agrias y cuyo tono desafinado distaba mucho de sonar musicalmente.

—Aunque fuera así, valía más oírles jurar de la mañana a la noche que escucharte a ti —dijo aquella voz en respuesta a algún comentario de Ellen que yo no podía oír—. ¡Clama al cielo que no pueda uno abrir la Santa Biblia sin que inmediatamente comiences tú a cantar las alabanzas del demonio y las vergonzosas maldades mundanas! ¡Las dos estáis pervertidas y haréis que ese pobre muchacho pierda su alma! ¡Está embrujado! —añadía gruñendo—. ¡Oh, Señor! ¡Júzgalas Tú, ya que no hay ley ni justicia en este país!

—Sí; no debe de haberlas cuando no estamos retorciéndonos entre las Damas del suplicio, ¿verdad? Cállate, vejete, lee tu Biblia y déjame a mí en paz. Ahora voy a cantar «Las bodas del hada Anita», que, por cierto, se puede bailar.

Y la señora Dean iba a empezar a cantar cuando yo me adelanté. Me reconoció al instante, y se levantó, gritando:

—¡Oh, señor Lockwood, sea usted bienvenido! ¿Cómo es que ha venido usted sin avisar? La Granja de los Tordos está cerrada. Debió usted advertirnos de que venía.

—Ya he dado órdenes allí y podré arreglarme durante el poco tiempo que pienso estar —contesté—. Me marcho mañana. ¿Cómo es que está aquí ahora, señora Dean? Explíquemelo.

—Zillah se despidió y el señor Heathcliff me hizo venir cuando usted se fue a Londres. Pase, pase... ¿Ha venido usted a pie desde Gimmerton?

—Vengo de la Granja —repuse— y quisiera aprovechar la oportunidad para liquidar mis deudas con su amo, ya que no es fácil que se presente otra ocasión más propicia para los dos.

—¿Liquidar? —preguntó Ellen mientras me acompañaba al salón—. ¿Qué hay que liquidar, señor?

—¡El alquiler!

—Entonces tendrá usted que entenderse con la señora, o, mejor dicho, conmigo, porque ella todavía no sabe llevar bien sus cosas y soy yo quien me ocupo de todo.

La miré asombrado.

—Veo que usted no sabe que Heathcliff ha muerto —añadió.

—¿Que ha muerto? ¿Cuándo?

—Hace tres meses. Siéntese, deme el sombrero, y se lo contaré todo. No ha comido usted aún, ¿verdad?

—Ya he mandado en casa que preparen la cena. Siéntese usted también. No me imaginaba que hubiera muerto. ¿Cómo fue? Los jóvenes tardarán en volver, ¿verdad?

—Sí. Siempre les estoy riñendo, pero cada noche vuelven más tarde. Por lo menos tómese usted un vaso de cerveza. Se le ve cansado.

Y se fue por ella antes de que yo pudiera impedírselo. Oí cómo Joseph le reprochaba tener amigos a su edad y hacerles beber a costa de las bodegas del amo. Aquello le parecía tan escandaloso que se sentía avergonzado de no haber muerto antes de verlo con sus propios ojos.

—A los quince días de irse usted —empezó— me llamaron para que fuese a Cumbres Borrascosas. Yo volví encantada pensando en Cathy. Al verla sentí un gran disgusto. Ella había cambiado tanto desde que la vi por última vez... El señor Heathcliff no me explicó los motivos por los que me hizo venir. Se limitó a decirme que reservase la salita para su nuera y para mí, porque tenía de sobra con verla una o dos veces diarias. A ella esto le gustó. Yo comencé a pasarle en secreto libros y cosas que tenía en la Granja y que le gustaban mucho, y así esperábamos pasarlo bastante bien. Pero no tardamos en desengañarnos. Cathy se volvió muy pronto melancólica y se irritaba por cualquier niñería. No le permitían salir del jardín, y esto aumentaba su tristeza, sobre todo a medida que avanzaba la primavera. Además, yo tenía que atender a las cosas de la casa, y ella tenía que quedarse sola. Aquello la contrariaba hasta el extremo de que prefería bajar a la cocina para pelearse con Joseph que permanecer sola en su cuarto. Yo no hacía caso de todo eso, pero como Hareton tenía que irse a la cocina muchas veces cuando el amo quería estar solo en el salón, ella empezó a cambiar de actitud con su primo. No dejaba de criticar la vida que llevaba, lo mortificaba y lo humillaba, y sólo se dirigía a él para hacer comentarios sobre su estupidez y su ociosidad.

—¿Verdad, Ellen —dijo una vez—, que vive igual que un perro o que un caballo? Trabaja, come y duerme sin preocuparse de nada más. ¡Qué vacía debe de tener la cabeza y qué triste el espíritu! ¿Sueñas alguna vez, Hareton? ¿Qué sueñas? ¿Por qué no hablas?

Y miró a Hareton, pero él no le contestó. Ni siquiera la miró.

—Puede que ahora esté soñando —continuó Cathy—. Ha hecho un movimiento como los que hace *Juno*.

—El señorito Hareton acabará pidiéndole al amo que la envíe a usted arriba si no se porta bien con él —le dije.

Hareton no sólo había hecho un movimiento, sino que hasta había cerrado amenazadoramente los puños.

—Ya sé por qué Hareton no habla nunca cuando yo estoy en la cocina —siguió ella—. Tiene miedo de que me burle de él. Una vez empezó a aprender a leer solo, y cuando me reí de él echó los libros al fuego. ¿Qué te parece, Ellen?

—¿Cree usted que hizo bien, señorita? —repuse.

—Puede que no me portase bien —contestó—, pero yo no creía que él fuera tan tonto. Hareton, ¿quieres un libro?

Y le entregó uno que ella había estado leyendo, pero él lo tiró al suelo, amenazándola con partirle la cabeza si no le dejaba en paz.

—Bueno, me voy a acostar —dijo ella—. Lo dejo en el cajón de la mesa.

Y se fue, después de decirme al oído que estuviese atenta para ver si Hareton cogía el libro. Pero, con gran disgusto de Cathy, no lo cogió. Ella sentía pena de la pereza de Hareton, y también se sentía culpable de paralizar su deseo de aprender. Y como tenía remordimientos se esforzó en remediar el mal. Mientras yo planchaba o hacía cualquier cosa, Cathy solía leer en voz alta algún libro interesante. Si Hareton estaba presente, solía interrumpir la lectura en los pasajes de más emoción. Luego dejaba el libro allí mismo, pero él se mantenía terco como un mulo, y no picaba el anzuelo. Los días lluviosos se sentaba al lado del fuego. Si la tarde era buena, Hareton salía a cazar, y Cathy bostezaba, suspiraba y se empeñaba en hacerme hablar. Y luego, cuando lo conseguía, se marchaba al patio o al jardín, y acababa echándose a llorar.

El señor Heathcliff se había vuelto cada vez más insociable, y casi no permitía a Hareton que apareciese por la sala. El muchacho sufrió a primeros de marzo un percance que le relegó a vivir casi siempre en la cocina. Merodeando por el monte se le disparó la escopeta y la carga le hirió en un brazo. Cuando llegó a casa había perdido mucha sangre, y hasta que se curó tuvo que permanecer en la cocina casi en todo momento. A Cathy le gustó que estuviera allí. Me incitaba constantemente a hacer tareas abajo, para tener la excusa de bajar ella.

El lunes de Pascua, Joseph fue a llevar ganado a la feria de Gimmerton. Pasé la tarde en la cocina cosiendo. Earnshaw estaba sentado junto al fuego, tan triste como de costumbre, y la señorita se divertía echando el aliento a los cristales de la ventana y haciendo dibujitos con el dedo. De vez en cuando canturreaba o hacía alguna exclamación, o miraba a su primo que seguía inmóvil, fumando, mirando al fuego. Dije a Cathy que me tapaba la luz, y entonces ella se acercó a la chimenea. Al principio no me fijé en nada, pero luego oí que decía:

—¿Sabes, Hareton, que... ahora... me gustaría que fueras mi primo si no te mostraras tan rudo y tan enfadado?

Hareton guardó silencio.

—¿Me oyes, Hareton? ¡Hareton, Hareton! —siguió ella.

—¡Quítate de en medio! —dijo él, con brusquedad.

—Venga esa pipa —respondió la joven.

Y antes de que él pudiera hacer nada, se la arrancó de la boca y la echó al fuego. Él la insultó y cogió otra pipa.

—Espera —exclamó Cathy—. Quiero hablar contigo y no puedo hacerlo con esas nubes delante de la cara.

—¡Déjame y vete al diablo! —repuso él.

—No quiero —insistió ella—. No sé cómo hacer para que me hables. Cuando te llamo tonto no pretendo insultarte ni quiero dar a entender que te desprecie. Anda, Hareton, atiéndeme, eres mi primo.

—No tengo nada que ver contigo, ni con tu soberbia, ni con tus condenadas burlas —replicó el joven—. ¡Antes me iré al infierno de cabeza que volver a mirarte! ¡Quítate de ahí!

Catherine frunció el ceño y se sentó junto a la ventana, mordiéndose los labios y tarareando una canción para dominar sus deseos de echarse a llorar.

—Debería usted hacer las paces con su prima, señorito Hareton —le aconsejé—, puesto que ella está arrepentida de haberle provocado. Si fuesen ustedes amigos, ella le convertiría en otro hombre.

—¡Sí, sí! —contestó—. Me odia y no me considera digno ni de limpiarle los zapatos. Aunque me dieran una corona no me expondría más a ser motivo de burla para ella por intentar agradarla.

—Yo no te odio —dijo Cathy llorando—. Eres tú el que me odias a mí. ¡Me odias tanto o más que el señor Heathcliff!

—Eres una mentirosa —aseguró Earnshaw—. ¡Des-

pués de haberle hecho enfadar tantas veces por defenderte! Y eso, a pesar de que me ofendías y te burlabas de mí...
Si sigues molestándome, iré a decirle que he tenido que
marcharme de aquí por tu culpa.

—Yo no sabía que tú me defendías —contestó ella,
secándose los ojos—. Me sentía desgraciada y odiaba a
todo el mundo, pero ahora te lo agradezco y te pido perdón. ¿Qué más quieres que haga?

Se acercó al hogar y le alargó la mano. Hareton se puso
triste como una nube de tormenta, apretó los puños y miró
al suelo. Pero ella comprendió que aquello no era odio sino
testarudez, y, después de un instante de indecisión, se inclinó hacia él y le besó en la mejilla. Enseguida, creyendo que
yo no la había visto, se volvió a la ventana. Yo moví la cabeza como diciendo que no, y ella murmuró:

—¿Qué iba a hacer, Ellen? No quería mirarme ni darme la mano, y no he sabido demostrarle de otro modo que
quiero y que deseo que seamos buenos amigos.

Hareton tuvo la cabeza gacha varios minutos y, cuando la volvió a alzar no sabía dónde poner los ojos.

Catherine envolvió en papel blanco un bonito libro, lo
ató con una cinta, escribió en el envoltorio «Al señor Hareton Earnshaw», y me encargó que yo entregase el regalo
al destinatario.

—Si lo acepta —me dijo—, dile que yo le enseñaré a
leerlo bien, y si lo rechaza, dile que me iré a mi habitación.

Yo hice todo lo que me decía. Hareton no abrió los
dedos para coger el libro, pero tampoco lo rechazó, así
que se lo puse sobre las rodillas y me volví a mis ocupaciones. Cathy apoyó los codos sobre la mesa. Entonces se
oyó de pronto el crujido del papel. Hareton estaba desenvolviendo el libro, y ella se levantó y fue a sentarse junto a
su primo. Él temblaba y se ruborizó. Su acritud y su aspereza habían desaparecido. Al principio no supo pronunciar ni una palabra mientras ella le hablaba:

—Anda, Hareton, dime que me perdonas. Me harás muy feliz si me lo dices.

Él murmuró algo que yo no pude oír.

—Entonces, ¿seremos amigos? —añadió Cathy.

—No —dijo él—, porque cuanto más me conozcas más te avergonzarás de mí.

—¿Así que no quieres ser mi amigo? —continuó ella sonriendo dulcemente y acercándose más al muchacho.

Ya no oí lo demás que se decían, pero al mirarlos distinguí dos rostros tan alegres inclinados sobre el mismo libro que comprendí que a partir de aquel momento se había hecho la paz entre los dos enemigos. El libro que miraban estaba lleno de bonitas ilustraciones, y esto unido al aliciente de su situación personal hizo que permaneciesen embelesados hasta que llegó Joseph. El pobre hombre se escandalizó al ver a Cathy y a Hareton sentados uno junto al otro, mientras ella apoyaba su mano en el hombro de su primo. Se quedó tan asombrado que ni siquiera supo exteriorizar su sorpresa, sino que se limitó a lanzar profundos suspiros mientras abría su biblia sobre la mesa y apilaba sobre ella los sucios billetes de banco que eran el producto de sus transacciones en la feria. Finalmente, llamó a Hareton.

—Toma ese dinero, muchacho, y llévaselo al amo —dijo—; ya no podremos seguir aquí. Tendremos que buscarnos otro sitio donde estar.

—Vámonos, Catherine —dije yo—; ya he acabado de planchar.

—Todavía no son las ocho —respondió la joven levantándose a su pesar—. Voy a dejar ese libro en la chimenea, Hareton, y mañana traeré más.

—Todos los libros que usted traiga los llevaré al salón —intervino Joseph—, y será un milagro que vuelva a verlos. Así que haga lo que quiera.

Catherine amenazó a Joseph diciéndole que sus libros

pagarían los daños que pudieran sufrir los de ella. Sonrió al pasar junto a Hareton y subió a su cuarto con el corazón menos oprimido de lo que jamás lo había tenido bajo ese techo. La intimidad entre los muchachos se desarrolló rápidamente, aunque tuvo algunas interrupciones. El buen deseo no era suficiente para civilizar a Hareton y tampoco la señorita era un modelo de paciencia, pero como los dos tendían a lo mismo, ya que uno amaba y deseaba amar, y el otro se sentía amado y deseaba que le amasen, los resultados no se hicieron esperar.

Como usted ve, señor Lockwood, no era tan difícil conquistar el corazón de Cathy. Pero ahora celebro que usted no lo intentara. La unión de los dos muchachos culminará todos mis anhelos. El día de su boda no envidiaré a nadie. Me sentiré la mujer más feliz de toda Inglaterra.

Capítulo XXXIII

El martes siguiente Earnshaw no estaba aún en condiciones de trabajar. Me hice cargo enseguida de que a partir de entonces no me sería fácil retener a la señorita a mi lado como antes. Ella bajó antes que yo y salió al jardín, donde había divisado a su primo. Cuando fui a llamarles para desayunar, vi que ella lo había convencido para arrancar varias matas de grosellas, y que estaban sembrando en aquel espacio varias semillas de flores traídas de la Granja. Me asombró la devastación que habían llevado a cabo en menos de media hora. A Cathy se le había ocurrido plantar flores precisamente en el sitio que ocupaban los grosselleros negros, a los que Joseph quería más que a las niñas de sus ojos.

—¡Oh! —exclamé—. En cuanto Joseph vea esto se lo dirá al señor. ¡Y no sé cómo va usted a disculparse! Vamos a tener una buena bronca, se lo aseguro. No creía que estuviera usted tan loco, señorito Hareton, como para hacer ese desastre porque se le haya antojado a la señorita.

—Me había olvidado que eran de Joseph— repuso Earnshaw, desconcertado—. Le diré que fue cosa mía.

Comíamos siempre con el señor Heathcliff, y yo ocupaba el lugar del ama de casa, sirviendo la comida y preparando el té. Cathy acostumbraba a sentarse a mi lado, pero aquel día se sentó junto a Hareton. Era tan expansiva en sus demostraciones de afecto como antes lo había sido en las de enemistad.

—Procure no mirar mucho a su primo ni hablarle demasiado —le aconsejé al entrar—. Esto podría molestar al señor Heathcliff y se indignaría contra los dos.

—Haré lo que me dices —repuso.

Pero al cabo de un momento empezó a darle con el codo y a echarle florecitas en el plato de la sopa.

Él no se atrevía a hablarle, y casi ni a mirarla, pero ella le provocaba hasta tal punto que al muchacho casi se le escapa la risa dos veces. Yo fruncí el ceño. Ella miró al amo, que al parecer estaba absorto en sus propios pensamientos, como de costumbre. Se puso seria, pero al cabo de un momento empezó otra vez a hacer niñerías y esta vez Hareton no pudo contener una carcajada. El señor Heathcliff se sobresaltó y nos miró. Cathy le miró también con el aire rencoroso y provocador que él tanto detestaba.

—Da gracias de que estás lejos de mi alcance —dijo él—. ¿Qué demonios haces mirándome con esos ojos infernales? Bájalos y procura no recordarme que existes. Creí que te había quitado ya las ganas de reírte.

—He sido yo —murmuró Hareton.

—¿Qué has dicho? —preguntó el amo.

Hareton bajó los ojos y guardó silencio. Heathcliff, después de contemplarle un instante, volvió a concentrarse en su comida y sus pensamientos. Cuando estábamos terminando de comer y los jóvenes se habían levantado discretamente, lo que disipó mi temor a nuevas complicaciones, Joseph entró por la puerta. Le temblaban los labios y los ojos le brillaban de cólera. Comprendí que había descubierto el atentado cometido contra sus preciados arbustos. Empezó a hablar moviendo las mandíbulas como una vaca al rumiar, lo que hacía muy difícil entender sus palabras:

—Quiero cobrar mi sueldo e irme. Había soñado con morir en la casa en que he servido sesenta años, y me proponía, para estar tranquilo, subir todas mis cosas al desván y cederles la cocina a ellos. Me costaba mucho abandonar mi sitio junto a la lumbre, pero lo podía soportar. Pero ahora también me arrebatan el jardín, y eso, amo, es superior a mis fuerzas. Usted puede doblegarse ante ellos, si quiere, pero yo no tengo esa costumbre, y un viejo no se habitúa con facilidad a las nuevas cargas. Prefiero ganarme el pan picando piedra en los caminos.

—¡Silencio, idiota! —interrumpió Heathcliff—. ¿De qué te estás quejando? Yo no quiero saber nada de tus peleas con Ellen. Por mí, que te tire a la carbonera, si quiere.

—No se trata de Ellen —dijo Joseph—. No me iría por Ellen, a pesar de que es una malvada. Gracias a Dios, no puede contaminar el alma de los demás. No es tan linda como para hacer caer a nadie en tentación. Se trata de esa desgraciada mozuela, que ha embrujado a nuestro muchacho hasta el extremo de que (¡se me parte el corazón!) no sólo ha olvidado todo lo que he hecho por él, sino que ha llevado su ingratitud hasta arrancar una fila entera de los mejores groselleros que yo había plantado en el jardín.

Y comenzó a lamentarse de Earnshaw y de la ingratitud del muchacho.

—Este imbécil debe de estar borracho —dijo Heathcliff—. ¿De qué te acusa, Hareton?

—He arrancado dos o tres groselleros —repuso el joven—, pero volveré a colocarlos.

Cathy intervino en la conversación:

—Queríamos plantar flores allí —afirmó— y yo tuve la culpa, porque fui quien se lo dije a Hareton.

—¿Y quién demonios te dio permiso para hacer eso? Y a ti, Hareton, ¿quién te mandó obedecerla?

Él callaba, pero ella continuó:

—Usted podría cederme unas yardas del jardín para plantar flores, después de que me ha quitado todas mis tierras...

—¿Tus tierras, insolente holgazana? ¿Cuánto has tenido tierras tú?

—Y mi dinero —remachó ella, devolviéndole a Heathcliff la mirada de odio, mientras mordisqueaba un trozo de pan que le había sobrado de la comida.

El amo se quedó un momento confuso, pero enseguida se levantó y la miró con rencor.

—Será mejor que se siente —dijo ella—. Hareton me defenderá si intenta usted pegarme.

—Si Hareton no te echa del salón ahora mismo, le pegaré hasta enviarle al infierno —gritó Heathcliff—. ¡Condenada bruja! ¿Cómo te atreves a rebelarte contra mí? Échala, Hareton. ¿No me oyes? ¡Ellen, como aparezca ante mi vista otra vez, la mato!

Hareton, en voz baja, trataba de persuadirla a que se fuera.

—Llévala a rastras —ordenó ferozmente Heathcliff—. Nada de charla.

Y se acercó dispuesto a hacerlo él mismo.

—No le obedeceré nunca más, canalla —dijo Catherine—. Y Hareton no tardará en odiarle tanto como yo.

—Cállate —dijo el joven—. No le hables así.

—¿Vas a dejar que me pegue? —preguntó ella.

—¡Vámonos! —respondió el joven.

Pero Heathcliff ya tenía cogida a Catherine.

—Ahora lárgate tú —le dijo a Earnshaw—. ¡Maldita bruja! Esto es demasiado, haré que se arrepienta de una vez.

La había agarrado por el pelo. Hareton trató de separarle de ella y le rogó que no la maltratase. Los ojos de Heathcliff echaban chispas. Ya iba yo a auxiliar a Catherine cuando de pronto él le soltó el cabello, la cogió por el brazo y la miró fijamente. Luego se tapó los ojos con la mano, procuró dominarse y dijo a Catherine:

—Ten mucho cuidado de no enfurecerme, porque, si

no, te aseguro que un día te mato. Vete con la señora Dean, quédate con ella y dile todas las desvergüenzas que se te antojen. ¡Y si Hareton Earnshaw te hace caso, haré que se vaya a ganarse el pan donde le parezca bien! ¡Tú harás de él un perdido y un pordiosero! ¡Llévatela de aquí, Ellen! ¡Marchaos todos!

Me llevé a la señorita, que, contenta de haberse librado de la tormenta, no se resistió. Hareton se fue detrás de nosotras y el señor Heathcliff se quedó solo. Yo había aconsejado a Cathy que comiera en su cuarto, pero cuando Heathcliff vio que el sitio de la joven estaba vacío, me mandó llamarla. Él no habló con nadie, comió muy poco y se fue enseguida diciendo que no volvería hasta el anochecer.

Durante la ausencia del amo, los dos primos se instalaron en el salón, y oí a Hareton que le reprochaba a su prima la actitud que había adoptado con Heathcliff. Le dijo que no quería que le tratase así, y que él le defendería aunque fuese el diablo en persona, y que si ella quería injuriar a alguien, prefería que le injuriase a él mismo, como hacía antes. Cathy comenzó a molestarse, pero él la hizo callar preguntándole si a ella le gustaría oír hablar mal de su padre. Ella comprendió entonces que Hareton estaba unido a Heathcliff por unas cadenas forjadas por la costumbre y que sería cruel intentar romperlas. Así que desde entonces se mostró bondadosa y no creo haberle oído pronunicar ni una sílaba contra Heathcliff en presencia de su primo.

Después de este incidente, la intimidad de los jóvenes aumentó, y continuaron sus tareas de maestra y alumno. Cuando yo acababa de trabajar, entraba para verles, y el tiempo se me iba mirándoles embobada. Hacía mucho tiempo que yo me sentía orgullosa de Cathy, y ahora empezaba a esperar que también él me daría muchas satisfacciones. Comprenderá usted que, en cierto modo, yo los quería a los dos casi como si fuesen mis hijos. La naturaleza honrada de Hareton se libraba rápidamente de las sombras de la ignorancia y la degradación en que había crecido, y los sinceros elogios que le dirigía Cathy estimulaban más aún su aplicación. A medida que se animaba interiormente, se animaba también su rostro, y sus facciones se hacían más nobles. Ya no se parecía al tosco muchacho a quien encontré el día en que fui a buscar a la señorita al risco de Penistone.

Mientras yo reflexionaba sobre estas cosas, y ellos seguían entregados a su ocupación, volvió Heathcliff. Entró de improviso, y tuvo tiempo para examinarnos a gusto antes de que nosotros nos diéramos cuenta de que había llegado. Yo pensé que era imposible contemplar un cuadro más apacible. Regañarles hubiera sido cruel e injusto. El rojo resplandor del fuego iluminaba las dos bellas cabezas y presentaba sus rostros inmersos en una ardorosa atención infantil, pues aunque ella contaba ya dieciocho años y él veintitrés, ambos tenían aún mucho que aprender.

Los dos muchachos levantaron simultáneamente la mirada y se encontraron con la del señor Heathcliff. No sé si ha notado usted lo parecidos que ambos tienen los ojos: son idénticos a los de Catherine Earnshaw. Cathy no se parece a su madre más que en esto, quizá también en que tiene la frente despejada y en ciertos detalles de la nariz que, sin que ella se lo proponga, la hacen parecer altanera. Hareton se parece todavía más a Catherine Earnshaw. Siempre lo habíamos notado, pero en aquella época, en que sus sentidos y sus facultades mentales se habían despertado, el parecido se acentuaba aún más. Es posible que ese parecido desarmara a Heathcliff. Se acercó al fuego muy nervioso pero al mirar al joven su agitación se calmó. Le cogió el libro que tenía en la mano y después de examinarlo se lo devolvió. Le dijo a Cathy que se fuese, y Hareton salió con ella. Yo iba a seguirles, pero Heathcliff me retuvo.

—¡Qué desenlace tan pobre! ¿No es cierto? —me dijo después de reflexionar un poco sobre la escena que había presenciado—. Es una consecuencia bastante absurda de mis violentos esfuerzos. Después de que me proveo de herramientas suficientes para echar abajo las dos casas, y me entrego a unos trabajos casi hercúleos, resulta que me falta la voluntad para consumar mi obra. He vencido a mis antiguos enemigos y ahora puedo, si quiero, completar mi venganza en sus descendientes. Pero ¿para qué? No me interesa ya ni quiero molestarme en levantar siquiera la mano contra ellos. Pero no te creas que me propongo deslumbraros ahora con un gesto magnánimo. ¡Nada de eso! Lo que pasa es que he perdido el gusto de destruirles, y me siento con muy pocas ganas de destruir nada. Estoy a punto de sufrir un extraño cambio, Ellen, y la sombra de esa transformación me está envolviendo. Me interesa tan poco la vida corriente que casi no me acuerdo de comer ni beber. Esos muchachos son las únicas cosas que presentan una apariencia material ante mis ojos, y una apariencia que me causa un dolor de agonía. En ella no quiero ni pensar, sólo con verla me vuelvo loco. Él me produce otra sensación, y, no obstante, tampoco quisiera volver a verle. Si intentase explicarte los recuerdos que él me produce, puede que creyeras que estoy loco. Pero mi pensamiento está siempre tan oculto dentro de mí mismo que siento la tentación de transmitirlo a alguien. No le digas a nadie nada de lo que te estoy contando. Hace cinco minutos, Hareton me ha parecido, más que un ser humano, un símbolo de mi juventud. Si le hubiese dicho algo, habría parecido que mis palabras eran insensatas. Su parecido con Catherine me la ha recordado de un modo terrible. Pero no es eso lo que más me impresiona en él, porque todo me recuerda a Catherine sin necesidad de mirar a Hareton. Si miro al suelo, creo ver las facciones de ella grabadas en las baldosas. En los árboles y en las nubes, en todas las cosas que pasan durante el día y llenando el aire durante la noche, veo su imagen. ¡Creo verla en las más vulgares facciones de cada hombre y cada mujer, y hasta en mi propio rostro! El mundo entero es para mí una espantosa colección de testimonios que me recuerdan que ella vivió y que la he perdido. Y es más, Hareton me parecía el fantasma de mi amor, la encarnación de mis salvajes esfuerzos por conservar mi derecho a él. ¡Y mi degradación, y mi orgullo, y mi felicidad, y mis sentimientos! En fin, es una locura hablarte de estas cosas. Pero así comprenderás por qué no quiero estar con ellos. A pesar de mi repugnancia hacia la soledad, su compañía no me conviene. Al contrario, contribuye a agravar las torturas constantes que me persiguen. Todo se combina para que vea con indiferencia la relación que hay entre los dos. Ya no puedo ocuparme de ellos.

—¿A qué «cambio» se refería usted, señor Heathcliff? —le dije, alarmada.

En realidad no me parecía que corriese peligro alguno. Rebosaba salud y vigor, y su razón no me preocupaba, ya que desde muy niño había sido aficionado a lo misterioso y se complacía en hablar de cosas fantásticas. Podía estar más o menos monomaniaco, a propósito de su amor perdido, pero en todo lo demás razonaba tan bien como yo.

—No sabré exactamente de qué se trata hasta que llegue —me contestó—. Por ahora sólo lo intuyo.

—¿Presiente usted una enfermedad? —pregunté.

—No, Ellen.

—¿Tiene usted miedo a morirse?

—No tengo miedo de morir, ni presiento la muerte, ni espero morirme. ¿Por qué iba a tener miedo? Tengo buena salud, y mis costumbres son muy ordenadas. Seguramente, estaré en este mundo hasta que no me quede ni un pelo negro en la cabeza. ¡Pero, a pesar de todo, no puedo seguir viviendo de este modo! ¡A cada momento necesito recordarme a mí mismo que tengo que respirar, que mi corazón tiene que latir...! Es como si tuviese que forzar un muelle muy duro para que se mantenga en la posición en que debe estar. Me tengo que imponer a mí mismo para hacer lo más insignificante, que no se relacione con el pensamiento continuo que me devora, y para fijarme en cualquier cosa, animada o inanimada, que no se refiera a lo único que llena el mundo para mí. Sólo experimento un deseo, y todo mi ser y todas mis facultades se concentran en él. Durante tanto tiempo y de tal modo lo he deseado que estoy seguro de conseguirlo pronto, ya que ha trastocado toda mi existencia. Y el deseo de que su realización se anticipe, me sofoca. ¡Vaya! Lo que te he dicho no me ha aliviado, pero te explicará muchas cosas de mi modo de ser. ¡Dios mío, qué horrible lucha, y qué ganas tengo de que se acabe!

Comenzó a pasear por la habitación, murmurando para sí mismo cosas horrorosas. Llegué a sospechar que, como Joseph aseguraba, la conciencia había convertido en un infierno su vida terrena. Y estaba preocupada por cómo acabaría todo aquello. Él no solía mostrar una actitud semejante, pero era indudable que no mentía cuando aseveraba que aquél era su estado de ánimo habitual. Viéndole en su día a día, nadie lo hubiera pensado. Usted, señor Lockwood, ni se lo imaginó cuando le conoció. Y en la época a la que ahora me refiero era igual, aunque más amigo aún de la soledad y quizá más taciturno cuando estaba con alguien.

Capítulo XXXIV

A los pocos días, el señor Heathcliff comenzó a dejar de comer con nosotros, aunque no llegó a excluir del todo a Hareton y a Cathy de su compañía. Generalmente, optaba por ausentarse él y al parecer le bastaba con comer una vez cada veinticuatro horas.

Una noche, cuando toda la familia estaba acostada, le sentí bajar la escalera y salir. A la mañana siguiente no había regresado aún. Estábamos en abril. El tiempo era tibio y hermoso. La lluvia y el sol habían dado verdor a la hierba y los manzanos que hay junto a la tapia del lado del sur estaban en flor. Cathy, después de desayunar, se empeñó en que yo cogiese una silla y fuese a coser bajo los abetos. Después persuadió a Hareton, que ya estaba curado, para que arreglase un poco las flores, que habían trasladado hasta allí para calmar a Joseph. Yo miraba plácidamente el cielo azul y aspiraba el aroma del aire primaveral. De pronto, la señorita, que había ido hasta la entrada del parque a recoger raíces de maya para su plantación, volvió diciendo que había visto llegar al señor Heathcliff.

—Y, además, me ha hablado —añadió, asombrada.

—¿Y qué te ha dicho? —preguntó Hareton.

—Que me fuera corriendo. Pero me lo dijo de un modo tan raro y tenía un aspecto tan extraño que no pude evitar pararme un momento para mirarle.

—¿Qué le pasaba?

—Estaba muy excitado, alegre, casi risueño...

—Sin duda le sientan bien los paseos nocturnos —dije yo, tan extrañada como ella. Y como ver al amo alegre no era un espectáculo habitual, me las ingenié para buscar un pretexto y entrar. Heathcliff estaba ante la puerta, de pie, pálido y temblando. Pero sus ojos irradiaban un extraño placer que cambiaba completamente su semblante.

—¿Le sirvo el desayuno? —pregunté—. Después de andar por ahí toda la noche, debe usted de estar hambriento.

Me hubiese gustado preguntarle adónde había ido, pero no me atreví a hacerlo directamente.

—No tengo hambre —contestó, volviendo la cabeza.

Hablaba con desdén, como si adivinase que yo deseaba conocer el motivo de su buen humor. Yo pensé que tal vez aquel momento fuera oportuno para hacerle algunas reflexiones.

—No creo que haga usted bien en salir —le amonesté— a la hora de estar en la cama, sobre todo ahora que el aire es húmedo. Va a coger usted un resfriado. ¡A lo mejor lo ha cogido ya!

—Puedo soportar lo que sea —me contestó— y me alegrará mucho si así consigo estar solo. Anda, entra y no me molestes.

Pasé y pude apreciar que respiraba con dificultad.

«Sí —pensé—. Se ha puesto enfermo. ¡Cualquiera sabe lo que habrá estado haciendo!»

Al mediodía comió con nosotros. Le serví un plato rebosante, y pareció dispuesto a hacerle los honores después de su largo ayuno.

—No estoy resfriado ni tengo fiebre, Ellen —dijo, refiriéndose a mis palabras de por la mañana—, y verás cómo me lo como todo.

Cogió el tenedor y el cuchillo, y cuando iba a probar el plato cambió de actitud como si hubiera perdido el apetito súbitamente. Soltó los cubiertos, miró por la ventana ansiosamente y se fue. Mientras comíamos estuvo dando vueltas por el jardín. Hareton dijo que él iría a preguntarle por qué se había marchado, temeroso de que le hubiésemos disgustado con alguna cosa.

—¿Qué, ya viene? —preguntó Cathy a su primo, cuando éste regresaba.

—No —repuso Hareton—, pero no está enfadado. Al contrario, está muy contento. Se molestó porque le llamé dos veces, y me mandó que me volviese contigo. Parecía muy sorprendido de que a mí no me bastase con tu compañía.

Yo coloqué su plato junto al fuego para que no se enfriase. Heathcliff volvió dos horas después. No se había calmado. Bajo sus negras cejas se percibía la misma anormal expresión de alegría, la misma cara pálida y la misma sonrisa en sus dientes entreabiertos. El cuerpo le temblaba, pero no como cuando se tiembla de frío o de decaimiento, sino como cuando se está nervioso. Parecía una cuerda demasiado tensa.

—¿Ha tenido usted alguna buena noticia, señor Heathcliff? —le pregunté—. Me parece encontrarle muy animado.

—No sé de dónde me van a dar buenas noticias —respondió—. A lo único que me siento animado es a comer. Y, al parecer, hoy no se come aquí.

—Tome, tome la comida —repuse—. ¿Por qué no come?

—No la quiero todavía —dijo inmediatamente—. Ellen, haz el favor de decir a Hareton y a la muchacha que no vengan por aquí. Quiero estar solo.

—¿Le han dado algún motivo para estar disgustado? —pregunté—. Vamos, señor Heathcliff, dígame qué le pasa. ¿Dónde estuvo usted anoche? No se lo pregunto por curiosidad. Es que...

—Me lo preguntas por una curiosidad tonta —respondió—, pero no obstante te contestaré. Esta noche he estado a las puertas del infierno. Hoy, en cambio, estoy a las puertas de mi paraíso. Sólo tres pies me separan de él. Y ahora márchate. No verás nada que te asuste si dejas de espiarme.

Barrí el salón y limpié la mesa, y me marché completamente perpleja.

Heathcliff no salió del salón en toda la tarde y nadie interrumpió su soledad. A las ocho, aunque no me había llamado, creí conveniente llevarle una vela y la comida. Le vi apoyado en el antepecho de una ventana, pero no miraba hacia fuera, sino hacia dentro. Del fuego sólo quedaban cenizas. El aire suave y húmedo de la tarde serena había invadido la habitación, y en la calma del crepúsculo podía oírse incluso el soplo del viento contra las piedras. Yo dejé escapar una exclamación de disgusto al ver el fuego apagado, y comencé a cerrar las ventanas, hasta que llegué a aquella en que él estaba recostado.

—¿La cierro? —pregunté, notando que no se movía.

Mientras le hablaba, la luz de la vela iluminó su rostro. Y su expresión me causó, señor Lockwood, un terror indescriptible. Con sus negros ojos, su palidez de fantasma y su terrible sonrisa, me pareció un espíritu del otro mundo. Asustada, solté la vela, y nos quedamos a oscuras.

—Ciérrala —dijo él con su voz acostumbrada—. ¡Qué torpe eres! ¿Por qué sostenías la vela tendida? Trae otra.

Salí loca de horror, y dije a Joseph:

—El amo dice que le lleves una vela y le enciendas el fuego.

Yo no me atrevía a volver a entrar. Joseph entró en el salón, llevando una palada de brasas y una vela, pero salió enseguida con la comida del amo. Nos dijo que éste se iba a acostar y que hasta el día siguiente no comería nada.

Oímos que Heathcliff subía la escalera, pero no se fue a su habitación, sino que entró en aquella donde está la cama con tablas de madera. Como la ventana de ese cuarto es bastante ancha, pensé que quizá quería salir por ella sin que nos diésemos cuenta.

«¿Será un duende o un vampiro?», me pregunté a mí misma.

Yo había leído cosas acerca de esos horribles demonios que se encarnan en seres humanos. Pero al recordar que yo misma le había cuidado cuando era niño, que le había visto crecer hasta que llegó a la juventud y cómo había seguido paso a paso casi toda su vida, reconocí que era absurdo dejarme llevar por esos pensamientos.

«Sí, pero, ¿de dónde procedía aquella negra criatura que un buen hombre recogió para su propia desgracia?», repetía dentro de mí la superstición. Y yo me debatía en un laberinto de suposiciones, medio dormida ya, buscando alguna definición que concretase lo que era Heathcliff. En sueños evoqué toda su vida, y al final me vi asistiendo a su muerte y a su sepelio. Sólo recuerdo que yo estaba muy preocupada por la inscripción que debíamos poner en su tumba, y hasta hablé de ello con el sepulturero. La conclusión fue que pondríamos únicamente «Heathcliff», ya que no tenía apellido conocido. Y tengo que decirle que esto sucedió así en la realidad, como verá usted, señor Lockwood, si entra en el cementerio.

Con la luz del día, recuperé el sentido común. Me levanté y fui a ver si en el jardín había huellas de pasos, pero no vi nada.

«Se habrá quedado en casa», pensé.

Preparé el desayuno y aconsejé a Hareton y a Cathy que ellos lo tomaran primero. Optaron por desayunar en el jardín, bajo los árboles, y les llevé allí una mesa.

Cuando entré otra vez en la casa, encontré al amo hablando con Joseph sobre asuntos de la finca. Le dio claras y precisas instrucciones sobre el tema, pero noté que hablaba muy deprisa y y se mostraba muy excitado y nervioso. Joseph salió y Heathcliff se sentó en su sitio habitual.

Le llevé un tazón de café. Se lo acercó, apoyó los brazos en la mesa y se puso a mirar a la pared de enfrente examinándola de arriba a abajo, con tal concentración que hasta dejó de respirar durante medio minuto.

—Tómese el desayuno —exclamé, poniéndole en la mano un pedazo de pan—. Y bébase el café antes de que se enfríe. Lo tiene usted delante hace una hora...

No pareció fijarse en mí. Sonrió de un modo tan horrible que hubiera preferido verle rechinar los dientes antes que sonreír de aquella manera.

—¡Señor Heathcliff! —grité—. Me mira usted como si estuviera contemplando una visión del otro mundo. ¡Por el amor de Dios!

—Y tú habla más bajo, por el amor de Dios también —contestó—. Mira a tu alrededor y dime si estamos solos.

—Desde luego —contesté—, desde luego que sí.

Pero, no obstante, miré como si lo dudara. Él separó el tazón y lo demás y apoyó los codos sobre la mesa.

Me di cuenta entonces de que no concentraba la vista en la pared, sino en un lugar que estaba como a unas dos yardas de distancia. Viese lo que viese, esto le hacía estremecerse de placer y de dolor, o por lo menos lo parecía, a juzgar por la expresión de su rostro. Lo que creía ver no permanecía inmóvil, ya que los ojos de Heathcliff cambiaban constantemente de dirección. Yo traté de convencerle de que comiese, pero fue inútil. Cuando a veces me hacía caso y tendía la mano hacia un trozo de pan, sus dedos se crispaban antes de tocarlo, y enseguida se olvidaba de ello.

Me senté pacientemente, y procuré distraerle de su obsesión. Al final se levantó disgustado y me dijo que yo le impedía comer en paz. Añadió que de ahora en adelante le dejase el servicio en la mesa y me fuera. Y después de pronunciar estas palabras salió al jardín, bajó lentamente por el sendero y desapareció a través de la verja.

Las horas transcurrieron para mí de una forma muy angustiosa, y otra vez llegó la noche. Me acosté muy tarde y no pude conciliar el sueño. Él volvió después de las doce, pero se encerró en la habitación de abajo en lugar de irse a la suya. Escuché un rato, y, después, me vestí y bajé.

Oí los pasos del señor Heathcliff, que paseaba con lentitud. De vez en cuando respiraba profundamente, de un modo tan angustioso que parecía gemir. También le oí murmurar algunas palabras, entre las cuales distinguí claramente el nombre de Catherine acompañado de alguna otra expresión de amor o de dolor. Parecía que hablaba con alguien y daba la impresión de que sus palabras salían del fondo de su alma. No me atreví a entrar en la habitación, pero para distraer su atención empecé a revolver el fuego de la cocina. Él me oyó antes de lo que yo esperaba, salió y dijo:

—¿Es ya de día, Ellen? Trae la vela.

—Están dando las cuatro —contesté—. Si necesita luz para subir, puede encender la vela en el fuego.

—No subo —respondió—. Haz fuego y prepara lo necesario en este aposento.

—Tengo que encender bien las ascuas antes de traerlas —dije, mientras me sentaba en una silla y empuñaba el fuelle.

Heathcliff paseaba de un lado a otro y parecía casi completamente absorto en sí mismo. Los suspiros entrecortaban su respiración.

—Cuando amanezca tengo que mandar a buscar a Green —me dijo—. Quiero hacerle unas consultas sobre cosas legales ahora que todavía estoy en pleno juicio. Aún no tengo redactado mi testamento y no sé qué haré con mis bienes. Siento mucho no poder hacerlos desaparecer de la faz de la Tierra.

—No diga eso, señor Heathcliff —respondí—, y déjese de testamentos. Aún le quedará tiempo para arrepentirse de las muchas injusticias que ha cometido usted. Nunca creí posible que sus nervios se alterasen tanto como lo están ahora. Y es que lleva usted tres días haciendo una vida que no la hubiera resistido ni un coloso. Coma algo y descanse. Mírese al espejo y verá que necesita con urgencia comer y dormir. Tiene usted las mejillas hundidas y los ojos inyectados en sangre. ¡Claro! Está muerto de hambre y de sueño y todavía...

—No creas que no como ni duermo porque dependa de mí. No lo hago deliberadamente. En cuanto pueda, comeré y dormiré. Pero pedírmelo ahora es como pedir a un náufrago que no nade cuando está a un paso de alcanzar la orilla. Primero tengo que llegar a ella, y ya descansaré luego. Bueno, no pensemos en el señor Green. Y respecto a mis injusticias, como no he cometido ninguna, de ninguna tengo que arrepentirme. Soy demasiado feliz, y, sin embargo, aún no lo soy tanto como quisiera serlo. La felicidad de mi alma aniquila mi cuerpo, y, no obstante, no le basta con lo que tiene...

—¡Qué extraña felicidad es la suya, señor! —comenté—. Si usted quisiera escucharme sin enfadarse, le daría un consejo que le permitiría sentirse mejor.

—¿Qué consejo? Dámelo.

—Ya sabe usted, señor Heathcliff, que desde los trece años ha vivido usted una vida egoísta y falta de compasión. Seguramente que desde entonces no ha cogido usted una biblia. Debe de haber olvidado las enseñanzas cristianas y quizá no estaría de más volver a repasarlas. ¿Qué habría de malo en llamar a un sacerdote para que le recordase las enseñanzas de Cristo y le hiciese comprender cuánto se ha separado usted de ellas y lo mal dispuesto que está su espíritu para salvarse, a menos que no se arrepienta antes de morir?

—Más que enfadarme, te agradezco que me hables de

eso, Ellen, porque así me recuerdas que tengo que darte instrucciones sobre mi entierro. Mandarás que me sepulten al atardecer. Tú y Hareton podéis acompañarme, si os parece bien, y no te olvides de hacer que el sepulturero obedezca las instrucciones que le di. No hace falta que acuda cura alguno ni que se recen responsos. ¡Te aseguro que yo he alcanzado ya mi cielo, y si hay algún otro, no me interesa nada!

—¿Y si se muriese por no querer comer, y por esa causa no le quisieran enterrar en tierra sagrada? —observé, disgustada de su indiferencia—. ¿Qué le parecería?

—Eso no pasará —contestó—; pero, si ocurre, ocúpate de que me entierren allí en secreto. Y si no lo haces así, ya te demostraré de un modo tangible que los muertos no se disuelven en la nada.

Cuando oyó que se levantaban los demás de la casa, se fue a su cuarto y yo respiré, aliviada. Pero, por la tarde, después de que salieron Hareton y Joseph, me fue a buscar a la cocina y me pidió que me sentase a su lado en el salón. Necesitaba compañía, al parecer. Yo le contesté que su aspecto y su conversación me intimidaban, y que ni mi voluntad ni mi estado de nervios me permitían acompañarle.

—Ya veo que me tienes por un demonio —dijo, riendo lúgubremente—. Me consideras demasiado horrible para vivir en una casa normal. —Y, volviéndose a Cathy, que se escondió detrás de mí al acercarse él, añadió, medio en broma—: Y tú, ¿no quieres venir conmigo? No, claro. Para ti debo de ser todavía peor que el diablo. Pero allí dentro hay alguien que no me rechazará...

No pidió a nadie más que le acompañase. Al oscurecer se fue a su cuarto. Toda la noche le oímos quejarse y hablar solo. Hareton quería entrar, pero yo le mandé a buscar al señor Kenneth. Cuando éste vino, encontramos que la puerta del amo estaba cerrada por dentro. Heathcliff nos mandó al diablo, aseguró que se encontraba mejor y ordenó que le dejásemos en paz. Así que el médico se marchó.

La noche siguiente fue muy lluviosa. Estuvo diluviando hasta el amanecer. Cuando salí al jardín por la mañana vi desde fuera que la ventana del cuarto de la cama de tablas, donde estaba Heathcliff, estaba abierta y la lluvia entraba por ella a raudales.

«Si está en la cama —dije para mí—, se habrá calado hasta los huesos. Debe de haberse levantado o quizá haya salido. ¡Voy a ver si está allí!»

Encontré otra llave que servía para abrir la puerta de la habitación, y entré. Al no ver a nadie en el cuarto, separé los paneles corredizos del lecho de tablas. El señor Heathcliff estaba en la cama, tendido de espaldas. Tenía en los labios una especie de sonrisa, y sus ojos miraban fijamente de un modo agudo y feroz. El corazón se me heló. Pero no podía creer que estuviese muerto. Su cabeza y su cuerpo, así como las sábanas, estaban chorreando y él no se movía. Los postigos de la ventana, movidos por el viento, se agitaban de un lado a otro y le habían lastimado una mano que tenía apoyada en el alféizar. No obstante, no sangraba. Cuando le toqué no dudé más. Estaba muerto y rígido. Cerré la ventana, separé de la frente de Heathcliff su largo cabello y traté de cerrarle los párpados para ocultar aquella terrible mirada, pero no lo conseguí. Sus ojos parecían burlarse de mí, y sus dientes, brillando entre los labios entreabiertos, también. Asustada, llamé a Joseph. El viejo alborotó y protestó, y se negó en redondo a tocar siquiera el cadáver.

—¡El diablo se ha llevado su alma! —gritó—. ¡Y si depende de mí, también cargará con sus restos! ¡Mira qué malvado! Está enseñando los dientes a la muerte...

El viejo trató de imitar su mueca para burlarse de él. Por su aspecto creí que hasta iba a bailar de alegría alrededor del lecho. Sin embargo, recobró su compostura, se hincó de rodillas y, levantando las manos al cielo, dio gracias a Dios de que el amo legítimo y la antigua estirpe recuperasen al fin los derechos que les correspondían.

El suceso me dejó anonadada, y sin querer recordé con tristeza los antiguos tiempos. El pobre Hareton fue el que más se disgustó de todos nosotros. Toda la noche veló el cadáver llorando amargamente. Apretaba la mano del muerto, besaba su áspero y sarcástico rostro, que sólo él se atrevía a mirar, y mostraba el dolor sincero que brota siempre de los pechos nobles aunque sean duros como el acero bien templado.

Al señor Kenneth le costó encontrar las causas de la muerte. No le dije que el amo había pasado sin comer los cuatro últimos días, para evitar que esto nos acarreara complicaciones. Por mi parte, estoy segura de que aquello fue efecto y no causa de su singular enfermedad.

Le dimos sepultura como había ordenado, cosa que causó un gran escándalo entre el vecindario. Hareton, el sepulturero, los seis hombres que transportaban el ataúd, y yo misma compusimos todo el cortejo fúnebre. Los seis hombres se marcharon después de que se bajó el ataúd a la fosa, pero nosotros nos quedamos allí. Hareton, con la cara arrasada en lágrimas, cubrió la tumba de verde hierba. Ahora creo que su sepulcro está tan florido como los otros dos que se hallan junto a él, y espero que también su ocupante descanse en paz. Pero si preguntara usted a los lugareños le dirían que el fantasma de Heathcliff se pasea por los contornos. Hay quien asegura haberle visto junto a la iglesia y en los pantanos, y hasta dentro de esta casa. Eso son habladurías, diría usted, y yo opino lo mismo. Y, no obstante, ese viejo que está junto al fuego, en la cocina, jura que, desde que murió Heathcliff, les ve a él y a Catherine Earnshaw, todas las noches de lluvia, siempre que mira por las ventanas de su cuarto. Y a mí me sucedió una cosa muy rara hace alrededor de un mes. Había ido yo a la Granja una oscura noche que amenazaba tempestad, y al volver a Cumbres Borrascosas encontré a un muchacho que conducía una oveja y dos corderos. Lloraba desconsoladamente, y pensé que los corderos eran desobedientes y no se dejaban conducir.

—¿Qué te pasa, chiquito? —le pregunté.

—Ahí abajo están Heathcliff y una mujer —balbuceó—, y no me atrevo a pasar, porque quieren cogerme.

Yo no vi nada, pero ni él ni las ovejas quisieron ir por ese camino, y le aconsejé que siguiera por otro. Seguramente iba pensando, mientras atravesaba el campo, en las tonterías que habría oído contar y se imaginaba que había visto al fantasma. Pero, con todo y con eso, ahora no me gusta salir de noche, ni quedarme sola en esta casa tan tétrica. No lo puedo remediar. Así que tendré una gran alegría el día en el que los primos se vayan a vivir a la Granja de los Tordos.

—¿Así que se instalan en la Granja?

—En cuanto se casen —repuso la señora Dean—, el día de Año Nuevo.

—¿Quién se queda a vivir aquí?

—Pues Joseph, y a lo mejor un mozo para acompañarle. Se arreglarán en la cocina y cerraremos el resto de la casa.

—A disposición de los fantasmas que quieran habitar en ella, ¿no? —comenté.

—No, señor Lockwood —contestó Ellen, moviendo la cabeza—. Yo creo que los muertos reposan en sus tumbas, pero, sin embargo, no se debe hablar de ellos con ligereza.

En aquel momento crujió la verja del jardín. Los paseantes volvían a casa.

Cuando se detuvieron en la puerta para mirar una vez

más la luna —o, más exactamente, para mirarse el uno al otro a la luz lunar—, sentí otra vez un irresistible impulso de marcharme. Así que le di a la señora Dean un pequeño obsequio y, sin hacer caso de sus protestas por la rapidez con la que me marchaba, salí por la cocina mientras los novios abrían la puerta del salón. Esta manera de irse hubiera confirmado las opiniones de Joseph sobre los coqueteos que él imaginaba en su compañera de servicio, si no hubiera sido porque al tirarle un soberano de oro a sus pies se me reconocía como una persona respetable.

De regreso, di un rodeo para pasar junto a la iglesia. Observé cuánto había avanzado en siete meses la paulatina ruina del edificio. Más de una ventana mostraba unos agujeros negros en lugar de cristales, y aquí y allá sobresalían pizarras sobre el alero, lentamente desgastado por las lluvias del otoño.

No tardé en descubrir las tres lápidas sepulcrales, colocadas en un talud, cerca del páramo. La de en medio estaba amarillenta y cubierta de matorrales, la de Linton sólo estaba adornada por el musgo y la hierba que crecía al pie, y la de Heathcliff todavía estaba completamente desnuda.

Yo me detuve a su lado, bajo el cielo sereno. Seguí con los ojos el vuelo de las libélulas entre las plantas silvestres y las campánulas, y escuché el rumor de la suave brisa entre el césped; y me sorprendió que alguien pudiera atribuir un sueño inquieto a los que dormían en aquellas tumbas.